3 한국 여성문학 선집

1945년—1950년대

전쟁과 생존

1945년—1950년대

전쟁과 생존

3

한국 여성문학 선집

여성문학사연구모임 엮음

민음사

책머리에

『한국 여성문학 선집』을 구상하고 모임을 꾸린 2012년 이후 12년 만에 책이 출간되었다. 연구 모임 구성원 중 김양선, 김은하, 이선옥, 이명호는 1990년대 한국여성연구소 문학분과에서 페미니즘 문학을 함께 공부하던 인연이 있었고, 이희원은 한국영미문학페미니즘학회와 협업을 모색하면서 인연을 맺었다. 마지막으로 현대시 전공자 이경수가 객원 에디터로 참여하면서 다양한 장르와 비교문학적 검토를 할 수 있게 되었다.

사실 우리 연구 모임은 더 오래전에 시작되었다. 지금으로부터 30년 전, 옹색하지만 활기만은 넘쳤던 사당동 남성시장 골목에서 큰 가방을 메고 '한국여성연구소'라는 현판이 걸린 2층 연구소로 향하던 한 무리의 여학생들이 있었다. 한국여성연구소는 1980년대 여성운동과 여성 연구의 발전을 토대로 탄생한 진보적인 여성 학술 운동 단체였고, 그 여학생들은 연구소 문학분과의 구성원이었다. 여학생들은 국문학의 문서고를 뒤져 오랫동안 '규수'라는 멸칭으로 '퉁'쳐지고 '여류문학'이라는 이름으로 게토화된 여성문학사를 함께 찾고 읽었다. 이들 중에 우리도 있었다. 이러한 회고는 우리 중 몇몇을 페미니즘 문학 연구의 기원으로 내세우며 역사를 사유화하려는 것이 아니다. 1980년대 후반부터 1990년대 초반까지 제도권 바깥에 일었던 진보적 학술 운동의 바람 속에서 자신을 페미니스트로 정체화하고 한국문학의 남성중심성과 불화하며 이를 의심하고 깨고자 하는 여성들은 어디에나 있었기 때문이다. 이 선집은 그 역사의 일부이자 불온한 여성 독자이기를 자처한 여성 연구자들의 보이지 않는 협업의 산물이라고 해도 좋을 것이다.

페미니즘 문학을 공부해 온 연구자라면 누구나 여성 글쓰기의 역사를 계보적으로 정리하겠다는 꿈을 품었을 것이다. 왜 우리에게는 『다락방의 미친 여자』 같은 전복적인 여성문학사, 『노튼 여성문학 앤솔러지』 같은 여성문학 선집이 없는가? 왜 한국의 여성 연구자는 이 작업을 수행하지 못하고 있는가? 이런 아쉬움과 부채 의식이 우리가 여성의 시선으로 여성문학의 유산을 정리해 보자는 무모한 길로 이끌었다. 『한국 여성문학 선집』 출판 모임을 결성한 후 우리는 2주에 한 번 정도 작품과 관련 비평문을 읽고 연구사를 검토했다. 근대 초기부터 1990년대까지 한국문학장에서 정당한 평가를 받지 못했던 여성 작가들을 찾아내고 이들의 작품 중에서 선집에 수록할 작품을 선별했다. 사실상 근현대 100년을 아우르는 방대한 시대를 포괄하는 터라 작품을 읽는 것도 고르는 것도 만만치 않았다. 작품 선정을 둘러싼 의견 차이로 합의를 보지 못하고 수차례 논쟁만 이어 간 날도 많았다. 생각보다 기간이 길어지면서 모임을 오랫동안 중단한 때도 있었다. 그러나 우리가 그 세월을 버티며 작업을 계속해 올 수 있었던 것은 여성 연구자의 손으로 여성문학 선집을 출판해야 한다는 책무감 때문이었다.

지금까지 한국문학(사)은 남성 중심의 문학사와 정전을 굳건하게 구축해 왔기에 여성문학은 전통을 이어 왔으면서도 그 역사적 계보와 독자적인 문학적 가치를 온전히 인정받지 못했다. 여성 작가의 '저자성'과 여성문학의 '문학성'은 언제나 의심받으며 주류 문학사에서 배제되거나 주변화되어 왔다. 여성문학을 문학사에 온전히 기입하기 위해서는 여성의 관점으로 독자적인 여성문학사가 서술되어야 하는 이유다. 그리고 독자적인 여성문학사 서술 이전에 선행되어야 하는 것이 바로 여성문학 선집이다. 여성의 시선으로 선별된 일차 텍스트들이 만들어진 이후에야 여성문학사 서술 작업을 시작할 수 있기 때문이다. 지금까지 간헐적으로 여성문학 선집이 출판되었으나 시기적으로는 일제강점기나 1960년대까지로 국한되고, 장르는 주로 소설에 한정되었다. 우리 선집은 특정 시기와 장르에 국한되지 않고 근현대 한국 여성문학의 성취 전체를 포괄하고, 여성의 지식 생산과 글쓰기 실천을 집대성하고 아카이빙한 최초의 작업이다.

우리가 작품을 선별한 기준은 남성 중심 담론과 각축하는 독자적인 여성 주체의 부상과 쇠퇴, 그리고 여성주의적 글쓰기의 새로운 내용적·형식적 전환을 보여 주는 작품의 등장이다. 여성 작가들은 남성 중심적 질서에 한편으로는 포섭되고 다른 한편으로는 저항하면서 나름의 전통을 형성해 왔다. 여성 작가들은 포섭과 저항, 편입과 위반의 이중성 가운데서 흔들리면서도 주체적인 여성의 목소리를 발화하고 그것을 드러낼 수 있는 새로운 미적 형식을 창조해 왔다. 우리는 여성 작가들이 수행해 온 주체화와 미적 형식의 창조를 작품 선정의 일차 기준으로 삼았다. 식민지 근대와 탈식민화의 과정을 겪어 온 근현대 한국의 역사에서 여성은 단일한 존재가 아니라 민족, 계급, 섹슈얼리티 등 다양한 사회적 범주가 교차하는 복합적 존재이다. 우리는 여성들의 이런 다면적 경험을 표현하는 글쓰기에 주목해 작품을 선정했다. 기존의 제도화된 문학 형식만이 아니라 잡지 창간사, 선언문, 편지, 일기, 독자투고, 노동 수기 등등 여성문학의 발전에 토대를 이루는 다양한 글쓰기들도 포괄했다.

여성문학 선집이 지닌 '최초'의 의미와 자료적·교육적 가치를 고려해 모든 작품은 초간본 원문을 우선해 수록했다. 근대 초기 작품은 가

독성을 고려해 현대어 표기를 함께 실었다. 각 권의 총론과 작품 해설을 겸한 시대 개관에서는 작품이 생성된 문학(사) 바깥의 맥락을 고려하고자 사회·정치·문화적 배경을 함께 서술했다.

『한국 여성문학 선집』은 시대별로 구분한 7권의 책으로 구성되었다.

1권은 근대화 시기인 1898년~1920년대 중반을 '한국 여성문학의 탄생'으로 조명한다. 시대적으로 한국 근대문학의 출발기인 이때, 신문과 여성잡지 등 공론장에 글을 읽고 쓰는 '조선의 배운 여자들'이 등장했다. 기존 근대문학사 서술에서 축출되었거나 폄하되었던 이 시기 여성 작가들은 계몽적·정론적 글쓰기와 문학적·미적 글쓰기를 횡단하며 '여성도 작가'임을 입증하고자 했다.

2권은 해방 전 일제강점기인 1920년대 후반~1945년 여성문학의 특징을 '계급·민족·여성의 교차'로 제시한다. 식민 통치가 공고해진 이 시기는 여성문학이 계급·민족·성의 교차성을 고민하고 이를 형상화하며 여성 작가로서의 정체성을 확보하려 한 근대 여성문학의 형성기이다. 사회주의와 민족해방, 여성해방에서 변혁의 가능성을 모색하고, 여성주의적 리얼리즘을 실험하는 방향으로 글쓰기의 성격이 뚜렷하게 변화한다.

3권은 해방과 한국전쟁을 거친 1945년~1950년대 여성문학을 '전쟁과 생존'이라는 주제로 바라본다. 해방과 한국전쟁, 포스트 한국전쟁기를 여성문학의 침체기라고들 하지만, 개인 혹은 작가로서 생존을 모색하던 여성작가들은 급진적 글쓰기 활동을 했다. 좌우익이 갈등하던 해방기에는 정치 현안에 적극 반응하면서 문학적 시민권을 획득하고자 했으며, 한국전쟁 후에는 가부장적 국가 재건의 흐름 속에서 실질적이고도 상징적인 폭력 가운데 놓인 여성들을 대변했다.

4권은 1960년대 여성문학을 4·19혁명의 자장 아래에서 일어난 '세

대교체와 저자성 투쟁'으로 다룬다. 한국 여성문학이 여성문학장과 제도를 독자적으로 형성한 시기이다. 본격적으로 '여류'라는 용어가 심판대에 오르고 이전 세대의 불온한 여성들이 물러나면서, 지성을 갖춘 여성 주체들이 대거 등장하는 여성주의 문학으로의 갱신이 이루어졌다.

5권은 1970년대 개발독재기 여성문학에 나타난 '개발 레짐과 여성주의적 각성'을 다룬다. 개발독재기의 젠더 통치가 가시화된 1970년대에 여성의 신체와 섹슈얼리티는 혐오와 처벌의 대상이었다. 이런 통치에 대한 부정과 저항은 '중산층 여성의 히스테리적 글쓰기'와 '여성 노동자의 체험적 글쓰기'로 나타났다. 또한 페미니즘 이론이 번역 출판되고, 1975년 세계여성대회를 계기로 여성운동이 본격화되었다.

6권은 1980년대의 '운동으로서의 글쓰기'를 다룬다. 노동운동을 비롯한 조직적인 사회운동과 민족·민중문학론 논쟁이 활발하게 진행되었던 1980년대에는 민족·민중문학과 페미니즘의 교차성 그리고 민족·민중·젠더의 교차성이 여성문학의 핵심 의제로 부각되었다. 민중 여성의 삶을 반영한 시와 소설이 발표되었고, 마당놀이와 노래극 등 민중적 장르가 재현되었다. 또한 페미니즘 잡지의 발간과 함께 여성해방 문학 비평이 본격화되었다.

7권은 민주화가 이루어진 87년 체제 이후 1990년대 여성문학을 '성차화된 개인과 여성적 글쓰기'로 조명한다. 민족·민중문학이라는 거대 서사가 사라지고, 그로 인해 억압되었던 것들의 회귀가 여성문학에서 본격적으로 이루어진 시기이다. 성, 사랑, 욕망 등 사적인 일상의 영역이 새롭게 발견되며 '여성적 글쓰기'가 본격적으로 성장했다. 여성 작가와 여성문학은 더 이상 게토화된 영역에 머무르지 않고 한국문학의 중심에서 한국문학을 견인했다. 여성 작가의 증가와 함께 성차화된 개인 주체의 다양한 여성적 글쓰기가 이루어졌다.

이 선집이 국문학 연구자뿐 아니라 일반 독자들도 한국의 근현대 여성문학의 계보를 이해하고 여성주의 작품을 감상하는 데 길잡이 역할을 할 수 있기를 기대한다. 마지막으로 『한국 여성문학 선집』은 여성문학의 종착점이 아님을 밝힌다. 여성문학 선집은 앞으로도 시대마다 문학 공동체마다 다시, 그리고 새롭게 쓰일 것이다. 본격문학과 국민문학을 넘어 대중문학과 퀴어문학, 디아스포라문학을 포괄하는 다양한 선집을 후속 과제로 남겨 두고자 한다. 선집 이후의 선집을 위한 도전이 계속되기를 바란다.

마지막으로 이 선집의 발간을 기대하고 지원해 준 많은 사람들이 있었다. 여기저기 흩어진 원본 자료들을 찾고 정리하는 수고를 한 정고은 선생님, 작가 소개 원고를 집필한 한국 여성문학 연구자들, 그리고 까다로운 저작권 작업과 더딘 작업 속도에도 교정과 출간 작업을 꼼꼼하게 진행해 준 민음사 편집부를 비롯해 모든 관계자분들께 감사드린다. 무엇보다 우리가 다채롭고 풍부한 여성문학의 전통을 담을 수 있었던 것은 이 역사를 만들어 온 작가분들 덕분이다. 고개 숙여 감사드린다.

여성문학사연구모임 일동

일러두기

1. 수록 작품은 초간본을 중심으로 삼았고, 초간본을 구득하지 못한 경우 최초 발표 지면 글을 수록했다. 저작권자나 저작권 대리인의 요청이 있는 경우 개정판 작품을 실었다. 출처는 각 작품 말미에 최초 발표 지면, 초간본, 개정판 순으로 밝혀 적었다.

2. 작품 수록 순서는 작가 출생 연도를 따랐고, 출생 연도가 같은 경우 이름의 가나다순을 따랐다. 작품의 최초 발표 연도 확인이 어려운 경우가 있어 한 작가의 여러 작품을 수록한 경우 시, 소설, 희곡, 산문 등 장르 순으로 정리했다.

3. 저작자, 저작권 대리인의 요청으로 작품을 수록하지 못한 경우, 분량상의 문제로 장편소설의 일부만 수록한 경우, 해당 작품과 부분을 선정한 이유를 '작품 소개'로 밝혀 적었다.

4. 어문학적 시대상을 고려해 맞춤법 및 외래어, 기호 표기는 원문을 그대로 살렸다. 띄어쓰기와 마침표는 현행 맞춤법 규정을 따랐다. 단, 현대어본을 별도 수록한 작품은 띄어쓰기를 원문대로 수록했고, 시의 경우에도 시인이 의도한 리듬감과 운율을 위해 띄어쓰기를 원문대로 수록했다.

5. 작품에서 오식·오타·탈락 글자가 있는 경우 원문대로 적고 주석에 이를 밝혀 적었다. 원문의 글자를 판독하기 어려울 때는 □ 기호로 입력했다.

6. 작품에서 뜻풀이나 부연 설명이 필요한 낱말과 문장에는 각주를 달았다. 한자는 원문대로 표기 후 한글을 병기했다.

차례

해방과 전쟁
─일제강점기 여성문학의 해체와
한국 여성문학의 형성

해방부터 1950년대까지는 한민족이 일제의 속박에서 벗어났지만 이념 갈등과 한국전쟁을 겪으며 두 개의 나라로 쪼개진 분단의 시작점인 시기이다. 미소美蘇의 남북한 분할 점령을 조건으로 이루어진 해방 이후 남북한은 1948년에 단독정부를 수립하며 사실상 갈라서고, 한국전쟁을 치른 끝에 서로를 주적主適으로 삼는 분단 체제를 구축했다. 한국사의 이와 같은 흐름은 여성의 인간(시민)적 자유를 턱없이 제한하는 원인이 되었다. 이데올로기 갈등 속에서 여성해방의 의제는 먼 미래로 유예되었고, 남성을 민족적 개발 전사이자 방위군으로 내세운 초남성적 근대화가 본격화한 1960년대에 이르면 여성들은 지극히 사인화私人化된 존재로 위치 지어지기 때문이다. 이렇게 볼 때 해방과 전쟁기는 근대화가 본격화하기 이전보다 상대적으로 다양한 여성 주체들이 가부장제를 심문했던 시간이었다고 할 수 있다. 가정을 박차고 나온 '노라'와 이데올로기를 이야기하는 여성 혁명가, 모母 가장, 전쟁미망인, '양공주' 등 가부장제의 지정석을 벗어난 여자들이 나타난 것이다. 남성들은 식민의 역사가 종식되어 집으로 귀환했지만 이내 한국전쟁의 소용돌이에 휩싸였고, 종전 후에도 오랜 시간 동안 참호 속에 갇혀 있었다.

한국 여성문학사에서 해방부터 1950년대까지는 일제강점기 여성문학장이 해체되고 한국 여성문학이 새롭게 출발했던 기원의 시간이었다. 1948년 남한에서 국가보안법이 제정되어 공산당 활동이 금지됨에 따라 이선희, 임순득, 지하련 등이 월북하고, 남한의 여성문학장은 일제강점기부터 활동해 온 김말봉, 노천명, 모윤숙, 박화성, 장덕조, 최정희 등 기성 문인이 주축이 되는 한편으로 월남한 임옥인과 만주에서 귀국한 손소희, 그리고 신인 추천제를 통해 강신재, 박경리 등이 데뷔하면서 새롭게 형성되었다. 이와 같은 정치적 격변 속에서 여성 작가들은 새로운 정체성을 빌려 와 문단에 끼어들기를 시도하는 한편으로 주류의 사회 질서와 그 세력들을 비판하며 여성 글쓰기의 '소수자성'을 보여 주었다. 이 글은 해방기를 여성 작가들이 주류 문단과의 관계를 의식해 끼어들기를 시도하면서도 한국전쟁 이후 보수화한 사회 재건의 과정에서 "여류"로 호명되며 남성 중심적인 문단과 거리를 두고 여성문학의 미학적 독자성과 정치성을 보여 주었던 시간으로 보고자 한다.

이 시기 여성 작가의 글쓰기는 해방 이후 견고한 사회적 경계들을 용해시키는 혁명의 열기에 고무되어, 혹은 살아남기 위해 이념을 선택하고 입장을 표명해야 했던 상황 속에서 이루어진 새로운 실험이었다. 여성 작가들은 그간의 글쓰기 관습과 달리 남성 혁명가나 남성 민중을 서사의 초점 인물로 세우고 여성의 일상 경험과 무관한 정치 서사를 창작했다. 그러나 주인과 노예의 자리가 바뀌고 남자와 여자의 경계가 뒤섞이는 급진의 시간이 저물고 1950년대가 되자 가부장을 위시한 탈식민적 국가 재건이 이루어지면서 유례없는 백래

시의 광풍이 불었다. 여성 작가들은 그 이름조차 우아한 '규수' 작가로 불리며 한국 문단의 게토화한 지정석에 앉게 된다. 또한 공산당 부역의 혐의를 받거나 신여성 첩을 의미하는 '제2부인'의 꼬리표를 달고 있었기 때문에 여성 작가들은 김동리, 조연현 등 우익 남성 중심의 문단 시스템하에서 이들의 인정을 받아야만 작가로서 활동 가능한 열세에 처해 있었다. 여성 작가는 문예지보다 상업적 성격이 강한 신문과 잡지 등 매체에서 더 두각을 드러냈다. 그런 여성 작가는 저자의 권위를 가졌다기보다 해방과 전쟁 동안 가부장제를 이탈한 여성들을 '정상화'시킬 임무를 부여받은 '여류 명사'이거나 대중이 좋아할 만한 이야기를 팔아 가족을 먹여 살려야 하는 여가장이었다. 그럼에도 이 시기 여성의 글쓰기는 전쟁에 대한 젠더화한 기억이자 여성 혐오적인 국가 재건에 대한 항의 표현이 되기도 했다.

본론을 시작하기 전에 시와 희곡 장르에서 많은 작품을 논의할 수 없음을 미리 밝혀 두고자 한다. 해방과 전쟁기 여성문학사에서 두각을 드러낸 것은 소설 장르였다. 시 장르에서는 노천명, 모윤숙, 김남조, 홍윤숙 등 젊은 시인들이 있었지만 여성 시의 르네상스는 1970년대 이후에 펼쳐졌다. 또한 희곡 장르에서 여성 작가의 활동이 본격화한 것은 1960년대부터였다. 희곡은 해방 전후의 좌우 대립과 한국전쟁 등 굴곡진 역사로 침체를 거듭하다가 1957년 국립극장이 서울로 이전하고 1958년 극단 신협이 재출범하면서 정상화되었다. 1959년에 여성 극작가 김자림이 「돌개바람」으로 등단하며 여성 연극계가 성황을 이루고 유의미한 성과작이 나오기 시작했다. 해방부터 1950년대까지는 사실상 여성 희곡의 공백기였다.

해방기: 유예된 여성해방과 복장 도착의 글쓰기

1945년 해방은 여성들에게 일제 식민 통치하에서 지연된 여성해방의 이상을 실현할 기회였다. 일제 식민 통치하에서도 1910년대 신여성에서 1920년대 붉은 혁명의 여전사로 이어졌던 여성해방의 물결은 태평양전쟁이 발발해 조선이 병참기지화되고 '구국의 성모' 담론이 부상하며 여성들마저 전쟁에 동원되면서 억눌렸던 것이다. 그러나 해방이 되자 남북한 양측에서는 약속이라도 한 듯이 '부녀국'을 설치하고 남녀평등법을 발표하는 등 여성해방을 새로운 시대적 이상으로 내세웠다. "여성이 해방이 되지 못한 국가와 민족은 마치 발은 풀렸다 할지라도 팔은 여전히 묶어 논 것이니까 결국은 옳은 해방은 아닐 것"(43쪽)이라며 여성해방이 민족해방의 필수 조건임을 강조하는 논설이 발표될 만큼 시대적 관심사였다. 이러한 변화와 쇄신의 시대를 맞아 여성들은 다양한 정체성을 모색하며 가부장제에 균열을 냈다. 사랑이 아니라 이념과 정치를 이야기하는 혁명가, 고등교육을 받기 위해 집을 떠나는 유학생, 모처럼 시장에 활기가 찾아오자 상업에 뛰어든 가장 등 재래의 젠더 규범을 이탈하는 여성들이 대거 등장했다.

일부 여성 작가들은 좌우익 정치 권력과 협상하면서 여성해방의 이상에 대한 입장을 표명했다. 일제 말기에 절필했던 김말봉은 「가인의 시장」(1947~1948) 등에서 '공창제 폐지'를 주장하며 미군정의 부녀 정책을 지지하는 확실한 프로파간다로 나섰다. 김말봉은 일제의 유산인 공창제를 폐지함으로써 여성 섹슈얼리티가 매춘화되는 현실을 저지하고자 했지만 성적 정결함에 과도한 의미를 부여하고 가정을 여성의 이상적인 장소로 제시하는 함정에 빠졌다. 또

한 박화성은 1947년에 조선문학가동맹 목포지부장에 선출되며 오랜 침묵을 깨고 발표한 단편소설 「광풍 속에서」(1948)를 통해 남한의 제헌 국회가 기초起草한 '축첩제 폐지 법률안'을 비판하며 좌익 계열 작가로서 정체성을 표명했다. 이 작품은 여성의 경제적 자립이 용이하지 않은 현실에서 축첩 금지법이 첩과 그 가족에 대한 도덕적 낙인이 될 수 있음을 우려하며, 가족법 개정 이전에 남녀평등을 실현할 수 있는 실질적인 현실의 변화를 촉구했다는 점에서 의미가 있다. 그러나 이렇듯 새로운 시도에도 불구하고 해방기를 대표할 만한 젠더 서사가 나왔다고 보기는 어렵다. 문단이 사실상 좌우익으로 나뉘어 문학이 이념 표현의 장이 되자 여성해방의 의제가 억눌린 것이다.

해방기는 "상반되는 문학 이념 간의 혼재와 대결의 사건사이며, 운동사적 성격이 우세한 시기"[1]였다. 작가들은 좌우익 문학 단체에 가담하거나 조직의 이념과 정체성을 의식하며 글을 쓰는 환경에 놓여 있었다. 여성 작가들 역시 예외일 수 없었다. 일부 여성 작가들은 그간의 글쓰기 방식을 버리고 이념과 정치를 소재로 삼아 새로운 실험에 나섰다. 여성 작가들은 남성 혁명가나 민중을 서사의 중심에 세워 두거나 남성의 목소리를 빌려 말하는 방식을 택했다. 기존의 글쓰기 관습에 거리를 두는 복장 도착적 글쓰기는 남성을 혁명의 주체로 승인하는 것이라기보다는 남성 중심의 문학장에 끼어들면서도 혁명에 대한 비판과 의혹을 감추는 동시에 드러내는 전략이었다. 해방 정국의 정치 현실을 비판적으로 조감하고 조직에 대한 내부 고발자의 면모조차 보여 주는 경계인의 글쓰기를 시도한

---

1   김병익, 『한국문단사 1908∼1970』(문학과지성사, 2001), 250쪽.

것이다.

이선희는 사회주의 계열의 극작가인 남편 박영호와 함께 월북하기 직전에 「창」(1946)에서 '무상몰수 무상분배無上沒收 無上分配' 원칙을 천명한 북한의 '토지개혁'으로 갈등하는 형제의 이야기를 다루었다. 형인 김사백은 북에서 토지개혁 시행이 예고되자 자신이 불구의 몸으로 마련한 토지를 뺏기는 데 분노해 소작농인 동생 김사연과 갈등한다. 좌절한 김사백이 자살한 뒤 김사연은 토지개혁의 주체가 된다. 이와 같은 대칭적 인물 구도로 인해 이 소설은 소부르주아 의식을 비판하는 이념 서사로 읽혀 왔다. 이선희의 월북행은 이러한 해석의 근거로도 해석되었다. 그러나 땅에 대한 형의 애착과 지주에게 아내를 뺏긴 동생이 지주 계급에 보이는 질투와 시기심은 「창」을 특정한 이데올로기를 편드는 이야기로 보기 어렵게 만든다. 지주에게 아내를 뺏기고 상처 입은 남자인 김사연에게 토지개혁은 계급사회에서 오쟁이 진 남자가 품는 복수의 성격을 갖는다. 또한 김사백의 자살은 땀 흘려 이룬 것에 대한 인간적 기쁨과 애착으로 독자의 공감을 자아내며 '전원몰수 무상분배 원칙'을 비판적인 논쟁의 대상으로 만든다. 기계적 평등 원칙이 인민에게 절대적 복종을 강요함으로써 소유를 향한 인간 본성을 무시하고 개별성을 위협하는 것이다. 그렇지만 「창」은 구조적 불평등에 짓눌린 농민의 빈곤과 차별을 핍진성 있게 그려 내고 있어서 토지개혁에 반대하고 있다고 보기도 어렵다. 혁명의 주변인인 여성의 시선을 십분 발휘해 이데올로기에 거리를 두고 혁명의 폭력성과 급진적 해방성 모두를 그려 내려 했다고 볼 수 있다.

또한 최정희는 일제 말기의 친일 행적을 지우려는 듯이 「풍류잡히는 마을」(1947)에서 중년 여성 지식인의 닭장 고치기 에피소드를 통해 남한에서 근대적 개혁의 일환으로 시행한 '토지 추수의 삼분 병작제三一制'가 소작 농민의 삶을 위협하는 현실을 비판했다. 남한의 작은 부락을 배경으로 일제강점기보다 더 깊어진 농민의 가난, 미군정하에서 '양갈보'로 전락한 마을 여성을 통해 반미 의식을 드러내고 민족 해방은 아직 도래하지 않았음을 비판한 것이다. 소설 속에서 빈곤에 시달리는 소작농 노인의 위태로운 육체는 민족해방은 소문에 불과하고 사실상 사회의 주인이 일제에서 미국으로 바뀌었을 뿐임을 암시한다. 부락의 지주가 일제강점기보다 한층 더 농민들을 가혹하게 수탈하는 이유는 그의 아들이 미군정 관료이기 때문이다. 이렇듯 최정희는 미완의 해방을 이야기하는 한편으로 농민 특유의 노예화한 굴종을 찾아볼 수 없는, 반항적인 청년 농민의 형상을 통해 급진적인 프롤레타리아 혁명에 대한 기대를 드러내며 민중의 다수를 차지하는 농민의 정치 참여의 필요성을 강조한다. 또한 더 이상 일제의 눈치를 보지 않고 정자나무 아래에서 정치를 논하는 농민들의 활달한 모습을 담으면서도 김구, 박헌영 등 정치 지도자들을 가십의 대상으로 소비하는 데 그치는 농민의 무능까지 포착한다.

다른 한편으로 지하련은 조선문학가동맹 가입 후 「도정」 (1946)을 발표해 해방기념문학상 후보작에 오르고 1947년 문화예술가 총궐기대회에 참여하는 등 사회주의자로서 정체성을 가장 확고하게 보여 준 여성 작가였다. 지하련은 조선문학가동맹를 실질적으로 주도했던 임화와 함께 북으로 가기 전 「도정」을 발표했다. 이 소설은 자신의 소시민성을 자성한 끝에 공산당에 가입할 것을 결심하는 남성 지식인 석재의 각성 과정을 그렸다. 당 가입을 망설이는 석재는 사회주의자로 정체화하기에는 소부르주아 의식에 사로잡혀 있는 듯 보인다. 그러나 지하련은 이데올로기를 권력으로 추수하는 혁명 세력들을 비판하는 대신에 자신의 비겁조차 냉엄히 응시하는 석재를 '자기 진실성의 윤리' 주체로 옹호했다. 우울증적이고 감상적인 석재의 반대 항에, 일제 치하에서는 부를 쫓았지만 해방 정국에서 영웅적 사회주의자로 둔갑한 기철을 놓는다. 이념과 정치 투쟁의 주변부에 선 여성 작가의 시선으로 내부자를 비판하는 목소리를 낸 것이다.

해방기 시사에서 여성 시인의 자리는 매우 척박했다. 1930년 대를 대표하던 두 명의 여성 시인 모윤숙과 노천명은 일제 말기에 친일의 길을 걸었고, 해방 후에는 친일 행위에 대한 치열한 자기반성 없이 시작 활동을 이어 나갔다. 모윤숙은 친일 시를 쓰던 것과 동일한 어조로 '국가'와 '민족'을 내세우는 공허한 주장으로 목소리를 높였고 노천명은 '고독한 나'를 내세워 현실에서 도피했다. 이렇듯 자기 성찰 대신 기만과 회피의 방식을 택하며 정체성의 혼란을 직면하지 못한 이들은 다시 한국전쟁의 격랑에 휘말렸다. 모윤숙은 한국전쟁의 경험을 담은 시 「국군은 죽어서 말한다」(1951)에서 반공주의와 애국주의로 무장한 '국가'와 '민족'을 더욱 강하게 내세웠고, 노천명은 친일 부역 혐의를 청산하고자 몇몇 전쟁시에서 애국의 이념을 드러내기도 했다. 그러나 해방 이후 노천명은 「적적한 거리」(1949), 「아름다운 얘기를 하자」(1953) 등을 통해 분단으로 헤어져 볼 수 없는 이들을 그리워하며, 해방이 사실상 분단의 시작이며 민족 회복과 통합이 요원하다는 점을 아프게 환기하는 시편들을 발표했다. 친일 부역 행위로 수감되었던 경험을 다룬 「고별」(1951)이나 소박한 행복을 이야기하는 「이름 없는 여인이 되어」는 자신의 비루함에 대한 진솔한 응시와 현실 초월의 의지를 드러낸다. 다른 한편으로 시조 시인 이영도 역시 「맥령」(1946)에서 노천명의 해방기 시와 마찬가지로 해방을 기쁨이기 이전에 또 다른 슬픔으로 포착한다. 해방과 함께 조국으로 돌아왔지만 난민처럼 떠도는 동포들에게서 쉽게 치유되지 않는 수난의 시간들을 통감하는 것이다. 드물게도 지하련은 「어느 야속한 동족이 잇서」(1946)에서 식민지 청년의 죽음을 애도하며 사회주의자 여성으로서 정체성을 분명히 하고 있다.

1950년대: 젠더화한 국가 재건과 '아프레 걸'의 반격

1950년대는 한국 여성문학사의 암흑기로 통용되곤 한다. 진보적 학술운동의 일환으로 한국 여성문학에 대한 페미니스트 연구가 활성화되면서 전후 여성 작가들은 "상당한 재력과 품위를 가진 가정, 전후 문단의 보수적 헤게모니와 상충하지 않는 계급적 성향"의 "부르주아 여성 작가군"[2]으로 통칭되었다. 여성문학이 사회성과 민중성을 결여했으며 여성 의식이 약했다는 평가는 일면 타당하다. 모윤숙, 손소희, 장덕조, 최정희 등 남한 여성문학의 기원이었던 여성 작가들은 한국전쟁이 발발하자 종군작가단의 일원이 되어 전쟁의 치어리더를 자처했고, 전쟁이 끝난 후에는 냉전 권력을 연성화하는 '여류 명사'로 활동했다. 여성이 쓴 상당수의 글과 강연은 가부장제가 만들어 낸 모성 이데올로기와 여성성을 신화화하는 것이

2　박정애, 「'여류'의 기원과 정체성: 50~60년대 여성문학을 중심으로」(인하대학교 국어국문학과 박사학위논문, 2003), 52쪽.

었다. 식민지기 신여성 작가인 나혜석이 "우리 조선 여자도 인제는 그만 사람같이 좀 돼 봐야만 할 것 아니오?" "믿건대 먼저 밟으시는 언니들이여! 푹푹 디디어서 뚜렷이 발자취를 내어 주시오."[3]라고 호소했던 데 반해 남한 여성 작가들의 여성적 자의식은 강렬하지 않았다.

그러나 전후의 척박한 현실 속에서 여성 문단이 처한 곤경과 성취에 주목할 필요가 있다. 작가의 정치적 삶과 문학이 일치한다고 보기도 어렵지만 '체제 순응적인 여류'는 사회와 문단의 약자로서 여성 작가들이 선택한 가면 전략으로 볼 필요가 있다. 자기 파괴를 자처하기보다는 가면과 변장으로 생존을 도모하는 문화변용은 약자의 자기 보호술이다. 그러므로 경우에 따라서는 표층 서사와 이면 서사를 겹쳐 보거나 거꾸로 읽는 암호 풀기식 독법조차 불가피하게 요청된다. 또한 소설에서 강신재, 구혜영, 박경리, 손장순, 전병순, 정연희, 한말숙, 한무숙를 비롯해 시에서 김남조, 홍윤숙, 허영자, 그리고 수필 장르에서 언론인 정충량 등까지 작가층이 두터운 만큼이나 다양성과 이질성에 주목해 볼 수 있다. 또한 '여류 명사'로서 문학적 지분을 챙긴 모윤숙, 장덕조, 최정희 등 기성 여성 작가와 달리 친일의 행적이나 노골적인 정치적 부역의 혐의로부터 자유로운 신진 여성 작가들이 등장했다는 점을 주목해 보아야 한다. 따라서 남성 엘리트나 진보적 이념 주체가 1950년대 여성 작가에게 붙여 준 체제 순응적인 "여류"의 프레임에서 벗어나 여성 인물과 화자를 알레고리로 보고 여성 작가의 '저자성'을 해석할 수 있어야 한다. 여성문학은 전후 사회 재건의 과정에서 가부장적 민족의

---

3   이상경, 『나혜석 전집』(태학사, 2000), 187~188쪽.

시대 개관

경계 바깥으로 내몰린 여성과 이방인의 삶과 존재를 기입하는 거의 유일한 장이었다는 점 역시 놓치지 말아야 한다.

전후 여성문학의 첫 번째 흐름은 식민—해방—한국전쟁의 역사 속에서 죽어 간 희생자를 기억하고 이별과 죽음 등 상실의 아픔을 위무하는 애도 주체로서 여성의 출현이다. 홍윤숙의 시 「생명의 향연」(1962)[4]에서 여성 화자는 전쟁과 분단으로 인해 사랑하는 이를 잃어버렸지만 그리움의 정념에 사로잡히기보다 상실의 고통과 허무의 구렁을 '생명'의 원초적 가치에 기대어 극복하려 한다. "나와 더불어 이 세상 어느 한 구석에/ 살아 있다는/ 다만 살아 있다는 그것만으로/ 다행"이라며 너를 "사랑하지 않아도 좋으리"라고 여기며 담담히 현실을 수락하는 것이다. "살아 있음은 오직 하나의 권능/ 우리 옆에 이웃 있음은 또 하나 다사한 영광"으로 여김으로써 "크나큰 생명의 향연" 속에서 너를 만나고자 하는 시적 화자는 사랑하는 너를 잃어버리지 않기 위해 지상의 질서를 넘어서는 천상의 구원에 기대고 너의 연인이 아니라 성모로서 다시 태어난다고 할 수 있다. 또한 김남조는 1953년에 출간된 시집의 표제 시 「목숨」에서 전쟁을 "불 붙은 서울", 즉 광란의 폭력으로 은유하고 희생자들의 취약성을 강조했다. 인간의 취약성은 폭력을 이상화하는 전쟁의 시대를 넘어설 수 있는 의미 있는 공통감각이라는 점에서 "돌멩이처럼 어느 산야에고 굴러 그래도 죽지만 않는/ 그러한 목숨이 갖고 싶"은 것은 "가장 욕심 없는 기도"라는 표현은 비록 소박할지라도 그 울림이 크다.

---

4   홍윤숙의 「생명의 향연」은 『여사 시집』(1962)에서 최초로 수록된 미발표작으로 창작 시기를 알 수 없지만, 해방과 한국전쟁기의 시편들처럼 이별과 상실을 이야기하고 있어 1950년대에 창작된 작품으로 추정한다.

이렇듯 여성 시인들은 '목숨', '생명'을 전쟁의 상처를 치유하고 전후를 살아갈 새로운 가치와 사상으로 주목함으로써 남성적인 것과 대립되는 여성적 글쓰기의 미학을 창출했다. 여성의 시는 부드럽고 센티멘털하기 때문에 큰 현실을 담지 못한다는 비판을 받기도 하지만 감정은 분명히 1950년대 여성 시의 자원이었다. 이별과 죽음 앞에 상실의 슬픔을 이야기하고 치유를 도모하는 여성 시들은 탈정치적인 애도를 시도함으로써 애도를 정치화하는 냉전 국가의 전쟁 기억에 대해 비판적 거리를 창출했다. 전후 정치권력자들은 이별과 죽음 같은 전쟁의 비극을 침묵에 부치는 한편으로 죽은 자들을 이데올로기에 의거해 평화를 위협하는 '괴물'로 과잉 재현하거나 희생적 영웅으로 미화함으로써 정치권력의 토대로 삼았다. 이렇게 볼 때 여성 시는 인간을 "가랑잎"(김남조, 「목숨」) 같은 취약한 생명에 비유하고 살아남는 것을 최고의 소망으로 선언하는 인간의 저차원화 전략을 통해 이데올로기 전쟁이 내건 인간 해방의 슬로건을 비판했다고 볼 수 있다. 그러나 여성 시의 화자가 애도하는 성모 혹은 여성 사제를 자처하면서 가부장제의 성녀/마녀 이분법에 쉽게 말려들게 되었고, 또한 탈정치적인 애도는 정치화한 애도에 대해 적극적인 반격이 되기는 어려웠다.

　　1950년대에 한국문학은 냉전 분위기에 압도되어 국가 주도의 정치화한 애도에 이렇다 할 대응을 하지 못했다. 여성 작가들이 애도하는 여성 사제의 위치에 설 수 있었던 것은 남성 중심의 이데올로기 논쟁에서 여성이 배제되었기 때문이기도 하다. 그러나 박경리는 여성을 기억과 애도 주체로 내세우되 탈정치적인 모성의 상상력 속에 가두지 않고 전쟁 이후 사회 공동체의 향방을 제시함으로써 여성문학의 정치성을 새롭게 보여 준 작가였다. 단편소설 「불신

시대」(1957)는 어린 아들의 죽음으로 슬픔의 블랙홀에 빠진 어머니의 곡진한 애도기를 담고 있다. 전쟁으로 남편과 사별한 진영은 의사마저도 생명을 경시하는 속악한 전후의 풍토로 인해 아들 문수까지 잃는다. 아들에 대한 죄의식에 사로잡힌 진영은 종교의 문을 두드리지만 애도마저 상업화하는 현실을 목도하고 "있는지도 없는지도 모르는 신"에게 기대기보다는 "반항을 해야겠다. 모든 약탈적인 살인자를 저주해야겠다."(324쪽)라고 결심한다. 불신의 시대에 '신'을 발명해 내야 할 책임이 살아남은 자의 몫임을 자각한 것이다. 작가 자신의 체험을 바탕으로 썼지만 이 소설은 단지 아들을 잃어버려 절망한 성모 피에타의 통곡에 머물지 않는다. 섬광처럼 진영을 사로잡는 아들 문수의 주검은 자주 "내장이 터져서 파리가 엉겨 붙은 소년병"(301쪽)과 오버랩된다. 인민군복을 입은 소년병, 즉 냉전 국가의 최고 금기인 빨갱이의 그로테스크한 시체 이미지는 추상적 이념이나 국가보안법 같은 정치권력보다 생명과 인륜성이라는 더 상위의 가치를 이야기하는 여성적 애도의 정치성을 보여 준다.

다른 한편으로 역사의 희생자에 대한 기억은 남성으로 젠더화한 대문자 역사에 대한 대항적 차원을 보여 준다. 현대사는 아버지/남성의 수난과 저항의 역사로 이야기된다. 가령 해방은 조국을 되찾기 위해 가족과 고향을 등지고 해외에서 갖은 수난을 겪다가 돌아온 남성 망명객의 감격으로 묘사되고, 한국전쟁의 비극은 어머니 조국을 지키기 위해 참전한 남자의 훼손된 몸으로 은유된다. 이러한 묘사나 재현은 여성은 남성보다 훨씬 더 안전하며 이러한 안전은 남성의 희생에 빚진 것이라는 가정을 은밀히 유도한다. 따라서 여성은 질곡의 역사를 '살아 낸' 주체로 받아들여지지 못하고 여성의 전쟁 트라우마는 사회적 연민과 공감의 대상이 되지 못한다.

거대사에서 남성 중심의 기록과 재현은 남성이 민족이나 공동체의 대표 주체가 되면서 여성을 남성의 타자로 만든다는 점에서 문제가 있다. 전후 여성 작가들은 남성 중심적인 증언과 기억으로 인해 망각의 수렁에 빠진 여성들을 건져 내는 방식으로 기억 투쟁을 시도했다.

한무숙의 「허물어진 환상」(1953)은 꽃도 명예도 없이 잊힌 혁명가들에 대한 추모기다. 다방을 경영하는 중년 여성 영희는 해방된 조국에서 과거에 준수한 엘리트였지만 백발의 백치 노인으로 전락한 독립운동가 혁구와 조우한다. 영희의 기억과 회고 속에서 혁구는 백치가 아니라 의분에 찬 청년, 독립운동에 매진하는 민족주의자로 재생된다. 그러나 한무숙이 드러내려는 것은 독립운동가의 익숙한 표상이 되는 남성이 아니라 부조리한 역사에 응전하는 역사 주체로서 영희의 서사다. 제국대학 출신 사법관의 부인인 영희는 혁구가 요청한 남편의 서류 중에 있는 독립운동가 명단을 찾았지만 넘겨주는 대신, 태중의 아이를 잃으면서까지 빼돌린 그 서류를 불태웠다. 진실을 모르는 혁구는 영희를 "죽이 끓는지 밥이 끓는지"(190쪽) 모르는 '부인', 즉 판단과 선택이 불가능한 비역사적·비지성적 존재라고 비판하고, 영희는 마음속으로 혁구의 독립운동이 "의지를 갖지 않고, 남의 의지에 끌리어 움직이고 있는"(186쪽) 것은 아닌가 의심하며 두 사람은 불화한다. 그러나 해방된 조국에서 영희는 비로소 오랜 노여움을 풀고 비록 혼자만의 외로운 것이지만, 역사의 엄중한 시간을 함께했던 혁구와 화해에 이른다. 영희는 역사의 희생자에 대한 애도 속에서 여성으로서 기억 투쟁을 시도한 것이다.

두 번째 흐름은 '양공주'를 단순히 선정의 피해자가 아니라 역사에 대한 재해석을 요구하고 민족의 경계를 흔드는 하위 주체로

27

재현한 것이다. 해방과 전쟁을 겪으면서 남한 사회는 미국의 '수혜 경제 체제'에 놓였는데, 특히 미국의 군사적 보호와 경제적 지원에 의존하고 그 대가로 미군에게 섹스와 위안을 제공하는 기지촌은 남한의 주요 산업이었다. '점령지의 수혜 경제는 성적 경제라는 방식으로 작동했다.'라고 할 만큼 미군 대상으로 성을 팔아 가족을 부양하고 국가를 방어하는 섹스 워커 '양공주'에 의존하는 '서비스 이코노미'가 형성된 것이다. 자국의 가장 가난한 가정의 여성들이 사실상 반강제로 매춘 경제를 지탱했다는 점에서 '양공주'는 해방과 전쟁의 피해자였지만 여성의 섹슈얼리티를 검열하고 통제하는 가부장적 민족국가의 경계를 심문하는 도발적인 하위 주체라는 점에서 양가성을 갖는다. 남한의 가부장적 민족주의는 수혜 경제 체제에 대한 고통스러운 자의식으로 위신을 세워야 한다는 생각에 몰두하고 여성에게 순결 이데올로기를 강요하면서 민족의 정신적 우월성을 주장했기 때문이다. 따라서 '양공주'에 대한 재현은 가부장적 민족주의와 여성주의의 시선이 첨예하게 맞서는 영역이었다.

전후 한국문학장에서 탈식민 민족문학을 주도한 남성 작가들은 해방과 한국전쟁 이후 미국 군대가 주둔하며 펼쳐진 새로운 현실의 문제에 주목하면서 '양공주'를 전통의 붕괴나 민족의 오염을 가시화하는 외상(트라우마)으로 재현했다. 민족의 오염과 남성의 무능을 일깨우는 불편한 존재라는 점에서 '양공주'는 강간당한 희생자로 무기력화되거나 탐욕스럽게 물질과 성을 추구하는 '팜므 파탈'로 부당하게 재현되었다. 그러나 여성 작가들은 '양공주'를 민족의 상흔이나 오염으로 표상하는 가부장적 서사 문법에 대항했다. 미군에게 몸을 판 '양공주'나 가족과 민족을 부양했지만 공동체의 수치로 전락한 국제 결혼 여성들을 중심에 두고 고결함을 이상화하는 민족국가의 허위를 비판했던 것이다. 강신재의 「해방촌 가는 길」(1957), 정연희의 「천 딸라 이야기」(1960), 한말숙의 「별빛 속의 계절」(1956), 손장순의 「전신」(1958) 등 여러 작품에서 '양공주'는 해방과 전쟁이 만들어 낸 기형이나 변칙으로 재현되는 것이 아니라 가부장적 민족 공동체를 심문하는 불온한 하위 주체로 출현한다.

강신재의 「해방촌 가는 길」에서 여주인공 기애는 몰락한 양반의 딸로 아버지가 부재한 가난한 가족의 붕괴를 몸을 팔아 막아 내는 '양공주'다. 기애는 물신화되고 색정증적인 존재로 재현되곤 하는 '양공주'에 대한 민족주의적 서사의 허위를 비트는 인물이다. 이국 병사에게 몸을 파는 최하층의 여성이지만 생계를 책임지는 희생적인 인물이라는 점에서 기애는 성녀/마녀의 이분법을 뒤흔드는 '벌거벗은 성모'이기 때문이다. 나아가 기애의 이야기는 '양공주'가 민족 공동체를 떠받치지만 민족의 일원으로 인정받지 못하는 구성적 외부임을 보여 줌으로써 민족을 구성하는 존재의 다양성을 이질화·병리화하는 민족 상상력의 허위를 꼬집는다. 기애의 어머니는 딸이 가져온 미제 물건을 비싸게 팔 궁리를 하면서도 딸이 몸을 판다는 사실을 애써 모른 척하며 양반 출신이자 기독교인으로서 자신의 고결한 주체 위치를 포기하지 않으려는 인물이다. 다른 한편으로 「해방촌 가는 길」을 비롯해 '양공주'가 등장하는 강신재의 여러 작품은 서구 문화와 접촉하면서 여성성의 교환 가치에 눈뜬 가난한 여성들에게 여성성은 가부장제에 의존하지 않고 여성이 자립하는 왜곡된 방식이 될 수 있음을 암시한다.

최정희의 『끝없는 낭만』(1958)은 저마다 감격에 차서 '민족'을 부르짖었던 해방부터 한국전쟁을 지난 1950년대까지를 시간적 배경으로 한다. 최정희는 이 시기가 사실상 민족이라는 이름의 한 덩

어리 같았던 사람들이 젠더와 섹슈얼리티·지역·이념으로 쪼개지고 나뉘며 적법한 자와 적법하지 못한 자로 경계 짓는 시간이었음을 차래의 일생을 통해 보여 준다. 1945년은 일제강점기가 끝나 모든 갈등이 해소된 '제로년'으로 불리지만 사실 모든 갈등이 끝난 게 아니라 새롭게 출현한 시작점이었다. 하얼빈에서 해방된 조국으로 귀환한 차래네는 조국을 등지고 외국인의 노예로 살았다는 수치심에 열세 살의 딸 차래를 독립운동가 배형식의 아들 배곤과 약혼시킨다. 귀환 동포처럼 경계를 넘어야 하는 사람들에게 해방기는 자신의 '정체'를 증명해야 하는 시간이었던 것이다. 그러나 차래네는 남한이 사실상 미국의 점령지로 전락하고 한국전쟁마저 발발하면서 또 다른 혼란에 휩싸인다. 사실상 남북이 상이한 체제를 구축한 해방의 공간에서 민족주의자 배형식은 북한의 감옥에 갇히고, 아버지를 구출하기 위해 나선 배곤이 한국전쟁의 와중에 실종됨으로써 탈식민 민족주의 주체들을 중심으로 한 근대 국가 건설에 제동이 걸린 것이다. 결과적으로 주인이 바뀌었을 뿐 여전히 식민의 상태를 벗어나지 못한 남한에서 생존의 기반이 취약한 이주민인 차래네는 미군 전용 세탁소를 운영하며 생계를 잇고, 차래에게 호감을 품은 미군의 원조를 거부하지 못함으로써 외국인의 개가 된 것 같은 자괴감에 시달린다.

　최정희는 해방과 한국전쟁의 공간에서 차래와 그녀의 섹슈얼리티는 우익 민족주의 남성을 주체로 한 탈식민 민족국가의 경계를 심문하는 젠더 공간-지리가 되고 있음을 날카롭게 포착한다. 여학생인 차래는 미군 병사인 캐리 조오지를 통해 서구 문화와 접촉하면서 성적인 감정에 눈뜨는 한편으로 조오지의 풍부한 인문 예술 교양에 매혹된다. 그러나 미군이 원조자인 한 남한 여성과 미국 남자의 관계는 원조와 성매매로만 해석되기 때문에 자신이 사랑을 하는지 성을 판매하는지 혼돈스러워한다. 배곤이 전쟁터에서 행방불명되자 차래의 아버지는 차래에게 미군 병사 캐리 조오지와 결혼을 종용해 혼돈은 가중된다. 휴전이 선포되어 국가 재건 작업이 탈식민과 가부장제의 복원을 목표로 이루어지면서 미군과 국제결혼을 하고 혼혈아까지 낳은 차래는 민족의 수치인 '양공주'로 내몰린다. 순결하고도 단일한 '민족'에 대한 상상을 위협하는 이질적이고 혼종적인 존재들을 솎아 내기 위해 낙인과 배제의 정치가 본격화한 것이다. 실종되었던 '곤'이 찾아와 차래를 민족의 반역자로 몰아세우자 수치심에 사로잡힌 그는 토니를 영아원에 버리고 '양공주'와 함께 자살한다. 차래의 자살은 탈식민 민족국가 상상력의 가부장성과 폭력성을 고발하는 서발턴(subaltern)의 희생적 위치를 가시화한다.

1950년대 여성문학의 세 번째 흐름은 정신병리적인 여성 주체들의 서사이다. 해방과 한국전쟁은 가부장적 민족 재건의 정치가 시작되는 결절점이다. 해방은 신여성 기획을 리부트했지만 가족이 민족 재건의 상상적 구심점이 되면서 여성은 '가정의 천사'로 이상화되고 가정 영역에 고립되기 시작했다. 사회 재건은 풍속 정화의 미명하에 여성에게 '창부'의 혐의를 두고 여성 섹슈얼리티를 규율화하는 식으로 이루어졌다. 남성의 '남성성 상실'이라는 위기를 해결하고, 해방과 전란 속에 순결을 잃고 '드세진' 여자를 길들이기 위한 풍기 문란의 문화정치가 작동한 것이다. 전후 대중 서사는 육체의 그림자도 얼씬거리지 않는 플라토닉한 사랑이나 탈성화한 여신을 재현하는 데 몰두했다. 이러한 시대 현실에 저항하는 여성 작가들은 좌절한 평등 기획과 근대성의 부소리를 함축해 보여 주는 '착한 여자의 역할을 수행하느라 미쳐 가는 여자'와 '가족 제도 바깥에서 가부장제를 위협하는 요부'에 매혹되었다. 중산층 가정에서 착실히 여성성을 수행하지만 어딘지 언캐니(uncanny)한 여자, 자신의 성적 매력을 과시하며 친구의 남편이나 시동생마저 유혹하는 색정적인 여성 편집증자들이 1950년대 소설의 무대에 출현하기 시작했다.

미친 여자가 등장하는 문학적 성과로 강신재의 「안개」(1950)를 들 수 있다. 이 작품에서 여주인공 성혜는 소설가로 데뷔하지만 글쓰기를 가사노동보다 더 가치 있는 것으로 받아들이기 어려워한다. 자신을 능가한 아내에게 남성과 가장으로서의 헤게모니를 빼앗기지 않으려는 남편이 그녀의 글쓰기를 인정하지 않기 때문이다. 그러나 남편을 반역하기 두려워 굴종을 선택해 온 성혜는 열등한 남편의 실체적 진실과 마주하며 광기에 휩싸인다. 또한 한무숙은 「감정이 있는 심연」(1957)에서 정신병의 힘을 빌려 성애의 금기를 넘어서는 미대생 전아의 저항과 투쟁을 그려 냈다. 전아의 이모들은 유수한 가문이 강요하는 트로피적 역할에 자연스러운 본성을 억눌린 희생자들이다. 아버지의 가문을 지키는 것을 자신의 가장 위대한 사업으로 여기는 큰 이모는 금욕주의적인 광신도로 사실상 조증 환자이며, 성적 스캔들로 법정 구속된 적이 있는 둘째 이모는 생기 있는 삶을 잃어버린 우울증 환자다. 주인공 전아는 성녀도 마녀도 되지 않기 위해 정신병을 저항 전략으로 선택하고 이용한다. 전아는 첫 성교 후 히스테리적 발작을 일으켜 정신병원에 수용되는데, 여기서 정신병은 사회의 외압을 견디지 못한 의식의 해체 현상이라고 하기 어렵다. 전아는 자신보다 지체가 낮은 남자를 대담하게 유혹하고, 발작을 일으킨 후에는 정신병을 방어막 삼아 꽃과 뱀등 성적 상징들을 그리며 여성적 희열을 포기하지 않는다. 여성에게 주어진 가장 강력한 위협으로서 성의 금기를 깨고 미친 여자 되기를 선택함으로써 가부장제에 순치되지 않는다. 성의 규율에 억눌리지 않고 정신병을 빌려서라도 자신의 욕망을 포기하지 않는 미친 여자가 등장한 것이다.

　여성 시에서 노영란은 전후 도시의 퇴폐적인 분위기와 정서를 감각적으로 이미지화하고 근대와 조우하면서 여성이 자각한 성적 욕망을 죄책감이 아니라 비밀스러운 축제인 양 드러냈다. 도시의 여성 산책자로서 노영란은 「화려한 좌표」에서 "푸른 심장을 가진 여인을/ 싸고 도는 인형들"과 "미인"과 "탕아", "화병에 기대어" 웃는 "매소부"들, "무녀들"이 메운 백주의 거리를 "시체의 화원"이라고 묘사함으로써 전후의 여성 현실을 포착한다. 그러나 거리의 여성은 비단 전쟁의 상흔을 보여 주는 오브제가 아니라 여성성의 유혹적 힘을 보여 주는 "아편꽃"으로 비유되며 일탈과 위반이라는 여성의 욕망을 시에 기입한다.[5] 또한 「밤의 악장」에서는 감각적인 문체로 문명화된 도시의 밤 거리와 강렬한 향기를 내뿜는 장미를 병치시키고 "놀랜 얼굴로 일어서는 문자 문자들"로 비유된 정념의 각성을 통해, 근대화를 전근대와 다른 여성 개인이 탄생하는 시간으로 포착한다.

　1950년대 여성문학의 네 번째 흐름은 신연애론, 신정조론 등이 부상하는 여성사의 퇴행적 국면에서 실존주의적 주체 의식과 여성 지식인을 내세운 가부장제에 대한 비판이다. 세계대전 후 유럽의 철학과 문예계를 휩쓴 실존주의는 《사상계》를 비롯한 인문 잡지나 문예지를 통해 번역·수입되면서 1950년대 신세대 작가와 비평가 들

5　노영란, 「화려한 좌표」, 『화려한 좌표』(자유장, 1953).

시대 개관

에 의해 폭넓게 받아들여졌다. 전통이나 규범에 매이지 않고 자기 자신의 자유에 토대를 둔 행동을 주체의 진정한 이상으로 제시한 실존주의는 1950년대 한국 사회에서 식민지 이후 강화한 '사람과 장소의 동형성'이라는 믿음의 토대인 민족주의·전통주의 그와 연관된 본질주의를 의문시하고, 전체주의로부터 자아의 회복을 꾀하며 독재 정권을 비판하는 이론적 준거가 되었다. 이렇듯 실존주의의 이론적 해방성에 눈뜬 여성 작가들은 실존 철학의 핵심 키워드인 절망과 불안 의식을 해방과 전쟁의 격동 속에서 성매매 시장에 노출되는 한편으로 욕망에 눈뜬 여성들에 대한 사회적 비난을 방어할 수 있는 무기로 삼았다. 다른 한편으로 그간 지성은 남성의 특권적 자질처럼 여겨져 왔지만 여성 작가들은 사회에 대한 비판과 해부의 능력을 가진 지적인 여성 인물을 통해 전후의 사회 공론장을 뜨겁게 달구었던 정조론 등 가부장적 성 규범을 내파하고자 했다.

가령 한말숙은 「신화의 단애」(1957)에서 한 끼 밥과 하룻밤 잠자리를 얻기 위해 몸을 파는 미대생 진영을 통해 처절한 가난을 이야기하는 한편으로 여성의 섹슈얼리티를 규범 짓는 데 저항했다. 계약 동거를 약속하고 밥과 거처를 구한 진영은 자신이 "사육(死肉)을 파먹고 산다는 날짐승"(351쪽) 같다는 자괴감에 사로잡히지만 강요된 죄의식에 복종하기를 거부하듯이 불룩한 가슴을 흔들어 살아 있음을 확인한다. 또한 손장순은 등단작 「전신」(1958)[6]에서 성녀와 마녀 사이에서 흔들리는 남성 화자 '현'을 통해 애정과 인생의 참된 윤리가 무엇인지 되묻는다. 성공한 부르주아인 '현'은 결혼 비지니스에 적합한 파트너인 '순결한' 처녀 용희가 아니라 수라에게

---

6   손장순, 「전신」, 《현대문학》 48호, 1958년 12월.

끌린다. 수라는 전쟁으로 아버지와 오빠를 잃자 외국어 전공을 내세워 취직하지만 유혹에 이끌려 미군과 동거한 이력이 있다. 이렇듯 신사에게 부적합한 결함 많은 신부지만 수라는 자기 과거를 기막힌 운명으로 여길 뿐 '현'에 대한 애정을 포기하지 않는다. 소설은 순결에 대한 집착은 망집이고 욕망을 외면하는 것은 위선일 뿐이라고 '현'이 성찰하며 "실존해 있는 아름다움"을 가진 수라를 선택하는 것으로 끝난다.

박경리의 『표류도』(1959)는 냉소적인 여성 지식인 강현회와 유부남 저널리스트의 불륜의 사랑을 그리고 있다. 그러나 로맨스는 '의장'일 뿐 이 소설이 문제적으로 재현하고 있는 것은 전도유망한 지식인 여성이었던 강현회의 좌절과 몰락의 연대기다. 해방기에 강현회는 생활비를 절약할 수 있다는 명쾌한 이유로 찬수와 동거할 만큼 세상의 눈치 따위 보지 않는 씩씩하고 야문 여자였다. 그녀는 식민지기에 전 세계적인 신여성 현상을 목도하고 사회주의자들의 '붉은 사랑'의 이야기를 읽으며 성장했던 신여성인 것이다. 그러나 전후 한국 사회에서 강현회는 추문 속의 여자로 전락한다. 찬수가 사망하고 사생아인 딸 훈아를 출산한 후 강현회는 품행을 문제로 번번이 일자리를 빼앗겨 다방 마담으로 나선다. 전후 국가는 전쟁미망인의 증가, 생계 불안, 전통 질서의 동요, 미국 문화의 확산, 범죄와 부패의 범람 등으로 인한 사회문제를 주로 정상 가족 바깥의 여성에 대한 규제와 처벌을 통해 해결하고자 했고, 이러한 과정에서 여성의 성적 주체성을 부정했다. 박경리는 냉소적인 여성 지식인을 통해 해방과 전쟁으로 이어지는 여성사에 대한 비판적 통찰의 시선을 보여 주었다.

마지막으로 산문 영역에서 여성 작가가 이룬 성취 역시 기억되어야 할 것이다. 해방기에 여성 기자로 출발해 1950~1960년대 《여원》 등 주요 여성지에서 대표적인 여성 논객으로 활동한 시사평론가 정충량은 남한 사회의 공론장에서 여성 비평가의 부재를 메꾸어 주는 존재였다. 「여성의 지위와 현실」(1955)은 양곡 비료 조작 기업 '금련(金聯)'의 양곡 조작 업무를 정부 직영으로 전환하며 총 6000명에 이르는 거대한 감원에 착수해, 남 직원에 대해서는 감봉, 견책, 근무 성적 불량 근무연한제 등 전형 요령을 설정한 데 반해 여직원에 한해서는 무조건 해고를 감행한 사건을 다룬다. 정충량은 이러한 정부의 결정이 헌법에 명시된 인간의 평등권을 외면하고 여성을 사회적 희생물로 삼은 사태라고 비판한다. 한국전쟁으로 가족을 잃고 졸지에 가장이 된 여성이 많았음에도 사회가 여성의 가난과 고통에 대해 무관심한 점을 꼬집은 것이다. 정충량은 본인이 '전쟁미망인'이자 '감원 대상'임을 밝히며 남편 없이 홀로 생계를 꾸려가는 여성을 탈선 가능성이 높은 '위험한 여성'으로 프레임화하는 사회적 시선에 맞서고, 이에 대한 사회적 공감을 유도하고자 했다.

한국 여성문학의 형성과 한계

한국사에서 되풀이되는 장면이지만 해방기는 이념 논쟁이 사회와 문단을 휩쓸면서 여성해방의 의제는 뒷전이 된 시대였다. 일제강점기 여성문학의 유산에도 불구하고 해방기를 대표할 만한 여성해방 서사를 떠올리기 쉽지 않은 게 솔직한 고백이다. 그러나 해방기 여성 작가들은 '여성' 없는 해방과 국가 건설에 제동을 걸었으며, 정치적 쟁론에 참여함으로써 글쓰기의 정치성을 획득하는 한편으로 정치권력에 대한 비판적 목소리를 내는 경계인의 위치에 섰다. 그러나 남한에서 공산당 활동이 금지되고 작가들의 생애 전부를 건 탈주와 편입이 이루어지면서 신여성과 '맑스껄'들이 주도했던 초기 여성문학장은 역사 속으로 사라진다. 1950년대라는 새로운 10년을 앞두고 한국 여성 문단은 식민지기부터 활동했던 김말봉, 장덕조, 최정희 등 기성작가, 월남한 임옥인과 만주에서 귀환선을 타고 온 손소희 등 월경 작가, 1948년에 재등단한 한무숙과 1949년에 데뷔한 강신재 등 신진 작가를 중심으로 새롭게 재편되었다. '여류문학'이라는 이름하에 한국 여성문학이 본격적으로 태동한 것이다.

한국문학사는 그간 스스로를 자기 결정의 자유를 가진 개인으로 인식하며 속물적 욕망에 거리를 두는 진정성 주체의 출현을 중심으로 문학의 성숙과 진보를 저울질해 왔다. 해방과 전쟁은 한국 사회의 감성 구조나 성격을 결정지은 결정적 계기였다. 가령 한국 전쟁은 사회의 불의에 무관심한 속물과 자신과 가족의 생존만을 최우선시하는 가족주의를 양산하며 근대 시민사회의 요건으로서 진정성 주체의 탄생을 가로막았다. 따라서 한국문학이 속물적 개인에 맞서는 진정성 주체의 이상 속에 있을 때, 그간 한국문학 연구는 냉전의 국제 질서에 대한 비판 의식하에 탈식민 민족주의로 무장하고, 개인의 도덕적·양심적 자유를 불허하는 분단 체제를 넘어설 이네올로기 주체에게서 해방의 가능성을 찾으려 했다. 그러나 이러한 과정에서 여성과 소수자 들이 겪은 전쟁은 비가시화되었다. 또한 전쟁의 치유와 복원 작업이 어떻게 여성과 소수자에 대한 억압으로 기능했는지 검토되지 못했다. 전쟁은 민간인의 삶과 동떨어져 있지 않고 함께 얽혀서 구조를 이루는 사건이다. 급작스럽게 닥친 재난이나 혼란스러운 격동으로만 여겨지기 쉽지만 사회의 정상적 기능과 별개의 자리에 있지 않으며, 오히려 역설적으로 성차별주의나 인종주의, 경제적 불평등과 같은 사회의 문제적 일면들이 보다 뚜렷해지는 사건이라고 할 수 있다. 이러한 점에서 해방과 전쟁기의 여성문학은 다시 읽혀야 할 것이다.

김은하

고명자(高明子·1904~미상)

고명자는 1904년 충청남도 부여에서 총독부 판사를 지낸 고의 환의 딸이다. 대구에서 여학교를 졸업하고 교사 생활을 하던 중 사회주의 사상에 각성되고 정칠성과 교류하면서 좌익 운동가로서 정체성을 획득했다. 서울로 이주한 후에는 허정숙, 주세죽과 더불어 조선공산당의 여성 트로이카로 불렸다. 사회주의 여성들의 이념 단체인 조선여성동우회에서 활동했으며 조선 청년들의 의식화 사업 중 만난 김단야와 깊은 사랑에 빠지기도 했다. 1924년에는 고려공산청년회의 추천으로 모스크바의 동방노력자공산대학으로 유학을 떠났고, 1929년에 대학을 졸업하자마자 귀국해 조선공산당 재건 운동에 투신했다. 그러나 1930년에 조선공산당 재건 운동 사건으로 수감되어 4년의 옥살이를 하고 난 후 친일잡지《동양지광》의 기자로 일제의 황국신민화 정책에 협력했다. 해방이 되자 고명자는 조선건국준비위원회, 조선부녀총동맹에 참여하면서 다시 좌익 계열의 대표적인 여성운동가로 활약했다. 1946년에는 박헌영을 중심으로 한 남조선노동당에 반발하여 사회노동당 창당에 참여했다. 1948년에 월북했고, 1950년 남조선노동당 특수부 조직 사건에 연루되어 사형에 처해진 것으로 전해진다.

김은하

自主獨立자주독립과 婦女부녀의 길
―婦女부녀 慰安위안의 날을 마지면서

三月삼월 初초 엿샛날 우리는 婦女부녀 慰安위안의 날을 가젓습니다. 이날은 우리 朝鮮조선 民族민족으로서 永遠영원히 잇지 못할 三月삼월 一 日1일을 지난 지 六日6일째요 또 前전 世界세계 婦女부녀들이 가장 盛大성대히 마지하여야 할 三月삼월 八日8일 國際婦人국제부인데 ―를 압둔 지 二日2일 前전입니다.

다시 말하면 三月삼월 一日일일은 全전 民族민족이 한 뭉치가 되여 民族민족의 解放해방을 求구하려고 피로서 싸운 聖성스러운 紀念기념의 날이며 三月삼월 八日8일은 온 世界세계 婦女부녀들이 自身자신의 解放해방을 엇기 爲위하야 婦女부녀의 偉力위력을 世界세계에 誇視과시하는 婦女解放부녀해방의 祝典축전의 날입니다.

우리는 이 두 個개 紀念日기념일을 眞實진실로 意義의의 잇게 갓기 爲위하야 音樂음악 同盟동맹과 몃 各界각계 先輩선배들의 쓰거운 聲援성원을 어더 오날 이 婦女부녀 慰安위안의 날을 가진 것입니다.

그러면 우리는 왜 이 두 個개 紀念日기념일을 마지면서 河必하필 『慰安위안의 날』이라 하엿슬가요 누구를 慰安위안하고 무엇 째문에

慰安위안을 올니려 하엿슬가요 여기에는 두어 가지 다음과 가튼 理由이유가 잇섯던 것입니다.

첫재로는 오랜동안 피에 굼주린 倭賊왜적의 暴政폭정 밋헤서 모든 危險위험을 무릅쓰고 朝鮮조선의 自主獨立자주독립과 全전 人民인민의 解放해방을 爲위하야 그들과 싸우다가 秋霜추상 가튼 遺恨유한을 千秋천추에 남기고 아깝게도 世上세상을 쩌난 만흔 革命혁명 先烈선열들이 잇섯습니다.

오늘은 이 革命혁명 先烈선열들의 遺志유지와 偉業위업을 讚揚찬양하며 또 繼承계승을 하려고 우리들의 마음을 다시 한번 覺束각속하려 하엿스며 또 그들의 遺族유족들 即즉 朝鮮조선의 革命家혁명가의 遺族유족들을 慰勞위로하려 하엿습니다. 이 家族가족들은 가지가지의 虐待학대와 屈辱굴욕과 貧困빈곤과 悲痛비통 속에서 사라왓습니다. 정말 朝鮮조선의 革命家혁명가의 안해와 어머니처럼 더 慘憺참담한 生活생활을 한 記錄기록이 世界세계 어느 나라 革命家혁명가 列傳열전에도 차자볼 수가 업섯슬 것입니다.

우리는 이 名譽명예로운 안해와 어머니를 誠心성심으로 感謝감사와 敬意경의를 오늘 다시 한번 올니려 하는 바입니다. 그리고 둘재로는 우리 婦女부녀는 有史유사 以來이래로 國家국가와 社會사회에서 賤視천시바든 階級계급으로서 道德上도덕상으로나 人道上인도상으로도 到底도저히 容納용납 못 할 拘縛구박과 迫害박해에 억눌여 왓습니다. 그러나 이제는 全전 世界세계 婦女부녀들이 解放해방을 求구하여 血鬪혈투하고 잇고 또 朝鮮조선의 婦女부녀들도 解放해방의 길을 차지려고 果敢과감히 싸우고 잇슴으로 우리는 오늘 하로의 이 慰安위안을 밧아 明日명일의 힘과 마음의 餘裕여유와 準備준비가 되여 줍소사고 丹誠단성[1]을 괴여 올니는 것이 今日금일 이 慰安위안의 날입니다.

그러면 우리는 이 慰安위안의 날을 通통하야 明日명일의 힘과 마음의 準備준비를 어쩌케 하여야 하겟습니가?

이것은 勿論물론 말할 것도 업시 第一제일 첫재가 朝鮮조선의 自主獨立자주독립을 戰取전취해야 할 일이며 第二제이로는 全전 民族민족이 完全완전히 解放해방되는 解放해방의 길을 바로잡어야 할 것입니다.

獨立독립 업는 民族민족의 悲哀비애가 얼마나 큰 것이엿스며 그 苦憫고민의 生涯생애가 얼마나 隸屬化예속화된 奴隸노예이던가는 世界세계 어느 나라 民族민족보다도 가장 우리 民族민족이 過去과거 三十六年間36년간을 通통하야 痛切통절히 體驗체험하여 온 바입니다.

우리가 獨立國家독립국가를 가저야 할 것은 다시 말할 必要필요조차 업는 바이어니와 그러타고 해서 形式化형식화된 獨立독립을 차저서는 이야말로 안 될 것입니다.

이것은 차라리 獨立독립 못 됨만 갓지 못한 것입니다.

經濟的경제적으로 文化的문화적으로 自主權자주권을 갓지 못한 國家국가와 民族민족은 오히려 去勢거세되고 內容내용 업는 獨立독립 아닌 獨立독립이며 外資외자와 外力외력의 무서운 채쭉질은 쏘 한 번 우리 民族민족을 奴隸노예의 구렁에로 처넛는 外외에는 아모런 意義의의도 가지지를 못할 것입니다.

이러한 □[2]는 中國중국이 半植民地的반식민지적 狀態상태에서 全전 民族민족의 苦悶相고민상은 너무도 明瞭명료한 實證실증이거니와 쏘 最近최근 더욱 조흔 實例실례로는 저 斷末魔단말마의 倭敵왜적들이 발서 『우리는 굶어 죽기보다는 차라리 米國미국의 屬領속령이 되고 십

---

1   '붉은 정성'이라는 뜻으로 '마음에서 진심으로 우러나오는 뜨거운 정성'을 이르는 말.
2   '例예'로 추정.

다』고 꼴사나운 항복의 소리를 웨치고 잇지 안습니가.

우리는 外國외국의 기반을 버서나는 安全완전한 自主獨立자주독립을 戰取전취하기 爲위하여서는 最後최후 一滴일적의 피가 다 — 할 째까지 싸우고 또 싸워야 할 것을 다시 한 번 銘淰명심하여야겟습니다.

그러므로써 自主獨立자주독립이란 곳 解放해방의 反語반어 입니다.

自主자주가 업시는 解放해방이 업스며 또 解放해방 업는 自主자주도 잇슬 수 업는 것입니다.

그러며는 自主獨立자주독립이 곳 解放해방됨이라 한다면 우리는 解放해방이란 것을 또 한 번 生覺생각해 봐야겟습니다.

맛치 손이 잇고 발이 잇고 머리가 잇고 몸둥이가 잇서서 비로서 한 個개 完全완전한 人間인간이 되는 것과 가치 國家국가와 民族민족도 男性남성이 잇고 女性여성이 잇서서 비로서 構成구성이 된 것입니다.

萬一만일 팔은 묵근 채로 두고 발만 푸러 노아서 이것이 解放해방이라 한다면 그는 절눔바리 解放해방인 同時동시에 누구든지 이 解放해방을 올흔 解放해방이라고는 指稱지칭할 수 업슬 것입니다.

이와 가치 說或설혹 男性남성은 解放해방이 되엿다 하더라도 女性여성의 解放해방이 되지 뭇한 國家국가와 民族민족은 맛치 발은 풀렷다 할지라도 팔은 如前여전히 묵구워 논 것이니가 結局결국은 올흔 解放해방은 아닐 것입니다.

그러므로서 우리가 慾求욕구하는 解放해방이란 곳 全전 人民인민이 解放해방되는 것을 가리처 말하는 것이며 全전 人民인민이란 곳 모든 男性남성과 모든 女性여성을 통터러 말하는 것입니다. 이와 同時동시에 解放해방되지 못한 即즉 全전 人民인민이 解放해방되지 못한 民族민족과 國家국가는 긋까지 健全건전한 發展발전을 企待기대할 수 업다는 것은 발서 오늘에는 이것이 한 個개 常識상식 中중에도 低俗저속한 常

識상식임을 우리는 잘 알아 두어야겟습니다.

그러면 우리는 이 自主獨立자주독립과 解放해방의 길은 어써케 찻일가요. 이것이 오즉 우리 民族민족이 統一통일되여 民主々義민주주의 臨時政府임시정부 樹立수립이 當面당면의 最大최대 急務급무일 것입니다.

닥처오는 朝鮮조선의 新政府신정부가 陳腐진부된 封建思想봉건사상의 退物퇴물로서 出生출생하거나 또는 그보다 一步일보 進展진전된 現代化현대화한 팟쇼, 國粹主義국수주의가 되여서는 朝鮮조선의 將來장래는 明白명백한 것입니다.

그것은 必然的필연적으로 國內국내 勤勞근로 階級계급의 힘찬 生長생장과 또 그 鬪爭투쟁에 억눌니여 自身자신의 生命생명과 地位지위를 保存보존하기 爲위하여서는 外國외국의 勢力세력을 引入인입하지 아니할 수 업스며 同時동시에 外力외력 扶植부식[3]의 初期초기의 方法방법은 맛치 日本일본이 朝鮮조선에 東拓동척[4]을 만들더시 朝鮮조선 經濟경제의 弱體약체를 利用이용하야 外資외자 弘人홍인의 自然자연쓰러운 形態형태로서 出現출현할 것이 事實사실입니다. 그리하여 政府정부는 그러케 되면 될수록 勤勞근로 階級계급의 壓力압력의 反響반향을 故意고의로 排除배제하려고 極端극단의 强壓강압이 차래ㅅ로 出現출현하는 同時동시에 民衆민중의 生活생활은 漸々점점 塗炭도탄에 싸지고 婦女부녀의 解放해방이란 지난날의 史話사화박게 어들 것이 업슬 것입니다.

그러하므로 우리는 朝鮮조선 民族민족의 朝鮮조선 政府정부는 初期초기 臨時政府임시정부부터 完全완전한 民主々義민주주의 臨時政府임시정부를 樹立수립하여야 할 것은 全전 人民인민의 일홈으로서 要求요구

---

3   힘이나 영향을 미치어 사상이나 세력 따위를 뿌리박게 함.
4   '동양척식주식회사'의 줄임말.

하며 ᄯᅩ 死守사수하여야 할 것입니다.

民主々義민주주의는 발서 今日금일에 잇서서는 國際的국제적인 政治정치 路線노선이며 ᄯᅩ 그 內容내용에 잇서서도 過去과거의 民主々義민주주의와 째채 달나서 그 속에는 蘇聯소련이란 國家국가가 아니, 蘇聯소련의 民主々義민주주의가 가장 頑强완강이 介入개입되여 잇다는 것을 우리는 忘却망각하여서는 아니 될 것입니다.

그러므로서 今日금일 朝鮮조선에 이 國際的국제적인 政治정치 路線노선 即즉 內容내용이 새로운 民主々義민주주의 路線노선에서 脫却탈각되는 政府정부가 樹立수립된다면 그는 國際的국제적 孤立고립이란 二重이중의 危險위험을 自請자청하는 것일 겜니다.

그러함으로 우리는 우리의 政府정부를 반다시 民主々義민주주의 原則下원칙하에 樹立수립하여야 하겟스며 ᄯᅩ 이를 樹立수립할 이도 우리들 朝鮮조선의 人民인민이란 것을 다시 한번 銘心명심하시여야 하겟습니다.

그러기 째문에 우리는 모든 非民主々義비민주주의 要素요소와는 果敢과감한 鬪爭투쟁이 이서야 하겟스며 萬一만일 이 民主々義민주주의 原則원칙을 惡用악용하거나 歪曲왜곡하는 者자이 잇다면 이는 오즉 解放해방을 慾求욕구하는 우리 婦女부녀들만의 敵적이 아니오 全전 民族민족의 敵적이며 全전 未解放미해방의 人類인류의 仇敵구적일 것입니다.

그러기에 우리敵적은 멀니 國外국외에 잇는 것도 아니겟스며 ᄯᅩ 外國人외국인도 아닙니다.

그는 오즉 우리 民族민족 內部내부에 잇는 民族민족의 分裂者분열자며 非民主々義비민주주의 要素요소를 가신[5] 政治的정치적 野望輩야망배

5 '가진'의 오기.

45

일 것입니다.

요사이 世間_{세간}에서는 나는 右翼_{우익}이다 너는 左翼_{좌익}이다 하며 쏘 □聖□_성[6]을 自處_{자처}하는 教壇_{교단} 우에서까지 純眞_{순진}한 靑年_{청년} 學徒_{학도}의게 醜惡_{추악}한 政黨_{정당} 政派_{정파}의 惡宣傳_{악선전}을 함부로 하는 野卑_{야비}한 教育者_{교육자}도 잇다는 風說_{풍설}들은 良心_{양심}이 잇고 朝鮮_{조선}에 生_생을 가진 人間_{인간}으로서는 義憤_{의분}을 禁_금할 수 업는 바입니다.

우리는 朝鮮_{조선}의 現實_{현실}을 直視_{직시}하고 쏘 世界_{세계}의 政治_{정치} 動態_{동태}을 明示_{명시}해야겟습니다 우리 朝鮮_{조선}의 自主獨立_{자주독립}의 이 課業_{과업}을 成就_{성취}시기는 데 朝鮮_{조선}의 革命的_{혁명적}인 諸_제 要素_{요소} ── 朝鮮_{조선}의 階紙的_{계지적}[7] 勢力_{세력}을 排除_{배제}하고는 절대絶對_{절대}로 成就_{성취}하기 不可能_{불가능}한 事實_{사실}을 어찌 直視_{직시}하지 못하겟습니가! 하물며 이 新興_{신흥} 勢力_{세력}을 排除_{배제}한다니 발서 夢想_{몽상}일 것입습니다.

過去_{과거} 日本_{일본}의 그 무서운 彈壓_{탄압} 밋에서도 階級_{계급} 勢力_{세력}의 育成_{육성}은 어찌할 수 업섯스며 쏘 그들의 革命的_{혁명적}인 鬪爭_{투쟁}은 막을나야 막지 못한 偉大_{위대}하고도 强烈_{강렬}한 勢力_{세력}이 엿습니다.

그러므로서 우리는 現實_{현실}을 直視_{직시}하여 좀 더 賢明_{현명}하여야 하겟스며 또 越敏_{월민}하여야 하겟습니다.

우리 民族_{민족}의 當面_{당면} 目的_{목적}은 오즉 朝鮮_{조선}의 自主獨立_{자주독립}이며 全_전 民族_{민족}의 解放_{해방}임으로 우리는 이 目的_{목적}을 達成

---

6   '神聖_{신성}'으로 추정.
7   '階級的_{계급적}'의 오기.

달성하기 爲위하여야 單只단지 한길뿐인 全전 民族민족의 統一戰線통일
전선의 形成형성뿐입니다. 열 個개의 政黨정당이 白백 個개의 政黨정당에
로 增大증대할지라도 우리는 밋트로부터의 統一통일 即즉 全전 民族민
족이 下部하부로부터 뭉치는 統一통일만 된다면 數百수백의 政黨정당도
물 우에 거품일 것입니다. 압집에 언니도 뒷집에 동생도 손에 손을
잡고 우리가 解放해방될 수 잇는 民主主義민주주의 政府정부 樹立수립을
爲위하야서만 邁進매진한다면 이 民族민족의 解放해방이 어찌 期必기필
되지 아니하겟습니가.

　　우리는 오늘에 이 貧弱빈약한 慰安위안이나마 우리 民族민족의 解
放해방의 길과 아울너 우리 婦女부녀의 解放해방되는 길을 차질 줄을
아시고 이 慰安위안을 通통하야 그 길로 邁進매진하실 힘과 準備준비가
조곰이라도 생기여 주섯다면 이만 더 큰 榮光영광이 업겟습니다.

(三月3월 六日6일 於어 基靑會館기청회관에서)

—《신천지》1권 4호, 1946년 5월

최정희(崔貞熙·1906~1990)

최정희는 1906년 함경북도 성진군에서 한의사 집안의 장녀로 태어났으나 아버지의 첩 살림으로 숙명여자고등보통학교와 중앙보육학교를 어렵게 마쳤다. 신여성 예술가를 꿈꾸어 '학생극예술좌'에 참여하고, 이때 만난 사회주의 예술가 김유영 사이에 아들 하나를 둔 채 이혼했다. 조혼한 아내가 있는 김동환과의 사이에서 소설가 김지원, 김채원을 낳지만 '등록되지 않은 아내'로, 또 남편이 북에 피랍되자 혼자서 아이를 키워야 하는 모가장으로 평온함과는 거리가 먼 삶을 살았다. 다른 한편으로 최정희는 격동의 역사 속에서 카멜레온처럼 입장을 바꾸며 권력에 순응한 대표적인 여성 명사이다. 1934년 조선프롤레타리아예술동맹 사건으로 옥살이를 했지만 전시 체제가 형성되자 친일 행위에 나섰고, 한국전쟁기에는 공군종군작가단 창공구락부에서 활동하며 우익 이데올로그를 자처했다. 한국여류문학인회 회장, 대한민국예술원 회원, 소설협회 대표위원 등을 지냈을 만큼 한국문학사에서 최정희는 살아 있는 문학 권력이었다.

최정희는 1931년에 김동환이 주간으로 있던 《삼천리》의 기자로 입사해 글을 쓰기 시작했고, 그해 10월 해당 잡지에 「정당한 스파이」를 발표하며 작가가 되었다. 등단 초기에는 「지맥」(1939), 「인맥」(1940), 「천맥」(1941) 등에서 사생아, 제2부인을 중심으로 조선의 가부장제 사회에서 발생하는 여성 문제를 실감 나게 형상화하고 모성성으로 환원될 수 없는 여성의 욕망을 그려 냈다. 일제강점기 말에 다수의 친일 작품을 발표했다. 최정희는 과오를 지우려는 듯 해방 이후「풍류 잡히는 마을」(1947)로 남한이 근대적 개혁의 일환으로 시행한 '토지 추수의 삼분병작제'가 소작 농민의 삶을 위협하는 부조리한 현실을 비판하면서 농민의 정치 세력화를 강조했다. 그러나 한국전쟁기에는 어머니의 만류를 무릅쓰고 군에 입대하려는 아들을 그린「임 하사와 어머니」(1952)로 국가주의에 협력했다. 전쟁이 끝나고 여성문학장이 형성된 후에는『녹색의 문』(1953),『끝없는 낭만』(1958),『인간사』(1960) 등 여성 주인공이나 화자를 내세워 격동의 한국사를 여성의 체험과 관찰로 조명하는 역작들을 발표했다. 후기작으로『찬란한 대낮』,『탑돌이』(이상 1976) 등이 있다.

　최정희는 스캔들 속의 신여성 작가, 친일 작가, 가짜 사회주의자, 체제 순응적인 여성 작가 등 불명예스러운 낙인이 찍힌 작가다. 그러나 한국 여성문학장의 형성에 큰 영향력을 미친 문단 기획자였다. 일제강점기에는《삼천리》의 기자로서 한국문학사 최초의 여류 작가 좌담회를 이끌었으며 여성 작가들의 문단 진출을 독려했다. 해방과 전쟁 후에는 각종 문학 공모전의 심사위원, 문예지 추천위원으로 활동하면서 많은 여성 작가를 발굴하고 후원했다. 무엇보다 최정희는 80여 편에 이르는 장·단편소설을 발표할 만큼 문학적 역량이 뛰어난 작가였다. 비록 현실에서는 권력을 추종했지만 작가 최정희는 민족·계급·이념으로 환원되지 않고 때로 그것과 충돌하는 작품을 통해 여성적 글쓰기의 전복적 가치를 밝혀 주었다.

김은하

風流풍류 잡히는 마을

또 족제비가 닭을 물어 가는 것이 아닌가. 나는 어느 새 헛깐 모퉁이에 세워 놓은 살구 따는 긴 몽둥이를 집어 들고 닭의장께로 내달렸다. 그새 벌써 족제비는 닭을 물고 채마밭 속으로 디레 달렸다.

— 깨애액 깨애액 깨애액 —

고 하얀 비둘기같이 고은 닭이 목아지를 잘깍 물린 탓으로 눈이 볼찐 나온 것이 참아 들을 수 없는 비명을 질렀다.

「저걸…… 저걸 어쩌나 저눔의 족제비를…… 저걸 잡기만 했으면 그만 죽여 버리겠네……」

나는 허둥지둥 족제비의 쏜살같이 내달리는 뒤를 좇으며 이렇게 웨치는 것이나 족제비는 털끝 하나 꽁지 한 번 내 몽둥이 끝에 닿이우는 일 없이 채마밭을 빠져서 옆집 울타리 구멍으로 도망가 버렸다.

— 깨애액 깨애액 깨애액 —

「아이 저걸 어쩌면 좋와……」

족제비의 거리가 멀어지고 또 닭의 여명이 얼마 남지 않은 까닭에 점점 적어져 가는 비명이 더 애처러웠다.

　— (아침에 물려 간 것두 저모양새루 갔을 테지……) —

　매암을 돌아도 하는 수 없는 마음이었다.

　나는 몽둥이를 들어 애매한 엽집 울타리 구멍을 힘껏 후려갈겼다. 이것은 족제비에게 가는 분풀이만이 아니었다. 강가 놀이터에서 들려오는 풍류 소리가 요란하지 않았드면 그다지 내 마음의 파동이 심하지 않았을 것이다. 고 악착한 족제비가 닭을 물어 가게 된 것은 그 미련퉁이 같은 목수 영감이 두 시간이면 끝막을 닭의장 문을 해 달지 않은 까닭이고 그 미련퉁이 같은 목수 영감이 두 시간이면 끝막을 닭의장 문을 마저 해 달지 못한 것은 강가에 버려진 서홍수네 회갑 잔치 놀이 때문인 것이 분명하다. 놀이터에선 한창 흥에 겨운 양 새납 소리 징 소리 꽹과리 소리 아까보다 분주하고 요란하였다.

　— 아무래두 견딜 수 없다 — 나는 이 몽둥이를 들고 가서 그 놈의 놀이터를 산산히 쳐부시고 발로 막 짓밟구, 그리고 강 속에 막 우 집어 동댕이치겠다. — 그 인간 아닌 그것들의 횡행천하하는 것을 가만둘 수 없다. 나는 꼭 가겠다. 단숨에 내달아 가겠다. 내 이 긴 몽둥이를 들고서 — .

　닭 두 마리가 족제비에게 물려 간 고만 일로 해서 남더러 인간 같지 않다느니 남의 회갑 놀이를 쳐부신다느니 하는 나에게 평시부터 그들과 무슨 풀지 못할 숙감이라도 있었던 게라고 이렇게 독자는 말할 것이겠으나 내가 사는 데와 서홍수네와는 새가 좀 뜨게 되자니까 나는 그 집 사람들의 어느 하나와도 인사하고 지내긴커녕 그 집 식구들의 어느 하나의 안면조차 본 일이 없다.

　그렇다면 무슨 이유로 남더러 인간이 아니라고까지 함부로 말하는 거며 또 육십여 세의 긴 세월을 무사히 복되게 잘 먹고 잘 쓰며 살아온 것이 좋다고 축하하는 마당에 쳐부시려고 하는 이유는 도대체 어디메 있느냐고 기어히 따지고 든다면 나는 그 이유를 먼저 밝힌 연후에 나의 손에 들린 긴 몽둥이를 들고 그리로 ― 강가 놀이터 ― 서홍수의 회갑 잔치 마당으로 내달리겠다. 그런데 나는 진실로 그들과 평시부터 사사로운 감정이 있었던 게 아니라는 것을 다시 여기서 말해 둔다.

그들과 좀 떨어진 새에 살고 있어서 그 집의 누구 한 사람과 인사가 있는 터도 아니고 또 그들의 누구 한 사람의 안면조차 보아 온 일이 없지마는 나는 그들의 일을 내가 여기 오던 해 ― (오 년 전) ― 부터 잘 알고 있는 것이다. 그러니까 해방되기 훨씬 전부터였다.

제일 처음 내가 서홍수네 일로 해서 눈을 크게 뜬 것은 우리가 이사 와서 서너 달 지낸 때였다. 양역설인데 서홍수네는 양역설 명절에 돼지 한 마리 닭도 여러 마리를 잡을 뿐 아니라 쌀도 찹쌀 멥쌀 합하여 다섯 가마니를 떡을 하고 술을 걸른다고 하였다 그 떡과 술과 돼지고기 닭고기는 서울 총독부에 다니는 서홍수의 아들 친구와 또 여기 주재소와 면 직원들을 대접하는 것이라고 마을 사람들이 이야기하였다. 하여간 설을 며칠 앞둔 때부터 남녀노소를 물론 하고 서홍수네 설 잔치 이야기에 군침을 삼키는 마을 사람들을 나는 보았고 설날인 정월 초하루 열한 시쯤 해서 세 대(나는 그때 분명하게 헤일 수가 있었다)의 자동차에 참 총독부에도 어느 아랫도리에 앉을 인물들이 아닌 고관들이 우리 뒤꼍 싸리문 밖 큰길을 지나는 것을 보았다. 차 한 대에 기생이 꼭 하나식 탔던 것도 기억할 수 있다.

마을 사람들은 으리으리해서 구경조차 바투 하지 못하였다. 구경이라면 골을 싸매고 덤벼드는 그들이었지만 또 주재소 순사나 면 직원 앞—소위 그들이 이르는 권리 있는 사람 앞—에서 도모지 꼼작 못 하는 그들인 까닭이었다. 그러한 까닭으로 총독부 관리들이 기생들과 함께 진탕만탕 먹고 춤추며 소리하며 밤이 밝기까지 놀았어도 마을 사람의 누구 한 사람 구경군으로 그 마당에 발을 들이민 자가 없었다.

총독부를 먹인 뒤에는 이곳 주재소와 면소를 불렀다. 총독부의 찟껍지라고 불평불만을 품는 자 하나 없이 감지덕지해서 고기에 술에 떡에 잘 먹기만 할 뿐 아니라 색주가들까지 불러 주어서 역시 총독부만 못하지 않은 흥에 겨워 유쾌하였던 것이다. 이날도 마을 사람들은 전날과 마찬가지로 구경군으로선 그 마당에 발을 들이민 자가 없었다. 거저 군침을 삼키며 서흥수네 설 명절 놀이를 옛날이야기 하듯 이야기만 하고 있었다. 그 고길 한 점 먹었으면 하고 침을 꿀꺽 삼키는 노인도 있었다. 그 술을 한 되 쭈욱 들이켰으면 하고 목을 길게 빼는 모주군도 있었다. 아무렇거든 한번 진탕으루 먹어 봤으면 하는 젊은이도 있었다.

항상 배가 곯아서 못 견디는 그들에겐, 고기나 떡이 아니드라도 무엇이고 간에 정말 배불르게 단 한 번이라도 먹을 수 있었으면 하는 것이 거짓말이 아니었다. 나는 그때에 마을 사람들의 이야기로서 서흥수네가 이 부락에서 왕 노릇 한다는 것도 들었고 땅이 어떻게 많은지 이 부락에 몇 집을 내놓군 죄다 서흥수네 작인으로 살아간다는 것도 들었다.

마을 사람들 중엔 이런 이야기를 하는 자도 있었다. 서흥수의 딸 하나가 있는데 시집갈 나이가 아직 되지도 않았서도 시집갈 차부새[1]가 굉장해서 이부자리만 하드라도 양단 법단 모번단 호박단 수박단 이렇게 단 자 붙는 것으로 칠팔 채를 헤인다고 하였다. 며누리 시아버지 아들 어머니 동생 이렇게 몇 식구는 있는 대로 이불 하나면 족한 마을 사람들에겐 비단 이부자리가 아니드라도 칠팔 채라면 놀라운 사실이었다.

또 마을 사람들 중엔 서흥수네가 밤이면 마차에 쌀을 실려서 강가에 내려다가 그 쌀을 배에 싫고 서울로 팔러 간다는 이야기를 하는 자도 있었다. 배곯아 퉁퉁 부어오르는 자식들 생각을 하면 마차에 올라 달려 쌀 한 가마니쯤 떼 내고 싶으나 서흥수네 일이라면 주재소 순사들이 웃통을 벗고 덤비니 해낼 재주가 어디 있느냐고 탄식하는 자도 있었다.

다음으로 내가 들은 서흥수네 소문은 서흥수의 손녀가 학교에서 파리를 잡아 오라는 때에 제일 좋은 성적이어서 교장의 상을 탔을 뿐 아니라 주재소 수석의 특별상까지 있었다는 것이었다. 파리를 많이 잡아서 상을 탄 것까지는 치하할 일이나 그 파리는 그 아이 ― 서흥수의 손녀가 잡은 것은 한 마리도 없고 학교의 저이 반 동무들이 잡아다가 준 것이라는 것을 아이들 이야기에서 나는 알게 되었다.

나는 또 서흥수네 소작인 중에 농사의 성적이 불량한 ― 작인을 서흥수가 추려서 면소와 주재소에 적어 보냈다는 것도 마을 사람으로부터 들었다. 적어 보내면 영낙없이 징용장이 나왔다는 것도 들었다. 징용장이 나와서 징용을 떠나간 작인의 논은 농사지을 사

1   차림새. '차리다'의 방언인 '차부하다'의 명사형.

람이 없으니까라는 구실로서 소작권이 다른 데로 옮아간다는 것도 알았다. 이것만이 아니였다. 서흥수는 자기의 이익을 위해서 얼마든지 머리를 쥐어짰다. 성적이 불량한 작인을 징용에 뽑혀 가게 맨드는 한편 자기에게 곱신곱신하고 농사의 성적을 잘 내여 자기의 배를 불려 주는 자는 추려서 또 면소와 주재소에 보내었다는 말도 들었다. 서흥수네 일이라면 웃통을 벗고 뎀비는 것이 이곳 관리들이라는 말까지 듣는 면 직원이요 주재소 순사들이라 서흥수의 청을 들어서 후자들에겐 농업 지도원이라는 명목을 부쳐 주고 징용 증발 보국대에 빠지게 하였다는 말도 들었다. 마을에서 대글대글한 축들이 열이면 열이 다 나가야 하는 때에 그 길을 면하는 것만 해도 죽었다 산 목숨인데 그 우에 농업 지도원이라는 벼슬(?)까지 하게 되니 서흥수의 작인들은 기뻐서 말이 아니 나올 지경이라는 것도 들었다. 서흥수는 기뻐하는 작인에게 누구의 덕인 줄 아느냐고 이렇게 아룀짱을 하게 되자니까 농업 지도원이 된 서흥수의 작인들은 전보다 더 서흥수에게 만만해지고 전보다 더 농사를 잘 짓고 전보다 더 닭이랑 엿이랑 곡감이랑 이런 온갖 선물을 서흥수를 위해서 받힌다는 것도 알았다.

또 나는 서흥수의 막내아들이 경성 모 전문학교에 다니다가 학병제에 걸렸는데 서흥수는 총독부 고관들이며 면 직원이며 주재소 순사들을 잔뜩 믿고 처음에는 심쭉해하지 않다가 학병제는 총독부 고관들과 면 직원과 주재소 순사로서는 풀어놀 수가 없다는 것을 알고 당황히 군수와 경찰서장을 찾고 또 그 우에 도지사를 찾아서 수없이 많은 뇌물로 아들을 학병에서 풀어놓았다는 것도 알았다.

그들의 일이란 안 되는 것이 없다는 것도 들었다. 백이면 백 가지가 다 이루워진다고 들었다. 왼 마을이 주림에 우는 자로 가득 차고 징용과 증발과 보국대와 증병과 학병으로 눈물 아니 흘린 자 없을 — 마을 전체가 생지옥으로 화하였을 때에도 서흥수네만은 왼 가족이 평화롭게 맛있는 음식을 먹고 좋은 옷을 입고 웃으며 잘 산다는 것도 들었다. 눈물과 한숨과 주림에 동서남북을 가릴 수 없으면서도 취를 뜯어 공출해라 도라지를 케서 공출해라 말메기 풀을 비여 공출해라 고사리를 꺾어 공출해라 벼락보다 무서운 면 직원의 퍼런 서슬에 마을 사람들의 거이 전부가 그 높은 산등성이에 올락 헤맬 쩍에도 서흥수네 식구의 아무도 식모나 아이 보는 계집애까지도 그런 일은 전연 모르고 있다는 것도 들어서 알았다.

그러다가 해방이 타악 되었다. 거저 다 같이 얼싸안고 뛰고 춤추고 만세를 부르고 우리나라 태극기가 어디서나 마음대로 펄펄 휘날리고 아아 이게 대체 무슨 변이란 말인가. 마을 사람들은 다 쏟아져 나왔다. 누구의 말도 지시도 없이 거저 뛰여나왔다 늙은이나 젊은이나 아이나 어른이나 다 함께 한군데로 모여들었다.

하늘은 맑고 구름은 좋았다. 가슴은 뛰였다. 함부로 아무 데나 막우 굴르고 발버둥을 쳐도 씨원할 상싶지 않았다. 터지게 웃는 자도 있고 웃으며 철철철 우는 자도 있었다.

누구의 지시였는지 국민학교 아동을 선두로 뙤뙤 나팔과 북밖에 없는 악기에 발을 마추며 저어 먼 데 쑥 들어가 있는 삼십 리 길 부락까지 「만세」 「만세」를 부르며 행진(行進)하였다.

또 누구의 지시였든지 아니 아무도 뭐라고 하지 않았을 것이다. 행렬의 한 부분이 어느 새 와아악 — 소리와 함께 주재소를 디리 치고 면사무소를 때려 부셨다. 혈기 조은 젊은이만이 아니였다. 거저 작구 철철철 울기만 하는 노파도 있었다. 얼굴이 파래서 덤비는 아낙도 있었다.「내 아들을 너이가 빼앗아 가지 않았더냐」고 고함을 치는 노인도 있었다.「우리 아버지를 누가 죽였어」우는 소녀도 있었다.

하늘이사 웨 그리 맑았든가. 그렇거든 구름이나 피여오르지 말던가.

으리으리 무섭던 면사무소와 주재소에는 고 얄밉고 웃쭐대던 자들이 하나 없고 마을 사람들로 조직된 치안유지회가 들앉아서 마을 사람들의 재산과 생명을 보호한다고 하였다.

이게 대체 무슨 변이란 말인가. 꿈인가 생신가 전혀 모를 일이다. 또 그것뿐이드냐. 증발로 징용으로 보국대로 증병으로 나갔던 내 남편이 오고 내 아들이 오고 아저씨가 오고 오빠가 자꾸만 오지 아니하느냐. 기차가 소리를 삐익 질르고 머물면 으레 손을 벌리며 뛰여내려 얼싸안고 딩굴느는 젊은이가 다섯도 되고 여섯도 되고 일곱 여덜 열씩 되는 때도 있었다. 그 떠나보내던 때의 악대가 없어도 좋았다. 군악이 없어도 좋았다. 새납과 징과 꽹과리가 울지 않아도 거저 어깨가 들먹거렸다. 궁뎅이가 춤을 추자고 하였다. 이런 판에 또 이건 웬 변이란 말인가. 장터엔 쌀이 쏟아져 나오고 광목 비누 고무신 빨래비누 실 세수비누 과자 눈부시는 설탕 세수수건 아 이런 구경할 수조차 없던 것들이 어디서 그렇게 쏟아져 나왔단 말인가. 떡집 술집 돼지고기 소고기는 또 어떻게 그리 많은 걸까. 십 년을 굶어도 배곺으지 않을 것 같았다. 십 년이 아니라 십일 년이나 그보다 더 먹지 않아도 좋을 것 같았다.

국민학교 마당에선 날마다 밤마다 청년들 여자들까지 나와서 연설을 하는데 삼천리 이 땅에서 나오는 금은보화며 기름진 옥토에서 걷우는 오곡백화며 삼면을 쭈욱 둘리운 바다에서 잡히는 만 가지

생어며 이 모든 것을 어느 누구 다른 나라 놈은 하나 못 건디리고 모두 우리가 입고 쓰고 먹고도 남는다는 소리는 더 굉장하지 아느냐.

마을 사람들은 거저 좋았다. 거저 즐거웠다. 부은 것도 배곯은 것도 몰랐다.

이러는 때에 서홍수네는 쌀 열 가마니를 치안유지회에 내놓았다. 마을 극빈자에게 노나 주라는 것이었다.

전 같으면사 서홍수네가 쌀 열 가마니를 — 한 가마니도 아니고 열 가마니를 그것도 총독부나 면소 주재소가 아닌 마을 사람들에게 먹으라고 줬다면 천둥이 떨어져 사람이 죽었다는 것보다 더 굉장히 떠들석할 이야기것만 마을 사람들은 그렇지 않았다.

독립이(그들은 해방을 독립이라 하였다) 안 됐더면 서울 갈 쌀인데 우리가 먹게 되나. 보살펴 주던 왜놈과 면 직원들이 뺑손일 치고 없으니 겁두 날걸. 이 정도에서 끊일 뿐으로 서홍수네게 대한 이야긴 더 들을 수가 없었다.

그들은 서홍수네 이야기보다 재미난 것이 있었다. 마을 한가운데 서 있는 늙은 정자나무 그늘에서 국사를 논하는 것이 재미가 났다.(생전 처음 일이다) 세상 정세에 캄캄한 그들이 국사를 논한대야 대수로울 것은 못 되었다. 기껏해서 정계의 인물 몇을 싸돌고 하는 이야기였다.

그들 입에 제일 처음으로 내리게 된 이가 여운형 씨다. 여운형 씨가 조선 대통령이 된다고 호언장담을 하는 자가 있는가 하면 그렇지 안고 우리나라 이왕[2]이 일본서 왕위에 오른다고 하는 자도 있었다. 여운형 씨의 저택이 여기서 한 사십 리 길 되는 곳에 있어서

2 일제강점기에 일본이 조선의 왕가를 이르던 말.

그리로 가는 신작로가 이곳 마을 앞을 빠져나갔기 때문에 여운형 씨를 근친과 같이 바뜨는 자가 많았다. 해방이 되면서 쓸어 나온 그 많은 자동차 중에선 마을 앞 신작로를 통행하는 차도 많았다. 그 많은 차가 오고 갈 적마다 마을 사람들은 신작로를 내달리며 여운형 씨가 지나간다 하고 떠들었고 혹 남녀가 동승한 차를 보게 되면 여운형 씨와 그 따님이 지나간다고 야단법석이었다. 정자나무 그늘에서 정사를 이야기하는 자들은 죄다 여운형 씨와 여운형 씨의 따님을 친히 보았노라고 무슨 벼슬이라도 한 것처럼 웃줄대기도 하였다. 여운형 씨의 족하 되는 이가 지나는 것을 여운형 씨라고 욱이는 자도 있었다 한다.

그들은 또 여운형 씨의 이름과 함께 기억한 것이 인민공화국이었다. 그들이 더 빨리 인민공화국을 알게 된 까닭은 이곳에 소개로 내려와 살던 어떤 이가 인민공화국 부서에 끼어 있기 때문이었다. 그이가 사는 집은 지붕이 낡기 때문에 노래기가 많다고 하여서 마을 사람들은 행용 그 집더러 노래기 꾀는 집이라 불렀고 그와 동시에 그 집에 살고 있는 사람까지 경멸한 것만은 사실이었다. 이곳 사람들에겐 이상한 습성이 있었다. 타곳서 들어와서 사는 사람 중에 돈이 없어 뵈는 사람은 으레히 경멸하는 것이었다. 그 반대로 돈이 있어 뵈면 필요 이상으로 찾아들며 친절히 하자고 하였다. 이것은 오랜 노예 생활에서 받은 근성이라고 할까. 아무튼 그렇게 여기는 노래기 집 쥔이 여운형 씨 아래서 벼슬을 했다는 것이다. 처음 듣고 나서 정말일까 의심하는 자도 있었고 가슴이 두근거리는 자도 있었다. 의심하는 자는 뭐 그게 다 벼슬을 할라구 하는 마음이 들었든 것이요 가슴이 두근거린 자는 그 집과 가족을 하찮게 여기고 고사떡도 안 돌리고 한 것이 겁이 났던 것이다. 차츰 알아본즉 정말 노래

최정희

기 집 쿤이 벼슬을 하였다고 하였다. 마을 사람들은 노래기 집에 김치꺼리를 갖다준다 파를 갖다준다 일부러 떡을 해서 갖다준다 그의 부인이 우물에 나오면 아낙네들은 말을 건니워 보려 하였고 일부러 웃어 보려고 하였고 물을 퍼 주고 물동이를 이워 주고 하는 아낙도 있었다. 정자나무 그늘에선 온통 노래기 집 쿤의 이야기고 ─ . 이렇게 한참 야단법석을 떨드니 어쩐 일인지 그 집과 그 가족에게 향하든 성의가 스스르 봄날 눈같이 녹아 버렸다.

이번엔 서울엔 미국 병정이 들어오고 북조선 평양 쪽엔 노서아 병정이 들어왔다는 이야기를 하며 우리 조선 나라가 두 동갱이루 짤리워서 저켠 사람이 이켠에 못 오구 이켠 사람이 저켠으로 통래를 못 하게 되자니까 부모 형제 간에 서루 그리워두 가두 오두 못 하구 편지 왕래 같은 것두 못 하니 어쩌랴구 걱정들을 하였다. 북위 삼십팔도선을 경계(境界)로 조선 땅이 남북으로 갈라진 것을 이야기하는 말이었다.

하지만 그들은 이 삼팔선이 얼마나 걱정스런 것인지 몰랐다. 그들은 그보다도 밤이면 술집 갈보를 노리고 달려드는 미국 병정이 더 걱정스럽고 무서웠다.

해방이 되면서 흔해진 것이 술집이었다. 본래 소장이 크게 서는 덕으로 그런지는 몰라도 삼백 호가 되는 이 촌락에 술집이 스물도 넘었다. 저마다 갈보에 새 장구에 가춰 놓고 손님을 끄을기에 분망하였다. 갈보가 한 집에 둘씩 혹은 셋씩도 있고 넷이 있는 집도 있었다. 허숩스럽기 짝이 없는 마을 아낙네들 틈에 화려하게 꾸민 갈보가 몹시 돋아 뵈는 탓도 있었겠지만, 적은 촌락에 삼사십 명의 갈보가 들끓게 되자니까, 장터 옆 신작로를 줄창 통래하는 미군들 눈에 수없는 갈보가 띠웠던 것이다. 미군들은 자동차 안에서 갈보를 보고 손을 내밀어 흔들며 『핼로오』를 연발하는 것은 일수였고 밤이면은 자동차에 조선인 통역관을 하나씩 실고 내여달렸다. 달리는 것쯤은 묵인할 수가 있겠지만 미군들은 위선 권총을 빼여 들고 공중탄을 탕탕 쏘았다. 사람 생김새만 하드라도 생전 구경 못 하던 것이라 겁을 집어먹겠는데 총을 타앙타앙 쏘는 것이 아닌가. 술집과 갈보는 물론 마을 사람들까지 도망질하는 일이 생겼다. 한번은 미군들의 찝이 꽤 깊은 진흙 구렁챙이에 빠졌다. 미군들은 그것을 끌어 올릴 수가 없어서 집집마다 들어가서 이불 속에 벌벌 떠는 마을 사람들을 끌고 나왔다. 마을 사람들은 자든 잠은커녕 눈이 홰등잔이 되어 찝을 끌어 올려야 하였다.

그런데 찝은 좀처럼 올라오지 않았다. 군중이 많으매 미군의 총소리는 더한층 빈번할 뿐이었다. 진흙 구렁챙이 부근에 사는 사람만이 떨고 지낸 것이 아니라 밤이라 총소리에 웨에 웨에 하는 그들의 소리가 머언 부락에까지 들린 까닭에 부락민 전부가 벌벌 떨면서 그 밤으로 죄다 죽는 줄만 알았다.

미군들의 이러한 왕래로 말미암아서 그들의 정자나무 밑 회의가 뜨음해질 무렵에 미국서 이승만 박사가 돌아왔다. 그러자 서울 신문들이 물 끓듯 야단들인 것처럼 이곳 사람들도 버쩍 떠들었다. 다시 정자나무 밑 회의가 번창해졌다.

「여운형 씬 이승만 박사한태 디레댈 배가 못 된다.」

「아무렴 박사신데 될 말이야.」

「아무튼 조선선 제일이라는데……」

「미국 갔다 오셨으니 안 그래.」

이구동성으로 이승만 박사의 찬양이었다. 입으로만 찬양이 아니라 가진 것이 있다면 무엇이나 다 받치고 싶었다. 다 드리고 싶었다. 이처럼 「이승만 박사」 「이승만 박사」 하고 그에게 가는 마음이 하늘에 달하게 될 쩍에 중경에 있던 임시정부 요인들이 환국하였다. 이승만 박사에게 가는 마음이 여전하면서 또 그들은 김구 주석의 이야기에 흥분하였다. 임시정부가 우리나라를 다스릴 정부라는 둥 이승만 박사하구 김구 씨하구 누가 더 연세가 많으냐는 둥 김구 씨와 이 박사는 형제 간처럼 친밀하다는 둥 두 분이 다 훌륭해서 대통령이나 왕이 누가 될지 모를 일이라는 둥 두 분 중에 연세가 많으신 분이 될 거라는 둥 그런 분들이 조선에 게셨다는 걸 모르고 지낸 일이 분하다는 둥 어쨌든 이야기의 끝을 보기가 힘들었다. 때때로 네 말이 옳으니 내 말이 맞네 하고 옥신각신하는 일도 있었지마는 주의 주장이 팍 서 있지 못하고 또 무슨 사상을 가진 것도 못 되는 그들이라 한참씩 그러다가는 웃어 버리는 것이었다. 또 그들은 종종 민주주의란 말도 하고 공산주의란 말도 하였다. 척하면 민주주의가 어떻니 또는 공산주의가 어떻니 하고 떠들었다. 하나 그들 중에 공산주의가 무어며 민주주의가 어떤 것인가를 분명히 아는 자가 없었다. 그저 여운형 씨가 공산주의고 이승만 박사 김구 씨가 민주주의라고 하는 그 정도였다.

토지 추수의 삼분 병작제(三一制)가 발표되기는 추수를 얼마 앞둔 때였다. 농민들은 조선 독립(해방)이 되었다 하든 때와 같이 기뻤다. 오히려 그때보다 더한층 기뻤을지 모른다. 독립(해방)이 된 우에 또 농사군들을 더 먹으라고 하니 이 얼마나 기쁜 일이드냐. 하늘도 태양도 바람도 다 즐거웠다. 대쌀처럼 내려 잡힌 그들의 주름쌀이 물결처럼 파동하였다. 그래도 그들은 서홍수의 낯색을 살펴서 그 기쁨과 즐거움을 배 속에 감추기에 노력하였다. 오히려 이 법령이 발포되자 서홍수를 찾아가서 반씩 먹여 주는 것두 황송스런데 삼분 병작이라니 될 말입니까. 남들은 어쨌든지 이놈은 전대루 해 드리겠습니다. 이놈의 애비나 하래비 쩍의 일을 생각해서두 그럴 수가 없으니까라고 아뢰는 자도 있었다. 아첨도 간사도 아니었다. 진실로 황송스런 심리에서 이렇게 하는 것이었다. 그럴밖에 없는 것이 그들은 그들의 말과 마찬가지로 조상 대대로 종 노릇만 해 왔으므로 할아버지는 증조부의 하던 양을 보아서 그대로 해 오고 아버지는 할아버지 아들은 아버지를 닮멋던 것이다. 나무의 연륜(年輪)처럼 어김없이 살어오는 그사이에 그들은 그렇게 되어 버렸던 것이었다. 그렇기에 그들의 얼굴은 모다들 비슷비슷한 것이었다. 조 서방 얼굴이나 안 서방 얼굴이 어떻게 보면 똑같은 것 같기도 하였다.

젊은 조 서방이 늙은 안 서방 더구나 족보가 같은 것도 아니요 또 외편으로 걸린 데도 없으면서 어딘지 같은 데가 있다는 것은 연구해 볼 재료가 아닐까 한다. 내가 여기 와서 얼마 안 되는 사이엔 이웃 사람 중에 보던 사람같이 여겨지는 자가 많았다. 어디서 보았든지 생각을 돌려 봐야 알어낼 수 없다가 어느 날 우리 집에 무엇을 구하려 온 마을 사람 하나가 있어서 그 사람의 비굴하게 웃는 웃음에서 나는 얼핏 내 오래인 숙제를 풀게 되었다. 즉 내가 아무리 생각해도 어디서 보았든지 알 수 없던 얼굴들이 내가 어릴 쩍 우리 고향에서 본 농민들의 얼굴과 비슷했던 것을 알았다는 것이다. 함경도와 경기도의 농민이 족보가 같을 리 없겠고 또 그 외편으로 걸릴 리도 만무할 텐데 이렇게 비슷한 것은 그들의 눈꼬리에서 시작해서 입 귀텡에 가시 끊인 댓쌀 같은 주름쌀 때문인 것이라고 나는 깨달았다. 이 주름쌀이는 함경도의 농민이나 경기도의 농민이나 똑같이 지주의 종으로 오래 사는 사이에 한 번 제멋대로 웃어 보지 못하고 늘 비굴한 웃음을 부자연하게 짓는 데서 생긴 것이라고 나는 깨달았다. 그렇기 때문에 함경도의 농민과 경기도의 농민의 얼굴이 비슷한 것이고 젊은 조 서방과 늙은 안 서방이 비슷한 얼굴인 것이 아니겠는가. 더 따져서 말한다면 그들은 같은 운명에서 같은 「멍에」를 지고 살아왔기 때문인 것이 아니겠느냐.

아무튼 우리 집 닭의장을 짓기 시작하던 때가 해방되던 이듬해 보리가 막 누렇게 익어 갈 무렵이었다.

목수는 문 서방이 알선해 주었다. 나는 문 서방이 목수 영감을 데리고 처음으로 왔을 때 목수 영감이 너무 해골 같아서 좀 싫었으나 그냥 그대로 그에게 닭의장을 지어 달라기로 하였다.

그러지 않을 수 없는 것이 채마밭 때문에 삼십여 마리의 닭을 세 평 남짓한 데다가 집어넣어서 날세가 서늘한 때는 모르겠던 것이 살구가 익어 갈 무렵부터는 닭들은 좁은 곳에서 하루가 급한 양을 보였다. 홰를 훨— 훨 치며 호기를 뽐내던 수탉도 거저 웅성거리고 앉았다가, 간혹 수탉질을 할 뿐이고 암탉은 알을 덜 낳고 병아리는 죽지를 축 느려뜨리고 한쪽 구석에 웅숭거리고 있고 큰 닭은 그렇드라도 병아리는 입춘이 지나면서 깨운 것으로 양지쪽을 골라 가면서 어린애 길르듯 길른 것들이었다. 넓은 터전에 화— ㄹ 화— ㄹ 내놓았으면 더 이를 데 없을 것이지만 채마를 결단내는 때문에 그렇게도 할 수 없고 팔어 버리라는 자도 있고 잡아먹으라고 권하는 자도 있지만 파는 것도 싫고 더구나 어린애처럼 길러 낸 그것들에게 잡아먹자고 손을 대는 짓은 할 수가 나는 없었다.

이래서 짓게 되는 닭의장이었다. 문 서방 말에 의하면 목수 영감은 원 대목은 못 되고 누구에게 배운 재조도 아니요 거저 손재주가 좋아서 짓는 목수라 사람 사는 집 같은 건 못 짓고 닭의장이나 돼지울을 짓는 정도이므로 돈은 싸게 해 주어도 좋다는 것이었다. 그러나 나는 문 서방이 말하는 대로 하지 않고 영감에게 아주 한꺼번에 돈을 치루워 주었더니 목수 영감은 웃음이 만면해서 고맙다고 몇 번을 내게 절한 후에 닭의장을 여드래면 지어 주겠느라고까지 말하였다. 나는 또 한번 닭들의 딱한 사정을 이야기하며 제발 꼭 좀 빨리 지어 줬으면 고맙겠노라고 당부의 말을 하였다.

그런데 닭의장은 여드래에 끝을 막을 수가 없었다. 문 서방은 내게 괜이 삭전 전부를 지불하였기 때문에 일이 더디게 되었다고 하지만 ─ 하긴 문 서방 말대로 삭전의 일부분만 목수 영감에게 주었드면 우리 닭의장은 목수 영감의 말대로 여드래에 끝났을지 모르지만 ─ 그러나 나는 목수 영감에게 삭전 전부를 한꺼번에 주었기 때문에 일을 느려트리는 게라고는 생각지 않았다. 아니 그렇게 생각하고 그를 못마땅하게 여긴 적이 없은 것은 아니지만 나는 그 마음을 오히려 꾸짓고 닭의장이 늦게 되어서 우리 닭들의 고난을 내가 마음속 깊이 앞아하면서도 그렇면서도 목수 영감에게 삭전을 죄다 한꺼번에 치루워 준 것을 뉘우치지 않았다.

여드래가 훨씬 지난 뒤였다. 목수 영감은 숫제 집에 오지도 않았다. 나는 문 서방 말대로 못한 것을 뇌알으며[3] 웃마을에 있다는 목수 영감의 집을 물어서 찾아갔다. 이른 아침이었다. 영감이 어디

---

3 뇌까리며.

나가기 전에 가서 꼭 붙잡고 내려올 생각으로 그렇게 빨리 갔던 것이었다.

내가 찾는 소리에 영감의 마누라 며느리 막내둥이 아니면 손녀쯤 되는 세 얼굴이 한꺼번에 밖으로 내밀었다.

나는 그들에게 목수 영감의 집이냐고 묻고 그리고 그들의 대답이 그렇다고 하는 소리가 끝이자마자[4] 사람을 뭘루 알고 그러는 거냐 하고 크게 해 댈 작정으로 소리를 높이려 하니까 내 목소리를 알아채였든지 먼저 나타났던 세 얼굴이 사라지고 그 대신 얼굴 하나가 그 자리에 아주 슬그머니 나타났는데 나는 그때 그냥 아무 소리도 못 하고 가만 서 있지 않을 수가 없었다. 아직 해가 올라오기 전 푸름스구레한 아침이라기보다 새벽이었기 때문에 그 퉁퉁 부운 큰 얼굴이 사람 같지 않았다. 참 무섭도록 부어 있었다.

회감기게 말렸든 목수 영감이 그처럼 커질 수가 어떻게 있었단 말인가?

「미안합니다. ……채독을…… 올려 가지구…… 몇칠째……」

말소리가 틀림없는 목수 영감이었다. 숨이 차서 끊을락 말락 겨우 이어 가며 말을 하였다.

나는 거저 침을 한번 삼키지 않을 수 없었다. 그런 것은 전연 모르고 어디 가기 전에 붙잡고 내려가려 한 것이 참 안 되어서 견딜 수 없었다. 나는 영감더러는 눕게 하고 그 옆에 있는 식구들에게 약을 썼느냐 채독엔 고기가 좋다는데 고기국이나 대접했느냐 하고 물어보았다. 물어보았으나 그들은 거저 벙벙하니 서 있을 뿐 대답이

---

4   '끝나자마자'로 추정.

없었다. 대답을 하는 일에 대해서 무슨 생각조차 있는 것 같지 않았다. 거저 얼빠진 사람들 같았다. 나는 문득 우리 이웃 사람들이 몹시 굶을 때에 하는 그런 버릇인 것을 깨닫고 더 별말 없이 집에 내려와서 고기 한 근 살 돈과 영감 약 살 돈과 쌀 한 되를 영감 집에 올려보내었다.

　그런 뒤에 한 일주일을 지나서 목수 영감이 내려왔는데 일주일 전 그날 아침에 보던 때와는 또 아주 반대로 무서울 정도로 흠쭉해서 다리가 회회 내젓기었다. 그 뒤로 사흘인가 목수 영감은 내 고마운 공을 갚겠노라고 하면서 연겁허 부즈런이 내려오더니 또 몇일을 무소식이었다. 이렇게 되면 주선해 준 문 서방이 매우 딱해하는 얼굴색이었다.

　「그러게 공전을 다 주지 마시래는 건데요. 배곯아 쓰러지면서 두 돈 받아 갈 욕심에 일을 하게 되거든요. 댁에서 주신 돈은 빚쟁이들이 들어서 고냥 털렸다는군요.」

　문 서방은 딱한 표정을 지은 뒤에는 으례히 이렇게 한마디 하는 것이 버릇같이 되었다. 이번엔 문 서방이 영감 집에 올라갔다. 영감더러 아주 막 해 대겠다고 별르고 올라갔다 내려온 문 서방은 맥이 풀린 어조로

　「영감네두 떨어졌대는군요.」 하였다.

　「뭣이 떨어저요?」

　「땅입죠.」

　「얼마나?」

　「다지요. 그 영감은 닷 맛지길 껄입쇼.」

　「그건 누구 건데?」

　「누구겠서요 나아리 댁 껍죠.」

67

나아리 댁이라 함은 서흥수네를 가르침이었다.

「원 식구가 다들 울었드군입쇼. 울면 뭘 해요……」

문 서방도 떨어져 나간 축에 한목 끼인 터라 남의 일 같지 않은 모양이었다. 나는 그날 비로소 목수 영감이 서흥수네 작인이었다는 것을 알았다.

영감은 그 이튿날 아침에 일찌기 내려와서 하루 종일 부즈러니 일을 하였다. 땅이 떨어진 데 대해서는 아무 말이 없었다. 눈이 붓기까지 울었다면서 아무 소리 없는 것은 너무 앞으거나 비참한 것은 닷치기 싫은 법이라 목수 영감도 그래서 그러는 거라고 짐작하고 내 쪽에서도 아무 말을 하지 않았다.

그는 돌아가려고 할 쩍에 양식이 떨어져서 그러노라고 하면서 내게 양옥수수 한 말 사을 돈 일백칠십 원을 취해 달라고 하였다. 가을에 양식으로 주든지 돈으로 값든지 하겠노라고 하였다. 나는 무엇으로 받고 안 받는 것은 둘째로 그가 달라는 대로 얼른 주었다.

그랬더니 그 뒤로 그 이튿날도 그 사흗날도 목수 영감은 또 오지 않았다. 닭이 더워서 점점 더 축 느려트린 것이 초조하고 또는 그 영감이 자기에게 동정하는 나를 되려 넘보는 것이 아닌가고 영감에게 다시 가지는 불쾌한 감정을 가지고 나는 또 목수 영감 집으로 찾아가지 않을 수 없었다.

영감은 그날도 누워 있었다. 홀쪽한 영감이 더 홀쪽해졌었다. 그는 또 먼저 미안하다는 말을 하고 내가 준 것으로 서울 가서 양옥수수를 사다가 갈아서 밥을 해 먹은 것이 언쳐서 설사만 나흘채 내려 한다는 것을 말하였다. 나는 그 말을 믿을 수밖에 없었다.

우리 이웃 사람들 중에도 이 양옥수수를 사다 먹고 설사를 하는 것을 보아 알기 때문이었다.

이 양옥수수라는 것은 미국서 들어오는 것으로 서울 시민에게 배급해 주는 것이라 하였다. 배급품이 어디서 어떻게 돌아 오는지 알 수 없으나 어쨌든 서울 시장에서 한 말에 일백칠팔십 원에 매매되어 우리 이웃 사람들도 사다 먹었다. 배탈이 잘 나느니 똥병에 잘 걸리느니 땠겨 버리면 보리 두 되 폭두 못 되느니 하고 나무램질들을 하지만 실상은 이 양옥수수 사다 먹는 집도 드물었다.

「나 양옥수수밥 해 먹었다아.」

「나 양옥수수 풀떼기 먹었다아.」

아이들이 만나서 하는 이야기였다. 자랑이 지나쳐 노래가 되어 버리었다. 못 먹은 놈도 먹었노라고 눈을 껌벅 장단을 마추는 것이었다. 하긴 그들이 먹은 것 중에서 가장 상등인 까닭이었다. 해방의 덕택이라 할까.

참으로 농민들에게 있어서 해방의 덕이라면 이 양옥수수를 서울 가서 수월하게 사다 먹는 것 외엔 다른 것이 없었다. 해방 전이나 마찬가지로 쌀은 이 고장에서 한 되를 구해 낼 수가 없었다. 해방 전엔 그래도 쌀을 꾸어 먹을 수도 있었고 또 장리로 쌀을 얻어다 먹을 수도 있었지만 해방 후엔 쌀값이 작구 올라가기만 하는 바람에 쌀 가진 자가 쌀을 장리로 주는 것보다 파는 것이 났기 때문에 꿔 주지 않았다. 서홍수네도 해방 전과 마찬가지로 쌀을 배에 실어서 서울 가 판다고 하였다. 해방 직후 일본 순사가 쫓겨 가고 면 직원이 맞어 대고 할 쩍엔 작인들한태나 또 마을 사람들에게 어지간하드니만 그의 아들이 다시 총독부 자리에 앉아 있는 군정청 관리로 들어가면서는 또한 서슬이 퍼러한 것이었다. 해방 직후 열 가마니의 쌀을 극빈자에게 쥐 달라고 치안유지회에 니레논 것도 괜한 짓을 하였다는 태도였다.

최정희

서흥수네는 또 많은 땅을 팔았다. 그 땅을 갈아먹든 작인들은 헌신짝같이 내동댕이치웠다. 그리고도 작구 팔았다. 떨어저 나가 엉엉 엉엉 아이들처럼 우는 작인이 부러 나갔다. 떨어 안 지려고 집을 팔고 소를 팔고 온갖 것을 다 팔고 심지어 김장독까지 다 팔고 그러고도 토지 소유권 문서를 재피게 하고 높은 변리로 빚을 내고 해서 부치던 땅을 사는 자도 혹 있긴 하나 대개는 떨어져 나갔다. 떨어 안 질 수 없는 것이 그들 중에 소를 가진 자가 몇이 없고 팔아서 돈이 될 만한 집을 지닌 자가 몇 안 되었다. 무었으로 땅을 사 낼 수가 있겠느냐 말이다. 빚도 어지간해야 내지 아주 믿두머리가 없는 형편에 빚을 낼 용기도 없으려니와 빚을 누가 주려 들기나 하는가. 곡가가 고등해 가는 틈을 노리고 고리대금으로 살쪄 가는 자 중엔 떨어져 나가는 농민에게 돈을 취해 주어서 추수를 반작해 먹기로 하는 일도 있으나 이런 예(例)는 극소한 일이지 누구나 다 해 낼 수 없는 일이었다. 고리대금업자로 살쪄 가는 자가 이런 적은 빈촌에 많이 있을 리도 없겠지만 있다 치드라도 아무에게나 주는 것이 아니었다. 땅이 훨신 좋와서 양석(兩石)을 바라보는 거래야 되는데 땅 파는 자는 또 양석을 바라보는 땅은 좀체 팔지 않았다. 토지개혁이니 뭐니 뭐니 하지만 세상은 아직도 소란할 뿐 우리 정부가 설 날도 막연한데 토지개혁이란 그리 쉽게 올 리 없을 게라고 지주들은 이렇게 생각하고 그래도 어쩔 줄 아나 하는 마음에서 파는 땅이라 상답을 막우 내여놓지는 않았다. 따지고 본다면 토지개혁이란 최후의 선고장이 내리자면 아직 한참 될 것 같으니까 그동안에 나쁜 놈만 처분해서 그 돈으로 달리 이득을 볼 방법을 취하는 것이 좋겠고 좋은 놈은 그대루 두었다가 토지개혁이 될 무렵에 땅이 좋으니만큼 욕심낼 자가 말겠으니까 그때를 봐서 할 일이고 혹시 그리 못 되는 경우가 생기드라도 아직 그동안이 한참 될 상싶으니까 그새에 거기서 소출을 많이 내여서 가장 적은 폐해를 받자는 것이 지주의 생각이었다. 될 수 있는 한 머리를 쥐여짜서 가장 적은 폐해를 받자고 애를 빠득빠득 쓰는 데까지는 칭송할 만한 일일지 모르지만 제가 손해를 입지 않기 위해서 손해라기보다 많은 이득을 얻기 위해서 우매하고 가난한 농민을 이용하려 드는 데는 참을 수없는 의분이 느껴지는 것이었다.

　서홍수네는 중치 하치는 다 팔고 한목 만 평 가까운 땅이 쭉 내깔린 좋은 것들을 팔지 않고 농사를 짓는데 그 방법이 참 묘하였다. 근 만 평 땅에 작인이 삼십 명 넘었다. 삼십 명 넘는 작인 중에서 서홍수는 가장 상치의 작인을 골라내었다. 해방 전에 징용을 안 나가고 농업 지도원이라는 패를 가슴에 부쳤던 자들 중에서도 골르고 다시 골르고 해서 그들에게 땅을 노나 주는데 이건 경작권 없이 주는 땅이었다. 그 땅도 다른 땅과 마찬가지로 작인에게서 경작권을 죄다 박탈해 가지고 그것을 다시 한 사람에게 열 말지기 또 농사군이 한 집에 셋씩 넷씩 되는 데는 열다섯 말지기도 주고 혹은 여들 말지기 일곱 말지기 다섯 말지기씩을 주는데 경작권까지 주는 것이 아니고 거저 농사를 지어서 가을에 추수를 해서 그 나는 소출 중에서 서홍수가 삼분지의 이가 더 차지하게 되는 수량을 차지하고 그 나머지를 농사지은 자에게 주게 되는 것이었다. 우리 앞집 갑복이네도 그 축에 한목 끼였는데 갑복이네는 사십 석 추수를 바라보는 추수에서 열 섬을 받기로 하고 농사를 짓게 되었다는 이야기를 나는 들었다. 그러니까 서홍수는 삼분지 이(三分二)를 더 차지하는 셈이었다. 농사짓는 측의 억울함이란 말이 아니지만 이 축에 한목 끼일 수가 없을까 하여 애를 빠득빠득 쓰는 자도 많았다.

최정희

서홍수를 찾아가서 애원하는 자도 있으며 엿이나 닭이나 계란이나 또 그 외의 다른 것들을 선물하는 자도 있었다. 자기의 원이 이루워 안 저서 서홍수에게 생전 처음으로 삿대질을 하며 괄세하는 자도 있었고 원 집안 권속을 몰아 가지고 그 마당에 가서 초상 난 모양으로 손뼉을 치며 딩굴며 죽여 달라고 아우성치는 패도 있었다. 서홍수는 선물 갔다 주는 자는 선물만 받고 돌려보내고 삿대질이며 행패를 하려 드는 자는 주재소에 돌렸다.

마을은 다시 눈물의 바다 한숨의 골짜구니로 변하였다. 해방 전 그 무섭든 생지옥 — 주림과 증병과 징용과 보국대와 증발로 우름의 바다요 한숨의 골짜구니든 이 마을이 그 쩍에와 똑같은 생지옥을 연상하는 마을이 되어 갔다.

마을 한가운데 서 있는 늙은 정자나무 그늘에서 희색이 만면해 재미나 하던 정치담도 마을 사람들은 다 잊어버렸다. 국민학교 아동을 선두로 뙤뙤 나팔과 북만 가진 악대에 발을 마춰 멀리 삼십 리 길 마을까지 행진하며 「만세」 「만세」 거저 만세만 부르던 일은 꿈 같았다. 면소를 부시고 면 직원을 때리고 순사를 쫓고 두들겨 주던 그 의기는 어디로 사라졌는지 알 배 없었다.

정자나무 아래 이승만 여운형 김구 등으로 몰두하던 그들은 — 독립(해방을 말함)이 한 번 더 돼야 해 — 하고 뇌깔였다. 독립이 무엇이고 해방이 어떤 것인 것조차 모르고 하는 말이라 치드래도 그들의 이 말을 거저 흘려 버릴 수 없었다.

못 사는 원인이 어디메 있는 것을 모르고 하는 그들의 말이라 치드라도 이 말을 거저 흘러 버릴 수 없는 것이었다.

우리 닭의장을 짓는 목수 영감에게서도 나는 종종 「독립이 다시 돼야 해요」라는 말을 들을 수 있었다.

진정 그들은 독립이 다시 돼야 한다고 느끼기는 하나 그 「독립」이라는 것이 어떠한 형태로서 그들 앞에 나타날 것은 짐작하지 못하는 것이었다. 그런 것을 짐작할 만한 아량이 그들에겐 있지 않았다. 오직 우매할 뿐이었다. 거저 가난할 뿐이었다 그리길래 그들은 서홍수에게 그처럼 학대를 받으면서도 학대를 받을 뿐만 아니라 그 갈아먹던 땅까지 빼앗기고 아주 그야말로 지주와 작인이라는 주종 관계가 끊어졌음에도 불고하고 아직도 그들의 서홍수에게 가는 마음은 남아 있었다. 이번 서홍수의 회갑 잔치만 해도 그다지 굉장할 것이 못 되었을지 모른다. 서홍수의 말인즉 「패가하는 놈이 무슨 회갑은」 하였다니까. 그 자식 되는 자들이 서들어서 한다 치드라도 강에까지 회갑 잔치 놀이터를 잡지 않았었을지 모른다. 강가에 회갑 잔치 놀이터로 정하게 된 것은 경작권 없이 농사를 지어 주고 삼분지 일도 못 찾아 먹는 서홍수의 농사군들과 또 그의 전(前) 작인 ─ 헌신짝처럼 떨어져 나간 작인들이 서들어서 하게 된 것이었다. 그들은 똑같이 서홍수의 회갑 잔치를 위해서 쌀 한 말씩을 술을 해 넣고 돈 백 원씩 내기로 하였다 쌀 한 말이 끔찍하지 않을 수 없었다. 서홍수네 쌀이라면 쌀 한 말이 뭐가 대단하랴. 그렇지만 하루 셋 기를 푸성귀로 이어 가기를 일 년이면 열 달씩이나 하는 그들의 쌀이었다.

작년 추수 후에 얼마간 쌀밥의 미끄러운 감촉을 맛본 뒤에는 한 번 온전히 쌀만으로 밥을 지어 먹어 보지 못한 그들의 쌀이었다. 돈은 어떤가. 돈 백 원! 백 원이면 십 원이 열이 모여진 백 원이었다. 단 십 원이 없어서 소금을 못 사는 때가 많은 그들의 돈이었다. 십 원이 아닌 오 원이 없어서 배급 담배를 못 받아 피우는 그들의 돈이었다. 백 원! 백 원! 손톱 발톱 다 달아 무즈러지는 고된 일을 해야

타게 되는 이틀 치의 품삯이었다.

　이러한 끔찍한 쌀이요 돈을 그들은 서흥수를 위해서 아끼지 않았다. 아끼지 않으려 해서 그런 것이 아니라 서흥수네겐 적은 쌀과 적은 돈이 빛나지 못할 것을 알았기 때문이었다. 그들에겐 쌀 한 말이란 쌀, 백 원이란 돈, 이것이 끔찍한 것이었으나 서흥수에겐 아무 것도 아닌 것이었다. 한 말의 쌀, 백 원의 돈이 그러하거든 그보다 더 적은 쌀과 돈은 더 아무것도 아닌 것이었다. 그래서 그들은 쌀 한 말과 돈 백 원씩을 서흥수를 위해서 아끼지 않은 것이었다.

　그런데 목수 영감은 이 우에 또 닭 한 마리를 더 서흥수의 회갑 잔치를 위해서 가져가겠다니 어쩌면 좋으랴. 바루 어제저녁 일이었다. 그는 어저께도 그의 아들과 같이 와서 우리 닭장을 짓고 있었다. 목수 영감이 혼자 할 수없는 「외」를 얽는다든지 「석가래」를 얹는다든지 지붕을 인다든지 하는 일은 줄창 그 아들과 해 왔다. 「석가래」 얹는 것과 지붕은 아버지가 아래서 섬기고 아들이 우에서 얹고 이고 하였던 것이었다. 아버지는 회감하니 어지러워서 높은 데는 꼼짝 못하였다. 목수 영감이 내게

　「애기 어머니 닭 한 마리만 외상으로 줍시요 가을에 양식으로 드립지요.」하니까 아들은 얼른 아니 미리 준비나 하고 있은 것처럼

　「아버진 참 그러지 마시래두……」 하고 아버지를 걱정스런 낯으로 건너다보는 것이었다. 그러나 불효스런 빛은 조금도 없었다.

　「이놈아 굶어 죽어두 좋단 말이냐. 이눔아 다른 자들은 돼지두 받친다 돼지두 응 이눔아 그래 닭 한 마리가…… 네 이눔아 어느 땐 줄 알구……」

　아버지의 호기는 대단하였다. 너무 격동이 심해서 말을 이어 내지 못하였다. 그 괴죄죄한 몰골 속에서 아들에게 피워 보는 호기

만이 남았든 것 같았다. 그래도 아들은 아무 댓구가 없었다 거저 난
처해하면서 아버지더러 올라가시자구만 하였다. 물론 나는 서홍수
를 갔다 메기라고 나의 닭의 어느 한 마리를 붓잡고 싶지는 않았다
그러나 처참하고 또 처참한 그의 현실을 돌보아서 나의 닭의 어느
한 마리를 붓잡아서 목수 영감에게 주어서 행여 그 일로 말미아마
서홍수의 마음이 움즉여서 목수 영감이 서홍수가 삼분지 이도 더
차지하고 농사짓는 측이 삼분지 일도 못 찾아 먹는 경작권 없는 그
땅을 얻어 허게 했으면 싶은 생각도 없지는 않았다. 그러나 나는 아
들의 낯색도 또 살피지 않을 수 없는 것이 아들은 총명하고 아버지
는 우매(愚昧)하기 때문이었다. 우매는 「총명」 앞에선 굴복하는 것
이었다.

「아 영감 웨 그러시유?」

옆집 철용 아버지가 들어왔다. 어떻게 되었든 나는 철용 아버
지가 이 자리에 나타난 것을 다행하다 여겼다. 「우매」한 것을 버리
고 「총명」한 것을 쫓아야 하겠다고 알기는 하면서도 나는 그 자리
를 어떻게 수습하면 좋을까고 하던 참인 것이었다. 철용 아버지는
울타리 밑에서 뭘 하고 있는 것 같더니만 목수 영감의 호기 빼는 소
리를 듣고 온 모양이었다.(그렇지 않아도 그는 하루에 몇 번씩 우리 집
에 잘 왔다.) 해가 다 졌는데 목수 영감과 그 아들이 얼마 안 해서 다
끝막을 우리 닭의장 일을 할 수 없게 어두운데도 그는 왔던 것이었
다. 저녁을 지내고 심심해서도 왔겠지만 목수 영감이 호기를 뽑게
된 그 사건에 구미가 댕겨서 온 것이라고 나는 생각하였다. 하긴 무
슨 일에나 챙견을 잘하자고 하는 그였다. 해방 전엔 주재소 수석과
친밀이 지내고 지금도 직업은 소장에 나가서 어룬인 체하고 중개를
들어 한목 보는 것이 일이고 돈이 나올 때 없는데 그래도 잘 쓰고 명

절이면 주재소 면소를 불러 먹이고 하였다. 이십 년 전에 보통학교 선생을 한 이력이 있었다니 그걸로 해서 일본 말을 좀 하는지 하였다. 해방 후 — 술집 떡집 고기집이 설흔 개도 넘을 적에 그는 갈보를 대려다 놓고 술집을 차렸다. 그리다가 적은 곳에 술집이 이렇게 많어서야 되겠느냐고 이곳 유지들이 술집 박멸 운동을 나섰다. 그럴 때 철용 아버지는 술집을 하던 체를 하지 않고 박멸 운동에 자기도 한몫 끼었다.

「암 술집을 없새야지 갈보를 없재야지 국가를 걸머질 청년들이 술과 계집으루 녹아서야 될 말인가 안 될 일이지 암 안 되구 말구……」

유지들보다 더 열열하였다. 이렇게 아무 일 없는 듯이 자기가 한 일에 자기가 한 말에 책임을 질 줄 모르는 철용 아버지였다. 아무 데나 가서 덥적거리고 아무 말에나 가서 챙견하는 그였다. 어른도 좋고 아이도 좋고 늙은이도 젊은이도 다 좋았다. 내가 그의 오는 것을 싫지 않게 여기는 거나 마찬가지로 사람들은 모두들 아이 어룬 할 것 없이 「나발」이란 별명을 불러 가면서 그를 기피하는 일이 없었다. 뒤에 「남은 것」이 없기 때문이다. 말하자면 무신념(無信念)한 때문이다. 「무신념」한 것을 채택할 것은 아니드라도 거부하는 데까지 쉬이 이르지 못하는 것이 사람의 습성인지도 모른다.

철용 아버지는 목수 영감도 아들도 나도 잠잠히 대구가 없으니까

「그래 영감 돼질 받치구 얻어 걸린 자 뉘란 말이요 웨 자꾸 서흥수네 배 불릴 생각을 하시유 딱을 하시유……」

목수 영감의 아들이 없고 또 내가 그 자리에 없었드면 그는 결코 이런 말을 하지 않았을 것이다. 그는 내가 행용 서흥수네를 못맛

당히 여기는 것도 눈치채였었고 또 목수 영감의 아들이 총명한 것도 알아볼 수가 있었던 것이다.

「에 그 아니꼬운 소리 집어치여…… 세상두 몰으구 괜스레나 덥적거림 되는 줄 알어……」

아들에게 뺏쳤든 화살이 철용 아버지게로 돌아졌다. 목수 영감은 눈에 눈물이 괴괴하기까지 하였다. 너무 격분할 때면 그는 그런 버릇이 있는 모양이었다.

「뭘 덥적거린단 말이유 그 영감 참 그래 저런 아들을 두구 그 주책없는 짓을……」

「아따 잘한다 불붙는 집에 키구려…… 네 이눔 네 그래 또 내 속 태워 줄려구 그러니…… 이눔아 땅 떨어졌을 때만 해두 나아리 댁에 불을 질러 놓는다구 지랄을 처서 속 썩이드니 이눔아…… 철을 몰라두 분수가 있지 흙을 파먹겠냐 돌을 깨물겠냐 그리커들랑 이눔아 순살 댕기든 면 서길 댕기래두 심쭉두 안 하구그래. 그게 잘하는 짓이야 이눔아……」

이번엔 철용 아버지와 아들을 한꺼번에 화살질하였다.

영감은 또 아들이 순사나 면 서길 댕기지 않는 말을 끄집어내었다.

아들이 아버지와 처음 같이 와서 일하던 날 석가래를 얹느라고 두둥실 높이 덩그랗니 쿵닥닥 따악 딱 못을 박을 때 하늘이 높고 녹음이 짓튼 탓이었든지 아버지를 도모지 닮지 않은 아들이 어느 이야기에 나오는 주인공 같아서 나는 그 이튿날 영감이 혼자 오던 날 목수 영감에게 아들의 이력(履歷)을 물어보았던 것이다. 그랬더니 영감은 아들이 소학교를 졸업하고 서울 사는 유족한 이모가 대려다가 중학교를 마쳐 주고 전문학교에 입학식히려 들던 때 이모가 병으로 죽어서 공부는 더 못 하고 있다가 증병으로 뽑혀 나갔다는 것을 이야기하고 그 이모가 있었으면 때때로 군색한 형편을 살펴 줄 것이었다는 말도 유감스런 얼굴로 하고 나서 아들이 순사나 면 서기 다니라고 그렇게 말해야 싫다고만 한다는 것도 말한 다음 좀 낮은 소리로 영감은

「애기 어머니 보구니 말이지 그놈이 글세 앨 멕여서 큰일 났서요」 하였다.

그런데 목수 영감의 「그놈이 글세 앨 멕여서 큰일 났서요」 하는 말 뒤엔 반드시 무슨 말이 또 있을 듯하였다. 그래서 나는

「어떻게 앨 멕이시게? 색씨 바람이 났세요?」

하고 물어보았다.

「그러기나 했음 좋게. 색씨, 색씬 생각두 안 합니다그려. 아 글세 애기 어머니, 애기 어머니 보구니 말씀이지 그놈이 글세 나아리 댁을 불 질른대니 저걸 어쩜 좋아요 도무지 그놈 때매 똥끝이 타서 결딜 수 없군요. 글세 농사군들이 배곯는 게 다 나아릿 댁 탓이라구 그러잖아요 땅이 떨어질 때만 해두 빗을 얻어서 땅을 붓잡자구 난 그랬죠 그런데 그롬이 들어줘야죠 사지 말어야 한다구 사지 말어야 한다구 인제 존 세상이 올 테니 가만 내버려 두라구 그러니 글세 잘 살구 못사는 게 하늘이 마련하는 일인데 그게 될 말입니까」

하고 목수 영감은 잡었든 연장을 쉬이며 후연이 한숨까지 지은 일이 있었던 것을 나는 기억하고 있다. 나는 그때 그런 세상이 와야 옳지 않겠느냐고 영감에게 될처 물었던 것도 기억하고 있다.

「암 불을 질러야 해 참 시훈이 장하군그래 암 용기가 있는 청년

이지……」

이것은 영감의 말을 주서듣고 하는 철용 아버지 말이었다.

「이 나발아! 어이구 나발아……」

영감은 매우 괫심하였다. 철용 아버지의 별명을 연거퍼 불르는 외엔 말이 안 나왔다.

「날더러 나발? 영감은 맹꽁이지 맹꽁이 고 맹꽁이 같은 짓 좀 말아요. 젊은 청년은 용기가 있어야지 암 부서 버려야지 그런 걸 가만두군 살 수 없지…… 나두 부실 맘이 나는걸……」

「아 이건 년장(年長)두 몰라본담 맹꽁이 그래 맹꽁이가 어쨌단 말이여……」

「글세 어린애들 모양이루 웨들 이러십니까.」

성문(城門)처럼 닫혔던 아들이 이쪽으로 돌아서며 하는 말이었다. 그는 그때까지 무엇을 하느라고 저쪽을 향해 있었는지 나는 알 수 없었다. 아니 나는 명확한 것만 알 수 없었지 그의 돌아선 뒷모양에서 그가 무엇을 하고 있을 것을 그믈그믈 기어드는 황혼 속으로 느낄 수는 있었다. 시(詩)나 철학 이런 것은 아니드라도 좋은 다른 것을 생각하는 것이라고 나는 알았다. 두 영감은 아무 소리도 못 하였다. 아들의 음성이 부드럽고 너무 낮던 때문인지 모른다.

아들은 아버지를 아이 달래듯 집에 가시자고 하였다. 나는 영감에게 아들의 말대로 쫓을 것을 일러 주고 그리고 이른 아츰 — 즉 오늘 아침 — 서흥수네 회갑 잔치에 가기 전에 두어 시간이면 해 단다고 하던 닭의 운동장 문을 달아 달나고 신신당부하였다. 영감은 꼭 그리하겠느라면서 아들과 한 가지로 돌아갔다.

그랬는데 이튿날인 — 오늘 아침에 목수 영감은 서흥수네 일로 분주해서 널반지로 하는 닭의 운동장 문은 해 달기가 어렵겠으니 위선 가마니로 해 달아서 족제비의 피해만 막어 놓고 저녁때 ── 회갑 놀이가 끝나거든 마저 해 달겠느라고 왔다. 나는 어제저녁에 닭들을 낡은 닭의 울에 그냥 둘 것을 그랬다고 후회하였다. 아침 일직이 와서 문을 달아 준다기에 운동장 문이 다 된 후에 닭들을 내여놀 생각으로 하루 저녁이라로 속히 넓은 데서 닭들을 재우려고 낡은 데서 새집에 옮겨 넣었던 것인데 새집 넓은 데서 자고 난 닭들은 하루밤 사이에 원기를 얻었든지 목수 영감이 가마니로 운동장 문을 해 내려트린 후 곧 내가 들어가서 닭의장 문을 열어제쳤더니 닭들은 모두 후울훌 홰에서 나라 운동장으로 나왔다. 약은 족제비는 내레 디리운 가마니로 된 운동장 문이 제가 드나들기에 좋은 것을 알아채였던 것이었다.

이래서 우리 닭이 오늘로 두 마리가 물려 간 것이었다.

그런데 나는 거짓말을 하였다. 우리 닭이 족제비에게 물려 갈 때 고 비둘기같이 하이한 닭이 목아지를 잘칵 물린 탓으로 눈이 볼 찐 나온 것이「깨애꽥 깨애꽥」비명을 지르는 것을 들을 수가 없고 또 나는 그때 바루 서홍수네 잔치 놀이터에서 오는 풍류 소리가 참으로 요란하였기 때문에 내 손에 들린 기인 몽둥이를 가진 채 강가 놀이터로 달려가겠다고 했는데 달려가서 그 인간 같지 않은 것들이 횡행천하하는 것을 부셔 버리겠다고 했는데 나는 그렇게 못 하고 말았다. 나는 꼭 가려고 하였다. 진정 떨리는 내 손에 쥐인 몽뎅이로 막우 짓두들겨 댈려고 하였다.
그러나 나는 그길로 내달리지 못하고 강가가 잘 내다뵈는 뒤뜰 높은 지대에 위선 올라서서 풍류 소리 나는 데를 내다보고 나서 가려고 하였다. 그래 높은 데 터억 올라선즉 그와 동시에 얼핏 내 발아래 버려진 채마밭 광경이 눈에 띠이는 것이었다.

기맥히는 참경이었다. 족제비를 쫓는 내 몽둥이 바람에 소매가 들었다 난 콩밭이었다.

해토가 되기를 기다려서 남보다 일즉 서들은 우에 연신 거름을 들고 다니며 가꾼 탓으로 볼사록 풍성한 채마밭이었다. 중에도 토마토는 아침저녁으로 순을 보아주고 열매를 속가 주고 해서 흐믁지게 굵은 열매가 관상 품으로도 제법 훌융하든 것이다.

그 토마토의 가지가 찢긴 놈 그냥 나무 채로 쓸어진 놈 열매가 굵은 까닭에 폐해가 더 컸든 것 같다. 그 유난이 번들거리는 표피에 강렬한 광선을 받아서 더한층 디글거렸다 좁은 곳에 삼십여 마리의 닭을 가둬 놓고 닭을 고생식힌 것도 이 채마밭을 끝까지 에쁘게 길러 보자는 데서가 아니었든가 — .

나는 그 자리에 푹 주저안고야 말았다. 마음의 격동을 어찌하는 수가 없을 때에 하는 내 버릇인 것이다. 주저앉아서 나는 무엇을 생각했든지 모른다. 나는 새납 소리 징 소리를 귀에 아련히 느끼며 잠이 들었던 것만은 사실이었다. 날더러 맹탕이라고 우서도 좋다 내게는 푹 주저않는 버릇과 함께 절박한 감정을 누를 수 없을 때 잠이 소로로 들어 버리는 버릇도 있는 것이다. 정말 나는 자 버렸다. 그처럼 나를 격동식히든 풍류 소리가 내게 자장가로 들렸을 리는 만무했으렸마는 분명 나는 잠들어 버렸든 것이다. 소나무 그늘들이 짙고 해서 나는 꽤 오래 잤던 것 같다.

옆집 철용 아버지가 사립문께로 들어오며 떠들석하지 않았드면 나는 좀 더 잣을지도 모른다. 눈을 떴을 때는 찢긴 토마토 아지들이 시들어서 찰싹 땅바닥에 들어붙고 토마토만이 내려 쪼이는 햇빛을 받어 더 디글거렸다.

「아 웨 그러구 계세요?」

나는 이 무름에 당황히 (잠이 들었든 척 안 하고)「닭을 또 물어 갔어요」하고 대답하였다.

「아 저런 아침에두 가져가구 또 거참 그눔의 영감쟁일…… 가만 계십시요 내가 가서 그 맹꽁일 대려오지요」

철용 아버지는 내 말도 들어 안 보고 사립문 밖으로 돌아저 휘적휘적 나갔다. 나는 그가 나간 뒤에 내 발 앞에 기다랗게 잡바진 족제비를 쫓을 적에 들었든 몽둥이를 집어 들고 동산에서 내려왔다. 내려와서 몽둥이를 헛간 모통이에 본래대로 갔다 세워 놓았다 살구 딸 적에 쉬이 눈에 띠이도록 ─ . 그리고 나는 마루에 와서 걸터앉어서 하늘을 쳐다보았다. 이 하늘을 쳐다보는 버릇도 격동했을 때 푹 주저앉는다든지 또는 절박한 때 잠을 자 버린다든지 하는 것과 같은 나의 버릇 중의 하나인 것이다. 나는 심심했든 것임에 틀림없었다. 족제비에게 물려 가는 닭의 비명도 끝나고 강가에서 오는 풍류 소리도 들리지 않는 까닭이었다고 변명해 둘까. (나는 하늘을 쳐다보며 인제 노리가 끝난나 부다고 이런 생각도 하고 목수 영감이 오라지 않어서 올 것이라는 생각도 하였다.)

그랬는데 그렇지 않이하였다. 목수 영감 대리려 가든 철용 아버지와 목수 영감이 둘이 다 새파랗게 찔려서 뛰여 들어왔다. 목수 영감은 본래 해골과 같이 마른 얼굴 철용 아버지는 껌어테테한 기름끼 도는 얼굴 그러나 두 얼굴이 똑같은 보고를 내게 할 것 같았다.

「우리 눔이 잡혀갔서요 선상님 이 일을 어쩜 좋아요.」

목수 영감의 떨리는 소리였다. 날더러 처음 그는 「선상님」이라 하였다. 목수 영감의 뒤를 이어 철용 아버지의 이야기는 이러하였다.

목수 영감의 아들은 해가 한가운데 떴을 — 그림자들이 납작해지는 때 — 단 혼자서 서흥수가 그 아들과 손자와 친척들과 그 아들 친구들과 그리고 왼 마을 사람들에게 절을 받고 있을 때 서흥수의 앞에 참 호화찬란하게 채려 놓은 회갑 큰상을 부서 버렸다고 하였다. 서흥수가 소리소리 지르며 「이놈이 이게 어느 눔이냐 이게 창선이 아들놈이 아니냐」고 뒤퉁거렸고 그의 아들과 딸들과 그 친구와 친척들이 목수 영감 아들에게 달려들어서 붓잡고 너머트리고 자빠트리고 목아지를 뒤로 끌어땡기고 마을 사람들은 거저 벙벙해서 있었고(그러면서도 그들은 목수 영감의 아들이 넘어지지 말기를 바라는 얼굴들이었다고 한다.) 목수 영감은 이 판국에 서흥수와 그의 가족들을 쫓아다니며 손을 싹싹 부벼 「저눔이 미쳤어요 저눔이 환장했서요」 정말 환장한 것처럼 비렀다고 하였다. 이러는 사이에 순사가 와서 목수 영감의 아들을 묵거 가고 회갑 잔치는 흐지부지해졌다고 하였다. 그런데 목수 영감의 아들은 처음부터 끝까지 한마디의 말 없이 거저 행동만 하였다고 하였다. 열 마디의 말보다 한 개의 참된 것 스무 마디의 말 없이 거저 행동만 하였다고 하였다. 열 마디의 말보다 한 개의 참된 것 스무 마디 설흔 마디 백 마디의 말보다 오직 하나의 진실된 행동은 세상의 온갖 귀한 것 중에 가장 귀한 것이 아닐까. 나는 옷깃 여미어 하늘을 쳐다보았다. 이것은 심심할 때 쳐다보는 그런 버릇에서 나오는 것과는 달렀다. 오직 감사(感謝)하는 마음에서였다.

내가 쳐부시려든 것을 대신해 준 것에 고마워서하는 감사도 아니었다. 고 악착스런 인간 같지 않은 서흥수의 회갑 놀이를 용감히 부서 버린 것이 고마워서 하는 감사도 아니었다. 또 나는 그의 뜻과 내 뜻이 맞는 — 즉 동지(同志)적인 자리에서 고마워하는 감사도 아니였다. 나는 그의 사상(思想)이 어떤 것인지 모른다. 마을 사람들이 말하는 소위 공산(共産)인지 그렇지 않으면 ── 마을 사람들이 말하는 소위 이승만 박사 주의인지 이야기를 들어 본 일이 없기 때문에 몰른다. 안다는 것이 목수 영감의 이야기로 서홍수네를 미워한다는 것 그 정도뿐이였다. 어제저녁 같은 때는 그를 알어낼 수 있는 좋은 기회였을지 모르나 그는 그믈그믈 기여드는 황혼 속에 성문(城門) 같은 침묵을 거저 간직할 뿐이였다. 내가 고마워서 옷깃을 여미는 마음은 이 성문 같은 침묵 ── 그 앞에서 하는 감사 그것이다. 다른 것은 아무것도 아니고 오직 그 하나뿐인 것이다. 침묵은 신념(信念)을 가진 자만이 간직할 수 있기 때문이다. 신념을 가진 자는 하늘과 함께 영원하고 태양과 함께 길어질 질리(眞理)를 배울 수 있기 때문이다.

「당신이 부채질해서 그랬서 내 아들이…… 어엉!」

목수 영감은 철용 아버지를 탓하면서 아이처럼 우름을 터트렸다. 목수 영감[5]은 눈이 휘둥그래서 뺑손일 쳤다. 순사가 무섭고 서홍수네가 두려웠던 것이다. 나는 자꾸자꾸 우는 영감에게 아들이 얼른 나온다고 안위식히고 그리고 오라지 않어서 가난하고 우매한 농민들을 착취하는 사람들이 꼼짝 못 하는 세상이 와서 마을 사람들이 헐벗지 아니하고 병을 알으면 약을 쓰고 어떠한 사람이나 배곯으지 아니하고 글을 모르는 자가 없게 된다고 말하였다. 영감은 주먹으로 눈을 씨스며

「정말 우리 눔이 얼른 나와요? 선상님 정말 그런 세상이 와요? 선상님.」하였다.

---

5 '철용 아버지'의 오기.

나는 대답 대신 아주 확실하게 고개를 끄덕여 뵈였다.

마을의 풍류 소리가 다시 들려올 때 진정 배곯은 자 하나 없고 헐벗은 자 하나 없고 병들어 약 쓰지 못하는 자 하나 없고 우매한 자 하나 없이 모다 배불리 먹고 뛰여 보지 아느려느냐. 모다 좋은 옷 입고 노래 부르지 아느려느냐.

—— 一九四六1946년 九9월 ——

—《백민》3권 5호, 1947년 8월~9월;
최정희, 『풍류 잡히는 마을』(아문각, 1949)

끝없는 浪漫낭만

작품 소개

　최정희는 광복과 함께 '해방자'로 등장한 미국에 대한 한국인의 시선이 한국전쟁을 경유하면서 매우 복잡해지는 양상을 문제적으로 포착한다. 미국이 각종 원조를 주는 우방국인 동시에 한국인의 민족적 정체성과 자부심을 위협하는 적대 세력으로 부상하기 때문이다. 이러한 시대 분위기 속에서 미군과 연애하고 국제결혼을 한 여학생 차래는 정신적 혼란에 거듭 휩싸인다. 미군 장교 캐리 조지와 자신의 관계가 인종과 국가를 뛰어넘는 사랑인지 혹은 서구 남성의 동양 여성에 대한 오리엔탈리즘적 환상에서 비롯하는 원조와 수혜의 관계인지 모호하게 여겨지기 때문이다. 가부장적 민족주의자 곤이 내방하여 차래를 민족의 수치이자 오염의 근거로 낙인찍으면서 차래의 정신적 병증은 더욱 깊어만 간다.

김은하

곤의 來訪내방

내가 병원에서 퇴원하던 이튿난 곤이 집에 왔읍니다. 어린것에게 젖을 먹이고 있는데 현관문을 똑 똑 똑 녹크하는 소리가 들리는 것이 아닙니까. 그때가 오후 여섯 시가 좀 지났을 것입니다. 분명히 나는 그 시간을 알고 있읍니다. 왜냐하면 그 시간은 아이에게 젖 주는 시간인 것입니다.

『캄 인!』

녹크 소리에 내가 대꾸했읍니다. 그것도 조용하지 않게 무척 성수가 나서 소리를 지를 대로 질렀던 것입니다. 젖을 먹이면서 들여다보면 볼쑤록 어린것이 귀엽기만 해서 견딜 수 없어 하던 바루 그 시각이었던 까닭입니다. 그리고 그날 오전 중에 「캐리·죠오지」의 편지와 함께 「스튜어드·죠오지」씨와 그의 부인 「수산나·죠오지」여사한테서 편지가 오고 어린것의 옷과 보들보들한 비단 포대기와 나의 의류와 구두가 도착했던 것입니다. 더구나 「스튜어드·죠

87

오지」씨 편지 속엔 어린것의 이름을 쓴 네모난「카아드」가 들어 있었습니다.「토니·죠오지」이것이 어린것의 이름입니다.「카아드」의 네 귀퉁이로부터「토니·죠오지」를 향해 어린 천사가 날개를 펼치고 있었습니다.

「캐리·죠오지」나「스튜어드·죠오지」씨와「스산나·죠오지」여사의 편지는 똑같이 감격에 찬 내용이었습니다. 똑같이 하루바삐 귀여운 아기를 보고 싶다고 했으며 자기들은 아기와 산모의 건강을 위해서 새벽 기도회를 열고 있다고 했습니다.

그들은 또한「오하라」씨의 친절을 매우 감사하게 여기는 말도 잊지 않았습니다.「오하라」씨가 나의 출산(出産)을 알리기 위해서 그들에게 친절하게도 전화를 걸어 주었던 것입니다. 그리고 아기의 옷과 나의 옷도「오하라」씨를 통해서 보내왔던 것입니다.

「캐리·죠오지」는 어린것의 눈과 머리털이 검은 데 대해서 한참 찬사를 보냈더군요.「오하라」씨는 어린것의 눈과 머리털이 검다는 것까지 설명했던 모양입니다. 내가 한 편지를 받기 전에 그것을 알고 있다면「오하라」씨가 알린 것임에 틀림없는 것입니다. 그동안「오하라」씨는 병원에 몇 번씩 와 주었으며 온갖 것을 서둘러 주어서 어느 것 하나 부자유함이 없게 지났습니다. 퇴원하던 날도 고급 승용차를 불러 주곤 했던 것입니다.

검은 눈과 검은 머리털에 대한「캐리·죠오지」의 찬사를 추려 볼 것 같으면「토니」는 동양적인 머리털과 눈을 가졌기 때문에 정신(精神)의 깊이를 지닌 아이일 것이라구요. 그리고「캐리·죠오지」는 맨 마지막에 짓궂게도「토니」의 아빠로부터라고 썼습니다.

이러고 보니 내가 어떻게 성수가 안 날 수 있겠읍니까?

『캄 인!』에 응답이 없으므로 나는 또 한번『캄 인!』을 외쳤읍니다. 그래도 응대가 없읍니다.

『어머니 누가 오셨나 분데 나가 보세요.』

나는 어린것한테서 젖꼭지를 빼고 싶지 않으므로 건넌방에 계신 어머니를 불렀읍니다. (참 나는 내 방에 있지 않고 아랫층 온돌방에 거처했어요. 갓난아이는 엉덩짝이 뜻뜻해야 한다면서 어머니는 구지 이층 우리들 방으로 못 가게 했읍니다.)

『나가 봐라. 미군인인지 모르겠구나.』

어머니는 이렇게 말씀하시며 내가 있는 방으로 건너오시는 것이었어요. 왕성하게 빨아들이는 아이한테서 젖꼭지를 빼았고 싶지는 않으나 어머니한테 어린것을 안겨 놓고 현관문 쪽으로 쭈루루 달려가 가지곤

『캄 인!』

을 더 크게 외치며 문을 제쳤읍니다.

『어머나. 어쩌나.』

문을 열어제치자 거기 서 있는 대상이 시야에 들어왔을 때 나는 그것이 곤인지 아닌지 분간 못 하면서도 이렇게 신음에 가까운 소리를 질렀던 것입니다. 곤보다 키가 크고 얼굴이 껌어죽죽하기는 하지만 곤임에 틀림없다는 의식이 나를 지배한 것만은 사실입니다.

『배곤입니다.』

신음에 가까운 소리를 지르고 어찌할 바를 몰라 말뚝같이 선 채로 있는 나에게 곤이 자기 이름을 외워 주었읍니다.

곤의 이름 외우는 소리가 끊나서였던지 그보다 좀 먼저였던지 그것조차 알 수 없읍니다. 아무튼 나는 전신의 피가 어느 한군데로 쏠리는 듯하면서 서 있는 마루바닥이 풍랑에 뜬 배처럼 마구 파동 치는 것을 느꼈읍니다. 그것까지밖에는 모르겠어요.

찬란한 노을 색채에 눈이 부셔 하면서 눈을 뜨고 보니 안개가 잔뜩 꼈을 때의 태양과 같이 전등이 부유스럼한 방을 비치고 있고 어머니가 어린것을 안고 앉아 계셨읍니다.

『앨 젖 줘라. 배가 곯아 울더니 기진맥진해서 잠들었구나.』

어머니는 이렇게 말씀하시면서 어린것을 나의 가슴에 안겨 주었읍니다. 어린것은 나에게 안기자 입을 내두르며 젖꼭지를 찾았읍니다. 나는 어린것을 닥아 안으며 젖꼭지를 물려 주었읍니다. 그렇게 하고 있는 나의 눈에서는 눈물이 주르르 흘러내렸읍니다. 이 눈물은 어째서 흘러내렸는지 모르겠어요. 눈물은 그냥 계속되는 것이 있어요.

어린것은 젖꼭지를 어떻게 힘차게 빨아드리는지 뱃 속의 것까지 땡기는 것 같았읍니다. 그렇게 빨다간 웅알거리는 것이었어요.

『얘야 에미가 상심하니까 젖이 안 나나 부구나. 젖처럼 눈치 빠른 건 없네라. 더구나 저녁두 안 먹었으니…….』

어머니는 내 눈치를 살피며 걱정스럽게 말씀하는 것이었어요.

『어머니 곤이 어떻게 됐어요?』

어음(語音)이 분명치 못한 것은 훅훅 느끼어지기 때문이었어요.

『여관으로 간다구 갔다. 아버지가 사정 얘길 자세 했더니 아무의 잘못두 아니라구 그러더란다. 그러니까 네가 잘못한 것두 너 아버지나 내가 잘못한 게 아니라는 거야…….』

『아버지가 뭐라구 하셨게?』

『돈 까탄[1]에…… 살 수 없어서 하는 수 없이…….』

『곤한테 그렇게 말씀했단 말이지요? 그런 궁상스런 소릴 해 가

---

1 '까닭'의 방언.

며 궁상을 떠셨단 말이지요?』

나는 어머니 말을 채 듣지도 않고 이와 같이 큰 소리를 쳤읍니다. 건넌방에서 아버지가 들으신 모양으로 헛기침을 몇 번 짖으시는 것이었어요.

『애야 좀 진정해라. 젖에 나쁘대두 그러느냐…….』

『듣기 싫어요. 날 그래 양갈볼 만들어 놨구만. 돈 까닭에…… 살 수가 없어서 양갈보가 된 거구만…… 어헝 어엉.』

나는 머리를 쥐어뜯으며 울음을 터뜨렸읍니다.

이튿날 오전 열한 시 반가량 해서 곤이 다시 왔읍니다. 밖에서 찾지도 않고 바루 들어와서 부모님께 말씀한 후 어머니와 같이 내 방에 들어왔읍니다.

『실례합니다.』

곤이 깍듯이 인사를 하면서 어린것에게로 시선을 보내는 것이었어요. 나도 곤과 함께 어린것에게로 눈을 돌렸읍니다. 어린것은 아무것도 모르고 잠들고 있었읍니다. 잠든 눈이 더 검고 유순해 보이는 것은 속눈섭이 긴 탓일 거예요.

그런데 어린것에게로 시선을 보내던 곤은 무슨 징그러운 것, 또는 몹시 더러운 것을 보았을 때와 같은 표정을 지으며 어린것에게서 얼굴을 돌리는 것이었어요. 나는 어린것을 와락 내 앞으로 끌어안고는 양팔을 쫙 펴서 어린것을 가리워 주었읍니다. ― 마치 솔개를 본 암탉이 병아리를 품듯이 ― .

『감출 건 없읍니다. 감춘다고 불유쾌한 사실이 사라질 리 없을 테니까.』

이그러진 얼굴 그 채로 곤은 말했읍니다.

『감추기 위해서가 아닙니다. 혹시…….』

진실로 나는 감추기 위해서가 아니었으니까요. 곤의 이그러진 얼굴을 보자 나의 머리엔 꿈에 본 곤 — 쟁기나 도끼가 아니면 권총을 들고 나에게 달려들던 — 이 떠올랐던 까닭입니다.

『혹시 해치기라도 할가 봐서 그럽니까?』

『네 그래요.』

나는 도렷한 소리로 대답했읍니다.

『그런 염려 마십시오. 그걸 해친다고 불유쾌한 기성사실이 말소될 리가 없⋯⋯.

어제저녁 차래 씨 부친으로부터 모든 사정 얘길 다 들었읍니다. 오직 민족적인 비운을 슬퍼할 따름입니다.』

『아버지 말씀을 믿어요? 아버지가 거짓말을 하셨어요. 돈 까닭에⋯⋯ 살 수가 없어서 미군하구 결혼했다고 아버지는 그렇게 말씀하셨다지요? 절대로 돈 때문이 아닙니다. 돈 때문에⋯⋯ 살 수가 없어서 미군하구 결혼했다면 양갈보지 뭐예요? 나는 양갈보가 아닙니다. 「캐리·죠오지」를 사랑하기 때문에 결혼한 겁니다.』

나는 쏜쌀처럼 내쏘았읍니다.

『그렇던가요? 그렇담 나 개인으로선 할 말이 없읍니다. 그러나 한국의 운명을 짊어진 사람으로선 하고 싶은 말이 많습니다. ⋯⋯ 좀 더 참아 줄 줄 알았습니다.

차래 씨는 양갈보가 아니라고 자신을 변명합니다만 양갈보들에게 이야길 시켜 보더라도 역시 차래 씨와 똑같은 말을 할 겁니다. 사랑하기 때문에 같이 산다고 — . 딸라가 탐나서, 호화로운 생활이 좋아서⋯⋯ 말하자면 허영을 충족시키기 위해서 그따위 짓을 한달 여자는 없을 것입니다. 사랑하기 때문이라거나 혹자는 부모 동기를 멕여 살리기 위해서라고 말할 겝니다.』

『그러면 당신은 절더러 허영을 ── 딸라가 탐나고 호화로운 생활이 좋아서 결혼했다는 말씀이군요?』

『거기에 항의할 자신이 있읍니까?』

『곤 씨는 저를 웃읍게 아시는군요? 타락한 여자로 아시는군요?』

『개인의 이익을 위해서 국가 민족을 좀먹는 것 이상의 타락이 또 어디 있겠어요?』

『신성한 국제결혼을 당신은 향락으로 아시는군요?』

『글쎄. 어느 정도 신성한지 모르지만 오늘날 우리 현실에선 당신 같은 여자를 타락했다고 볼 수밖에 없어요.』

우리들의 어성이 높아서였든지 아직 좀 더 있어야 젖 먹을 시간인데 어린것은 그만 깨어 가지고 울음을 터뜨리는 것입니다. 다른 때보다 유난히 큰 소리로 우는 것이었어요. 혹시 곤의 소리에 놀랐던지도 모르겠어요. 이때까지는 아이 곁에서 큰 숨 한 번 못 쉬고 조심하던 터이므로 놀라기도 쉬운 일입니다.

『끝까지 행복하기나 하십시요.』

아이 울음소리가 나자 곤이 안절부절을 못 하더니 이런 소리를 내뱉곤 일어서 나가는 것입니다. 드르륵 미닫이 소리를 듣자 아버지와 어머니가 자기들 방에서 달려 나오는 소리가 나고 아버지가 곤에게

『어디 가는 거냐? 곤아.』

하고 목멘 소리로 불렀읍니다.

『안녕히들 계십시요.』

곤의 인삿 소리가 들려왔읍니다.

『곤아, 넌 내 아들이 돼 다구. 너 아버지가 널 나한테 맬기잖았

93

느냐? 차래는 이제 미국으로 갈 테니 널랑 아들 노릇 해 다구 곤아. 할빈[2]에서 너이 부모하구 지나던 생각 해 봐라. 사리원에서 지나던 일을……』

아버지의 음성이 울음으로 변했읍니다.

『들어들 가십시요. 저두 친부모나 똑같이 생각하구 있었어요. 모두 행복하게 해 드리려구 맘먹구 있었어요.』

곤의 음성도 떨렸읍니다.

『곤아 가더라두 점심이나 먹구 가야 할 게 아니냐? 어디루 간단 말이냐?』

어머니는 마구 흐느끼는 것이었어요.

『들어들 가십시요. 들어가시는 걸 보구 가겠읍니다.』

『너는 끝내 안 들어올 작정이냐? 점심을 안 먹구 가겠느냐?』

『곤아 너 다시 오지? 응 꼭 와 줄 테냐? 곤아.』

아버지 어머니 말씀에 곤은 대꾸하지 않고

『들어들 가십시요. 들어가시는 걸 보구 제가 가겠읍니다.』

라고 말했읍니다.

『어디 갈 테냐?』

『저야 갈 데 없겠읍니까. 젊은 놈이사 아무려면 어떻습니까.』

『일선으로 가겠느냐?』

『제 염려는 마십시요. 돌을 깨물면서라두 살아 볼 생각입니다. 찾아올 때까지 안녕하시고 위선 들어들 가십시요.』

권에 못 이겨 어머니 아버지가 들어오시는 소리가 들리고 그러고 좀 있다가 곤의 발소리가 뚜벅뚜벅 대문께로 향해 나가는 것이

---

2   하얼빈.

들렸습니다.

곤의 구두 소리가 대문 밖에 사라지자 나는 푹 쓰러져 울기 시작했습니다. 그냥 울지 않고 가슴을 박박 쥐어뜯으며 울었습니다. 곤이 말할 수 없이 불쌍한 생각이 들면서 가슴이 아팠던 것입니다.

「캐리·죠오지」에게선 연달아 편지가 왔으며 돈과 물건이 왔습니다. 돈과 물건은 여전히 「오하라」 씨 앞으로 보내어서 「오하라」 씨가 직접 갖다주던지 그의 부하를 시켜서 보내 주던지 하는 것이었어요. 심지어는 아직 뭐가 뭣인지도 모르는 어린것의 작난감까지 보내 주었습니다.

「오하라」 씨는 집에 오기만 하면 아이의 작난감을 집어 들고 아이를 얼르며 수선을 떨었습니다.

『야하 벌써 잡으려구 하는 것 같은데. 「미세쓰·죠오지」 이걸 좀 보시오. 아기가 이걸 보구 손을 들먹거리잖아요. 「미스터·죠오지」한테 또 한 가지의 「뉴우쓰」를 전하게 됐는데…….』

「오하라」 씨의 말을 따라 아이를 들여다보던 나는 이어 아이에게서 얼굴을 돌렸습니다. 곤의 이즈러진 얼굴이 떠오르기 때문이었어요. 이때뿐이 아닙니다. 곤이 다녀간 뒤엔 늘 곤의 이즈러진 얼굴, 그가 하던 말이 귀바퀴에 매달려서 견딜 수 없었던 것입니다.

— 딸라가 탐나서, 호화로운 생활이 좋아서 —

— 개인의 향락을 위해서 국가 민족을 좀먹는 것 이상의 타락이 또 어디 있을라구 —

— 양갈보들한테 이야길 시켜 보더라도 역시 차래 씨와 똑같은 말을 할 겁니다. —

나는 아이에게서 얼굴을 돌리듯이 「캐리·죠오지」한테서 보내온 돈이나 물건에서도 얼굴을 돌리지 않을 수 없었습니다. 딸라와

물건까지도 눈방울을 똘똘 굴리면서

　— 딸라가 탐나서, 호화로운 생활이 좋아서 —

하곤 빈정대는 것이 아닙니까?

　이렇게 견딜 수없는 날을 보내고 있는 중에 아버지는 다시 아편을 사용하게 된 것입니다. 그렇게도 집착성이 없으시던 아버지가 곤이 다녀간 뒤엔 이상하리만큼 침울해지시며 진지도 별로 안 드시곤 하더니 끝내 또 그 짓을 시작하셨읍니다.

—《월간 희망》, 1956년 1월 ~ 1957년 3월;

최정희, 『끝없는 낭만』(동학사, 1958)

노천명(盧天命·1911~1957)

노천명은 1911년 황해도 장연군에서 태어났다. 본래 항렬자를 따라 기선基善이라 지었다가 여섯 살 때 홍역을 심하게 앓다 기적적으로 살아났다고 해서 천명天命으로 개명했다고 한다. 무역업을 했던 부친 덕에 비교적 유복한 유년 시절을 보내다가 1917년 아들을 간절하게 원했던 부친의 뜻에 따라 보통학교 입학 전까지 남장을 했다고 전해진다. 보통학교 입학 직후 아버지가 사망하여, 서울로 이주해 진명보통학교와 진명여자고등보통학교, 이화여전 영문과에 입학해 문학소녀 시절을 보낸다. 부친을 잃고 고향을 떠나온 상실감에 이어 여학교 졸업 당시 모친을 연이어 잃은 슬픔은 노천명의 문학 세계에 큰 영향을 끼친다. 시를 잘 쓰는 문학소녀로 유명했던 노천명은 이화여전 시절 은사인 변영로, 김상용의 지도를 받으며 《신동아》에 시 「포구의 밤」(1932)을, 교지 《이화》에 시조 「어머니의 무덤에서」(1932)를 발표한다. 졸업 후 '극예술연구회'에도 참여하여 안톤 체호프의 「앵화원(벚꽃 동산)」(1934)을 공연한다.

1935년 《시원》에 「내 청춘의 배는」을 발표한 후 문단의 주목을 받는다. 노천명은 생전 생업을 지속했다. 《조선중앙일보》 학예부 기자, 《여성》의 편집기자, 해방 이후에는 《서울신문사》와 《부녀신문사》 기자, 전후에는 중앙방송국에 촉탁직으로 근무한다. 노천명은 1942년 2월 《조광》에 실은 「기원」을 시작으로 여러 편의 친일

시와 산문을 썼다. 광복 이후, 친일 행적에 대한 반성의 의미로 조선 문학가동맹에 가입하여 소극적으로 활동한다. 한국전쟁기 미처 피난을 가지 못해 서울 수복 후 공산당에 부역한 혐의로 서울시경에 체포되어 2년 형을 받았다가 주변 문인들의 도움으로 6개월 만에 풀려난다. 이때의 체험은 그의 영혼과 육체에 큰 상처를 남겼다. 휴전 후 모교인 『이화70년사』 편찬에 관여하던 중 1957년 재생불능 성빈혈로 쓰러져 자택에서 별세한다.

첫 시집 『산호림』(1938)을 자비로 출간한 이후 시집 『창변』 (1945), 『별을 쳐다보며』(1953), 수필집 『산딸기』(1950), 『나의 생활 백서』(1954), 『여성서간문독본』(1955) 등을 출간했다.

「사슴」(1938)으로 유명한 노천명은 기본적으로 낭만주의적 정서를 밑바탕으로 깔고 있지만, 존재들의 허무주의적 심연을 절제된 감정으로 표현한 감각적 감수성을 갖춘 시인이다. 굴곡이 많은 생애를 경유하면서 겪었던 고통이 멜랑콜리하게 내면화되어 표현되기도 하고, 자신을 둘러싸고 벌어진 여러 불합리한 평가에 저항하듯 때론 남성적 화자를 등장시켜 중성적 목소리를 내기도 한다. 이러한 점은 그를 둘러싸고 벌어진 위계화된 억압적 질서를 교란시키는 여성주의적 실천 행위라고 볼 수 있다.

박지영

寂寂적적한 거리

친구들은 가고 적적한 거리
한종일 걸어도 반가운 이 만날 이 없어
사슴 모양 성큼 골목으로 들다

낯 익은 얼굴들이 없어 낯 선 거리
오호 클클한 저녁이여
인경뎅이만한 悲哀비애 앞에 내가 섰노라

박 넝쿨 올린 지붕 밑에
우리 다 함께 모여 살 날은 언제라냐
옥수수는 올에도 다 익었는데

—《신세대》4권 1호, 1949년 1월;
노천명, 『현대시인전집 노천명집』(동지사, 1949)

아름다운 얘기를 하자

아름다운 얘기를 좀 하자
별이 자꾸 우리를 보지 않느냐

닷돈짜리 왜떡을 사 먹을제도
살구꽃이 환한 마을에서 우리는 정답게 지냈다

성황당 고개를 넘으면서도
우리 서로 의지하면 든든했다
하필 옛날이 그리울것이냐만
늬안에도 내속에도 시방은
귀신이 뿔을 도첫기에 ―

병든 너는 내 그림자
미운 네꼴은 또 하나의 나

어쩌자는 얘기냐 너는 어쩌자는 얘기냐
별이 자꾸 우리를 보지 않느냐
아름다운 얘기를 좀 하자

── 노천명, 『별을 쳐다보며』(희망출판사, 1953)

이선희(李善熙·1911~미상)

　　이선희는 1911년 함남 함흥에서 태어나 원산에서 성장했다. 수필들을 보면 그녀에게 원산은 매우 의미 깊은 추억의 장소이면서 도시적 감수성을 형성하는 배경이 된 곳이다. 이선희가 자신을 가리켜 '도회의 딸', '아스팔트의 딸'이라고 말하는 저변에는 바로 이러한 원산의 영향이 자리 잡고 있다. 원산 루씨여자고등보통학교를 졸업한 후 이화여전 성악과에 진학했다가 문과로 전과해 3년간 수학했다. 1933년 개벽사 기자로 들어가《신여성》편집인으로 활동하면서 수필 등을 발표했고, 1934년 12월《중앙》에 단편「가등」을 발표하면서 소설가로 등단했다. 소설가 김학철의 회고에 따르면 개벽사에 일 년간 다니다가 카바레 여급이 됐다고 하는데, 이 시기부터 희곡 작가 박영호와 결혼하기까지의 과정은 명확하지가 않다. 1936년부터 1940년까지 왕성한 작품 활동을 벌이는 한편 1938년에는《조선일보》학예부 기자로 활동하다 1940년 10월부터《신세기》에 기자로 활동했다. 1934년부터 1946년까지 단편소설 열 편과 중편소설 두 편, 장편소설 한 편, 콩트 세 편 등 열여섯 편의 소설을 발표했고 기자로서도 많은 수필과 잡문을 남겼다.

　　발표된 소설로는 「도장」, 「계산서」, 「여인도」, 「숯장수의 처」(이상 1937), 『여인명령』(1937~1938), 「매소부」, 「연지」, 「돌아가는 길」(이상 1938), 「탕자」, 「처의 설계」(이상 1940), 「춘우」(1941) 등이 있다. 광복 후 《서울신문》에 발표된 「창」(1946) 한 편을 남기고 1946년 말경 남편 박영호와 함께 월북한 것으로 알려진다. 소설가 최정희에 따르면 재취 결혼으로 전실 자식과 자신이 낳은 두 아들이 있었다. 그 때문에 결혼 생활은 평탄치 못했던 것 같다. 『여인명령』, 「도장」, 「연지」 등에 등장하는 전실 자식과의 갈등이나 모성애에 대한 갈등, 처첩 갈등은 어머니에 대한 기억이 없는 어린 시절과 계모인 작가의 경험과 관련 있어 보인다. 수필에서는 남성 중심의 결혼 제도에 대한 비판 의식이 드러나며, 신여성이나 구여성 모두 그러한 제도의 피해자임을 지적한다. 소설 작품에서도 가부장적 결혼 제도의 폐해를 경험하는 여성들의 비애가 잘 나타난다.

이선희 작품의 가장 두드러진 문학사적 특징은 근대적 도시에 등장한 새로운 여성 군상을 그려 냈다는 점이다. 이 작가의 소설에 등장하는 백화점 여점원, 카페 여급, 매소부 등은 일제강점기에서의 도시화·상품화로 새롭게 등장한 근대적 직업여성들이다. 이들의 생활에는 가부장적인 이념들과 자본주의적 가치관이 얽혀 들어 있는데, 이선희의 작품은 바로 이러한 삶의 현실에 기반한다. 여주인공들의 삶은 주로 '화려한 불빛' 속에서 '캄캄한 어둠'을 직면하는 전락의 구조를 취한다. 이선희의 작품은 '집'과 '거리' 모두에서 변화되기 시작한 여성의 일상을 그려 내 도시적 공간과 여성의 삶의 관계를 본격적으로 드러냈다는 점에서 문학사적 의미가 있다.

이선옥

窓창

　　김 교사의 일흠은 김사백(金思伯)이다. 그러나 이 동내에선 그의 일흠을 아는 이가 드물다. 그저 김 교사고 김 교사네 집이고 김 교사 처고 김 교사네 아이들이고 심지어 길으는 개까지도 김 교사네 개라고 했다.

　　이러한 김 교사는 八8, 一五15의 해방을 당하자 이십사 년간 교사 노릇에 궁상마진 기름때가 쪼르르 흐르든 얼골에 왈칵 붉은 피가 용소슴을 처서 왼몸에 꽃이 피는 것 같었다. 그는 부들부들 떨기도 하고 왼몸이 옷싹 추워 오한이 나는 것 같기도 하고 또 몇 번이나 두 손으로 얼골을 싸고 울기도 했다.

　　지금 조선 천지는 다 그럴 것처럼 이 동네에도 남녀노소 할 것 없이 집 안에 앉었는 사람은 없다. 사람이란 있는 대로 밖으로 몰려 나와 혹은 뉘 집 토방 마루에 혹은 마을 앞 큰 나무 밑에 이렇게 떼를 짓고 패를 지어서는 제각금 좋와라고 떠든다.

　　『인제 무시기구 무시기구 병정 안 나가게 됐으니 좋다. 그 간나색기들이 저이 쌈에 누길 내세우는 게야 백판 남의 자식들을 다려다 생목숨을 끊을나구 쌍간나색기들.』

『야 — 선냇집 큰아들이랑. 수채동 집 창수랑 병정 나갔든 게 오겠구나. 이 동내서 모두 몇이나 나갔능가?』

『야듧이 나갔는데 만주로 다섯이 가고 그담엔 아직두 라남[1] 부대(羅南部隊)에 있다드라. 그 색기들이 집으루 오느라구 눈을 허옇게 뒤집어썼겠다.』

동네 사람들은 일본이 항복했다는 바람에 조선 독립보다 우선 먼저 생때같은 자식들이 병정으로 뽑혀 나가 죽지 않을 것과 북구주(北九州)의 북해도(北海道)니 만리타국에 가기만 하면 모질고 악한 고역과 배고파 굶주리다가 죽어서 원혼귀가 될지언정 다시 돌아올 기약이 없는 그 무서운 징용을 면할 것이 일당백으로 기쁘고 즐거웠다.

『내 원 한뉘로 농새ㅅ군으로 농새를 해 먹어도 금년 모낼 때처럼 배고픈 변은 첨 봤당이. 이 간나색기들 공출받은 놈으 색기들은 죄다 때려 죽여야 한당이.』

『좋다 면소 놈으 색기들이 그랬능가. 일본 간나색기들이 그렇게 시기니 할 수 없지비.』

『듣기 싫다. 일본 놈으 색기들도 그렇지만 면ㅅ소 놈으 색기들이 더하드라. 참대 꼬챙이를 해 가지구 쩡양간(뒷간)꺼정 쒸시든 최가놈으 색기, 대가리가 터져두 터지니라.』

한여름에 불을 뿜는 열풍이 수수밭 고랑을 지나 큰 나무 밑으로 울타리 밑으로 물결처럼 밀려든다. 일손을 놓고 이얘기판을 퍼트린 마을 사람들은 해가 벌서 한젓치 지냇건만 돌아갈 생각들을 않는다.

---

1   함경북도 청진 지역.

이 동네는 허허벌판이 눈이 모자라는데[2] 크다란 봉(峯) 하나가 그 벌판 가운데 섬처럼 놓여 있고 그 봉을 의지하야 꽤 큰 마을이 예로부터 대대손손 살어오는 곳이다. 봉 우에 울울한 푸른 솔이 들어서고 잔디를 입은 옛 무덤들이 자고 있고 골짝이마다 맑은 생수가 젖처럼 흐르는 곳, 아름다운 땅이다. 더구나 이 벌판 가운데로 만 리 장강이 여을을 지며 흐르고 그 강 우에 근대식으로 된 인조대리석의 힌 다리가 장관으로 놓여 있다.

마을 사람들이 둘러앉은 뒷길로 본래부터 불구인 다리를 살룩살룩 절으며 이쪽으로 오는 것이 있다.

김 교사는 본래 얼골이 창백하고 별로 말법이 없어 사람 틈에 끼이기를 싫어하는 성미다. 더구나 김 교사는 어렸을 때 홍역을 하다가 그 바람으로 다리를 못 쓰게 되어 아이 때부터 동네 안에서도 잘 다니지 않었다. 그렇든 김 교사가 오늘은 화색이 넘쳐서 이쪽으로 오는 것을 보고 노인들은 김 교사가 어려서 다리를 못 쓰게 됐을 때 그 자친이 날마다 업고서 침 맞으러 다니며 울기도 울든 생각을 한다. 벌서 그 자친도 돌아간 지 이십여 년이나 됐지만.

『아바이 절으 받수다.』

『교사 절은 무슨 절으 함메.』

김 교사는 얼떨떨해하는 동네 노인들게 돌아가며 절을 했다.

『우리나라가 독립이 됐으니 그 인사로 아바이들게 절을 앙이 하고 어쩌겠소. 우리 아바지, 어마이 산소에 가서도 지금 절으 하고 오우다.』

『교사 우리나라가 독립이 됐으니 인제는 어떻게 하는가?』

---

2 '한눈에 다 안 들어온다'는 뜻.

『글세우다. 일본 놈들이 쫓겨 가고 무슨 대통령을 세우든지 하겠지비. 어쨌든 외국에 가 있는 사람들도 다 도라와서 인제는 한번 잘 살게 됐수다. 아바이랑 오래 앉아서 이런 좋은 세상을 보시니 복이 많수다.』

『서울에는 나라가 들어앉겠지 그때는 되우 볼 만할걸. 그런 구경으 한번 해 봤으면 좋겠당이.』

어제까지 면사무소에서 일본말이 아니면 행세를 하지 못하든 면사무소ㅅ 직원들이 오늘은 갑작이 이 동네의 애국자들이 되었다. 그들은 자랑삼아 입에 서투르다든 조선말을 쓰며 내일 독립 기념 축하 행사를 한다고 야단들이다.

이 행사 준비 본부는 이 동네에서 제일 큰 국민학교 사무실에 두었다. 지도자 몇 사람은 우선 태극기를 그리노라고 먹물과 꼭두선이 다홍 물감을 푼 사발을 들고 다니고 한편으로 또 집집이 적은 태극기를 그려 내일 행진할 때 들고 나서라고 분부했다.

김 교사는 마을 사람들과 이야기를 하다가 급하다고 이내 이러나서 언덕 위 국민학교 쪽으로 간다. 김 교사는 이 국민학교 훈도가 아니다. 그는 언제나 이 학교에서 깔보든 명성학원이란 사립 학원의 교사였다. 그러므로 그는 이십사 년간 사립 학원 교원 생활에 이 국민학교를 적개시(敵愾視)해 왔든 것이다.

그러든 그가 오늘은 날개가 도처 이 국민학교 사무실로 드나드는 것이다. 김 교사는 우선 내일 아침에 자기 학원 아동들을 모아 축하식을 하고 오후 한 시부터 한다는 일반 축하식에 학생들과 자기네 선생들이 함께 참예[3]해서 식을 할 것을 작정했다.

3 어떤 일에 끼어들어 관계함.

107

김 교사는 눈코 뜰 사이 없이 바빴다. 동네에선 소를 잡는다고 야단들이다. 큰 나무 밑에 뭉여 앉았든 노인 패들은 소 잡는 데로 담배ㅅ대를 들고 뭉여 왔다.

『쇠고기를 한밥 실컨 먹자. 넨 ― 장 간나색기들이 쌈으 하느라구 몇 해르 가야 괴기 한 점 못먹게 해서 늙은 사람은 소ㅅ증이 나서 죽겠당이.』

날이 벌서 저물어 마을에선 저녁연기가 한창이건만 국민학교 사무실엔 아직도 사람들이 들끓는다. 더구나 까까중머리 젊은 선생들은 처음으로 불러 보는 애국가니 독립가니 악보를 펴 놓고 풍금을 삑삑 하며 노래를 배우노라 야단들이다.

이튿날은 희한히 맑은 아침이었다. 김 교사는 머리 깍고 수염 밀고 아래위를 베로 지은 새 양복을 입고 명성학원으로 향했다. 길ㅅ가 감자밭엔 아직도 이슬이 비처럼 쏟아지고 아츰 풀을 뜯는 소 잔등이에 학원 학생 놈들은 주먹 같은 눈곱을 단 채 저이 선생님께 인사를 했다.

명성학원은 크다란 조선 개와집 두 채이다. 완전한 국민학교가 못 되고 학원인 이 학교는 모든 설비도 불충분하고 가난도 하지만 그동안 일본 정치에 몹쓸 천대와 굴욕을 무수히도 받았다. 그리하야 창설 이래 삼십 년 동안 열세 번 폐쇄 명령을 받고 김 교사는 세 번이나 감옥에 갔었다. 그리는 동안 김 교사의 나이는 벌서 사십을 넘었다.

김 교사는 우선 각 교실로 돌아다니며 문들을 활작 열어 놓았다. 좁은 교실에 때가 끼고 모사리가 떨어진 소나무 책상들은 눈들을 깜박이는 것처럼 오늘따라 귀엽게 생각된다. 얼마 후 이 학원엔 종이 울리고 학생들이 뭉여 왔다. 김 교사는 엄숙하게 정열한 아이들 앞에서 일장 연설을 했다. 그동안 삼십육 년이란 오랜 동안 일본이 얼마나 우리를 학대했든 것과 이번 우리가 여러 나라의 힘으로 독립한 것과 또 앞으로 얼마나 더 열심히 공부하고 일을 해서 우리 조선을 아름다운 나라로 만들어야 할 것을 혹은 주먹을 쥐고 울면서 말했다. 아이 놈들은 저이 선생이 운다고 꾹꾹 찌르며 웃었다.

○

이렇게 긴장하고 즐겁고 또다시 생각해도 고마운 몇 날이 지났다. 김 교사는 날마다 그 인조석의 흰 다리를 건너 읍으로 서울서 오는『라듸오』를 들으러 다녔다.

그런데 어느 날『쏘련』의 붉은 군대가 함흥(咸興)으로 들어왔다고 야단들이다. 다시『쏘련』비행기가 북으로부터 남으로 까맣게 날러가고『쏘련』은 조선에 삼십팔도선(三八度線)까지 진주해서 일본의 무장해제를 시킨다고 함흥의『라듸오』는 방송했다.

북조선에 왼 천지가 그렇듯이 김 교사네 이 부락도 다시 한 번 발끈 뒤집혔다. 북조선의 모든 행정은 인민위원회에서 하고 북조선의 모든 자원과 재산은 전혀 우리의 것이라고 연설했다. 읍에는 거리거리 방이 붙었다.『쏘련』주둔군 장관의 조선 동포에게 보내는 인사ㅅ말과 격려의 말이 붉은 잉크로 대서특서하야 이발소 앞이나 가가ㅅ방[4] 널반지에 찬란하게 붙었다. 농민조합은 왼 부락이 송두리채 일어나 날마다 대회를 열고 일본인 토지 문제, 수리조합 문제 등을 토의했다. 함흥과 원산(元山)에서 지도자들이『트럭』에 실려

4　가갓방. '가게'의 방언.

달려오고 농촌의 청년들은 당면한 정치 문제를 간단히 강습받았다.

『공산주의가 된다지? 공산주의가 되믄 어떻게 살겠능가.』

『그러기 말이오. 공산주의가 되믄 땅은 다 뺏는다는데 우리 같은 사람은 땅을 뺏기믄 빌어먹었지 별수 없당이 여게 지금 나서서 공산주의니 머니 하고 개나발을 불고 다니는 아색기들이야 전에 죄다 감옥소에 가든 놈으 색기들이지비. 그놈으 색기들이 돈량이나 있는 사람 것은 덮어놓고 뺏어서 논아 먹는다니 그런 도독놈으 색기들이 어듸 있소?.』

『그놈으 색기들이 남이 돈을 모들 적에 저이는 멀 했능가. 뉘기 돈을 모두지 말래서 못 뫗았능가. 돈 모두는 것도 다 제 팔짜지.』

공산주의, 공산주의, 김 교사의 귀에라고 이 요란한 새 시대의 소리가 아니 들어갔을 리가 없다. 아니 이 부락에서는 누구보담도 식자가 반반한 김 교사의 귀에는 더 예민하게 들어갔든 것이다.

공산주의 — 언뜻 귀에는 반가운 말이다. 지난날 정답든 친구의 이야기처럼 익숙하고 서툴으지 않은 말이다. 그러나 지금 김 교사는 공산주의가 싫다 하고 소리를 질으고 싶었다. 김 교사는 본래 가난한 농부의 아들이었다. 자기의 아버지와 어머니는 시집 장가 오든 날부터 남의 땅을 소작했다. 이 동네에서도 제일 적고 가난한 산 밑 초가에서 그들은 타고난 팔자가 소작인인 것처럼 남의 땅을 부첬다. 그리하야 지주의 몫을 바치고 남어지로 한평생 칠 남매나 되는 자식색기들을 다리고 연명했든 것이다. 그들이 소작하든 지주 댁은 남도 아니오 비록 자기네 문내[5] 안 동생벌 되는 사람이나 그들은 한평생 촌수를 따지지 못하였다 그저 상전의 상전으로 지주ㅅ댁

5　성과 본이 같은 가까운 집안.

마당에 들어서면 저절로 기가 움으러들고 두 손 끝이 마조 부벼지는 것을 어찌하지 못하였다.

칠 남매나 되는 아이들은 허구한 날 쌍닭알을 먹으니 콩짜개가 우지지한 똥을 싸고 크나 적으나 아랫도리는 벌거벗어 올챙이배 처럼 툭 나간 배를 그대로 내어놓고 다녔다.

김 교사의 뼛속엔 가난이 배었다. 기골이 장대하고 마음이 사내처럼 서글서글한 자기 어머니는 한평생 아기를 등에 처매고 일을 했다. 아이를 없고 농사를 짓고 삼을 삼고 베를 짜고 방아 찧고 감자 캐러 다니고 수수ㅅ대 목아지를 잘으고 돼지를 길으고 ── 이리 하야 치마ㅅ뒤가 오즘에 삭어서 꺼멓게 썩어 나되 두 벌 옷이 없든 그러한 광경을 늘상 잊지 못했다.

김 교사는 차츰 어른이 되어 자기의 가족을 멕여 살려야 할 의무가 생길 때 그는 왈칵 가난이 무서워졌다. 가난하야 하로 두 때에 끼니가 간데없고 아이들이 빈 밥그릇을 사타리[6]에 끼고 서로 싸우는 그러한 꼴은 생각만 하여도 무서웠다. 그러나 김 교사에게 있어 이 가난보담도 더 무서운 것이 있었다. 그것은 돈 번다는 일이다. 김 교사는 어떻게 해야 돈을 버는지 자기도 수염 난 사내지만 그것은 깜깜부지였다. 무슨 재간으로 돈을 버는지 생각만 해도 자신이 없고 무섭고 끔찍하기만 했다.

더구나 자기는 다리 하나가 부자유한 불구자이다. 이러한 여러 가지를 생각하야 그는 일즉부터 학교 선생 노릇 하기로 뜻을 세웠든 것이다. 스무 살이란 젊은 나이에 그는 벌서 지금 명성학원에 선생으로 있었다. 김 교사는 총명한 사람이다. 단 한 가지 부모에게서

---

6 '가랑이', '사타구니'의 방언.

이선희

받은 유산으로 그는 명석한 두뇌를 소유했다. 그 명석한 두뇌보담 좀 더 비참하고 불행한 그의 생활은 그에게 책을 읽고 공부하는 정열을 쏟게 했다.

김 교사는 학원의 아이들이 돌아가고 선생들마저 가 버린 뒤 빈 사무실에 혼자 있기를 좋아했다. 그리고 책을 읽었다. 책을 읽되 자기의 가난과 불행을 정복할 만치 열심히 읽었다. 해가 지고 사무실 『람포』에 불을 켤 때까지.

(가난한 것은 우리 아버지와 나뿐이 아니다. 김가나 최가나 박가가 부지런히 일을 한다고 이 가난이 면해지는 일은 없다.)

김 교사는 그때부터 이 부락에서 사회주의자니 공산주의자니 하는 명칭을 얻었고 그 자신 일본 제국주의의 착취와 자본주의 경제 조직을 끔찍히 미워하고 원망했다. 십 년 전에 그러하든 김 교사가 십 년이 지난 오늘 조선이 꿈같이 해방되고 다시 그가 그처럼 갈망하든 세계가 실현되나 그는 도모지 즐겁지가 않었다. 무섭기만 했다.

(공산주의가 된다? 공산주의가 되면 이거 큰일 낫군.)

김 교사는 북조선의 정세가 각각으로 급변해 가는 것을 보고 가슴속이 새깜아케 타들어 갔다. 읍으로 가는 그 인조석의 흰 다리 우으로는 가슴에 붉은 헌겁을 부친 새로운 애국자와 정치가들이 날개가 도처 쏘다니는 것을 볼 때마다 그는 전률을 느끼고 낙심했다. 얼골을 외면하고 보지 않었다.

김 교사에겐 동생이 있었다. 일흠은 김사연이고 나이는 설은두 살 셋째 동생이었다. 김사연은 키가 크고 힘이 장사며 끗끗하게 잘 생긴 사내. 늘상 어수룩하고 우둔해 보이나 덧드리기만 하면 큰일 날 사람이다. 그런데 김사연은 가난했다. 가난하되 너무도 가난하고 또 어쩌면 그 아버지가 살든 그 살림사리를 그대로 물려 오는

112

지 신기할 지경이었다.

김사연은 그 아버지와 꼭 같이 소작인이었다. 또 천지가 개벽을 하기 전에는 김사연의 이 소작은 한평생 면할 길이 있을 리 없고 한편생 손바닥만 한 남의 땅을 소작해서 연명하는 것이 그 아버지의 사주팔자였든 것과 마찬가지로 또 젊은 김사연의 사주팔자도 되었다.

김사연은 아버지가 돌아가신 후 아버지가 부치든 그 일갓집 땅을 그대로 부쳤다. 아버지가 그 일갓집 권영감의 형님벌이 되면서 한평생 촌수를 캐지 못하든 것처럼 김사연은 다시 그 아들이 자기에게 동생벌이 되나 또한 한 번도 촌수를 따지지 못했다. 지주의 아들은 동경(東京) 가서 어느 사립대학을 마친 얌전한 지식 청년이었다. 그는 항상 건강이 좋지 못해서 별로 하는 일 없이 이 전원에 와서 있었다. 그리고 펄펄 뛰는 생선회를 먹고 능금나무의 신선한 열매를 따 먹고 벌들이 모아 온 밤나무 꽃의 꿀을 먹으며 몸을 정양했다.

그런데 이 부락에선 이 청년의 일흠을 불으는 사람은 노소를 막론하고 한 사람도 없다. 벼슬 일흠을 불렀다. 그의 벼슬 일흠은 『학 ─ 사』다. 『학 ─ 사』 하고 불으는데 아마도 대학을 마쳤다 하야 이러한 벼슬 일흠이 붙은 모양이다.

만 리로 뻐처서 흘으는 강의 범람을 막기 위해 이 땅엔 가도 가도 푸른 제방이 놓였다. 김사연은 그 제방 밑 수수밭과 조밭에서 늘상 김을 매고 있을 때면 간혹 그 제방 우으로 자기의 동생벌 되는 그 청년이 지나간다. 김사연은 얼른 일어나 『학사 어디 가시오』 하고 인사를 한다. 그 청년은 『예』 하고 얼골은 그대로 앞을 보는 채 지나가고 만다. 한 번도 『형님 수고하시오』 하는 것을 들은 적이 없다. (학사 학사 개수작이다.)

113

○

　김 교사는 저녁을 먹고 동생 집으로 가려고 나섰다. 동생에게 가서 요즘 돌아가는 공산주의 이야기를 듣자는 것이다. 김사연은 일본 정치 시대에 농민조합 사건으로 감옥에 가서 육 년 동안 징역하고 온 경력이 있었고 아직까지도 등덜미에 고문으로 주리를 틀려서 상처 받은 흠집이 있고 열 개의 손가락과 열 개의 발구락이 얼어 빠져서 지금도 겨울이 되면 가렵고 아퍼서 견디지 못하고 황소 같은 그 힘이 지금은 한 가마니를 겨우 들도록 골탕을 먹은 사람이다.

　김사연은 해방 후 농민조합에서 주야를 가리지 않고 몸이 으스러지도록 일을 했다. 그는 설은두 살을 먹도록 어수룩하고 우직하게만 살았다. 남들도 그를 어수룩하게만 보아 왔다. 그렇든 김사연이가 지금은 표범의 색기보다 영맹했다. 그는 인민의 절대다수의 농민의 이익을 옹호하는 정치를 위해선 다만 죽지 않으면 사는 그 한 가지 길밖에 몰랐다.

　김 교사는 이러한 동생에게 요즘 맹렬히 토의되는 토지혁명이니 토지개혁이니 하는 이야기를 들으러 가는 것이다. 듣는다느니보담 슬금슬금 눈치채러 가는 것이다. 땅마지기나 있는 사람은 요즘 밤과 낮으로 가슴을 조리고 주먹을 치는 판국이다.

　김 교사가 동생의 집 가까이 갔을 때 동생의 집에선 싸움이 벌어진 모양이다. 와자지껄하는 것이 대단한 싸움이다. 동생의 벼락 같은 목소리와 계수의 울음소리가 들린다.

　(또 그 쌈이로군)

　김 교사는 동생 내외의 그것도 다른 싸움이 아니고 ─ 그냥 몰으는 체하야 옳을 것이나 사실 그동안 몇 해를 두고 모르는 체해 왔지만 이제는 심상치 않게 되는 것 같다. 그리하야 그냥 집으로 되돌아서지 않고 울타리 밖에서 듣고 있었다.

『그놈을 따라 서울로 가거라. 발 쿠린내 나는 양말이나 빨아 줘라.』

『가라믄 가지. 무서워서 못 갈가. 난 죽어두 촌에선 못 산당이.』

『이런 쌍간나, 너는 본시 촌 간나지 언제 대처서 살었늬?』

『촌 간나게 서울로 가구 싶다지.』

『학 ─ 사 아즈방이, 학 ─ 사 아즈방이, 내 원 귀ㅅ구녁이 쏴서. 이 간나야 학사 아즈방이랑 게 다 멍야. 학사 아즈방이 되우 잘나 보이듸?』

『당신은 어째 동생 되는 사람 보고 학사, 학사, 했오. 그 아즈방이 언제 당신 보고 형님이라구 하는 소릴 들어 왔소?』

사연은 사실 이 말엔 말이 맥혔다. 자기도 땅마지기나 얻어 부치는데 아첨하야 학사, 학사, 하지 않았나. 그것은 바로 어제ㅅ일이다 그러나 그 어제란 때에 오늘이 있을 것을 그 존대한 학사를 몰아내는 제도가 있을 것을 꿈엔들 생각할 수 있었으랴. 생각하면 이가 갈렸다.

『이렇게 의ㅅ증을 내는 건 첨 보겠당이. 그 아즈방이 나하구 무슨 일이나 있었다구 그러오? 인제 서울 갔으니 씨원하겠소.』

『에이ㅅ 개간나 아직도 그놈을 못 잊어 우늬.』

사연은 벌덕 일어나며 안해의 아모 데나 차며 때리며 한참 죽는 걸 몰랐다. 코ㅅ피가 터지고 머리가 뜯기고, 사연은 에익 외마듸 소리를 질으고는 그만 웃방으로 올라갔다.

사연의 처는 나이가 젊은 데다가 이곳에서는 인물이 일등 가게

115

잘났다. 인물이 고흔 탓인지 또 어딘가 바람끼가 있었다. 꽃처럼 피는 얼골에 흰 이ㅅ속을 뵈이며 희살거릴 때는 누구나 다시 한번 보게 된 여자다. 사연은 자기 아내를 끔직이 사랑했다. 그러나 그의 아내는 학사를 좋와했다.

사연은 학사로 말미암아 자기 아내의 마음이 자기를 떠나 파란 많든 지난날을 회상하지 않을 수가 없다.

사연은 자기 아내가 인물이 잘나서 남들이 다시 처다보는 것이 싫었다. 더구나 아내의 그 희살대는 표정을 학사의 눈에 아니 뜨이게 하려고 얼마나 겁을 내고 노력했든가를 생각한다. 그러나 그 아내는 잠시도 붓잡을 틈이 없이 미꾸라지처럼 노치기만 했다.

『남들이 본다구 마주 뻔 — 히 치다보진 말니구 무슨 얼마나 잘난 줄 알어?』

『눈을 가진 게 보지 않구 어쩌겠소. 내가 뉘기 잘났다오. 그럼 나보담 더 잘난 에미네를 얻어 사오.』

이렇게 가끔 말다툼을 하나 이것보담 더 큰 일은 학사 아즈방이가 온 다음엔 자기 따위는 헌신같이 차 내버리고 자기 처가 그 집으로 자조 드나드는 것이다.

(학사 아즈방이, 학사 아즈방이, 설마 그럴 리야 없겠지. 한집안인데 설마 그런 무도한 일이야 없겠지.)

사연은 처음엔 그런 일이야 없을 게라고 자기 스스로를 꾸짖고 머리를 흔들었다. 그러나 작구 귀ㅅ속에 남아 있는 것은 학사 아즈방이, 학사 아즈방이 하는 아내의 뜰뜬 목소리 즐거운 말소리다. 자기가 낮에 밖으로 일하러 나간 새에 아내는 어듸로 가는지 모른다. 그러나 저녁이 되어 집에라고 뭉기면 아내는 학사 아즈방이 이야기로 꽃을 피운다. 학사 아즈방이로 말미암아 가슴속에 무슨 요

술이 들었는지 아내는 취하고 들뜨고 행복했다. 그 구두, 그 양복, 그 손목에 차는 시게, 길다랗게 기른 머리, 흰 얼골, 모도 다 가슴을 뜨겁게 하는 사랑을 가지게 하는 듯했다. 더구나 분과 향내 나는 머리ㅅ기름과 뺨에 바르는 연지, 생각만 해도 좋았다. 한 번 발러 보았으면 죽어도 한이 없을 것 같았다. 그는 사흘이 멀다 하고 인조견 분홍 저고리 옥색 저고리를 갈아입었다.

사연은 괴로웠다. 분명히 자기 처는 자기를 떠났다. 꿰여진 베 잠뱅이를 노닥노닥 기워 주든 성은 옛날이야기요 지금은 아니었다. 이때까지 우둔하고 어수룩하고 순박하기만 하든 사연의 폐부ㅅ속엔 무서운 괴롬이 빚어저서 일을 하다가도 문득 그 생각을 참노라고 낑낑 안까님[7]을 쓰기를 자조 했다. 어느 날 사연은 밭에서 김을 매었다. 김을 매는데 고약하게 그 생각이 머리에서 떠나지 않는다. 지금 집에 있을가. 또 갔을가. 아모리 생각해도 모르겠다. 손에서 천재[8]가 된 호미ㅅ자루가 그냥 사연을 끌고 밭고랑으로 나갔다. 그러나 세 고랑을 매는 품에 겨우 한 고랑의 김을 마치지 못했다. 사연은 지금 이 시각에 자기 아내가 그 집에 있는 그 현장만 제 눈으로 보고 싶었다. 그것만이 모든 소원인 것 같았다. 사연은 우뚝 이러섰다. 그 집으로 달려만 가면 된다.

(그리다가 아니면 어찌능가. 아니면 어찌능가. 내 행색을 학사가 눈치채믄 이 소문이 동네에 퍼지믄 무슨 면목으로 학사 집 땅을 부치능가?)

사연은 생각이 이에 이르자, 내가 미쳤군, 그럴 리가 없다 — 속으로 부르짖고 다시 밭고랑에 물러앉었다. 그러나 아니다. 분명히

7   안간힘.
8   '일이 손에 익숙해 머리로 딴 생각을 해도 손이 절로 일함. 의식 없이도 일을 한다.' 의 의미로 추정.

아니었다. 그는 저도 모르게 이러서서 비실비실 동네로 들어왔다. 누구 눈에 띄일가 가슴이 울렁거리는 법도 없이 천치처럼 비실비실 학사 집을 향해 걸었다. 마을 앞 우물께서부터 학사 집 큰 대문이 보일 때 사연은 흑근 상기가 된다. 지금 저 대문 속에 자기 아내가 있기를 축수했다. 사연은 울타리 아랫쪽 돼지우리 있는 데서 안마당을 드려다보았다. 두 눈이 등잔같이 열린 그 속으로 확 들어오는 광경이 있다.

(있다. 있다.)

사연은 자기 아내가 지금 이 집에 있는 것으로 일종 자기 자신과 재판을 걸어 이긴 것처럼 통쾌하고 만족했다. 그러나 그것은 미치기 알맞은 심경이다. 다음 순간 사연은 두 눈을 멀뚱이 뜨고서 마루 우에 그린 풍속을 구경하고 있었다. 양복바지에 『노 ― 타이』를 입은 학사가 조고마한 사진기게를 들고 자기 처를 사진을 박는 모양이다. 그 네모진 조고만 것이 사진기인 것은 전에 여러 번 보아서 담박에 안다. 학사는 기게를 요리조리 돌리며 손으로 작고 자기 아내에게 무엇을 가르킨다. 제아모리 잘났다고 해도 교육을 받지 못한 그 무지한 육체는 학사가 시키는 동작과 표정을 지을 줄 몰랐다. 이렇게 앉으라면 저렇게 앉고 눈을 아래로 뜨라면 당황하야 어쩔 줄을 모른다. 학사는 고요한 우슴을 먹음고 아름답되 야생적인 이 여인을 바라보았다.

사연은 돼지우리를 거더차고 담박에 뛰어 들어가야 옳을 것이다. 그러나 학사의 그 히고 소명한 얼골을 볼 때 그는 푸시시 힘이 빠졌다. 기운골이나 쓰는 자기는 집으로 만든 허수아비처럼 픽 쓰러질 것 같다. 무엇인지 학사에겐 이기는 것이 있다. 그 이기는 것을 사연은 주먹으로 때릴 수는 없었다. 주먹으로 때릴 수 없는 것을 가진 학사는 이겼다. 돼지들이 우리 안에서 꿀꿀 쩝쩝거리며 물을 먹는다. 갑작이 돼지우리의 시궁창 냄새가 코를 물신 찌른다.

사연은 퍽 돌아서서 누가 딸아오는 것처럼 밭으로 달려왔다. 와서 다시 호미 자루를 들었으나 그도 사람이었다. 그대로 우두커니 밭머리에 앉아 있었다. 하로 품의 김을 매지 못한 수수밭에 풀들은 조곰도 쉬지 않고 하로만큼 더 자랐다.

그날 밤 사연은 아랫목에 앉아 바느질하는 아내에게로 가서 그 무릎을 베고 누었다. 아내가 싫다고 톡톡 쏘는 것을 굳이 당겨 베었다.

『오늘 집에 있었오?』

『있지 않구, 저 낮에 새골집(학사집)에 좀 갔다 오구.』

『인제 그 집에 너무 가지 말라구.』

『어째서? 기서 점심이랑 언어먹구 좋지 앵소. 그 집에 댕겨서 밋지는 일이 있소?』

『글세 가지 말라구.』

『또 강째로 놓소? 내 학사 아즈방이께 일르겠당이.』

『강째는 무슨, 형제간에도 강째르 놓는가.』

『말이사 옳지비, 그러나 속으로는 강짜르 놓는걸, 내 학사 아즈방이 보구 싹 다 이야기를 해야지.』

사연은 슬그먼이 비겁해진다. 정말 이것이 무에라고 지꺼리는 날엔 자기의 생활은 뿌리채 뒤집히는 판이다. 그래서 그는 되려 아내를 달래고 슬그머니 빌붙었다.

『그 학사 입든 양복이나 한 벌 언어 오라구.』

『당신이 입게? 당신이 양복을 입으면 개가 다 웃겠소.』

이러한 세월이 오래 흘렀다. 그동안 사연은 얄구진 사람이 되었다. 울뚝 성내기를 잘하고 표범의 색기처럼 영맹해지고 돌같이 굳은 사람이 되었다.

그러나 그렇든 세월은 가고 八8, 一五15의 역사는 왔다. 사연은 감연히 이러섰다. 북조선의 정치에 몸으로써 주초돌이 되고저 했다. 대지주이든 학사는 토지혁명으로 일조일석에 다른 처지가 될 것을 각오하고 어느 날 행방불명이 되었다. 마을 사람들은 학사가 서울로 갔다고 수군댔다.

사연의 처는 밤새도록 울어서 두 눈이 소북이 부었다. 사연은 인제야 아내와 마음 놓고 싸울 수 있는 것이 유쾌했다. 그러나 슬었다.

(이 간나야 인제야 내가 그놈보다 더 잘났다.)

○

김사백 김 교사는 동생 내외의 싸움을 울타리 밖에서 듣다가 그대로 집에 돌아갔다. 그리고 다시 그 이튿날 밤에 동생의 집을 찾었다.

사연의 집엔 사연 이외에 댓 사람의 청년들이 웃목에 몽기고 아래 정주엔 노친네들 마슬군[9]이 눕기도 하고 삼도 삼으며 숙덕숙덕 남의 집 숭보기에 정신이 없다.

『형님 어떻게 오시우?』

사연과 방 안 모든 사람들은 반색을 했다. 이 근래에 김 교사가 통히 동생 집과 거래를 끊었다는 것은 동네 안에 퍼진 소문이다. 그

9 　마실꾼.

렇든 김 교사가 이 밤에 불숙 동생 집에 오니 누구나 반색했든 것이다. 웃방과 아래 정주깐엔 『까스』를 양철통에 넣은 『간데라』의 등불이 파란 불꽃 꼬리를 뽑아 방 안이 유난히 밝다.

『멋들 하나?』

『농민정치독본을 가지고 야학을 한당이오. 요즘 정치에 대해서 좀 알아야 이 앙 하겠소.』

『농민정치독본? 이건 농민위원회에서 만든 책인가?』

『예 ― 농민 위원회에서 농촌 청년들을 위해 만들었당이.』

김 교사는 십여 년 전 사회주의 과학을 열독하든 솜씨라 오늘 이 『팜프렛』이 결코 낫설은 책이 아니었다. 그러나 김 교사는 책장을 달갑지 않은 표정으로 뒤적였다. 목차엔 『카이로』급 『포스담』의 선언 농민 문제 토지 문제 사음(舍音) 문제 여러 가지가 있었다.

『그래 토지문제는 어떻게 되는가? 토지혁명이 정말 되는가?』

『토지혁명이 돼요. 조선이 지금 토지혁명을 하지 않으면 언제 하겠소.』

『그럼 국유로 되겠군.』

『아니 농민에게 무상으로 노나 준답되다. 소작제도를 없애야 봉건제도에서 버서난당이.』

『땅을 다 몰수해서 농민을 주면 지주는 어떡허게 도독놈들 같으니라구. 남 애써 돈 모아 땅 살 때 저이는 멀 했어. 남의 걸 공으로 뺏어 먹으려구. 아직 중앙정부가 서지 않아서 몰라.』

김 교사는 눌으고 눌렀든 격정이 쏟아저 체면 없이 욕설부터 나왔다.

『아이 어느 사람은 제 에미 뱃 속에서 나올 때부터 밭뙈기 논뙈기를 지고 나왔겠음. 몇십 년식 놀구 먹었음은 됐지비. 이제 땅을 내

눠두 원통할 게 없당이.』

　『그렇쟁이구. 학사네랑 봄세. 그게 벌써 오 대채 내려오는 땅인
데 해마다 늘어나서 그 돈은 어디다 주체를 하겠소.』

　『세상이야 잘됐지비. 농샛군이 땅을 앙이 가지고 뉘기 가지겠
소.』

　『지주들이 땅을 내놔서 죽는다 산다 하지만 그만치 해 먹어두
좋지비. 그렇지만 속이야 쓰겠당이. 손톱 하나 깟닥 않구 거들거리
드니.』

　아래 정줏간 노친네들이 입을 뭉어서 김 교사를 들으란 듯이
오굼을 박는다. 이 노친네들은 한평생 소작인의 아내로 소작인의
어머니로 늙은 부인들이다. 이러한 사람들은 늙으나 젊으나 요즘은
김사연네 집으로 뭉여서 밤마슬을 했다. 그들은 같은 처지에 사람
들인 까닭이다.

　김 교사는 성이 파랗게 났으나 그까짓 늙은이들 말은 치지도외
하는 것처럼 했다.

　『그래 언제부터 토지혁명인가 토지개혁인가 실시가 되능가?』

　『아마 삼월부터 유월까지 걸처 끝이 나나 봅되다.』

　사연은 형의 날카로운 시선과 부디쳤다. 그는 이내 눈을 아래
로 떠러트렸다.

　김 교사는 동생 집에서 나왔다. 토지개혁을 목전이 당하게 된
이때 다른 경황이 없었다. 김 교사의 안색이 몹시 창백하다. 사연은
형을 따라 이러섰다.

　『형님 내 바래다드리께요.』

　『야, 오지 마라. 일없다.』

　그래도 사연은 형의 뒤를 슬금슬금 따랐다.

『야, 일없다. 일없어. 오지 마라.』

형은 손ㅅ살을 내저으며 딱 질색을 한다. 토지개혁을 좋다고 하는 동생이 진실로 정남이 떠려졌든 까닭이다. 사연은 그만 멍청히 서서 형의 가는 뒤ㅅ모양을 바라보았다.

사연은 가슴이 뭉클하고 아팠다. 가난한 아버지의 아들, 가난한 아이들의 아버지 그는 이십사 년간 사립 학원의 교사였다. 스무살의 홍안의 교사이든 그는 이제 사십을 넘어 마흔다섯이 되었다.

김사백 김 교사는 지주였다. 소지주였다. 김 교사네 논은 큰 다리를 건너 읍으로 들어가는 행길 바로 옆에 있었다. 본래 학사네 논이었으나 김 교사가 샀었다. 고추장 덩이처럼 기름진 일등 답이다.

김 교사는 이 땅을 잃을 것이 무서웠다. 첨엔 잃지 않으리라 뻣댔으나 나중엔 불가불 잃게 될 때 김 교사는 다른 여러 지주들과 같이 발악했다. 북조선의 정치를 침식을 잊고 반대했다. 죽어도 그 땅은 못 내놓리라 했다.

(도독놈들 내가 어떻게 하고 뭉은 땅이기에……)

(인제 땅은 뺏긴 땅이라, 하기야……)

김 교사는 그까짓 이론이 문제가 아니었다. 자기 땅을 뺏길 것이, 자기 땅만 뺏기지 말고 해마다 몇 섬의 추수라도 받았으면, 이것만이 소원이었다.

김 교사는 집으로 왔다. 등잔불이 아직도 켜져 있다. 식구들은 다 자는 모양이다. 밥이라구 한술씩 얻어먹으면 그 자리에 쓰러저 자는 게 일이다. 공연히 불을 켜서 기름을 없애느니 일즉암치 자는 게 풍속이었다.

김 교사는 등잔에 기름이 졸고 솜으로 비벼 놓은 심지가 기름 속에 움으러저 타들어 가는 것을 꼬챙이로 각죽어려 뽑아 놓았다.

123

아이들이 여기저기 딩굴며 자고 아내도 헌 치마를 벗지 않은 채 자고 있다. 짭짤하고 퀴퀴한 냄새가 방 속에 배었다.

김 교사는 웃방으로 올러가다 말고 새ㅅ문턱에 기대앉어 담배를 피었다. 큰놈의 헌 양복 궁둥이에 희끄무레한 것이 보인다. 김 교사는 손까락 끝으로 문질러 보았드니 이다.

(이런 놈의 색기들 웬 이가 이리 많어)

그는 한 놈씩 잭겼다 엎었다 하며 헌 옷 우에 기는 이를 잡았다. 그리고 이불을 잡어다려 여러 놈 우에 걸처 주었다.

(헌 걸 집어(기워) 입재두 헌겁이 있어야지.)

아내가 노상 기울 헌겁만 있으면 얼마나 좋겠느냐고 탄식하듯이 인제 참 더 기울 헌겁이 없으리라 생각했다.

자든 아내가 눈을 뜬다.

『인재 왔소 어째 앙이 쉬오?』

겨우 이 한마듸를 하고는 또 돌아누어 잠만 잔다. 밤이 인제 꽤 깊었다.

○

김 교사는 그 후로 유난히 침울해겠다. 그냥 침울해질 뿐만 아니라 얼골은 더 창백해지고 눈시울이 검푸르게 되고 눈은 움푹 들어갔다. 그의 초췌한 모양이 심상치 않건만 아모도 그러한 기색을 삶인 사람은 없었다. 촌사람이란 들것에 맞들고 다닐 만큼 돼야 비로소 병든 줄 아는 형편인 까닭이다.

김 교사는 학교에 갔다 와선 몇 시간씩 방 속에 우두커니 앉었거나 그렇지 않으면 그 넓은 들판으로, 읍으로 들어가는 그 큰 다리 양편으로 십 리의 제방이 놓인, 그 제방 우으로 철없는 아이들처럼 혼자서 쏘다닌다.

어느 날 그는 여전히 제방 우에 앉아 있었다. 제방 우엔 말들이 여기저기서 풀을 뜯는다. 붉은 갈색의 다락같은 말들이, 목아지와 네 족만 성큼한 망아지들을 사타리에 끼고 풀을 뜯는다. 강물 저쪽 제방은, 눈이 모자라서 아물아물 보히는 우엔 소들이 풀을 뜯고, 눈ㅅ곱이 달린 송아지들이 역시 엄매의 젖꼭지를 물며 한사하고 따라다니는 좋은 풍경이다. 누가 작정한 것인지 강 이편 제방에선 말들이 풀을 뜯는 것이 엄격한 규측이다.

김 교사는 푸른 강물을 나려다보고 있었다. 이 강물은 머지않아 바다로 들어간다. 이 제방이 끝나는 곳엔 바다가 있고 그 바다 우엔 작은 섬들이 있다. 때로 바다가 심술을 부리면 짠물이 이 강으로 거슬러 흘러 연어와 은숭어를 그물에 몰아넣고, 하늘이 푸르고 바람이 맑을 때면 해초의 바다 냄새가 신선한 호흡을 가저온다.

김 교사는 무슨 생각인지 벌떡 이러나서 말들을 쫓어다녔다. 망아지의 꽁지를 빼러 쫓어다니니 망아지는 놀라서 껑충 뛰기만 한다.

(쌍간나 말 색기들……)

그는 다시 공허한 눈을 들어 그 초록의 풀들이 발이 빠지는 제방을 둘러보고 후유 한숨을 쉰다.

김 교사는 또 무슨 생각인지 비실비실 다리를 건너간다. 김 교사의 몽롱한 머리속엔 지금 분명히 떠오르는 것이 있다. 십 년 전 기억이다. 십 년 전 기억이 소생될 때 그는 머리속에 등불을 켠 것같이 화 ― ㄴ해지고 즐거웠다.

그는 불구인 다리를 끌고 활개ㅅ짓을 해 가며 다리를 건너 저

125

쪽 제방을 나려가고 있다. 이쪽 제방을 나려가면 바다로 들어가기 전에 진실로 아득하고 끝이 없는 갈밭이 초록 바다를 이루워 물 우에 흔들리고 있다. 이 갈밭 밑으론 언제나 검고 흐린 강물이 흐르지 않고 있어 강 밑은 태고 그대로의 비밀이다.

김 교사는 이 갈밭으로 나려오는 것이다. 아직 갈은 자라지 않어 멀리서 보면 벼처럼 푸르고 연하게 보였다.

김 교사는 무슨 급한 일이나 있는 사람처럼 걸었다. 본시 이 근방은 어느 때고 사람의 그림자가 드믄 무인지경이다. 진흙탕 길 우에서 사람을 맞나면 되려 무섭고, 간혹 물오리 떼가 요란히 다라나서 이 광막한 들에 소리를 만든다.

(휘 — 휘 —)

그는 물오리 떼를 쫓아서 한참이나 물ㅅ가로 다라나다가 숨이 차서 그 자리에 주저앉었다. 그러다간 다시 강물에 발을 씻고 있다.

김 교사는 사방을 휘 — 둘러 보았다. 갑작이 정신이 든다.

(내가 이 무인지경에 멋 하러 왔어?)

김 교사가 무인지경 갈밭으로 달려간 것은 곡절이 있는 일이다. 그는 본시 불구자요 가난한 소학교의 선생으로 그 박한 봉급이 그들 가족을 기를 수가 없었다. 그러나 김 교사는 사립 학원 교사 노릇을 하여 최소한의 수입을 만드는 외에 돈을 버는 일에 아모런 엄두가 나지 않었다.

이렇게 궁핍한 김 교사의 생활을 반이나 돕는 것은 그의 아내였다. 그의 아내는 일을 하기 위해 세상에 난 것처럼 일을 하는 여인인데 일상 낙천적이고 부드러운 것이 대단한 특징이다.

『복순 아버지.』

아내는 불러만 놓고 다시 말이 없다. 글이 많고 선생 노릇 하는 남편을 그는 평생에 이렇게 대해 왔다.

『무슨 말인지 말을 하쟁었소?』

아내는 위선 얼굴에 우슴을 띄고 무엇인지 잠시 더 생각한다.

『우리 아이들은 많고 이대로 가면 평생 고생이겠당이.』

『그런 줄이야 몰우. 더구나 아이들 공부는 시켜야겠는데. 또 내 꼴이 됐지, 별수 있오?』

아내는 가난은 했지만 공부야 자기 남편이 대단히 많은 줄 아는데 또 내 꼴이 된다고 탄식하는 뜻은 잘 리해하지 못했다. 공부야 저의 아버지만 하면 넉넉하다고 생각하는 까닭이다.

『그런데 덕골 집에서랑 노존으 절어 파누라고 밤잠을 앙이 잔당이.』

『노존으 절어 팔믄 동버리야 좋겠지. 그럼 우리도 노존ㅇ 젓자오?』

김 교사 내외는 맞우 보고 우섰다. 글이 많은 김 교사가 노존을 젓는다는 것은 좀 않된 일이기 때문이다.

노존(방에 까는 자리)을 젓는다는 것은 이 지방에 특수한 생산품인데 북조선 방에 자리를 이 노존을 깐다.

노존은 가을까지 까는 것으로 갈밭이 무궁무진히 있는 이 지방이 아니고는 다른 곳에서는 생산을 못 하는 물건이다. 그런데 이 노존은 북조선 일대에 절대로 수요되는 것이다.

이 지방 사람들은 대대로 노존을 짜서 생게를 해 왔다. 근년에 천리옥야에 농사도 짓지만 아직도 이 노존을 짜는 족속이 아니다. 그들은 루대[10]의 숙련된 기술과 또 전통을 가지고 이 생산에 매진해 온 것이다.

『그럼 내가 갈이랑 까서 놀께 복순 아버지 방에 앉아 짜기만 하실라오?』

그들 부부는 학교 교사이기 때문에 이때까지 엄두도 못 내든 이 일에 달려들기로 했다.

『그럼 위선 개경(갈밭)을 사야지.』

『개경이야 갈밭에 내려가 비기만 하믄 되지비. 돈이사 얼마 주겠소.』

시작이 반이었다. 이렇게 그들은 노존 젓기 시작한 것이 지금으로부터 바로 십 년 전이다.

십 년 전 ——

그해 가을이다. 갈밭에 갈들이 모질게 여믈엇을 때 어느 날 김 교사 내외는 갈밭으로 갈 비려 내려갔다.

몇일을 두고 두 자루에 낫을 벼르고 바줄을 꼬고 또 정심 두 그릇과 기타 여러 가지 준비를 가춘 뒤에 두 사람은 갈밭으로 내려갔다.

그 십 리 제방을 지나 물오리 떼가 요란한 소리를 내며 다라나는 언제나 흐르지 않는 검은 강물을 따라 내려갔다.

『여기가 작은집 개경밭이오.』

『여기서 비능가?』

『복순 아버지는 앉았소. 내가 빌께.』

김 교사는 잠자코 낫을 들고 이러났다. 이 들판엔 사람의 자취가 없다가 가을이 되면 갈 비는 사람들이 오게 된다.

갈밭에 갈은 사람의 두 길이나 된다. 그 무궁무진한 갈밭은 바다를 이루고 흰 솜 갈꽃이 소소한 가을바람에 들을 덥허 날를 땐 여게가 이국인 것 같은 곳이다.

김 교사 내외는 낫 한 자루씩 쥐고 갈밭으로 들어갔다. 사람은 보이지 않고 갈 비는 소리만 싹싹 난다. 그들은 비인 갈을 척척 눕히며 작고 비어 나갔다.

『심이 드오?』

『앙이 일없소.』

반나절을 비었다. 인제 점심을 먹자고 해서 두 사람은 밥 보퉁이를 들고 밭머리에 앉었다.

『옛날에 기차가 없을 땐 이 나루터를 건너 무실고개를 넘어 원산을 육보로 다넛는데.』

『원산이 여기서 일백십 리요?』

『한 백 리 되지. 그땐 사람이 간혹 다넛는데 지금은 아조 무인지경이 됐거든.』

그들은 그날 하로 종일 갈을 비어 눕혀 놓고 해 질 무렵에 집으로 도라왔다. 그 이튿날은 어제 비인 갈을 입사귀를 첬다. 갈꽃이 하얗게 날르고 김 교사 내외는 머리와 얼골과 왼몸에 갈꽃이 덮였다.

『옛날에 이 갈꽃을 솜으로 옷에 두이 입힌 게모가 있었다우.』

『내가 죽으면 그런 예펜네르 얻지 마오.』

그들은 이런 농담도 했다.

『인제 묶을까?』

『묶어두 좋지비.』

그들은 갈을 묶었다. 채가 길어서 묶기는 묶지만 가저갈 일이 난처했다. 그날도 해가 질 무렵 아내가 싸우듯 말리는 것도 듣지 않고 김 교사가 한 단 것다.

『무겁아서 어찌 가겠소?』

아내는 두 단을 이었다. 두 단이면 무겁기도 하려니와 채가 길어서 자칫하면 한쪽이 땅에 끌리기 쉽다. 아내는 갈을 이고 앞서서 다러난다. 적은 몸이 갈 속에 묻혀 몽축한 아래ㅅ도리만 흘낭흘낭 보인다.

『무겁소?』

『괜찮소.』

이렇게 그들은 가을내, 그것도 김 교사는 학교에 간 다음에 그 혼자서 갈을 비어 집으로 날렀다. 그리고 겨울방학엔 내외가 죽자쿠나 노존을 절었다.

김 교사가 우ㅅ방에 꾸부리고 앉아 밤새도록 노존을 절으면 아내는 그 곁에서 짜악짜악 소리를 내며 갈을 까서 대었다.

『우리 논으 삽니다.』

『노존으 절어서 논도 사겠소』

『어째서 못 사오. 이렇게 십 년만 하면 사지비.』

그들은 등잔에 기름을 세 번 네 번 다시 부었다. 그리다가 창문이 허 ― 옇게 밝어 올 무렵에 아내의 권고로 김 교사는 온밤 펴 놓았든 이불 속으로 들어간다. 아내는 그 등잔을 그대로 들고 부엌으로 가서 조반을 짓는다.

(논을 산다. 논을 사야지. 학교를 그만두시드래도 굶어 죽지 않지. 살림 미천을 작만해야 월급이 없어두 살아가지.)

김 교사 내외의 굳은 뜻으로 그들은 십 년이 못 가서 논을 샀다. 행길 옆에 닷 마지기 논을 작만했다. 노존을 절어서 논을 작만했다. 이것은 십 년 전부터 시작한 이야기었다.

○

　　김 교사는 십 년 전 기억을 따라 갈밭으로 다라나든 그 후에도 말이 없었다. 다시 동생을 찾지도 않고 다시 누구의 토지 뺏기는 이야기도 하는 일 없이 그대로 입을 다므러 버렸다.

　　이제 북조선의 토지개혁은 완전히 끝이 나서 소작제도는 소멸되고 토지는 호미ㅅ자루를 든 농민의 손으로 도라갔다.

　　김사연은 농민조합에서 이 일로 불철주야 노력했다. 그들은 조선의 혁명은 토지혁명으로부터라고 때를 놓지지 않었다.

　　어느 날 밤 사연은 자다가 깨었다. 밖에서 누가 급하게 부른다.

　　『아즈방이, 아즈방이!.』

　　사연은 옷을 주어 입으며 문을 열었다. 형수가 얼골이 파랗게 되어 달려든다.

　　『어찌 그러오?』

　　『복순 아버지가 없소.』

　　『형님이 없어요, 쩡낭간[11]에랑 가 봤소?』

　　『아무리 차저두 없당이. 아무래두 큰일 났소.』

　　형수와 사연은 왈칵 불길한 생각이 든다. 요즘 김 교사의 신색이 몹시 초췌하고 행동이 수상한 데가 많었다. 사연의 머리ㅅ속엔 형의 날카로운 시선이 번쩍한다.

　　사연은 잠시 생각하다가 그대로 행길로 나섰다. 나섰으나 막연했다. 다시 급하게 걸었다. 읍으로 가는 큰길에서 그는 다름박질했다.

　　(어듸 갔을가, 혹시…… 죽지나 않었을가)

11　정낭. 뒷간.

사연은 또 줄다름을 쳤다. 길에는 개 색기 하나 어른대지 않는다. 다시 보니 달도 떴다. 그는 다리목까지 갔으나 아무 소용이 없었다.

사연은 오든 길로 되도라서 왔다. 어찌해야 좋을지 도시 막막하나 무섭고 불길한 생각은 도시 떠나지 않는다.

(물에 빠졌나? 정신에 이상이 생겨서……)

사연은 갑자기 몇일 전 형수가 하든 말을 생각했다. 형이 자기를 칼로 찔러 죽이고 자기도 죽겠다고 하든 것을, 농민조합에 있는 자기를 칼로 찔러 죽이고 자기도 죽겠다구 하든 것을.

(칼로……)

사연은 또 조급하게 걸었다. 칼로 자기 형이……. 그러나 그럴 리야 없으리라 생각했다. 그는 미친 듯 사방을 삷히며 걸었다. 달빛에 행길 옆 논에 희끄므레한 덩어리가 보인다.

(저게 무엘가. 이거 큰일 낫구나.)

사연은 논으로 뛰어들었다. 사람이 꼬꾸라졌다. 더 말할 것 없이 형 김 교사였다. 사연은 그대로 업으려 했다. 피스비린내가 확 끼친다. 달빛에 검은 것이 번쩍번쩍한다.

저고리로 형의 몸을 싸서 그대로 업고 집으로 달려왔다. 울고 아우성을 치려는 형수에게 떠들지 말고 사람을 구하자고 했다.

『방에다 눕힙시다. 아직 숨이 있소.』

사연과 형수는 김 교사를 맞들어 방에다 뉘었다. 목으로부터 왼몸이 피로 말었다. 김 교사는 얼굴이 조희처럼 희고 숨을 목에서만 헐덕어린다.

『내 읍에 가서 의사를 다려오겠소.』

이 말을 들었는지 김 교사는 눈을 뜬다. 눈을 뜨는 바람에 사연은 앙하고 울음이 터졌다.

『형님 정신이 드오?』

『가지 마라.』

형은 가지 말라는 뜻을 얼골에 표했다. 그러나 그보다 먼저 죽엄이 왔다. 김 교사의 눈은 몽롱하게 흐려 오고 마지막 호흡이 목 우에서 끌었다. 마츰내 살아 있는 사람들의 눈을 뽑아 청맹관[12]을 만들고 김 교사는 운명하고 마렀다.

김 교사의 장의는 학원의 아이들이 열을 지어 오고 왼 동네가 들끌어 지냈다. 마을 뒤ㅅ산 소나무 떡갈나무 그늘이 얼룩지는 곳에 그의 무덤을 만들었다. 필시 소년 시절 김 교사가 기대앉어 책도 읽었을 곳에.

김 교사의 장사가 지내간 날 저녁 사연은 저녁밥을 먹고 마당으로 나왔다. 오늘 밤은 다시 보지 않어도 달이 환히 떴다. 사연은 스적스적 마을 앞 행길로 걸었다.

탁—틔인 들과 강물에 달빛이 층층 차서 출렁거린다. 사연은 형의 죽엄이 육체에 배어서 눈과 코와 모도가 다 죽엄의 냄새뿐이다. 이승과 저승의 갈내ㅅ길에 선 것처럼 아득하고 미묘한 검은 길이 보히는 것 같다.

사연은 자연 발길을 학원 쪽으로 돌렸다. 이십사 년간 형의 학원, 교과서를 끼고 다니든 길이다.

사연은 청맹관이처럼 눈을 멀뚱이 뜨고 그저 걸었다. 아픈 것이 도를 지나 칼끝으로 후비어도 감각을 잃은 가슴을 안고.

가난한 아버지의 아들, 가난한 아들의 아버지, 다시 가난한 아

---

12 '청맹과니'의 방언. 겉으로 보기에는 눈이 멀쩡하나 앞을 보지 못하는 눈.

이들의 교사 — 그는 발작적으로 자살했다. 동네엔 김 교사의 죽엄에 대하야 구구한 추측이 많았다.

(형님은 가난이 무서워 죽었다. 가난이 형님을 이겨서 마음을 허트러 놓았다)

학원 집은, 그 오랜 기와집은 달빛이 비처서 앞마당 주초돌 우에선 바늘이래도 끼이게 환 — 히 밝은 것이 멀리서도 보인다. 비바람에 이끼가 끼고 풀들이 쑥쑥 올라온 집웅에 기와ㅅ장들도 번쩍번쩍 빛난다.

학원 뒤에 웃둑 앉은 그 산봉오리는, 잠을 자고 검은 숲속에선 부헝이도 울지 않는다. 한평생 쓸고 공구르고 정성을 드리든 마당엔 아직도 기다란 교의가 백양나무 밑에 뉘었다.

아이들을 다리고 손수 나무를 깍고 쇠몽치를 끼이고 해서 만든 철봉ㅅ대도 두 귀를 반짝 들고 그대로 서 있다.

사연은 그대로 걸었다. 문득 보니 학원 창문에 불빛이 환히 비처 있다. 그 네모진 유리 창문에 불빛이 비첬다.

(누가 불을 켰을까?)

그러나 달빛과 어둠으로 짜진 이 밤이 고풍스런 학원에 귀신도 올 것 같은데.

사연은 불빛이 비치는 유리창을 유심히 바라보았다. 형 김 교사의 희고 가는 손이 이 불을 켠 것같이만 생각된다. 그는 잠시 형의 흰 손이 이 불을 켰다고 생각했다.

사연의 어둡든 마음이 웬일인지 평안해진다. 그는 오든 길을 되도라서 걸었다. 우리들의 앞날도 누가 켠지도 모르는 그 창문에 빛처럼 밝어지는 것을 느꼈다.

(一九四六年1946년 七月7월 十五日15일)

—《서울신문》, 1946년 6월 27일~7월 20일;
염상섭 외, 『해방문학선집: 단편집 1』(종로서원, 1948)

지하련(池河連·1912~미상)

지하련은 1912년 경남 거창에서 대지주 이진우와 부실 박옥련 사이에서 서녀로 태어났다. 본명은 이숙희다. 필명은 등단 전까지는 이현욱을 사용했고, 등단과 동시에 지하련池河連 혹은 池河蓮을 사용했다. 동경소화고녀를 졸업했으며 동경여자경제전문학교에서 수학했다. 일본 유학 중에 만난 임화와 1936년 결혼했다. 1940년 백철의 추천으로 《문장》에 단편소설 「결별」을 발표하면서 등단했다. 1946년 《문학》에 발표한 단편소설 「도정」이 조선문학가동맹에서 주최한 해방기념조선문학상 소설 부문에 후보작으로 추천되었다. 임화가 월북한 이후 1948년 무렵 월북한 것으로 추정된다. 1953년 임화는 남로당계 문인들과 함께 반국가변란죄, 미제의 스파이 혐의 등으로 체포 및 처형되었으며 이 소식을 들은 지하련이 실성한 채 평양을 돌아다녔다고 한다. 이후 1960년 평안북도의 한 교화소에 격리 수용되었다가 49세의 나이로 병사했다고 전해진다.

지하련이 남긴 작품은 많지 않다. 첫 작품인 「결별」을 포함해 총 일곱 편의 단편소설과 몇 편의 시와 산문이 전부다. 그러나 적은 작품 수에도 불구하고 지하련의 소설은 당대의 소설들과는 구별되는 그녀만의 작품 세계를 분명하게 보여 준다. 지하련은 1948년 첫 소설집 『도정』을 백양당에서 출판했다. 표제작 「도정」은 사회주의 지식인 주인공 석재가 광복 이후 자신의 삶에 대해 철저하게 반성하고 자신의 내면에 안주한 소시민성을 극복하려는 의지를 표현한 작품이다. 심리주의 소설의 새로운 지평을 열었다는 평가가 보여 주듯 그녀의 소설은 사건의 전개보다는 인물의 심리에 대한 섬세한 묘사를 통해 소설 세계를 구성한다. 인물의 심리에 대한 집요한 관심과 관찰은 등단작인 「결별」에서부터 일관되게 유지되었다. 「결별」, 「가을」(1941), 「산길」(1942)에서는 결혼과 연애 문제로 갈등하는 인물들의 심리를 묘사와 대화로 세밀하게 그렸으며 「체향초」(1941), 「종매」(1948), 「양」(1948)에서는 일제강점기 말 암흑기를 살아 내야 했던 지식인의 우울한 내면을 드러냈다.

해방 전후에 창작된 지하련의 문학은 결혼 및 연애와 맞닥뜨린 여성의 내면 심리로 권위주의적인 가부장적 질서의 모순을 폭로한 여성적 글쓰기의 한 전범을 제시했다. 또한 지하련의 문학은 일본 제국주의의 폭력성 앞에서 무기력할 수밖에 없었던 지식인의 갈등과 번민으로 점철된 내면 풍경을 묘사하는 식민지 문학의 한 특징을 띤다.

이미정

어느 야속한 同族동족이 잇서

敵적의 손에서 敵적의말을베우며자라난 너
아득한 傳說전설속에 祖國조국은 네 서름과 함께 커갓스리라

侵略침략하는 敵적이 이리와갓고이리를 좃는 同族동족이 너를 애낄리 업서
彈丸탄환이 안인 네몸으로 敵적은 火砲화포를막엇다

여긔 어머니와 누나가 잇서
뼈 아서지고 가슴메엿스나
너는 개만도 못하여 간역할 主人주인이업섯다

오늘
원수의 砲煙포연 속에 서도오히려 서러온 우리 귀중한 너
不義불의엔 목숨을 걸고
祖國조국 幸福행복 아페 犬馬견마가치 充實충실하든너

가슴엔 勳章훈장도 없고 銃총도 아니가 진너
소금으로 밥먹고
밤이면 머리맛대이고
별을 안고 자든 너

그래 이 너를 어느 야속한 同族동족이 잇어죽엿단 말이냐!

네 고단한 잠이 길드린 宿舍숙사는 피에물들고
人民인민의나라萬歲만세!
弱小民族解放萬歲약소민족해방만세!
너는 痛哭통곡하며 죽엇다 한다

네 의우침이 노피노피 올라
또 다시 祖國조국 하늘에 사므칠게다

오늘도 서름둥인 너 나의 가엽슨 사랑하는 사랑하는 동생아!

네가 만일 부량자라면 나는 부랑자의 누나가 될것이고
네가 도적 이라면 도적의 누나로 나는 名譽명예롭다
그러나 ─
누가 진정 監賊감적[1]인가는
너만이─ 가슴을 찔러 통곡한 오─ 직 너만이 잘알것이다

─《중앙신문》, 1946년 1월 25일

---

1 '盜賊도적'의 오식.

道程 도정

숨이 노닷게 정거장엘 드러서, 대ㅅ듬 시게부터 바라다보니, 오정이 되기에도 아직 삼십 분이나 남었다. 두 시 오십 분에 떠나는 기차라면 앞으로 느러지게 두 시간은 일즉이 온 셈이다.

밤을 새워 기대려야만 차를 탈 수 있는 요즘 형편으로 본다면 그닥 빨리 온 폭도 아니나, 미리 차표를 부탁해 났을 뿐 아니라, 대단히 느진 줄로만 알고, 오 분 □분[1] 이렇게 다름질처 왔기 때문에, 그에겐 어처구니없이 일즉 온 편이 되고 말었다.

쏠려지는 시선을 땀띠와 함께 칙면으로 느끼며, 석재(碩宰)는 제풀에 멀 — 숙해서 밖으로 나왔다.

아까시아 나무 밑에 있는, 낡은 뻰취에 가 털버덕 자리를 잡고 앉으니까 그제사 홧근하고 더위가 치처 오르기 시작하는데, 땀이 퍼붓는 듯, 뚝뚝 떠러진다.

수건으로 훔첫댓자 소용도 없겠고, 이보다도 가만이 앉어 있으

---

1   '십 분'으로 추정.

니까, 더 숨이 맥혀서 무턱대고 이러나 서성거려 보기라도 해야 할 것 같았으나, 그는 어데가 몹시 유린되어, 이도 후지부지 결단하지 못한 채 무섭게 느껴지는 더위와 한바탕 지긋 — 이 씨름을 하는 수밖에 도리가 없다. 목덜미가 욱신거리고 손바닥 발바닥이 모두 얼얼하고 야단이다.

이윽고 그는 숨을 도르키며, 한 시간도 뭐헐 텐데, 어쩐다고 거진 세 시간이나 헷짚어 이 지경이냐고, 생각을 하니 거반 딱하기도 하고 우습기도 하다.

허긴 여게 이유를 들랴면 근사한 이유가 하나둘이 아니다. 첫재 그가 이 지방으로 "소개"하여 온 것이 최근이었음으로 길이 초행일 뿐 아니라, 본시 시골길엔 곳잘 지음이 헷갈리는 모양인지, 실히 오십 니라는 사람도 있었고, 혹은 칠십 니는 톡톡이 된다는 사람, 심지어는 거진 백 니 길은 되리라는 사람까지 있고 보니 가까우면 놀다 갈 셈 치고라도 위선 일직암치 떠나오지 않을 수가 없었다.

어데만치 왔을까, 문득 그는 지금 가방을 들고 길을 걷는 제 채림차림에서 영낙없는 군청 고원[2]을 발견하고, 또 그곳에 방금 퇴직 군수로 있는 장인이 연관되어 생각히자 더욱 얼울한 판인 데다, 기왕 고원 같을라거든 얌전한 고원으로나 뵈였으면 차라리 좋을 것을, 고원 치고는 이건 또 어째 건달 같어 뵈는 고원이다. 가방도 이젠 낡었는지 빠작빠작 가죽이 맞닷는 소리도 없이, 흡사 무슨 보통이를 내두루는 늣김이다. 역부러 가슴을 내밀고 팔을 저어 거르면서, 이래 뵈두 이 가방으로 대학을 나왔고 바로 이 속에 비밀한 출판물을 넣고는 서울을 문턱같이 단인 적도 있지 않었드냐고, 우정 농

---

2   雇員. 관청에서 사무를 돕기 위하여 두는 임시 직원.

쪼로 은근히 기운을 도두어 보았으나 그러나, 생각이 이런 데로 미치자, 그는 이날도 유쾌하지가 못하였다. 도라다보면, 지난 육 년 동안을 아무리 "보석"으로 나왔다 치구라도, 어쩌면 산 사람으로 그렇게도 죽은 듯 잠잠할 수가 있었든가 싶고, 또 이리되면 그 자신에 대하여 어떤 알 수 없는 염쯩을 늦긴다기보다도 참 용케도 흥물을 피우고 기인 동안을 살아왔다 싶어, 먼저 고소가 날 지경이다.

이어 머리ㅅ속엔 강(姜)이 나타나고 기철(基哲)이 나타나고, 뒤를 이어 기철과 술을 먹든 날 밤이 떠오르고 한다. 술이 건아하게 취했을 무렵이었다. 석재는 오래 혼자서 울적하든 판이라, 전날 친구를 맛나니 좌우간 반가웠다. 그날은 정말이지 광산을 헌다구 돈을 두룸박처럼 차고 내려온 기철에게 무슨 심사가 틀려 그런 것도 아니었고, 광산을 허든 뭘 허든, 맛나니 그저 반갑고 흡족해서, 난생 처음 주정이라도 한번 부려 보구 싶도록, 마음이 허순해졌든 것이다. 이리하여 남같이 정을 표하는 데 묘한 재주도 없으면서, 그래도 제 깐엔 좋다고 무어라 데숭을 피었든지 기철이도 그저 만족해서

『자네가 나 같은 부량자를 이렇게 반가히 맞어 줄 적도 있었든가? …… 아마 픽은 적적했든가 보이 ─』

하고 우스며, 술을 권하였다. 그런데 이「적적했든가 보이」─ 라는 말을, 그가 어쩐다구「외로웠든가 보이」─ 로 들었는지는 모르겠으나 아무튼 그에겐 이렇게 들렸기에 늦겨졌든 것이고 또 이것은 그에게 꼭 마진 말이기도 하였든 것이다. 사실 그때 강(姜)을 맛나, 헤어진 후로 날이 갈수록, 그는 크다란 후회와 더부러 어떻다 말할 수도 없는 외로움이, 이젠 폐부에 사모치든 것이었다.

『그래 외로웠네. 무척……』

기철의 말에 그는 무슨 급소를 찔리운 듯, 먼저 이렇게 대거리

를 해 놓고는 다시 마조 바라다보려는 참인데, 웬일인지, 기분은 묘하게 엇나가기 시작하여, 마츰내 그는 만만하니 제 자신을 잡고 힐란하기 시작하였다.

　　친구가 듯다 못하여,

　　『자네 나헌테 투정인가?』

하고, 우스며,

　　『글세 드러 보게나. 자네가 어느 놈의 벼슬을 해 먹어 배반자란 말인가? 나처럼 투기장에 놀았단 말인가? 노변에서 술을 팔았으니 파렴치한이란 말인가? 아무튼 어느 모로 보나 자네 면은 과히 추하게 살아온 편은 아니니 안심허게나 ──』

하고, 말을 가로채는 것이었다. 그런데 또 말이 이렇게 나오고 보면 그로서ㄴ 투정인지 뭔지 당황하지 않을 수가 없었다.

　　『안야, 내 말은 그런 말이 안야. 아무튼 자넨 날 잘 몰라. 자넨 나보다 착허니까, ── 그렇지 나보다 착하지 ── 그러니까 날 잘 모르거든. 누구보다도 나를 잘 보는 눈이 내 마음 어느 구석에 하나 드러 있거든. 특히 "악덕"한 나를 보는 눈이……』

　　그는 겁결에 저도 얼른 요령부득인 말로다 먼저 방파맥이를 하며, 눈을 크게 떴다.

　　그러나 친구는 큰 소리로 우스며,

　　『관두게나. 자네 이야긴 드르면 드를스록, 무슨 삼림 속을 헤매는 것처럼 아득허이 ──』

하고, 손을 저었다.

　　둘이는 다시 잔을 드렀다. 그러나 일로부터 그는 웬일인지 점점 마음이 처량해 갔다. 아물아물 피어나는 회한의 정이, 그대로 잔우에 갸울거리는 것 같았다. 어데라 지향 없이 미안하고 죄스러워,

그는 소년처럼 작구 마음이 슬퍼졌다.

『……난 너무 오랫동안을 나만을 위해 살어왔어. 숨어 단이고 감옥엘 가고 그것 다 꼭 바로 말하면 날 위해서였거든. …… 이십 대엔 스스로 절 어떤 비범한 특수 인간으로 설정하고 싶어서였고, 삼십 대에 와서는 모든 신망을 한 몸에 뭉은 가장 양심적인 인간으로 자처하고 싶어서였고…… 그러다가 그만 이젠 제 구멍에 빠져 헤어나질 못허는 시늉이거든. ─ 』

그는 취하였다. 친구도 취하여, 이미 색시와 히롱을 하는 터이었음으로 아무도 이애기를 드러 주는 사람은 없었으나 그는 중얼대듯 여전 말을 계속하는 것이었다.

『…… 거년[3] 정월에 강(姜)이 왔을 때, 상기도 사오 부의 열이 계속된다고 거짓말을 했겠다! 일천 원 생긴다구 마눌 사려는 가면서……. 결국 강의 손을 잡고 다시 일을 시작는 게 무서웠거든. 그렇지! 전처럼 어느 신문이 있어 영웅처럼 기사를 취급할 리도 없었고 이젠 한 번만 걸리게 되면 귀신도 모르게 죽는 판이었거든. ……부박한 허영을 가진 자에게 이러한 주검은 개주검과 마찬가질 테니까…… 이 사람! 』

그는 소리를 버럭 질렀다. 그의 거짓말을 홈빡 고지듯고는 알는 친구에게 세상 걱정까지 끼쳐 실로 미안하다는 듯이 바라다보든 그때 강의 얼골이 떠올났든 것이다.

친구가 이리로 왔다 그는 말을 계속하엿다.

『나는 말일세, 난, 누구에게라도 좋아, 또 무었에라도 좋고. 아무튼 "나"를 떠난 정성과 정열을 한 번 바처 보구 죽고 싶으이. ……

---

3 지난해.

144

웨! 웨 ─ 나라고 세상에 낫다가 남 위해 좋은 일 한 번 못 허란 법이 있나?』

이리되면 주정이 아니라, 원정이었다.

『이 사람 취했군. 웨 자네가 남을 위해 일을 안 했어야 말이지……』

친구는 취한 벗을 만유하려 하였으나, 그는 줄곧 외고집을 세웠다.

『아니 난 한 번도 남 위한 적 없어. 인색하기 난 구두쇠거든. 이를테면 난 장바닥에서 낫단 말야. 때ㅅ국에 찌드런 이 읍내기 장사치의 후리자식이거든. ……그래두 자네 같은 사람은 한번 목욕만 잘허구 나면 과거에서도 살 수 있고 미래에서도 살 수 있을지 몰라. 허지만 나는 말야, 이 못난 것이 말이지, 쓰레기란 쓰레기는 홈빡 다 뒤집어쓰고는 도시 현재에서 옴치고 뛰질 못허는 시늉이거든……』

『글세 이 사람아 정신적으로 "기성 사회"의 폐해를 입긴 너 나 할 것이 있겠나. …… 아무튼 자네 신경쇠약일세. …… 그게 바로 결백증이란 병일세. 』

친구는 한번 더 소리를 내어 우섰다. 석재는 그 후로도 간혹 이 날 밤에 주고받은 이야기가 생각되고ㄴ 하였다. 역시 취담이다, 돌처 생각하면 쑥스러웠으나 그러나 취하여 속말을 다 못 했을지언정 결코 거짓말은 아니었다.

이와 같이 노상 그가 곤욕을 당는 곳이 밖에 있는 것이 아니라, 이를테면 안으로 그 암실(暗室)에 트집을 잡은 것이었기에, 그예 문제는 "인간성"에 가 부닺고 마는 것이었다. 결국 ─ 네가 나뿐 사람이라 ─ 는, 애매한 자책 아래 서게 되면, 그것이 형태도 죄목도 분명치 않은, 일종의 "율리적"인 것이기 때문에 더한층 그로선 용납할 도리가 없었다. 이번 처가 쪽으로 피난해 오는데도 무턱 ── (얌치없는 놈! 제 목숨, 게집 자식 죽을까 기급이지 ──) 이러한 심리적 난관을 적잖이 겪었기에 위선 (우리 집에 내 갈라는데 무슨 참견이냐)고, 대바질을 하는 안해나 처가로 옴겨 준 후, 그는 어차피 서울도 가까워진 판이라, 양동(楊洞)서 도기 공장을 한다는 김(金)을 찾아갈 심산이었든 것임으로 이리로 온 지 수무 날 만에 이제 그는 서울을 향하고 떠나는 길이었다 ── .

아름드리 소나무가 좌우로 갈러선 산모랭이 길을 거르려니 생각은 다시 그때 학생 사건으로 드러와 감옥에서 처음 알게 된, 그 눈이 어글어글하고 몹시 순결한 인상을 주는 김이란 소년이 눈앞에 떠오르곤 한다.

문듯 길이 협곡을 끼고 벋어 올랐다. "영"[4]이라고 할 것까지는 못 되나 앞으로 퍽 깔프막진[5] 고개를 연상케 하였다. 이따금 다람쥐들이, 소군소군 장송을 타고, 오르내리락 작난을 치기에 보니, 곳곳에 나무를 찍어 송유(松油)를 받는 깡통이 달려 있다. 원악 나무들의 장대한 체구요 성싱한 잎들이라 무슨 크게 살어 있는 것이 불의한 고문에나 걸리운 것처럼 야릇하게 안타가운 감정을 가저오기도 한다.

(저게 피라면 앞으렸다 ──)

근자에 와, 한층 더 마음이 여위어 어데라 닿기만 하면 상책이 가 나려는지, 그는 침묵한 이 유곡을 향하여 일말의 칙은한 감정을 금할 수가 없었다.

고개를 넘어 노변에 자리를 잡고 그는 잠간 쉬기로 하였다. 얼

---

4   령. 고개.
5   가파르다.

마를 거러왔는지 다리도 앞으고 몹시 숨이 차고 하다.

담배를 부처 제법 한가로운 자세로 기 — ㄹ게 허공을 향하여 뿜어 보다 말고, 그는 문득 당황하였다. 아무리 보아도 해가 서편으로 두 자는 더 기운 것 같다. 몰을 일인 게 그는 지금껏 무슨 생각을 하고 얼마를 거러왔는지 도무지 아득하다. 고대 막 떠나온 것도 같으고, 깜아득히 먼 길을 숫하 한눈을 팔고, 노닥어리며 온 듯도 싶으다. 이리되면 장인이 역전 운송부에 부탁하여 차ㅅ표를 미리 사 놓게 한 것쯤 문제가 아니다. 앞으로 길이 얼마가 남었든지 간, 위선 뛰는 게 상책이었다.

그는 허둥지둥 담배를 문 채 이러섰든 것이다.

○

아까시아 나무 밑 뻰취 우에 얼마를 이러구 앉어 있노라니 별안간 고막이 울리도록 크게 라디오 소리가 들려온다.

저 — 켠 운송부에서 정오 뉴 — 스를 트는 것이었다.

거진 한 달 동안을 라디오는커녕 신문 한 장 똑똑히 읽어 보지 못하든 참이라, 그는 "소문"을 들어 보구 싶은 유혹이 적잖이 이러났으나, 그러나 몸이 여전 신음하는 자세로 쉽사리 이러서지질 않는다.

뉴 — 스가 끝날 지음 해서야 그는 겨우 자리를 떴다. 무엇보다도 차ㅅ표를 알어봐야 할 필요에서였다.

마악 운송부 앞으로 가, 장인이 일러 준 사람을 삐꿈 — 이, 안으로 향해 찾이려는 판인데 엇재 이상하다. 지나치게 사람이 많었다. 많어도 그냥 많은 게 아니라, 서고 앉은 사람들의 이상하게 흥분

147

된 표정은 묻지 말고라도, 그중 적어도 두어 사람은 머리를 싸고 테
불에 업드린 채 그냥 말이 없다. 이리되면 차ㅅ표구 머구 무러볼 판
국이 아닌 상싶다.

그는 잠간 진퇴가 양난하였다.

이때 웬 소년 하나가 눈물을 뚝뚝 떠러트리며 밖으로 나온다.
그는 한 거름 뒤로 물러서며 얼결에 소년을 잡았다.

소년은 옷깃을 잽히운 채, 힐끗 한 번 치어다볼 뿐, 휙 도라서
저편으로 갔다. 그는 소년이 다만 흥분해 있을 뿐, 별반 적의가 없음
을 알었기에 뒤를 따렀다.

소년은 이제 막 그가 앉어 있든 뻰취에 가 앉어서도 순식껀 슬
퍼하였다.

『웨 그래 응, 왜?』

보구 있는 동안 이 눈이 몹시 영롱하고, 빛갈이 흰, 소년이 이
상하게 정을 끗기도 하였지만, 그는 우정 더 다정한 목소리로 말을
건넜다.

소년은 구태어 그의 말을 대답할 의무에서라기보다도 이젠 웬
만큼 그만 울 때가 되었다는 듯이

『덴노우 헤이까가 고 ― 상을 했어요』[6]

하고는 쉽사리 머리를 들었다.

『……?』

그는 가슴이 철석하며 눈앞이 앗질하였다. 일본의 패망, 이것
은 간절한 기다림이었기에 노상 목전에 선연했든 것인지도 모른다
(그러나 이렇게도 빨리 올 수가 있었든가?) 순간 생각이라기보다는 거

---

6 천황 폐하가 항복을 했어요.

148

림자와 같은 수천 수백 매듭의 상염(想念)이 미칠 듯 급한 속도로 팽갱이를 돌리다가 이어 파문처럼 퍼져 침몰하는 상태였다. 그런데 이상한 것은 이것은 극히 순간이었을 뿐, 다음엔 신기할 정도로 평정한 마음이었다. 막연하게 이럴 리가 없다고, 의아해하면 할수록 더욱 아무렇지도 않다. 그러나 이상 더, 이것을 캐어무를 여유가 그의게 없었든 것을 보면 그는 역시 어떤 싸늘한, 거반 질곡(桎梏)에 가까운, 맹랑한 흥분에 사로잡혀 있었든 것인지도 몰랐다.

『우리 조선도 독닙이 된대요. 이제막 아베 소 — 도꾸[7]가 말했대요.』

소년은 부자연할 정도로 눈가에 우슴까지 뛰우며 이번엔 말하는 것이었으나, 그러나 발서 별다른 새로운 감동이 오지는 않는다.

(역시 조선 아이였구나 —)

하는, 사뭇 객적은 것을 느끼며 잠간 그대로 멍청히 앉어 있노라니, 이번엔 고이하게도 방금 목도한 소년의 슬픈 심정에 작구 궁금증이 가는 것이다. 그러나 막연하나마 이제 소년의 말에, 무슨 형태로든 먼저 대답이 없이, 이것을 무러볼 염체는 잠간 없었든지 그대로 여전 덤덤이 앉어 있노라니, 이번엔 차츰 소년 자신이 싱거워지는 모양이었다. 그도 그럴 것이, 얼마나 벽역 같은 소식을 전했기에, 이처럼 심심할 수가 있단 말인가?

소년은 좀 이상한 눈으로 그를 바라보며 말을 건넜다.

『기뿌잖어요?』

그는, 이, 약간 짓궂은 우슴까지 뛰우며 말을 뭇는 소년이, 금시로 나히 다섯 살쯤 더 먹어 뵈는 것 같은, 이러한 것을 느끼며 당황

---

7 총독.

하게 말을 받았다.

『왜? 왜 ― 기쁘지! …… 기쁘잖구!』

『…….』

『너두 기쁘냐?』

『그러믄요 ― 』

『그럼 웨 울었어?』

그는 기어히 뭇고 말었다.

소년은 좀 열적은 듯이 머리를 숙이며 대답하였다.

『징 와가 신민 또 도모니,[8] 하는데 그만 눈물이 나서 울었어요. ……덴노우헤이까가 참 불상해요 ― 』

『덴노우헤이까는 우리나라를 빼서 갔고, 약한 민족을 사십 년 동안이나 괴롭혔는데, 불상허긴 뭐가 불상허지?』

「그래도 고 ― 상을 허니까 불상해요 ― 」

「……」

「……목소리가 아주 가엽서요 ― 」

그는 무어라 얼른 대답할 말이 생각나지 않었다. 설사 소년의 보드라운 가슴이 지나치게 "인도적"이라고 해서 이상 더 (미운 자를 미워하라) 그 "어른의 진리"를 역설할 수는 없었다. 그는 내가 약한 탓일까, 반성해 보는 것이었으나, 역시 "복수"란 어른의 것인 듯 싶었다. 착한 소년은 그 스스로가 너무 순수허기 때문에 미차 "미운 것"을 가리지 못한다, 느껴졌다.

「…… 넌 덴노우 헤이까보다도 더 훌융허다!」

그는 소년의 머리를 쓰담고 이러섰다.

8　짐이 우리 신민과 함께.

150

소년은 칭찬을 해 주니까 좋은지,

「그렇지만 우리 회사에 사이상허구 긴상허고, 기무라상 가와
지마상 이런 사람들은 주먹을 쥐고 야 ― 야 ― , 하면서, 막 내놓구
좋아했어요 ― 」

하고, 따라 이러서며,

「야 ― 긴상 저기 있다 ― 」하고는 인해 정거장 쪽으로 다라
났다.

「…… 그 사람들은 너보다 더 훌융하고…….」

그는 소년이 이미 있지 않은 곳에 소년의 말의 대답을 혼자 중
얼거리며 자기도 정거장을 향하고 거름을 옮겼다.

역시 아무렇지도 않은데, 다리가 약간 후둘허는 게 좀 이상하다.

긴상이란 키가 작달막하니 퍽 단단하게 생긴 청년이었다. 방금
무슨 이얘기를 하였는지, 많은 사람들은 입속에 기이한 외마듸ㅅ소
리를 웅얼거릴 뿐, 얼이 빠진 듯 입을 담을지 못한다. 너무 긴장한
나머지의 얼골이라기보다는 기맥히게 어처구니없는 얼굴들이다

『이제부터는 모도가 우리의 것이고, 모두가 자유이니 여러분
기뻐하십시요!』

이렇게 거듭 외우처 주었으나 장내는 이상하게 잠잠할 뿐이
었다.

시간이 되어 차ㅅ표를 팔고, 석재가 운송부에서 표를 찾어오고
할 때에도 사람들은 별반 말이 없었다. 꼭 바보 같었다 ― .

석재가 김이란 청년을 찾어온 지 사흘째 되는 날이었다.

아츰에 잠을 깨니, 여늬 때와 달러 먼저 머리에 떠오르는 건
"공산당"(共産黨)의 소문이었다.

눈을 크게 떠 그놈들 붓잡고는 다시 한번 늣근거려 가슴 우에

지하련

던저 보나, 그러나 그저 어안이 벙벙할 뿐, 알 수 없는 피곤으로 하여 다시금 눈이 감길 따름이다.

그는 허위대듯 기급을 하고, 벌덕 이러앉았다.

조금 후 그는 몸이 허공에 둥둥 떠 있는 것 같은, 어떤 내부로부터의 심한 "허탈증"을 느끼며,

(나는 타락한 것이 아닌가?)

하고 스스로 무러보는 것이었다.

사실 그는 팔월 십오일 후에 생긴 병이 하나둘이 아니다. 이제 생각하면 병은 그날 그 아까시아 나무 밑에서부터 시초였는지도 모르겠으나 아무튼 그가 깨닷기론 김이란 청년을 맛나서부터다.

—. 그날 차가 서울 가까이 오자 차츰 밖앝 공기만이 아니라 기ㅅ차 속 공기부터 달러지기 시작한 것이, 그가 역에 내렸을 때는 완연히 충치는[9] 거리의 모습이었다. 세 사람 다섯 사람 수무 사람, 이렇게 둘레를 지어 수군거리는가 하면, 웃통을 푸러헷친 또 한 패의 군중이 동떠러진 목소리로 만세를 외쳤다. 그도 등다라 가슴이 두군거리고 마음이 솟구쳐 얼결에 만세도 한번 불러 볼 번하였다. 사뭇 곧은 줄로 뻐친, 김포로 가는 군용도로를, 만양 거르며, 그는 해방, 자유, 독닙, 이런 것을 아무 모책 없이, 천 번도 더 되푸리하면서, 또 일방으론, 열차에서 본 일본 전재민의 참담한 모양을 눈앞에 그리기도 하였다. 그것은 정말 끔직한 것이었다. 뚜껑 없는 화물차에다 여자와 아이들을 칸마다 가득히 실었는데 폭양에 몇일을 굶고 왔는지, 석탄 연기로 환을 그린 얼골들이 영낙없는 아귀였다. 석박 귀 우는 열차에 병대들이 팡이랑 과자를 던젓다. 손을 벌리고 너머

---

9 충지다. 다르다.

지고, 젖먹이 애를 떠러트리고⋯⋯ 그는 과연 군국주의 "전쟁"이란 비참한 것이라고 느껴졌다기보다도 그때에서야 비로소 일본이 졌다는 것을 깨닷는 것이였다.

석재가 청년의 집에 당도하기는 밤이 꽤 느저서였다. 두 달 전에 왕래한 서신도 서신이려니와, 전날 친분으로 보아, 그동안 아무리 거친 세월이 흘렀기로 설마 페로워야[10] 허랴 싶어, 총총히 드러서는데, 과연 청년은 반색을 하고 그를 마저 주었다.

「장성했구려 ─ 어룬이 됐구려 ─」

아귀가 버는 손에 다시금 힘을 주며, 그는 대뜸 감개가 무량하였다.

이때, 그의 간얄픈 손을 청년이 두 손으로 움켜 몇 번인지 흔들기만 하다가 끝내 말을 이루지 못하고 그대로 어린애처름 느껴 우는것이였다. ─ 앗불사! 그는 일변 당황하면서, 자기도 눈시울이 뜨끈함을 느끼었으나, 그러나 다음 순간, 그것은 어데까지 그의 눈물이 아니요, 시방 청년이 경험하는바, 크다란 감동에서 오는, 청년의 눈물인 것을 그는 알았다.

이날 밤 그는 잠을 이루지 못하였다. 무었인지 초조하여 견딜 수가 없었다. 반다시 울어야만 하는 것은 물론 아니었다. 그러나 아무튼 무슨 감동이든 한 번 감동이 와야만 할 판이었다. 어찌하여 나에겐 이것이 오지 않을까? 언제까지나 오지 않을 것인가? 온다면 언제 무슨 형태로 올 것인가?

이튿날 그는 김을 따라, 마을 청년들의 외우침에도 석겨 보고, 태극기를 단 수백 대의 자동차가 끊임없이 왕래하는 서울 거리로

---

10 페스럽다.

만세를 부르며 군중을 따라 보기도 하였다. 그러나 도라올 땐 또 하나 벽녁 같은 소식에 아연하지 않을 수 없었다. "공산당"이 생겼다는 소문이었다.

(최고 간부의 한 사람이 기철이라 한다! …… 이런 일도 있는가?)

그는 내부의 문제 외부적인 문제 일시에 엉컬려 헤어날 길이 없었다 —.

그러나 언제까지 이러구 앉어서 「나는 타락한 것이 아닌가?」—고, 주지박질을 해 본댓자[11], 무슨 소사날 궁기[12] 생길 리도 없어, 석재가 마악 자리를 개키려는데, 이때 청년이 드러왔다.

「서울 않 나가시렵니까?」

청년이 그의 상태를 알 리가 없었다. 그저 예나 지금이나 침착한 "동지"로만 믿는 모양인지, 앞으로의 계획 같은 것을 부단히 의론하였다. 이럴 때마다 그는

「암 그래야지. 홀란한 시기라고 해서 수수방관하는 기회주의는 금물이니까. 허다가 힘이 모자라 잘못을 범할 때 범하드래도 위선 일을 해야지 —」

이렇게, 말은 하면서도,

「하로 집에 있어 쉬려오」

하고, 누어 버렸다.

아침을 치르고 청년이 서울로 떠난 후 혼자 누어 있으려니, 또 잠이 오기 시작한다. 이 잠 오는 건, 어제 드러 새로 생긴 병이다. 무얼 생각하면 할수록 점점 홀란하여, 갈피를 못 잡게 되면, 차츰 머리

11 '골똘히 생각해 봤자'의 의미로 추정.
12 솟아날 궁리가.

가 몽농하여지고, 그만 조름이 오기 시작하는 것이다.

(바보가 되려나 보다 ─)

그는 걷어차고 밖으로 나왔다.

거기는 옆으로 한강을 낀 펑퍼짐한 마을이었다. 섬같이 생긴 나지막식한 산들이 여기저기 놓여 있다.

그는 모르는 결에 나무가 많고, 강물이 가까운 곳으로 가 자리를 잡았다. ─ 멀 ─ 리 안개 속으로 서울이 신기루와 같이 얼른거리고, 철교가 보이고 "외인 묘지"의 푸른 나무들이 보이고, 그리고 한강 물이 지척에서 흘러가는 곳이었다.

잠간 시선이 어데 가 머무러야 할지, 눈앞이 아리송송한 게, 골치가 지끈지끈 아프다. 눈을 감았다. 순간, 머릿ㅅ속에 독갭이처름 불끈 솟는 "괴물"이 있다. ─ "공산당"이었다. ─ 그는 눈을 번쩍 떴다.

다음 순간 이 괴물은, 하늘에, 땅에, 강물에, 그대로 맴을 도는가 하니, 원간 찰거머리처름 뇌리에 엉겨붙어 도시 떠러지질 않는 것이었다. ─ 생각하면 긴 ─ 동안을 그는 이 괴물로 하여 괴로웠고, 노여웠는지도 모른다. 괴물은 무서운 것이었다. 때로 억척같고 잔인하여, 어느 곳에 따뜻한 피가 흘러 숨을 쉬고 사는 것인지 알 수가 없었다. 그러나 귀 막고 눈 감고 그대로 절망하면 그뿐이라고, 결심할 때에도 결코 이 괴물로부터 해방될 수는 없었다. 괴물은 칠같이 어두운 밤에서도 화 ─ ㄴ이 밝은 단 하나의 "옳은 것"을 진이고 있다 그는 믿었다. ─ 옳다는 ─ 이 어데까지 정확한 보편적 "질리"는 나쁘다는 ─ 어데까지 애매한 율리적인 가책과 더부러 오랫동안 그에겐 크다란 한 개 고민이었든 것이다.

차츰 흐려지는 시선을 다시 강물로 던지며 그는 생각는 것이었다. ─ 김 리 박 서 그 외 또 누구 누구…… 질서 없이 머리에 떠오른다. 모두 지하에 있거나 해외로 갔을 투사들이다. 그리고 지금 자기 로선 보지도 못 하고 일흠도 모르는 새로운 용사들의 환영이 눈앞에 떠오르기도 하였다.

그는 불현듯 쓸쓸하였다.

(다들 몽였단 말인가?)

그러나, 이제 기철이 최고 간부의 한 사람이라면, 이보다도 우수한 지난날의 당원들이 몇이라도 서울엔 있을 것이다.

(그럼 이 사람들이 "당"을 맨드렀단 말인가?)

그는 다시금 알 수가 없어진다. 문득 기철이 눈앞에 나타난다. 장대한 체구에 패기만만한 얼굴이다. 돈이 제일일 땐 돈을 몽으려 정열을 쏫고, 권력이 제일일 땐 권력을 잡으려 수단을 가리지 않을 사람이다. 어느 사회에 던저두어도 이런 사람이 불행할 리는 없다. 그러나 여긔 한 개의 비밀이 있었다. 이런 사람이 영예로워지면 질스록 흉악해지는 비밀이었다. 대체나 "겉"이 그렇게 충실허구야, "속"(良心·양심)이 있을 리가 없고, 속이 없는, 사람이란 외곽이 화려하면 할스록 내부가 부패하는 법이었다.

(목욕을 헌대도 비누허구, 물쯤은 준비해야 허지 않는가?)

다시 눈앞엔 다른 한 패의 사람이 나타났다. 어데까지 옹종한 주제에, 그래도 소위 그 "양심"이란 어금길[16]에서 제 깐엔 스스로 고민하는 척 몸짓하며 살어온 사람들이다. 이를테면 석재 자신 비젓한 축들이었다. 이건 더욱 보기 민망하다. 추졸하기[14] 짝이 없다기보다도, 왼통 비리비리하고, 메식메식해서, 더 바라다볼 수가 없다.

---

13 어김길. '갈림길'의 방언.
14 지저분하고 졸렬하다.

아무튼 통터러 대매에 종아리를 맞고도 남을 사람들이다.

(그래 이 사람들이 몽여 "당"을 맨드렀단 말인가?)

물론 그럴 리는 없다 하였다.

그러나 다음 순간, 그는 얼골이 훗군 달어옴을 깨다렀다. 조금 전 기철이 최고 간부라는 데 앙앙하든 마음속엔 (그럼 내라도 될 수 있다) ─는 엄페된 자기 감정이 숨어 있지 않었든가? ─그는 벌컥 팔을 베고, 앙천(仰天)하여 드르눗고 말었다.

얼마가 지났는지, 아히들 떠드는 소리에 눈을 떴다. 그런데, 웬일일가? 하늘이 이마에 와 닿어 있다. 실로 청옥같이 푸르고 넓은, 그것은 무한한 것이었다. 그러나 곳 그것은 하늘이 아니라 강물의 착각이었다. 순간 그는 이상한 흥분으로 하여, 소리를 버럭 지르고 이러났다.

비로소 조금 전 산비탈에 누어 잠이 든 것을 깨닷는다. ─어느 결에 석양이 되었는지 가을 같으다.

그는 다시 한 번 크다랗게 소리를 질러 본다. 그러나, 아무 의미도 없고 또한 아무것도 의미하지 않은 비상히 큰 목소리는, 그대로 웅얼웅얼 허공을 돌다가, 다시 귀ㅅ전에 와 떠러진다. ─저 ─아래 기를 든 아히들이 만세를 부르며 놀고 있다.

외로웠다. 사지를 쭉 ─ 뻗어 땅을 안고, 잔디를 한 오큼 쥐어 보니, 가슴이 메이는 듯 눈물이 쑥 나온다.

(나는 아직 젊다…… 나는 아직 젊다!)

조금 후 그는 연상 무엇인지를 정신없이, 헤둥대둥 중얼거리고 있었다.

157

○

　이튿날 석재는 청년을 따라 일직암치 집을 나섰다.

　어제 그는 꽤 어둑어둑해서야 산에서 내려왔든 것이고, 내려와
보니 어느새 청년이 도라와, 마치 기다리고나 있은 것처럼,

　「어델 갔다 오세요?」

하면서, 그가

　「발서 도라왔드랬오 ─」

하고, 대답할 나위도 없이 대뜸 큰일이 났다는 것이었다.

　그는 이제까지의 자기 세계를 떠나, 이 씩씩한 후진에게 성의를
다할 임무가 있음을 깨다르며, 옷깃을 바로 하고 정색하여 마조 앉
었다. 이얘기는 대략, 방금 일본인 공장주의 부도덕한 의도로 말미
암아 모든 생산물이 홍수와 같이 가두로 쏘다졌다는 것, 이에 흥분
한 종업원 내지 일반 시민들은 가장 파괴적인 방법으로 사리만을 도
모하여, 영등포 등지, 공장 지대가 일대 수라장이 되었다는 ─ 이러
한 것들인데, 아닌 게 아니라 이얘기를 듯고 보니 난처하였다. 한때
피치 못할 현상일지는 모르나, 이대로 방임해 두었다가는 이른바,
그들의 "개량주의화"의 위기를 초래하여 올지도 모르는 적잖은 사태
였다. 이리되면 그로서도 피안화재시[18]하고만 있을 수는 없었다.

　「중앙에서 대책이 없읍듸까?」

　「책상물림의 젊은이들이 몇 개인의 정열로, 활동하는 모양인
데, 너나없이 노동자라면 그대로 우상화하는 경향이 있어 와서, 일
의 두서를 잡지 못허두군요 ─」

15　'곤란할 일이라고 피해 버릴 수만은 없다.'의 의미로 추정.

158

「그래, 김은 어델 관계하고 있는 중이오?」

「조일직물과 一二三일이삼철공장인데 뭐보다도 기게를 뜯어 없애는 데는 참 딱해요. 대뜸 — 우리는 제국주의 치하에서 착취를 받았으니 얼마든지 먹어 좋다는 거거든요 — 」

「……"자게급"16)이 승리를 헌 때라야 말이지. 또 승니를 헌 때라두 그렇게 먹는게 아니고……. 아무튼 큰일 났구려. …… 그러다간 노동자 출신의 뿌르조아 나리다 — 」

두 사람은 어이없이 웃었으나, 사실은 우슬 일이 아니었다. 뭘루 보나 노동자의 진지한 투쟁은 실로 이제부터라 할 것이었다. 지도자가 맥없이 노동자를 우상화한다거나, 그 경제적 이익을 옹호해야 된다고 해서, 그들의 원시적 요구의 비위만을 마추어 준다는 것은, 노동자 자신의 투쟁역을 상실케 하는 것 이외 아무것도 아니었다.

「자칫하면 앞으로 일하기 무척 힘드리다 — 」

물론 이얘기는 이 이상 더 계속되지 않았으나 석재는 청년의 부탁이 아니라도 날이 밝으면 영등포로 나가 볼 작정이었든 것이다 — .

곳장 신길정으로 가는 삼가람 길에서, 먼저 서울엘 들러 오겠다는 청년과 그는 난호17)였다.

혼자 一二三일이삼철공장을 향하고 거르려니, 또 뭐가 마음 한 귀퉁에서 뒤각태각을 한다. (네가 이젠 공장엘 다 가는구나? 노동자를 운운허구…… 그렇지! 이젠 잡힐 염여가 없으니까……) 이렇게 고개를 들고 이러나는 것을, 그대로 욱박질러 처넣기도 하고 또 때로는

---

16   자게급. '자신이 속힌 사회적 계급'을 의미히니 여기서는 '노동지 계급'의 의미로 쓰였다.

17   헤어졌다.

(암 가야지. 반성이란 앞날을 위해서만 소용 되는 것이니까. 과도한 자책이란 용기를 저상케 하는 것이고, 용기를 잃게 되면, 제이 제삼의 잘못을 또다시 범하게 되는 거니까……) 이렇게, 누구나 다 할 수 있는 말로 다 뱃장을 부려 보기도 하는 것이었으나 "용기"란 대목에 와서는 끝내 마음 한 귀ㅅ퉁에서 (뭐? 용기?) 하고는, 방정맞게 깔깔거리는 바람에 그만 그도 따라 허 — 웃고 만 셈이다. 인차 길 가든 사람이 저를 보는 것 같아서 우정 시침일 떼고 거르며, 그는 여전 지잖을 자세로 — (그래, 난 겁쟁이다, 그러나 본시 용기라는 말은 무서운 것이 있기 때문에, 직 그 무서운 것을 이기는 데로부터 생긴 말이라면, 또 달리는 가장 무서움을 잘 타는 사람이, 가장 용기 있는 사람이 될 수도 있다는, 역설이 나올 수도 있지 않은가…… 나도 이제부터 이기면 되잖나? …… 앞으로도 무서운 것은 얼마든지 있을 것이고, 나는 이겨 나갈 자신이 있다 —) 이렇게 콩칠팔새삼육[18]으로 욱여 대며 一二三일이삼철공장으로 드러섰다.

마악 정문으로 드러서려는데, 누가,

「김 군 아닌가?」

하고, 손을 잡는다.

깜작 놀라 치어다보니 천만 뜻밖에도 그 사람은 민택이었다. 그와 같은 사건으로 드러갔을 뿐 아니라, 단지 친구로서도 퍽 신실한 데가 있는 사람이다.

「……이 사람아!」

그는 이 "이 사람아"를 되푸리할 뿐, 손을 쥔 채 잠간 어쩔 줄을 몰랐다. 이런 순간에 민택이를 만나는 것이, 엇전지 눈물이 나도록

18 콩팔칠팔. 갈피를 잡을 수 없도록 마구 지껄이는 모양.

그는 반가웠다.

두 사람은 옆으로 둔대 우에 자리를 잡고 앉았다.

인차 그는 "당"의 구성이 역시 한 국내 있든, 합법 인물 중심이란 것으로부터 방금 석재 자신에게도 전보로 열락을 취하고 있다는 소식까지 듯게 되었다.

지금까지 그럴 리는 없다고 부정은 해 오면서도 열에 아홉은 그러려니 했든 것이고, 또 이러함으로 이제 와서 뭘 새로히 놀랄 것까지는 없었으나, 그래도 그는 무엇인지 연상 어이가 없다.

「그래 이 사람아 ── "당"을 ── 허 그 참……」
이렇게 갈팡질팡하는 모양이 딱한지,

「허긴 그래. 허지만 당이 둘 될 리 없고, 당이 됐단 바에야 어떻거나 ──」
하고, 민택이가 말을 하는 것이었다.

조금 후 두 사람은 신길정서 서울로 나가는 전차에 올랐다. ──"공산당"으로 가는 길이었다.

철교를 지나고 경성역을 도라, 차츰 목적한 지점이 가까워 올수록 그는 모르는 결에 가슴이 두군거렸다. 생각하면 일즉이 그 청춘과 더부러 "당"의 일흠을 배울 때, 그것은 실로 엄숙한 두려운 것이었다.

그가 전차에서 내려, 군데군데 목검을 집고 경계하는 "공산당" 층게를 오르기 시작하였을 제는, 오정이 훨신 지난 때였다. ── 별안간 좌우에 사람이 물 끓듯 하는데, 이따금 「김 동무!」 ── 하고, 잡는 더운 손길이 있다. ── 모도 등꼴에 땀이 사뭇 차 얼골이 붉고 호흡이 가쁘다.

그는 왼몸이 횟근하며, 가슴이 뻐근하였다. ── 얼마나 욱박질

지하련

리고, 밟이우든, 지낸날이었든가? "당"이라니 어느 한 장사가 있어 입 밖엔들 냄 즉한 말이었든가?

그는 소년처럼 부푸르는 가슴 우에 일즉이 "당"의 일홈 아래 너머진 몇 사람의 친구를 안은 채, 이런 일도 있는가고 이렇게 백주 장안 네거리에서 "당"을 들고, 외우 뛰고 모로 뛰어도 아무도 잡어가지 않고, 아무도 죽이지 않는, 이런 세상도 있는가고, 사람이든 기생이든 나무토막이든, 무엇이든 잡고, 팔이 널치가 나도록 흔들며, 큰 소리로 외쳐, 뭇고 싶은 충동을, 순간 그는 어찌할 수가 없었다.

그는 뭐가 무엇인지, 어느 것이 옳고 그른 것인지, 한동안 전연 판단을 잃은 상태였다. 그저 웃는 얼골들이 반가웠고, 손길들이 따뜻할 뿐이었다.

복도를 지나 외인편으로 꺾여진 넓은 방에서, 기철의 손을 잡었을 때에도 그는 전신이 얼얼한 것이 생각이 그저 띵 ― 할 뿐이었다. 그러나

「웨 이렇게 느젓나?」

「어찌 이리 늦소?」― 하는, 똑같은 인사를 한 대여섯 번 받은 후, 그가 열 번이나 수무 번쯤 받었다고 느껴질 때쯤 해서, 그제사, 조금 정신이 자리 잽히는 상부른데, 그런데 이 새로운 정신이 나면서부터, 이와 동시에, 마음 어느 구석에선지, 핏득

(내가 무슨 "뻐스"를 타려다 "참"이 느젓드랬나?)

하고, 딴청을 부리려 드는 맹낭한 심사였다.

이건 도무지 객적은 수작이라고, 허겁지겁 여겨 퇴박을 주었는데도 웬일인지 이후부터는 찬물을 끼언진 듯 점점 냉냉해지는 생각이었다. ― 그는 난처하였다.

잠깐 싱 ― 글해서 앉어 있는, 석재를 기철이는 아무도 없는 옆

방으로 대리고 갔다.

그를 잘 알고 있는 기철은 먼저 "당"을 조직하게 된 이유부터 자상히 설명을 하면서,

「자넨 어찌 생각할지 모르나, 정치란 다르이. …… 지하에나 해외에 있는 동무들을 제처 두고, 어떻게 함부로 당을 맨드느냐고 할지 모르나, 그러나 이 동무들은 아직 나타나지 않고, 일은 해야 되겠고, 어떻건담, 조직을 해야지. 이리하여 일할 토대를 닥고 지반을 맨드러 놓는 것이, 그 동무들을 위해서도 우리들의 떳떳한 도리가 아니겠느냐 말일세」하고, 말을 끊었다

기철은 조금도 꿀릴 데가 없는 얼굴이었다.

그는 뭔지 그저 퀭해서, 이야기를 듯고 있노라니, 야릇하게도 이 「동무」란 말이 새삼스럽게 비위에 와 부듸친다. 참 히한한 말이었다. 어제까지 고루거각에서 별별 짓을 다 허든 사람도 오늘 이 말 한마디만 쓰고, 손을 잡고 보면, 그만 피차간 "일등 공산주의자"가 되고 마는 판이니, 대체 이 말의 조화ㅅ속을 알 길이 없다기보다도, 십 년 이십 년, 몽땅 팽개첬든 이 말을, 이제 신주처럼 들고 나와, 꼭 무슨 혐집에 고약이나 부치듯, 철석 올려 부치고는, 용케도 넹큼 넹큼 불러 대는 그 염체나 배ㅅ심을 도통 청양할 길이 없었다. 물론 그는 십 년 전에 맛나나 십 년 후에 맛나나, 비록 말로 표현하지 못할 경우라도, 눈이 먼저, 맛나면 꼭 "동무"라고 부르는 몇 사람의 선배와 친구를 알고 있다. 그러나, 이들이 부르는 「동무」는 조금도 이렇지가 않았다. 그렇기에 열 번 대하면 열 번, 그는 뭔지 가슴이 철석 하곤 하였든 것이다.

그는 차츰 긴말을 짓거리기가 싫어졌다.

「잘 알겠네 ─」

끝내 이렇게 대답하고 말았으나, 사실 기철의 이얘기는 옳은 말 같으면서 또한 하나도 옳지 않은 말이기도 하였다. 어덴지, 대단히 요긴한 대목에 대단히 불순한 것이 드러 있는 것만 같았다. 그러나, 어떻게 된 "당"이든 당은 당인 거다. 그는 일즉이 이 당의 일훔 아래, 충성되기를 맹세하였던 것이고…… 또 당이 어리면, 힘을 다하여 키워야 하고, 가사 당이 잘못을 범할 때라도 당과 함께 싸우다 죽을지언정, 당을 버리진 못하는 것이라 알고 있다. 이러허기에, 이것을 꼬집어 이제 그로서 "당"을 비난할 수는 도저히 없는 것이었다.

잠간 그대로 앉아 있노라니 별안간, 기철이란 "인간"에 대한 어떤 불신과 염쯩이 훅 ― 끼처 온다.

그는 모르는 결에 시선을 돌리고 말았다.

좌우간 이상 더 이얘기가 있을 것이 그는 괴로웠다.

「자네 바뿌지? …… 나 내일 또 들림세 ―」

그는 끝내 자리를 이러서려 하였다.

그러나 기철은 황망이 그를 잡았다.

「무슨 말인가? 안 되네! 자네 같은 사람이 이렇거면 "당"이 누구와 손을 잡고 일을 헌단 말인가?」

순간, 그는 가슴이 찌르르하였다. 생각하면 그동안 부끄러운 세월을 보냈기는 제나 내나 매한가지였다. 가사 살인 도모를 하고, 야간도주를 헌대도, 같이 하고 같이 죽을 일이었다. 뿐만 아니라, 이제 기철이 당의 중요 인물일진대, 기철을 비난하는 것은 곧 당의 비난이 되는 것이었다.

「앞에도 적(敵)이요, 뒤에도 적인 오늘, 이것이 허용된단 말인가?……」

그는 제 자신에 미운 정이 드렀다. 이제 와서 호올로 착한 척

까다로움을 피우는 제 자신이 아니꼬왔다.

그러나, 결국 그는 사람 못 좋은 사람이었다. 조직부에 자리를 비워 두었다고, 거듭 붙잡는 것을 가진 말로 다 물리친 후 위선 "입당"의 수속만을 밟어 놓기로 하였다.

그는 기철이 주는 붓을 받어, 먼저 주소와 씨명을 쓴 후, 직업을 썼다. 이젠 "계급"을 쓸 차례였다. 그러나 그는 붓을 멈추고 잠간 망사리지 않을 수가 없다.

투사도 아니요, 혁명가는 더욱 아니었고…… 공산주의자 사회주의자 운동자 ─ 모도 맞지 않는 일홈들이다.

마츰내 그는 "小소뿌르조아"라고 쓰고 붓을 놓았다. 그리고는 기철이 뭐라고 허든 말든 급히 밖으로 나왔다.

거리에 나서니 서늘한 바람이 홋군거리는 얼골을 식혀 준다.

그는 급히 정유장 쪽으로 거름을 옮겼다.

노량진행 전차를 타고 섰노라니, 무엇인지 입속에서 뱅뱅 도는, 맴쟁이[19]가 있다. 자세히 알어보니 별것이 아니라, 고대 막 조히우에 쓰고 나온 "小소뿌르조아"라는 말이다

「……흠……?」

그는 육 년 징역(懲役)을 받은적이 있는 과거의 당원인 자신에 대하여 무슨 보복이나 하듯, 일종의 잔인한 심사로 무심코 피식이 고소를 하는 참인데, 대체나 신기한 말이다. 과시[20] 탄복할 정도로 적절한 말이다. ─ 지금까지 그는 그 자신을 들어, 뭐니 뭐니 해 왔어도 이렇게 몰아, 단도대에 올려놓고, 대ㅅ바람에 목을 뎅궁 칠 용기

---

19 맴도는 사람.
20 과연.

는 없었든 것이다. 그러나, 이제 막 피식이 고소할 순간까지도 차마 믿지 못한 이 "심판" 아래, 이제 그는 고시라니 항복하는 것이었다.

다음 순간 그는 몸이 헛전하도록 마음의 후련함을 깨닷는다 ─ 통쾌하였다.

그러나 이와 동시에 무엇인지 하나 가슴 우에 외처, 소생하는 것이었다

드듸어 그는 전후를 잃고, 저도 모를 소리를 정신없이 중얼거렸다.

(나는 나의 방식으로 나의 "小市民소시민"과 싸호자! 싸홈이 끝나는 날 나는 죽고, 나는 다시 탄생할 것이다. …… 나는 지금 영등포로 간다, 그렇다! 나의 묘지가 이곳이라면 나의 고향도 이곳이 될 것이다.……)

별안간 홧홧증이 나도록 전차가 느리다.

그는 환 ─ 이 뚜러진 영등포로 가는 대한길을 두 활개를 치고 뛰고 싶은 충동에 가만이 눈을 감으며, 쥠ㅅ대에 기대어 섰다.

─《문학》창간호, 1946년 7월;
지하련, 『도정』(백양당, 1948)

이영도(李永道·1916~1976)

이영도는 1916년 경상북도 청도에서 태어났다. 호는 정운丁芸이고 시조 시인 이호우의 누이동생이다. 부유한 가정에서 가정교사를 두고 공부했으며, 밀양보통학교를 졸업하고 대구여자고등보통학교를 중퇴했다. 1945년 대구에서 발행하던 문예 동인지《죽순》에 시「제야」를 발표하면서 시단에 나왔다. 통영여자고등학교, 부산 남성여자고등학교, 마산 성지여자고등학교 등에서 교사로 재직하다가 부산여자대학, 중앙대학교에 출강했다. 시조집으로『청저집』(1954),『석류』(1968),『언약』(1976)이 있으며, 수필집으로『춘근집』(1958),『비둘기 내리는 뜨락』(1966),『머나먼 사념의 길목』(1971),『인생의 길목에서』(1986),『그리운 이 있어 내 마음 밝아라』(1986) 등이 있다. 1964년 부산 어린이회관 관장을 역임했으며《현대시학》편집위원으로 활동했다. 1966년 눌원문화상을 수상했다. 이영도는 통영여중에 함께 근무하던 시절부터 유치환의 연서를 오랫동안 받았던 것으로도 유명하다. 1976년 작고했다. 2006년 이영도 시조 전집『보리고개』가 출간되었다.

일찍부터 전통적 가치관을 체화한 이영도는 민족 정서를 바탕으로 간결하고 섬세한 언어 감각을 드러낸 시조를 창작해 왔다. 일제강점기에 태어나 해방과 한국전쟁, 분단, 4·19혁명, 5·16 군사정변 등을 체험하면서 이영도의 시조에는 자연스럽게 국가와 민족이 바탕에 자리하게 된다. 그의 시조가 서정성과 섬세한 언어 감각, 뛰어난 문학성을 지니면서도 역사 의식과 시대 의식을 지니게 된 데는 가풍을 통해 체화한 전통적 가치관과 시대적 체험을 통해 형성된 역사적 감각, 그리고 시조 시인으로서의 자의식이 작용했다. 한국적 정체성과 시대 의식, 지식인으로서의 고뇌를 고유의 가락과 언어의 조탁으로 형상화한 그의 시조는 한국 현대시조의 역사는 물론 한국 현대 시문학사에서도 높이 평가받는다.

이영도는 현대 여성 시조의 장을 본격적으로 연 시조 시인으로 여성 시문학사에서 평가받아 왔다. 특유의 전통적 정서를 섬세하고 감각적인 언어로 표현해 낸 그의 시조는 황진이의 맥을 잇는 현대시조라는 평가를 받기도 했다. 그러나 작품 자체로서보다는 개인사가 더 주목받으면서 이영도의 여성문학적 가치나 그의 시조가 추구한 시 의식이 충분히 평가되지 못한 점이 있다. 지식인으로서의 소명과 역사 의식, 시대 의식을 지닌 이영도의 시조는 여성 시가 놓인 사적인 자리를 넘어 공적인 자리로 나아가려는 문학적 의지를 실천하며 여성 시조의 장을 확장하고 심화했다.

이경수

麥嶺 맥령

사흘 안꺼린는데 하매 솥에 녹이쏫나
보리 누름ㅅ철은 해도어이 이리긴고
감꽃만 줍든 아이가 몰래 솥을 열어보네

쉰길 강물 보다도 한끼니가 어려워라
故國고국을 찾어온 겨레 몸 둘곳이 없단말이
오늘도 밥얻는 무리 속에서 새얼굴이 보인다

—《죽순》3집, 1946년 12월;
이영도, 『청저집』(문예사, 1954)

정충량(鄭忠良·1916~1991)

　　정충량은 1916년 함경북도 고원에서 태어나 1931년 고원공립
보통학교, 1935년 숙명여자고등보통학교, 1939년 이화여자전문학
교 영문과를 졸업하였다. 정충량은 숙명여고 시절 일본인 교사의 수
업을 거부하고 동맹휴학을 해 무기정학을 맞기도 했다. 졸업 이후
개성의 고려여학교, 황해도 안악공립고등여학교에서 교사로 근무
하다 결혼하고 황해도에 정착해 전업주부가 되었다. 한국전쟁 이후
남편은 납북되고, 시아버지와 아이 셋을 데리고 월남해 서울에 정착
했다. 잠시 미군정청 사법부에서 번역사로 일하다가 1948년《경향
신문》문화부 기자, 1956년《서울일일신문》조사부장을 담당했으
며, 같은 해《연합신문》에서 한국 최초의 여류 논설위원으로 활약했
다. 이화여자대학교 신문방송학교 교수로 재직했고, 한국여성단체
협의회 부회장, 대한주부클럽연합회 회장, 한국 여성개발원 초대 이
사 등을 역임하며 여성의 사회운동에 앞장섰다. 또한 여성 언론인으
로서 세계여기자작가대회에 한국 대표로 참가했으며, 세계여기자
협회 한국지부를 창설하여 초대 회장직을 맡는 등 활발히 활동했다.
1991년 병환으로 별세했다.

　　정충량은 문화부 기자로 여성에게 상식과 정보를 제공한다
는 취지 아래 교육·정치·사회 등 다방면에 대한 논의를 제공했으
며, 이를 통해 사회에서 소외된 여성 문제를 환기하고 여성의 자각

을 독려했다. 이와 같은 의식은 평론집 『마음의 꽃밭』(1958), 『여성과 에티켓』(1964), 『문명의 얼굴, 미개의 얼굴』(1977) 등으로 확장되었다. 이 저서들은 여성의 지위, 여성운동의 미래, 가정 법률 등 여성의 사회적 지위와 방향 등을 제시한다. 수필집 『어둠을 뚫는 소리』(1977)에서는 적극적으로 삶을 모색하는 자전적 성찰을 담았다. 「여성 단체활동에 관한 연구」(1969), 「도시주부생활에 관한 실태조사」(1970), 「독립신문이 개화기 여성의 교육 개발, 진흥 및 사회참여에 미친 영향에 관한 연구」(1975) 등 논문을 발표하며 여성 학자로서의 면모도 보여 주었다.

전쟁 이후 사회적 변화로 여성은 지위가 제한되고 '부녀자'로서의 교양을 교육받아야 했다. 반면 정충량은 어머니 혹은 아내의 역할로 여성을 한정하지 않고 오랜 시간 남녀평등의 전제 조건을 고찰하며 노동, 전쟁 피해, 법 제도, 여성 단체 등으로 문제의식을 확장했다. 정충량은 여성이 민주사회의 성숙한 시민으로서 이성적 자아를 함양하고 의존적인 상태에서 벗어난 독립적인 인간이어야 한다고 역설했다. 정충량은 독립적이고 진취적인 여성상을 주창하고 계몽적인 이념을 몸소 실천한 여성 지식인의 모범을 보여 주었다.

이미정

女性여성의 地位지위와 現實현실

　　근대 민주주의는 허다한 투쟁과 이에 따르는 희생으로써 얻어진 귀중하고도 찬란한 소산(所産)이며 모든 우위적(優位的)인 조건을 남성이 독점하고 지배하던 전통적인 남존여비의 사상과 제도가 말살된 것도 근대 민주주의가 내포하는 특색의 하나이다.

　　그중에서도 한국 여성이 남자와 같이 인간 된 권리의 자유를 향유하게끔 된 것은 근대의 일이며 일찌기 불란서 혁명 당시 「로랑」 부인[1] 「오람부 드 구지」 부인[2]이 여권을 주장하다가 단두대(斷頭臺)의 이슬로 사라진 피의 투쟁이 재(灰)가 되어 싹이 터서 자라난 오늘의 남녀평등이 무자비하도록 한국의 식자(識者)들에 의해서 침해당하고 있는 사실이 있다.

　　이것은 『모든 사람은 모든 일에 연관적인 책임이 있다』는 「트르게네프」의 말을 인용할 것도 없이 피해자 내지 당사자에 국한되

1　롤랑 드 라 플라티에르.
2　올랭프 드 구주.

는 문제가 아니라 민주주의 한국의 국가 내지 사회의 정당한 심판을 받아야 할 사실이다. 이제 이와 같은 심판이 전개되는 항간(巷間)의 사건 경로를 밝히면 얼마전 금련(金聯)[3]에서는 지금까지 정부를 대행해 오던 양곡 비료 조작 업무(操作業務) 중에서 우선 양곡 조작 업무를 정부가 직영하게 됨으로써 여기에 따르는 불가피한 감원 조치를 단행하지 않을 수 없게 되었다. 이와 같은 감원은 정부 기본 방침대로 조작 업무까지 이관(移管)된다면 농은(農銀)[4]의 발족도 보지 못한 채 금련 총 직원 七칠천 명 중 六육천 명에 가까운 감원이 단행될 것이며 이리하여 다수의 실직자를 금련은 눈물을 먹음고 무작정 거리로 몰아내지 않으면 안 되었다. 三十삼십여 년이란 짧지 않은 역사를 가진 농촌의 유일한 금융기관인 대한금련(大韓金聯)에 종사해 오던 태반의 직원들이 아무런 사후 조치도 없이 또한 정부 당국의 고려도 없이 (약간 수의 직원이 농림부에 흡수되었음) 감원이 단행된다는 것은 필자의 과문(寡聞)[5]인지는 몰라도 세계 어느 나라에도 그 유례(類例)가 드물 것이다.

그것이 미국이나 영국 같은 선진국에서 백 명 내지 二이백 명을 아무런 사후 대책도 없이 감원을 했다면 이것은 커다란 사회문제로서 응당 날카로운 비난과 함께 물의(物議)를 야기(惹起)할 것이다. 그러나 후진국이라고 부질없이 자부하는 소이(所以)인지는 몰라도 단번에 二2천 四4백 명이라는 적지 않은 감원 조치가 반관반민(半官半民)인 금련에서 단행됨에 있어서 이들 실직자에 대하여 사회적으로 아무런 여론도 환기(喚起)됨이 없이 일시에 대량 감원이 되었다

---

3   대한금융소합연합회.
4   농협은행.
5   보고 들은 것이 적음.

는 것은 놀라운 일이 아닐 수 없다. 더욱 여기에 유감된 일은 금련 당국이 二이천四사백 명을 감원하는 단계에 있어서 남직원에 대해서는 감봉(減俸) 견책(譴責) 근무 성적 불량 근무연한제 등등의 전형 요령(詮衡要領)을 설정하고 여기에 따라 감원을 실시하되 여직원에 한해서는 무조건 감원이라는 민주주의 어느 나라에도 그 전례가 없는 특전이 베풀어졌던 것이다(단 비서, 타자수, 교환수, 출납원은 여기서 제외되었었다).

여자이기 때문에 일률적(一律的)으로 감원 조치를 받아야 한다는 사실은 첫째 「모든 국민은 법률 앞에 평등하며 성별(性別) 신앙(信仰) 또는 사회적 신분에 의하여 정치적 경제적 사회적 생활의 모든 영역(領域)에 있어서 차별받지 아니한다」는 근로기준법(勤勞基準法) 제五5조를 위반하였을 뿐만 아니라 이보다 더 큰 과오는 그들의 현실을 몰각한 비합리적인 조치이다.

六6·二五25동란은 여성으로부터 아버지 어머니 오빠 남편들을 빼앗아 갔으며 동시에 생활의 지주(支柱)를 잃어버린 인생의 고아들인 여성으로부터 아무 작정 없이 직장을 빼앗아 간 사실이다. 이렇게 우연한 천재(天災)로 해서 의존의 세계를 탈피(脫皮)하려는 그들이 넘어질 듯 쓰러질 듯 모진 세파에 시달리며 가족을 부양해야 하는 그들이 남자들의 독무대같이 인식되어 있는 직장 사회에서 먹기 위해 모든 차별 대우도 감수하고 일하였음에도 불구하고 무조건 감원이라는 성별 조치(性別措置)가 있을 수 있을 것인가. 아무리 선의(善意)로 해석하여 보아도 납득(納得)이 가지 않는다.

그러나 인간은 신이 아니다. 그렇기 때문에 아무리 신중을 기한 일에도 과오는 있을 수 있는 법이다. 그래서 필자는(필자도 감원 대상의 한 사람이다) 감원 조항이 발표된 얼마 후 (비서, 출납은 기술

자가 아니기 때문에 혹시 항의를 제출했다가 그들이 하나라도 더 희생되지나 않을까 하는 기우(杞憂)에서 며칠을 생각하느라고 시일(時日)이 지연되었었다) 여러 여직원의 불평과 불만 민주주의를 역행하는 처사의 시정을 회장을 비롯해서 인사 담당 이사(人事擔當理事) 인사부장에게 요청하였던바 모 부장의 교묘한 책임 회피를 제외하고는 모두 재고(再考)하겠다는 언질(言質)을 받고 이의 시정을 기다렸던 것이다. 그 당시 중역(重役)을 비롯해서 인사부(人事部) 자체가 여성의 인권을 극도로 짓밟고도 깨닫지 못하고 있다가 항의를 제출함으로써 당황하는 그들이었다.

그 좋은 예로 웃지 못할 「넌센스」가 있다. 필자가 여자 직원 무조건 감원 조항을 정정(訂正)하고 남자에 준해서 감원해 달라는 데 대하여 인사부 모 간부는 이렇게 반문(反問)했다.

『감원당하니 창피해서 고치란 말이지요?』할 때 필자는 어안이 벙벙했다. 몇백 명의 여직원의 인권을 유린(蹂躪)하고 그리고 그들의 중대한 사활 문제(死活問題)를 풍전(風前)의 등화(燈火)같이 만들어 놓은 민주주의 대도역행(民主主義 大道逆行)의 장본인이며 민주주의 발전 과정에 역사적인 오점(汚點)을 찍는 것이 자기 자신인 줄을 모르고 오히려 쫓겨 나가는 사람을 보고 창피해서 그러느냐는 무도무식(無道無識)에 대해서 오히려 그 순진함을 웃어야 옳을런지 모를 지경이었다. 감원 기일이 닥쳐와 보니 중역들의 재고하겠다는 결론은 결국 기일이 늦고 또한『체면상』시정할 수 없다는 것이다.

오늘『사람 위에 사람 없고 사람 아래 사람 없다』고 인권 옹호가 강조되는 이 마당에 몇 사람의 체면이 숫한 여직원의 인권을 침범해도 좋다는 말인가? 또한 그것이 용인되어도 좋을 것일까? 천만

175

부당한 일이다. 전제정치(專制政治)에 있어서 군주 되는 사람은 그의 권한과 위신과 체면을 지상생명(至上生命)으로 삼고 그의 한마디 한마디가 곧 헌법이요, 정책의 기본 방침이었으나 민주주의는 일단 그릇되었음이 판명되었을 때에는 곧 시정하게 마련이요, 그렇게 함으로써 다수 인류의 복리(福利)에 따르는 민주주의 명맥이 있는 것이다. 이것은 오늘날 중학생 정도만 하더라도 충분히 기억하고 있는바 하물며 비민주주의라고 자인(自認)하지는 않을 중역들이 이를 모를 이(理) 만무하다.

더구나 헌법 제十七십칠조에는 『여자와 소년의 근로는 특별한 보호를 받는다』고 명시되어 있다.

또한 전쟁고아와 전쟁미망인에 대한 직업 보도[6]와 구호 대책은 오래전부터 논의되어 왔음은 누구나 기억하고 있는 사실이나 보호해 주지는 못할망정 우리들 여성의 참혹한 현실을 도외시하고 『여성』이기 때문에 무조건 감원의 대상으로 설정했다는 것은 물론 헌법 정신에도 배치(背馳)되거니와 도의적(道義的)으로도 용납되지 않는다. 더구나 본시부터 습관이나 관례(貫例)라는 것은 허다한 불행을 파생하게 된다. 하나의 작은 기업체(企業體)에서 그와 같은 관례가 생겨서도 그것은 충분히 논의의 대상이 되거니와 하물며 역사가 있는 큰 기관인 금련이 범한 이번의 이 관례는 앞으로 적지 않은 답습(踏襲)이 조장될 것으로 믿기 때문에 필자는 나 개인의 입장에서 금련에 대한 분풀이가 아니라 사실 인사 담당 간부 중역이 그 과오를 시인하고 필자 자신에게 사과를 했다는 사실에 대해서는 죄송스러운 일이나 이러한 사실이 다시 이 사회에 되풀이됨으로써 민

---

6   보호하여 지도함.

주주의의 올바른 평등(平等)이 저지(沮止)되지나 않을가 하는 생각
에서 붓을 들었던 것이다.

—《조선일보》, 1955년 12월 26일
(발표 제목은 '女性여성의 地位지위와 實際실제');
정충량, 『마음의 꽃밭』(서울고시학회, 1959)

정충량

한무숙(韓戊淑·1918~1993)

　　한무숙은 1918년 서울의 개화한 양반 가문에서 태어났다. 아버지 한석명은 군수를 지냈으며 막냇동생은 소설가 한말숙이다. 어린 시절 문학에 탐닉하는 한편 그림에 소질을 보여 화가를 지망하기도 했다. 1937년《동아일보》에 연재되던 김말봉「밀림」의 삽화를 그린 것으로도 알려져 있다. 집안 사이의 정혼으로 1940년 은행가인 김진흥과 결혼해 자유로운 성장기와는 완전히 다른 양반 가문의 며느리 생활을 하면서 엄격한 시하侍下의 압박에서 표출된 자기 표현의 욕구가 문학 창작의 직접적인 계기가 된다. 한무숙은 결혼 생활 초기 가사를 끝낸 밤 시간을 조금씩 이용해 해방 전 일본어로 쓴『등불 드는 여인』(1942)을 탈고했다고 등단의 변을 전했다. 1948년「역사는 흐른다」가《국제신보》장편소설 공모에 당선되면서 본격적인 작가 활동을 시작한 이후 40여 년에 걸쳐 꾸준히 창작 활동을 지속했다. 자유문학상, 대한민국문학상, 대한민국예술원상을 수상했다. 한국여류문학인회 회장, 한국소설가협회 대표 위원과 예술원 회원 등을 역임했다.

　　한무숙의 소설 세계는 넓은 스펙트럼을 보여 준다. 전형적이지 않은 관점으로 여성의 삶의 세목을 조명한 소설들이 그의 작품 목록에서 핵심적인 부분을 차지한다. 자신의 작가 이력을 시작한 작품들인『등불 드는 여인』과『역사는 흐른다』는 근대 전환기 노비 출신

여학생의 일대기를 그린 역사소설이다. 또한 조선 시대 내간체를 복원한 희귀한 소설 「이사종의 아내」(1978)나 20세기 중반까지 남아 있던 기생을 그린 「유수암」(1963)은 처첩 제도의 모순과 역사성을 조명한다. 「축제와 운명의 장소」(1962), 「허물어진 환상」(1953), 「감정이 있는 심연」(1957)과 같은 작품에서는 윤리적 헤게모니가 가진 남성 중심성이나 정상 가족 이데올로기의 억압을 그렸다. 여성적 경험과 관점을 소재로 한 소설 외에도 「대열 속에서」(1961)나 『만남』(1984)처럼 4·19혁명이나 조선의 천주교 유입과 같은 거시적 소재를 정면으로 다룬 작품들의 성취도 주목할 만하다.

한국문학사뿐 아니라 한국 여성문학사에서 한무숙을 정위定位시키는 문제는 쉽지 않다. 세대적으로도 고립되어 있으며 개인사적 특수성 ─ 근대 교육을 받았지만 전근대적 가문의 며느리 생활을 했으며 계급적으로 상층부에 속했다 ─ 역시 그를 한국 여성 작가들의 전형적 이미지로부터 차별화한다. 그녀는 관념적 '근대인'으로 성장했다가 가문에 구속된 '구여성'의 삶을 다시 산 셈이다. 이 이중의 혹은 역행된 정체성 때문에 한무숙에 대한 여성주의적 평가는 남성 중심적 지배 이데올로기에 대해 전복적 시도나 타협적 봉합이 어느 정도로 있었는가에 대한 판단의 스펙트럼 사이에 있곤 한다. 그러나 한국의 전근대와 근현대사 모두에서 추출된 다채로운 소재, 정밀한 심리 묘사, 섹슈얼리티에 대한 과감한 취재, 대하적 구성에 결합된 구체적 세목의 묘사 등 비전형적인 특징을 드러내는 그의 문학에는 보수성과 전복성으로 수렴하는 평가를 넘어서는 독서와 해석을 기대할 만한 풍부함이 있다.

강지윤

허물어진 幻像환상

혁구 씨는 언제나 구석 자리에 혼자 와 가만히 앉았다. 그 자리 옆엔, 벽을 도려낸 장식대(裝飾臺)가 있어, 꽃을 꽂은 화병이 놓이고, 낮에도 램프 불이 숨을 모으듯이, 흐릿히 켜져 있을 때가, 많았다.

컴컴한 구석에 있다 하나, 낮에 켜진 등불이란, 빛부터가 병적이다. 이 앓는 듯한 불빛을, 정면으로 받은 혁구 씨의 입체적인 얼굴은, 마치 조각과 같이 단정하고 공허한 느낌을 주었다.

간간이 레지에게 시간을 묻곤 하기에, 기달리는 사람이 있나 하였으나, 언제나 그렇게 앉았다간, 가는 것을 보면, 사람을 만나러 오는 것도 아닌 상했다. 꼿꼿하게 줄을 세운 바지, 주름살 하나 없이 대린 낡은 저고리를 말숙하게 입은 혁구 씨는, 어딘지 좀 초라해 보인다. 무릎이 뚱그런, 쑤세미 같은 양복에 바바리를 걸친 모습이, 퍽이나 씩씩하고 당당하게 보인 그였는데 ─ 정성껏 닦은 듯한, 구두가죽이 갈라진 틈마다, 구두약이 끼어 있는 것도, 서글프고, 초라한 인상을 주고, 챙이 좁은 검은 쏘프트도, 쓰지 않았으

180

면 싶었다.

호리호리한 체구를 갖고, 팔을 조금도 흔들지 않는 걸음걸이는, 예전과 같았으나, 신경질로 미간을 접는 버릇이 없어진 까닭인지, 나이 깐으로는 주름이 없었다.

무엇을 하고 생계를 이어 가는지, 언제나 우두커니 앉아, 수동적(受動的)으로 눈앞에 오는 모든 것을, 그 힘없는 눈에 흐릿하게 반영시키고 있는 모습에선 짐작할 수 없었으나, 낡은 의복이나마 그토록 정성껏 손질해 입히는 사람이 있다는 것조차가 암담한 느낌을 주는 그런 생활 태도였다.

그토록 싫어하던 네 살이나 손위인 아내와, 개천 위에 지은 판자 방에서, 사 남매를 거느리고 사는데, 세 살 난 끝의 아이는, 피난 온 이듬해, 전재민 수용소에서 낳았다고, 어느 친구가 딱한 듯이, 일러 준 일이 있다.

「부인의 나이가 얼만 줄 알우? 자그만치 마흔여섯이라우」

오십이 가까운 아내에게 임신을 시킨 사나이 ─ 그러나 영희에게는 불결하다기보다, 가련한 생각이 더 컸다.

그가 혁구 씨를 처음 본 것은 열 살 때 봄이었다.

지방 관리로 돌아다니는 혁구 씨네와, 금융기관의 지점장으로 떠돌아다니던 영희네가, ××군에 부임해 간 것이 우연히 한날이었고, 같은 서울 태생인 데다가, 따지고 보니, 영희네 외가 측으로 사돈이 되어, 양가는 급속도로 가까워져서, 그야말로, 한솥의 밥을 먹다싶이 하였던 것이다. 두 집 사택이 대문을 나란히 한 까닭도 있었지만, 그때만 하더라도 내외가 심할 때라, 사이 담에 문을 달고, 아낙들은 한집같이 오고, 가고 하였다.

혁구 씨의 아버지는 키가 크고 얼숭얼숭 손티가 있는 얼굴이,

무척 호인다웠으나, 며느리보다도 잣[1] 젊어 보이는, 그 어머니는 아리잠직[2]하고, 매몰진 부인이었다.

퍽 지체가 높은 집안이라고, 영희네 할머니가 그것 까닭에, 대접을 하였던 생각이 난다.

혁구 씨는 그 집안의 독자였다. 『촌충이』같이 길기만 해 ── 하고, 그 사람 좋은 아버지가, 애정 표시를 이렇게 하곤 하던 은구라는 멍청하게 생긴 누이에 비해, 미목이 수려한 청년인 혁구 씨에겐, 뒷박이마에 주먹코를 가진, 그의 아내가 어린 영희의 눈에도 걸맞지 않았다.

××고보(高普)에 다닌다는 혁구 씨는 앞 못에 연꽃이 필 때가 되어도, 집에서 그저 굴르고 있었다.

그러던 해의 여름이었다. 참새들이 너무나 요란스럽게 재재거려서, 뜰 밖을 내다보니, 석류나무에 큰 구렁이가 걸려 있는 것이다.

모두들 법석을 하는데, 혁구 씨가 장대 끝에 헌 솜을 감고, 그것을 석유에 잠겄다가, 구렁이의 몸을 마구 문질렀다.

구렁이는 목을 쳐들고 몸을 꼬다가, 그만 털석 떨어져 버렸다.

징그러워 외면들을 하는데, 혁구 씨는 꿈틀거리는 구렁이에게, 더욱 석유를 뿌리는 것이었다. 뱀이란 요사스런 무서운 짐승인데 하고, 눈섭을 모으는 어머니에게, 그때 혁구 씨가 한 말, 그 단호하고도 격렬한 말, 영희의 어린 머리로는 해석할 수 없었던 말을, 그녀는 지금도 기억하고 있다.

『악에 대하여 관용(寬容)한 것은 죄악입니다. 어머니! 구렁이

---

1   무척.
2   키가 작고 모습이 얌전하며 어린 티가 있다.

는 악의 상징이예요』

그러던 혁구 씨는, 당시의 민족운동자의 대부분이 그러하듯, 열렬한 크리스챤이기도 하였다.

누대봉사의 명문에서, 조상에 제사를 받들지 않으려는 종손(宗孫), 또, 일정의 관리인 그 아버지의 아들로서, 혁구 씨는 얼마나 심각한 고통을 그 양친에게 주었던 것인가?

연꽃이 필 때까지 학교엘 나가지 못하던 이유를 영희가 안 것은, 훨씬 뒤의 일이었고, 학생운동으로 고명한 그 학교의, 최초의 동맹휴교의 주모 지도자(主謀指導者)로서의 혁구 씨를, 제멋대로 채색하게 된 것은, 소녀의 감상(感傷)을 알고부터였다.

언제나 고등경찰의 형사의 미행이 붙는, 신비스럽고 용감하고 위대한 혁명가 — 그가 많지 않은 일정시[3]의 한국인 고등관(일정의 은총을 입는다고 할 수 있는)의 독자이요, 부유한 가정의 자제인 만큼, 더욱 순수하고 고매한 정신을 가진 것같이, 영희에겐 보였다.

혁구 씨는 그 아버지의 고초와, 침식을 잃은 알선 끝에, ××고보를 간신히 마치고, 동경으로 건너가, 어느 사립대학에 적을 두었으나, 수삭[4]이 못 가서 행적을 감추었던 것이다.

영희는 지금도 역력히 당시를 상기할 수 있다.

혁구 씨네 집, 그 육중한 대문은 언제나 굳게 닫힌 채였었고 객이 올 적마다, 하인이 여닫는 그 대문은 몹시 삐걱거렸다. 영희가 곰보 아저씨라고 땋던 혁구 씨의 아버지는, 주량이 부쩍 늘어, 취기가 들면,

---

3   일제강점기 시대.
4   수개월.

—— 까마귀 싸우는 골에 백로야 가지 말아, ……청강에 고이 씻은 ——

하고 가락이 늘어진 시조를 읊으곤 하였다. 어버이로서의 그는, 외아들이 끔찍한 그런 일의 주모자라는 것이 수긍되지 않았는지, 비유적인 이 한 수의 고시조로, 스스로의 마음을 달래는 모양이었다. 일정의 녹을 먹고 있던 타협적인 그에겐, 아들과는 상극되는 그로서의 인생관이 있었던 것일런지도 모른다.

안방에서는 검은 띠로 머리를 동인 혁구 어머니가, 보료 위에 앉았다 누웠다 하고, 됫박이마 며느리는, 마루에서 진분홍 치마에 행주치마를 눌러 입고, 시름없이 화로에 얹힌 약탕관을 지키고 있었다.

혁구 씨의 행방이 밝혀지기 전에, (외국으로 갔다는 소문을 듣기는 하였으나) 영희네는 서울로 올라갔으나, 양가가 격조해져도 이혁구라는 인물은, 다감한 소녀의 가슴속 깊이 접혀, 고이 간직되었다.

× ×

그 상스럽지 않은 상봉 후 십여 년 만에, 부산 거리의 혼잡 속에서, 그러한 혁구 씨를 만났을 때도, 영희는 그리 놀라움을 가지지 않았다. 혁구 씨가 살아 있다는 것부터가 기적적인 일이었고, 또 살아서 조국의 광복을 본 이상, 현재와는 좀 다른 존재가 되어 있어야 할 인물로 믿어 온 것이었으나, 그녀는 혁구 씨에 관한 한, 전혀 비판을 가질 수가 없었다.

무엇을 하든, 어떠한 사태가 벌어지든, 그리 기이한 감을 가지지 않게 되어 버린 것이었다.

그 위험하고 진지한 투쟁 끝에 온 것이, 겨우 현재의 그의 상태라는 기맥힌 사실도, 이즘 세태로서는 있음직한 일이라, 거기서 『희생』이라든가, 『비장』이라든가를 캘 수도 있는 일이었고, 그의 방심적(放心的)인 태도를 공손이라고 볼 수도 있었다.

그의 지나치게 겸허한 태도, 단정한 것이 서글픔으로 통하는 몸차림을, 고삽(苦澁)[5]을 겪은 완성된 범용(凡庸)[6]으로 보려던 영희는, 저도 모르는 사이에 혁명가 이혁구라는 사람의 경력에, 이러한 것을 미리부터 준비하고 있었던 것이 아닐가? 혁명가에겐 투쟁 중의 장렬한 죽음이 아니면, 성공 후의 완성된 원만 이외의 것은, 허락되지 않으리라고, 생각해 온 영희였다.

혁구 씨의 동창 중에는, 사회적으로 성공한 사람도 몇 있어, 그들이 혁구 씨를 위하여 판자집을 지어, 주었다는 말이었으나, 실상은 그 돈은 집으로 가지고 가는 도중에 소매치기에게 뺏기고, 부인이 혼수 바느질을 맡은 집에서 차용한 것으로 지었다는 것이었다.

「너무 고문을 심히 받아, 아주 천치가 됐대요」

이렇게 말하는 사람도 있었다.

영희는 언제인가, 남포동 거리에서, 담배 뽑기를 넋을 잃고 구경하고 있는, 그를 본 일이 있다. 그 유치하고 우스운 장난 놀이가 그렇게도 신기스러웠는지, 언제나 흐릿하고 산만한 그 시선이 문자판(文字盤)에 가 엉긴 것이, 머리에 흰 것이 보이는 단정한 채림인

---

5   맛이 씁쓸하고 떫다.
6   평범하고 변변하지 못함. 또는 그런 사람.

만큼, 좀 덜됐다는 인상을 주기도 하였다.

혁구 씨는 그 아버지를 택해, 필재가 있었다. 영희가 경영하고 있는 다방의 벽에 붙은 달필의 메뉴라든가, 광고 같은 것은, 거의 그의 손으로 씌어진 것이, 태반이었고, 거기 출입하고 있는 예술가들이, 장난삼아 보고문이라든가 안내장 같은 것을 써 달라면, 아이처럼 긴장하여 붓을 들곤 하였다.

그는 누구에든, 무엇이건 거절을 못 하는 모양이었다.

상이군인이 연필이나 신문을 팔러 올 때 같을 때, 절대로, 거절을 못 하는 심약(心弱)이 그에게 다방 출입을 제한시키는 듯도 싶었다.

그의 눈이 본다느니보다, 눈앞에 오는 것을, 수동적으로 반영시키는 따름이란 느낌을 주는 것과 마찬가지로, 그는 의지를 갖지 않고, 남의 의지에 끌리어 움직이고 있는 것 같았다.

×× ×

벽에 꽂힌 라이락이 혼탁한 실내의 공기에 얼리어, 무거운 향기를 뿜는, 이른 여름의 어느 날, 혁구 씨는 화가 A 씨의 청으로 수일 후에 그들이 가지려는, 어느 모임의 초청장 겉봉을, 열심히 쓰고 있었다.

무엇을 하고 있다는 자각이, 유리알이나처럼, 생채 없이 번드거리기만 하던, 그의 눈에, 등불을 켠 모양이다. 단정하게 앉아 운필(運筆)에만 전념하는 모습에는, 어딘지 성자에 통하는 어리석음이 엿보였다.

육칠 명의 남학생들이 몰려 들어왔다. 바깥은 비가 내리는 모양으로, 젊은 체취(體臭)가 스민, 곤색 제복이 촉촉히 젖고, 길르기 시작한 머리털에 맺은 빗방울이, 이슬같이 신선하다.

들어올 적부터 흥분해 보이던 그들은 창 옆에 자리를 잡은 후도, 격렬한 구조로 토론다운 것을 하고 있었다.

전축에서 흘러나오는 챠이코프스키 ── 의 『비창』이 좀, 시끄럽게 귀에 거슬리기 시작한 것도, 그들의 높은 말다툼 까닭인 모양이다. 무엇을 떠들고들 있는지, 모를 일이었으나, 음악이 뚝 그칠 적마다, 갑자기 튀어나온 것같이 또렷해지는 말 가운데, 『단호코 처단』이라는 둥, 『결사 투쟁』이라는 둥, 하는 격렬한 어구가 섞였다.

청춘의 어찌할 수 없는 과잉(過剩)이 그들의 뺨을 홍조(紅潮)시키고, 『이상(理想)』에의 숨결을 가쁘게 하고 있는 것 같았다.

다방의 손들 중에는, 이 어수선한 무리들을 못마땅한 눈으로 흘겨보는 사람도 있었으나, 또 젊은 사람들의 흥분을 약간 흥미로운 눈초리로, 싸 보는 사람도 있었다.

자기 일에 열중하던 혁구 씨도, 너무나 높고 뚜렷한 『결사 투쟁』이란 말이 들렸을 때에는, 의아한 듯이 눈을 들었다. 그러나, 다시 울리기 시작한 음악이, 그 젊은 음성을 지워 버리자, 한숨을 쉬고, 다시 손을 움직였다.

그는 그 말을 자기 내부로부터 흘러나온 것이라고 착각했던 것이 아닐까?

군데군데 남포불이 놓인 어두운 방, 자욱한 담배 연기 홍조된 흥분에 찌그러진 얼굴들, 격렬한 언사 ── 이러한 것들이 색인(索引)이 되어, 영희의 추억의 문이 열리어 갔다.

중일전쟁이 날로 치열해 가던, 어느 가을날이었다.

옥동에서 아담한 가정을 지키고 있는 영희를, 어느 낯모르는 소년이 찾아왔다.

자기는 이번에, 영희의 이모네 행낭채에 살게 된 사람의 아들이라 하며, 쪽지를 한 장 내놓았다. 쪽지에는 달필의 궁체로 금제품인 광목을 친구가 좀 구해 와서 여럿이들 나누려는데, 한몫 낄 의향이 있으면, 이 아이를 따라오라고 적혀 있었다. 필수품의 통제 때문에, 버선 한 켤레가 아쉬울 때였었고, 또 그 필적의 진부를 의심한다던가 하는 일은, 국내에서 포근히 곱게 자란 그로서는 상상조차 못할 일이었다. 이모와 서신 왕래를 한 적이 그리 없어, 그의 필적을 상세히 기억 못 했던 까닭도 있었지만.

영희는 재빠르게, 몸채림을 하고, 그 소년을 따라나섰다.

앞서가는 소년은 말수가 없는 아이인 듯, 이것저것 묻는 말에, 그저

「네」

「모르겠어요」

하는 정도의 대꾸를 할 뿐이었으나, 광화문서 전차를 내리자, 여기서부터는 걷는 쪽이 낫다고 하며, 걸음을 빨리했다.

소년이 안내한 집은 종로 뒷골목 어느 대장간 집이었다.

「안에 살림채가 있어요.」

소년은 영희의 얼굴에 어린 약간의 망서림을 재빨리 읽고, 이렇게 말을 하며 마구 안으로 들어가는 것이었다.

영희는 자기 뒤에서, 대문의 빗장이 질려지는 것을 듣자, 본능

적인 전률이 등곬을 타고 내리는 것을, 어찌할 수 없었다.

점점 커져 가는 불안을, 설마 하는 마음으로 누르며, 따라 올라간 방은, 밖에서 생각한 것보다는 넓은 삼간가량 되는 장판 방이었다.

「아주머니들은?」

「옆집에 계신 모양이에요. 여쭤 올 테니, 잠간만 기달려 주세요」

소년이 나간 후, 되바꿈으로 어느 남자가 들어왔다.

후리후리한 키, 넓은 이마, 쏘는 듯한 눈을 가진 그는 들어오며, 공포에 응조라진 영희를 보고, 씽긋이 웃었다. 하얀 덧니가 들어나는 그 애교 있는 웃음에 기억이 있었다.

「알겠소? 나, 혁구 ── 참 오랜만이오」「앗」

영희는 저도 모르는 사이에 나오려는 복잡한 부르짖음을 손으로 끄며

「웬일이세요 오빠」

하는 소리가 떨렸다.

혁구는 책상다리를 하고 앉으며, 웃목에 놓인 재떨이를 잡아다려, 권연에 불을 다리고 정다운 어조로

「오래만에 고국에 돌아오니, 누이가 보구 싶어서」

한다. 혁구의 자당이 작고한 후, 어느 젊은 과부에게 빠져 지낸다는 곰보 아저씨의 행상을 아는 영희는, 혁구 씨의 처지가 가엾었다.

「은구 언니 만나 보셨어요?」

「아, 갠 함흥 산대지, 멀어서 온」

혁구가 재를 떨며 중얼거린다.

에써 찾아간댔자, 은구의 남편이 이 말썽꾸러기 처남을 환영할 리 없을 것은, 두 사람이 다 잘 알고 있었다.

침묵이 흘렀다. 혁구는 재떨이에다 담배를 부벼 끄고는

189

한무숙

「참 상스럽지 않게 불러내어 미안하오. 그렇게나 안 하면 만날 도리가 있어야지」

하고 왼쪽볼에 주름을 잡는다.

「참말이지 빗장 질르는 소릴 듣군, 섬찍했어요. 우리 집으루 오서두 무관허신 걸 뭐」

혁구는 탓하는 듯이, 엉석조로 말하는 영희에게, 대꾸가 없다가

「어 부인께선 여전허시군. 죽이 끓는지 밥이 끓는지. 허허……」

하고 쓴웃음을 지었다. 또 침묵이 흘렀다. 혁구는 무엇을 골돌히 생각하는 모양으로, 다시 피어 물은 담배를 말없이 빨다가, 자세를 고치며,

「누이, 오랜만에 돌아온 오빠에게, 선물을 하나 줄 생각 없오?」

하며 빙그레 웃었다. 그러나 빈약한 광선 속에서, 억지로 꾸민 미소로 이그러진 그 얼굴에는, 무서운 긴장과 기대가 얼어붙어 있었다.

영희는 본능적으로 몸을 도사리며

「— ?」

크게 뜬 눈으로 다음을 재촉했다.

× ×

파선(破船)을 시키는 폭풍도 바람이오, 돛단배를 순조히 밀어 가는 순풍도, 역시 같은 바람이다. 인간 역시 같은 것으로, 바람 같은 것일 거라고 영희는 생각해 본다.

영희의 남편은 제대 출신, 고문 합격이란 최고의 세속적 영예를 진, 앞날이 넓게 트인 사법관이었다.

연애결혼은 아니었으나, 영희는 남편을 사랑했다. 아니 사랑한다고 생각한 것인지도 모른다. 아담한 집을 꾸미고, 남편의 수발을 들고, 남편의 성공을 꿈꾸고 ─ 그런 것을 행복이라고 생각해 왔던 것이다.

방대한 조서(調書)를 밤늦게까지 뒤적거리고 있는 남편에게, 차랑 과자랑, 얻기 어려운 그런 것들을 권하며, 그의 논고(論告)의 청서도 하였고, 또 판정에서 판사의 판결이 남편인 검사의 구형대로 내려지지 않을 때에는, 무척 안타까워도 하였다. ─ 그것이 사상범에 대한 재판이라 할지라도 ─

그러나 혁구에 대한 경건한 이메 ─ 지는 그대로 깨어지지 않은 채 간직되어 있었던 것이다.

종로 대장간 집에서 집으로 돌아가자, 영희는 오한이 났다.

그녀는 극도로 혼란하고 있었던 것이다. 남편과 혁구와 ─ . 개인적인 문제가 아닌 만큼, 그것은 어찌할 수 없는 디렌마[7]였다.

비밀실에서의 그들의 밀회, 그 중대성, 법복을 입은 남편, 절대적인 권위를 가지고 『선물』을 강요(명령이라는 것이 타당할)하던 혁구 ─

이런 것들이, 주마등같이 머리속을 달렸다.

그녀는 무엇이 무엇인지, 알 수가 없어져 버렸다. 죄라는 것이 무엇인가? 왜 일면으로는 숭고한 희생적인 행위가, 타면으로는 반역죄라는 끔찍한 이름을 갖게 되는가? 왜 사람이 사람을 재판할 수 있는가? 남편은 허구많은 직업 속에서, 왜 사법관으로써, 침략자에게 협력을 아끼지 않고 있는가? 이러한 자각은 남편에 대한 횃살

---

7   딜레마.

이었다.

그러나 직장에서 돌아온 남편은, 좀먹은 양심을 가진 사람이라고, 하기에는, 너무나 평화롭고 진지한 얼굴을 하고, 여전히 자신의 일에, 정력과 노력을 기우리는 것이었다. 그것은 죄악에의 협력이라기보다, 진지한 학구에 가까운 태도였다. 진실로 『가책』이란 『죄』의 자각에서부터 오는 것이므로, 남편에겐 가책을 받을 아무런 이유가 없었을런지도 모른다.

혁구가 졸른 『선물』이란, 그의 부하의 한 사람의 실책으로, 분실된 중요 연락 서류인데, 그것만 찾게 되면, 희생자가 대폭으로 축소될 것이라는 것이다.

영희를 불러낸 것은, 그녀의 애국적 양심을 확신하는 견지에서, 그 사건의 담당 검사인 남편의 서류 속에서, 그것을 빼어내는 대역을 부탁하기 위한 것이라고 하였다. 그것도 가급적으로 조속히! 되도록이면 오늘 밤 안으로!

지금 생각하면 혁구는 훌륭한 심리학자였다. 며칠만 지났더래도, 그의 최면술(催眠術)은 그토록 효과를 가지지는 못했을 것이다.

영희에겐 오한에 떠는 자기 옆에 그날 밤따라 남편의 존재가 유달리 신경적으로 느껴졌던 것만이 남아 있을 뿐, 그날 밤에 있었던 일은 완전히 기억에서 떨어져 버리고 있었다.

이튿날 오후 『신문 왔어요 매일신보 ──』하고 신문 배달의 소년이 뜰 안으로 들어왔다. 약속한 시간이, 온 것이었다.

일부러 심부름을 보낸 식모는 아직 돌아올 리 없어, 사람기 없는 방에 둘이는 마주 섰다.

「시간이 없읍니다. 어서 내놓세요」

소년이 입을 열었다.

「─」

「빨리 가지구 오라시던데요」

소년의 말이 책망조로 나온다. 영희는 아찔 현기를 느꼈다. 추호만큼도 감정이 없는 어름 같은 전갈 ─ 그들은 영희가 간 하루밤을 어떻게 새었는지, 아는가 모르는가?

영희는 다시 혼란해 가는 정신 속에서, 남의 음성같이 갈라진 자기 자신의 소리를 들었다.

「가서 엊저녁에는 서류를 가지고 오시지 않았더라구 전해라」

─ 소년이 사라진 후, 그녀는 부엌으로 내려가, 허리춤에 넣었던 그 서류를 꺼내어, 성냥을 그어 대었다.

사흘 후, 영희는 칠 개월 되는 태아를 사산하였다.

× ×

「떠들어 죄송합니다」

정신을 차리고 보니, 카운터 ─ 에 학생들이 와 서 있다. 리 ─더 ─ 격인 듯한 까무잡잡한 학생이 차값을 치르며, 새하얀 이를 들어낸다.

「천만에, 어디 ─ 학교죠?」

「××고등학교」

「아, 학생운동으로 유명한 ─」

학생들은 다방 마담의 입에서 나온 이 말이, 퍽 반가웠던 모양으로

「네 오월 삼일은 그 기념일입니다. 최초의 동맹휴교가, 바로 이

십칠 년 전 오늘 일어났지요.」

그 회에서 돌아오는 길이라, 흥분이 가시지 않아 떠들었다고 하는 것이었다.

혁구 씨는 여전히 차근차근 붓을 놀리고 있다.

五月오월 三日3일 ─ 최초의 학생운동 ─ 그 최고 지도자 ─

「판프렡이 있읍니다. 뵈어 드릴까요?」

학생들이 순진한 웃음을 띠우며 말한다.

「네」

「이것」

열 페이지가량 되는 사육판의 그 판프렡에는, 개축전의 교사 사진과 신축 후의 그것이 있는 다음, 역대 조선인 교사의 사진 ─ 이윽고 『우리의 위대한 대선배 이혁구 씨』의 명함판의 사진이, 뻐젓하게 백혀져 있었다.

「이분이 최초의 지도자시군요」

「네 청사(靑史)에 남을 분입니다」

청소년답게 서슴치 않고 단언하고, 판프렡을 받아 가진 후, 학생들은 들어올 때와 같이, 왁지지껄하며 떼를 지어 나갔다.

× ×

─ 청사에 남을 분 ─ 영희는 쓴웃음을 지으며, 혁구 씨 옆으로 가까이 갔다. 오늘만큼은, 진실로 오늘만큼은, 그를 놀림가마리를 맨들고 싶지 않았다.

「까짓것 고만두시고 하이 ─ 보 ─ ㄹ이나 하나 드셔요」

혁구 씨는 약간 상기된 얼굴을 들고, 이마 너머로 영희를 건너 본다.

「오늘이 五오월 三삼일이래는군요」

「호——」

혁구 씨는 가볍게 대꾸를 하고, 또 붓을 움직인다.

영희는 후——ㄱ 한숨을 내어 뿜었다.

그 중요 서류의 분실이 빚어낸 소동 —— 남편의 수난, 구금, 질병, 석방 —— 꿈같은 일이었다.

조국의 광복과 더불어, 남편에게 씌워진 『애국자』의 광영도, 영희의 가책을 덜지는 못했다. 다만 한 가지 혁구 씨에게 그것을 넘겨주지 않았기 때문에 영희자신이 겪지 않으면 안 되었던, 그 무서운 고초와 위협 —— 그 한 가지가 남편에 대한 속죄라기보다, 자신의 양심을 위하여 다소의 위안이 되었다. 동시에 뜻하지 않았던 사건의 낙착에, 놀랐을 혁구에게 대한 영희의 침묵은, 자학적(自虐的)이기는 하나, 일종의 복수심에서 나온 것임에 틀림이 없었다.

영희의 남편은 해방 후 삼 년 만에, 급성 복막념으로 세상을 떠난 것이었으나, 긴 회오는, 깊은 상처같이 가슴에 남았다. 하이보——ㄹ이 왔다. 영희의 권에 컵을 들기는 하였으나, 혁구 씨는 한 모금 마셨을 뿐, 또 겉봉을 써 간다.

남이 시킨다고, 천진으로 그것에만 골돌하는 폐인이 된 혁명가 —— 그는 『고문을 너무 받아, 천치가 된 것』이 아니고, 의미를 잃어버린 자기 존재에 걸려 넘어진 것 같았다.

한숨에 드리켠 하이보——ㄹ이 뜨겁게 자신의 혈관을 달리는 것을 깨달으며, 영희는 아프도록, 이 폐인에게 가까움을 느낀다.

두 사람은 다 같이, 정신이 허물어진 사람이었고, 그 허물어진

일각에서 맺어진 사이었기에 ──

「오월 삼일을 잊어버리셨어요? 네」

그는 절망적으로 외치며, 눈시울이 뜨거워지는 것을 어찌할 수 없었다.

혁구 씨는 여전히 사회(死灰)[8]와 같은 손을, 기계적으로 움직이고 있기만 하다.

그에게는 절망에 필요할 만한 정열조차 없는 듯하였다.

(一九五三1953, 五5, 五5.)

──《신천지》53호, 1953년 6월;
한무숙, 『월훈』(정음사, 1956)

---

8   불기운이 사그라진 다 식은 재.

感情(감정)이 있는 深淵(심연)

무슨 까닭인지 유달리 돌이 많은 마당이었다. 그것도 모래땅에 굴르는 동글동글한 자갈돌 같으면 그렇지도 않으련만 시꺼먼 진흙 땅에 반쯤 박혀 있는 뾰죽뾰죽한 돌이고 보니, 걸핏하면 발끝이 걸릴 법도 한 일이다. 그러나 그다지 넓지도 않은 마당인데 두 번이나 같은 실수를 한 것을 보면 어지간히 마음이 바빴던 모양이다. 사실 이 침울한 곳을 그렇게 벅찬 마음으로 찾는다는 것부터가 있을 수 없는 일이었고, 그런 만큼 희망이니 기대니 하는 심정보다 더욱 절박한 것이 있었던 것이다. 그러기에 여니 때 같으면 그 앞에서 버릇같이 망서리게 되는 출입구를 한달음으로 지내려 하는데 누구인지가 소매자락을 부뜰었다. 출입구래야 정면 현관이 아니고 북쪽으로 난 뒷문이다. 처음에는 별동이 있어서 본동과 별동 사이에 건너진 회랑(廻廊)이었던 모양인데 지금은 반동강으로 끊어져 무슨 꽁지나처럼 무의미하게 본동에 곁붙어 있었다. 사람 하나 겨우 다닐 만한 넓이로 개찰구 같은 느낌을 준다. 그 개찰구 같은 입구에서 옷자락을 잡힌 것이다.

『내일이 공판 날입니다. 네? 내가 빨갱이가 아니라는 것을 증언해 줄 분은 선생바께 없다는 거야요.』

삼십 전후의 창백한 청년이다. 눈이 들떠 있었다. 손톱으로 쥐어뜯었는지 뺨에 끔직한 할퀸 자죽이 있다. 턱 아래를 바칠 듯이 바싹 닥아와서 어미(語尾)에 힘을 주며 노려보는 것이다. 몇 달을 드나드는 동안에 어지간히 익어 버린 일이었지만, 왠지 이때만큼은 저도 모르는 사이에 몸이 뒤로 제껴질 정도로 당황해졌다.

『 ─ ?』

『내일이 공판 날이란 말이에요.』

어조가 속삭임으로 변한다. 그제서야 겨우 마음이 가누어지고 말이 나왔다.

『아, 나두 잘 알구 있읍니다. 그럼 내일 재판소에서 뵈올까요.』

청년은 안심한 듯이 희쭉히 웃고, 손을 내밀었다. 기다랗게 자란 손톱 밑에 새까만 때가 끔직스럽게 끼어 있었다.

청년의 억센 악수에서 뇌여 별동 안으로 발을 옮기며, 나는 마음이 자꾸만 안으로 기어들어 가기 시작하는 것을 어찌할 수 없었다. 청년의 출현이 그때껏 내 내부에서 부풀어 오르며 있었던 감정을 중단시켰던 것이다.

하여튼 환자와의 면회를 청할 양으로 종업원을 찾았으나, 일요일인 까닭인지 진찰실 수부 처치실 할 것 없이 사람이라고는 보이질 않았다. 나는 남쪽으로 창이 난 진찰실 소파 ─ 에 걸터앉아, 포켙 속에서 담배를 더듬어 꺼내어 물고 기다리기로 하였다.

여덟 평가량이나 될까 꽤 큰 방이다.

복도 켠 벽에 대여 침대가 놓여 있고 입구 가까이 새하얀 카버 ─ 를 씨운 소파 ─ 벽을 도려 판 조고만 제물장 속에는 알 수 없는 기구들이 들어 있다. 남쪽 창 옆에 자리 잡은 커다란 사무 책상 앞에 놓인 대소 두 개의 회전의자에도 깨끗한 카버 ─ 가 씨워졌고 창으로부터 들어오는 햇살은 그 회전의자에까지 뻐처 있었다. 밝고 깨끗한 방인데 어째서 여태것 어둡고 구주주한 것으로만 생각하고 왔던 것이지 알 수 없는 일이었다.

어디서부터인지 낮닭 우는 소리가 들리어 그것이 봄을 연상시 켰다. 그리고 보니, 창 넘어 올려다보이는 언덕 위에 복사꽃이 노을 처럼 퍼졌다. 갑자기 어깨에 걸친 봄 코 ─ 트의 무게가 느껴져서 소매를 빼려고 일어서는데 그제서야 담배에 불을 부치는 것을 잊고 있었던 것을 알았다. 나는 담배를 문 입으로 쓰게 웃었다. 이것이 환 자의 한 사람이었더라면 어떻게 되었을까 ─ 빈방에 우두머니 앉 아 제 딴으로는 담배를 피우고 있는 모양인데 불도 부치지 않은 빈 담배를 넋을 잃고 빨고 있었다 ─ 가루데[1]에 올릴 만한 증상이다. 병이란 환자에의 의혹(疑惑)으로부터 시작된다고 하던 말이 머리 를 스쳤던 것이다. 그러나 이 상념은 곧 전의 충격으로 어두어지려 던 나의 마음을 얼만큼 눅으려 주었다. 사실 이곳에서 간간이 느끼 는 일이지만 정신이 평정 상태에 있는 환자를 대할 때마다 석연치 않은 점이 없지 않았다. 물론 모두가 그렇다는 것은 아니다. 그러나 때로는 그 건전한 육체와 조용한 태도를 가진 사람들이 창살이 박 힌 육중한 자물쇠로 채여져 있는 소라통 같은 병실에 가치어 생활 을 중절당하고 있다는 것이 무슨 잘못같이 여겨지는 것이다. 말하 자면 의사들의 망상적인 정신분석의 희생자들이라고도 할까. 좀 전 의 ㄱ 청년민 히더라도 구내 산보가 허락될 정도로 회복기에 들어

1   일본어 'カルテ'. 카르테, 진료 기록 카드.

있었기는 했지만, 며칠 전에 만났을 때에는 「드레휘스」 사건을 아주 이로정연하고 타당하게 평했던 것이다.

생각하면 모든 것은 해석하기 나름일지도 모르겠다. 국민학교 때 코밑에 수염은 길른 늙은 교감이 있었는데, 엄격하고 완고한 이 교감은 천둥이 딱 질색이었다. 배를 내미는 것이 좀 더 위엄을 주는 것이라고 알았는지, 그렇게 함으로써 더욱 앞배가 나오도록 항상 뒷짐을 지는 것이 버릇이었는데, 천둥소리만 들리면 뒤에서 굳게 깍지를 꼈던 손이 그만 머리 위로 올라가 머리통을 얼싸안고 일 학년 코흘레기 앞에서 쩔쩔매는 것이었다. 물론 남들의 놀림깜마리가 되었지만 거듭하는 동안에 그것이 오히려 그의 인간성에 친밀감을 갖게 하였고, 그러다가 남들이 모두 흥미를 잃어버렸다. 그리고 보면 죄악망상(罪惡妄想)이라는 병명으로 이 병동 어느 병실에 들어 있는 전아(典娥)가 죄를 지었기 때문에 침대 같은 높은 데서 잘 자격이 없다고 찬 마루바닥에서 웅크리고 잔다 하여 그것이 절망적인 증세라고 할 수는 없을 것이 아닐까.

사유(思惟)가 이렇게 낙관적으로 흐르기 시작하자 나는 코오트를 벗어 소파 ── 에 걸고 앉아 담배에 불을 당겨 눈을 지긋이 감았다. 일전에 이 방에서 헤어진 전아의 애련한 모습이 떠올랐다.

해가 바뀌고부터는 아주 정상 상태에 돌아가 있었던 전아는 발작을 이르키고 있었을 때보다 야워 가슴을 아프게 하였다. 그 아픔은 사랑이라고 하여야 옳았을 것인지 모르겠다.

나는 무슨 결단이나 내리듯 두어 모금 담배를 세게 빤 후 몸을 고쳐 앉았다. 가슴에 손을 대 보았다. 안 포켙 속에 네 절로 접은 엷은 크림빛 종이가 들어 있는 것이다. 소위 「뷔사」라는 것. 시험지 반 장가량도 채 못 되는 종이에 깨알만 한 영짜가 몇 줄 들어백히고 끝에 가서 멋드러진 서명이 갈겨져 있을 뿐, 늘상 하숙집 아주머니가 뒤지로 쓰기엔 좀 뻣뻣해서 탈이라고 하는 다른 외국어 휴지와 다를 것 없는 무표정한 종이쪽지다. 허나 이것은 이 몇 달 동안 나의 영혼과 생활을 회오리치게도 하였던 것이다. 허기야 한때는 이것이 거운 내 인생의 목적이 되다싶이 하고 있었다. 스물일곱 살의 야심이 끓었다. 어쨌든 미국을 가야만 했다. 무엇이 되어야 했다. 그것은 나에게 있어서는 원대한 꿈이라기보다 차라리 잔인하고 집요한 복수 같은 것이었는지 모른다. 캐어 보면 그렇게도 「라이너 ─」 대위 ─ 아니 「예일」대학 고고학 교수 「라이너 ─」 박사의 마음을 끈 나의 악착같은 면학 태도도 순수한 학문의 탐구가 아니고 그러한 야심에의 한 수단이었었던 것 같다. 하여튼 미국 유학을 앞두었기 때문에 나는 전아에 대하여 얼마만큼 떳떳했고, 모진 뿌리처럼 박혔던 굴욕감과 적개심 같은 것이 한결 가셔지며 있었던 것이다.

전아의 집은 우리 지방 굴지의 대지주의 집이었다. 오릿골 큰 개와집이라면 오릿골을 모르는 사람들도 「아아」 하며 안다는 표정을 짓는 것이었으나, 소위 부재 지주로 전아의 조모가 작고한 뒤에는, 사당을 지킨다는 명목으로 그 집안 어려운 일가가 안채를 차지하고 아무도 받아 주지 않는 아니꼬운 거드럼을 부리곤 하였다. 시향(時享) 때나 한식 추석 때 외에는 이 꾀죄죄한 일가 사람은 통 존재가 없었고 오릿골 실권은 마름을 맡아 보는 내 당숙이 쥐고 있었다.

풍류를 좋아해서 묵객 광대들이 떠날 새 없었다는 사랑채 방들은 구둘이 빠진 채 그대로 광 대신 쓰여지고, 이끼가 파랗게 낀 개와 고랑에는 잡초들이 멋대로 나서 제법 노오란 꽃까지 피웠다. 오릿

2　비자(Visa).

골 만경이는 큰 개와집 업이라고 남들이 이를 만큼 오히려 가혹하게 토지를 거두던 내 당숙도 무슨 까닭인지 그 큰 집에 손을 대으려지는 않았던 것이다. 말은 하지 않았으나, 그도 주인집 가족들이 다시는 그 집에 돌아와 살지는 않으리라는 동리 사람들의 숙덕공론을 무언중에 시인하고 있었는지 모른다. 전아의 집에는 이상하게도 추문(醜聞)이 많았던 것이다.

두어 주일 전에 병원을 찾아왔을 때, 원장의 허락을 얻어 둘이서 병원 뒤 언덕을 거닐은 일이 있었는데, 울먹울먹한 얼굴이 자꾸만 숙여지는 것이 이즘의 버릇이 되어 버린 전아는 가느다란 소리로 이런 말을 했었다. 이런 데서 얼마를 지낸 이상 결혼을 할 자격은 영원히 잃은 것이 아니겠느냐고. 그것은 말이라기보다 차라리 저도 모르게 새어나온 탄식이었다. 나는 그만 그를 쓸어안고 싶은 충동을 간신히 참았던 것이다. 그러나 그러면서 머리에 떠오른 상념이 있었다. 그것은 전아의 발병 이래 몇 번에고 내 머리를 스쳤던 것이고 전아의 발병이 나로 인한 것인 이상 나로서는 결코 가져서 안 되는 생각이기도 하였다.

해방 직후의 일이다. 나는 처음으로 전아의 서울 집엘 가 보았다. 완고만 하던 당숙이 불숙 중학교에 넣어 주겠다고 데리고 상경했던 것인데, 그때의 인상은 무어라고 형용할 수 없이 기이한 것이었다.

계동에 있는 전아의 서울 집은 시골집같이 웅장하지는 않았으나, 더욱 규모가 째여지고 호화로웠다. 가구들도 시골떠기 소년의 눈을 휘황하게 하는 것뿐이었고, 얼음장같이 길든 장판하며 손톱자죽 하나 없이 팽팽한 창호지라든가 문갑 위에 정연히 놓인 검은 장정의 몇 권의 책들(그것이 모두 종교 서적이라는 것을 안 것은 뒤에 일이었으나) 운치 있게 꾸민 정원에 핀 꽃들에 이르기까지 한 가지로 이 집 살림이 부유할뿐더러 알뜰히 꾸려져 있다는 것을 말하고 있었다.

두 주먹을 각각 두 무릎 위에 눌러 얹고 웃묵에 꿇어앉았던 나는, 이마 넘어로 아랫묵 쪽을 훔쳐보며 다리 아픈 것도 잊고 있었다. 아랫묵에는 사십 전후의 늙은 누에를 연상시키는 해말간히 생긴 부인이 줄곧 혼자서 말없이 희죽희죽 웃는 낯으로 앉아 있는 옆에, 그녀보다는 두어 살 손위로 보이는 건장한 부인이 내 당숙하고 말을 주고받고 있었다. 내용은 몰랐으나 당숙의 말이 그녀에게는 흡족한 모양으로 소담한 군턱이 두툼한 가슴에 닿일 정도로 서너 번이나 고개를 끄덕이곤 하였다. 이것도 나중에 안 일이었으나 이 건장하고 거만한 부인이 전아의 큰고모였고 또한 이 집의 주동자이기도 하였다. 남자같이 활동적인 동시에 결단성 역시 못지않아 앞을 알아보기나 한 것처럼 일찌감치 친정집의 토지 전부를 넣어 재단을 세웠던 것이고, 이날도 토지 관리를 맡아 보는 당숙과 무슨 용담이 있었던 모양이었다. 이윽고 그 용담 속에 나의 진학 문제가 들어 있을 법도 한 일이었다.

열여섯이라면 중학 입학에는 연령이 넘은 데다가 나이보다도 멀숙하게 큰 나는 그렇게 멀숙하게 큰 것이 어쩐지 부끄러워 긴 다리를 주체스러워하고 있는데 저녁이 되어 밥상이 들어왔다. 우선 첫눈에 섬쩍할 정도로 아리따운 삼십가령의 여인과 중년이 넘은 식모 듯한 마누라가 맞들은 두레상이 아랫묵에 놓이고 뒤이어 열대엿 되어 보이는 처녀 아이가 아랫채에 나가 들겠다고 한사코 사양하는 당숙 앞에 겸상으로 채린 밥상을 갖다 놓았다.

아름다운 부인은 눈도 들지 않고 밖으로 나가더니, 곧 이것은 또 꼭 자기를 빼어 닮은 열두어 살의 소녀의 손을 끌고 되돌아와 상머리에 소녀가 자리 잡는 것을 본 후에야 행주치마를 벗어서 개켜놓고 자기도 상 앞에 앉았다. 그렇게 상 앞에 자리들을 잡았으니 곧 식사가 시작될 줄 알았던 나는 다음 순간 그만 눈이 휘둥그레지고 말았다.

그녀들은 수깔을 들기 전에 모두 기도를 시작했던 것이다. 그 기도가 어이없이 오래 계속되는 것이다. 두레상을 둘러앉은 네 사람 중에 정면으로 얼굴을 보이고 있는 것이 당숙하고 말을 주고받던 그 건장한 부인이고, 해말간 중년 부인과 소녀가 옆얼굴을 보이며 마주 앉고, 그 아리따운 부인은 이쪽으로 등을 보이고 고개를 숙인 채, 깎아나 앉힌 것처럼 긴 기도가 끝날 때까지 미동도 하지 않고 있었다. 두 손을 가슴 앞에 모으고 미동도 하지 않고 있는 것은 그 부인뿐이 아니고, 옆에 앉은 소녀 역시 같은 모습을 지니고 있는데, 늙은 누에 같은 중년 부인은 남들이 하는 대로 깍지를 낀 손을 가슴 앞에 모으고 고개를 숙으리고 있기는 하였으나, 옆에서 보기에도 그것은 기도의 자세가 아니었다. 내려깔았던 눈을 가느스름하게 뜨고 밥상을 훑어보다간 전아의 큰고모 쪽을 이마 넘어로 살금살금 할켜보곤 하는 것이다. 전아의 큰고모는 다른 사람들과는 자세부터가 다르다. 오히려 얼굴을 치켜들었다. 무슨 격심한 고통을 참고나 있는 것처럼 잔뜩 미간에 주름을 잡고 두 눈을 꽉 감았다. 무어라고 쉴 새 없이 입속에서 뇌이는 모양인데 입술의 달싹임보다 턱이 더 까불었다. 간간이 격분에 못 이기기나 한 것같이 어깨가 움직일 정도로 고개를 흔들고 깍지를 낀 손에 힘을 주는 것이다. 그것은 단란한 식탁 앞에서의 감사의 기도라기보다 오히려 거기 다소곳이 고개를 조아리고 대죄(待罪)하고 있는 아리따운 여인과 어린 소녀의 죄상을 주서섬기고 있는 고발자의 모습이었다. 이 기이한 광경이 그대로 어린 전아의 환경이었던 것이다.

　나는 어느 사립 중학교에 들어 왕십리에 있는 이모 집에서 통학을 하고 있었다. 워낙 집안이 모두 전아의 집에 붙어사는 형편이라 이모 역시 안잠을 자지 않았을 뿐 그 집 출입이 잦았다. 더구나 그녀는 전아의 유모이기도 하여서 그 집 사정에 밝았다. 그 늙은 누에같이 해말간 부인이 전아의 어머니고 전아를 난 후 산후발로 열이 심히 오르더니만 그 후부터는 병신이 되고 말았다는 것도 그녀에게서부터 들은 사실이었다. 그러나 시골에서 숙덕거리는 큰 개왓집 최대의 추문 —— 즉 행실이 부정해서 욕된 씨를 지으려다가 철창 신세까지 졌다는 사건의 주인공이, 그 아리따운 여인이라는 것을 알았을 때는 적지 않게 놀랐다. 어쨌든 나는 집에 돌아와서까지 「마님」이니 「애기」니 하는 이모가 미웠다. 자유가 없으면서 자유라고 생각하는 것이야말로 짜장 노예근성이 아니겠는가. 동급생보다 훨씬 연장이라는 것이 기묘하게 열등감을 가지게 하여 제 나이대로 진학할 수 있는 환경이 시새워, 나는 마음이 거세져 있었다. 당숙이나 이모가 전아의 집에 대하여 은고(恩顧)를 느끼는 점이 나에게는 그대로 착취로만 생각키는 것이다. 그러므로 그녀의 집이 그렇게 남에게 손꾸락질을 받고 있는 사실이 나에게 등곬에서부터 자작자작 새어 나오는 것 같은 쾌감을 주기도 하였다. 물론 그러한 반감과 증오감은 전아의 집이라는 특정한 대상에 대한 것이 아니고 전아의 집이 대표하는 어느 계급에 향했던 것이라고 하는 것이 타당할지 모른다.

　이모는 곧잘 전아의 어머니가 병신이 된 것은 산후발보다도 시어머니와 큰 시누의 등쌀 때문일 것이라고 비치곤 하였다. 그러나 그것은 전아의 어머니에 대한 동정이라기보다 그녀의 큰고모에 대한 반감과, 그 아리따운 부인 —— 즉 전아의 작은고모와 전아에게 가는 안타까운 정을 나무둥지나 다름없는 —— 그러니깐 무해(無害)한 그녀에게서 일단 굴절시킨 따름이었던 모양이다. 뒷이어 그녀들의 처지를 못내 애닯아했다.

『온 과부 설움은 과부가 안다는데. 동기간에 —— 』

어찌다가 이모가 이렇게 중얼거리는 날이면 그 집에서 무슨 일이 있었다는 것이 짐작되었다. 오릿골 큰 기와집은 대대 딸이 안 되는 집이라는 소문은 시골 있을 때부터 들은 말이지만 전아의 고모는 두 사람이 다 혼자되어 친정살이를 하고 있었던 것이다. 전아가 난 지 이듬해에 그녀의 아버지가 무슨 교통사고로 죽은 후 전아의 집에는 사변 때 별세한 전아의 조모를 비롯하여 노소 네 과부가 남았다. 그 주동이 그녀의 큰고모였는데 이 광신적인 기독교인같이 잔인한 사람은 예가 드물었다.

사람은 남으로써 죄를 지니게 된다는 것이다. 인생의 궁극의 목적인 영생에 이르기에는 속죄를 하여야 한다는 것이다. 그녀의 말을 들으면 신은 지고의 사랑이 아니고 지고의 악의자(惡意者)라는 느낌이 더 커지는 것이었다. 전아는 이 고모 아래에서 항상 죄에 떨며 살아왔던 것이 아닐까. 어쩌면 어린 그녀는 사랑이란 말보다 「죄」라는 말을 먼저 들었는지도 모르겠다. 무엇보다도 이모의 반감을 산 것은 전아의 큰고모가 악에 관용하라는 것을 신에의 배덕이라는 명분 아래, 그 아우의 비밀을 발가낸 일인 모양인데 그보다도 더 소름이 끼치는 것은 죄의 끝을 보여야 된다고 열한 살 난 어린 전아를 그 공판장에 끌고 나간 사실일 것이다.

언젠가 밤늦게 전아의 집에서 돌아온 이모는 무슨 일이 있었던지 몹시 흥분해 있었는데 쏟아놓은 말 중에 그때의 광경이 끼어 있었다.

『글세 하아얗게 핏기가 가시면서 내 팔 안에 이렇게 쓰러 넘어지지 않았겠니.』

하고 그는 두 팔을 느러뜨리고 넘어지는 시늉을 하였다.

푸른 미결수의 수의를 입고, 용수 쓰고 수갑 채어 끌려 나오는 고모를 보자 어린 전아는 그만 연한 나비나처럼 하늘하늘 힘없이 쓰러져 버렸다는 것이다.

그래도 나는 정상인이란다. 전아마냥 자기 감정의 경사(傾斜)를 끝까지 타고 내려가지는 않는다. 그러나 이 안타까운 심정 ─ 아무래도 내 품속에 그녀를 다시 품음으로써 아니면 영원히 그녀를 잃음으로써 자신을 찾아야겠다. 나는 전아를 범한 것은 아니다. 사실 우리는 어느 쪽에서 먼저 쓸어안았는지 몰랐던 것이다. 내 품속에서 그녀는 불타는 여인의 목숨 그것이었다. 내가 범했던 것이라면 그녀는 피해감과 분노와 원한을 가졌을 따름 거기에 죄악감을 느끼지는 않았으리라. 대체로 성(性)의 교합이란 서로 사랑하는 부부 사이에 있어서까지 어떤 처창한 감정이 따르는 것인지 모르겠다. 그러나 성은 생체(生體)의 내용의 하나가 아니겠는가. 구태여 죄라면 그 죄를 거듭함으로써 구원을 받을 수도 있는 것이 아닐까.

광란하는 전아를 이곳에 맡기고 그녀의 작은고모와 더불어 돌아가며 나는 자꾸만 분노 같은 것이 치밀어 오르는 것을 억제할 수 없었다. 무엇을 탓하고 싶은 심정이었다. 그 탓하고 싶은 심정 갈피에서 노상 햇죽햇죽 웃고만 있던 그녀의 어머니의 해말간 얼굴이 빵긋이 내다보이고, 그녀의 큰고모의 험한 얼굴이 「뉘우쳐라 뉘우쳐라」하며 이를 악물었다.

전아의 작은고모는 종시 말이 없었다. 음산한 겨울의 구름이 끼어 무슨 악의(惡意)를 품은 것 같은 하늘 아래서 그녀는 여니 때보다도 더 조용이 발을 옮기고 있었다. 격한 마음에도 무언지 운명 같은 것을 느끼게 하는 모습이었다. 어쨌던 하나의 삶을 살아가며 있는 모습이 영광되건 욕되건 간에 자신의 삶을, 살고 삶으로서 자신을 더럽히고 자신의 죄를 지고 스스로 그것을 지으며 살아가는 모습이었다. 이모의 말을 들으면 한때는 무던히도 괴로워 몸부림도 쳤다는데 출옥 후에는 오히려 명랑해져서 그렇게도 이루지 못하던 잠도 곧잘 자게 되었다는 것이다. 형(刑)이 그녀의 죄를 한정시켜 그의 인간적인 괴로움을 덜었던 것인가. 하여튼 그녀는 그런 평온한 태도로 어린 조카딸의 양육에 전부를 바쳐 왔던 것이다.

전아의 집은 아무 일도 없었던 것처럼 고요했다. 그녀의 그 해 말간 어머니는 이미 벌써 죽고 없었다. 높은 산에 눈이 내려 거기 쌓여 있거니 하여 오다가 어찌다 눈을 들어 보았을 때 그것이 어느덧 살아져 버린 것을 깨달을 때가 있는데 그녀는 그런 죽음을 하였다. 나는 이날 새삼스럽게 눈을 들어 보았던 것이다.

둘이는 말없이 방으로 들어섰다. 언제나처럼 아담하고 정돈된 방 벽에 백힌 못에는 전아의 옷이 걸린 채로 있는 것이다. 까마귀 날개처럼 까만 수 ─ 쯔 ─ 전아는 여기다가 눈 같은 부라우스를 얼마나 표정적으로 받쳐 입었던 것인가. 못 볼거나 본 것처럼 거기에서 시선을 거두려는데 문득 눈길이 깨끗하게 정돈된 책상 위로 갔다. 깨끗하게 정돈된 책상 위에 영어 잡지가 두 서너 권 ─ 그 위에 영어로 된 서류인 듯한 엷은 크림빛 종이가 얹혀 있는 것이다. 뷔사 ─ 며칠 전에 나온 전아의 입국 허가증이었다. 무언지 모르게 섬찍해지는데 전아의 작은고모가 무슨 신호나 받은 것처럼 두 손으로 그 종이쪽지를 받쳐 들며 느껴 울기 시작했다. 이윽고 그 눈물은 내 마음의 위치를 씻어 내는 것이었다. 길가의 돌맹이가 비에 씻겨 들어나듯이.

전아의 뷔사가 나오던 날, 우리 사이에는 꽤 오래 말다툼이 계속되었다. 말다툼이래야 전아는 그저 내 말에 동의를 하지 않았을 뿐, 나 혼자만이 뇌까려 대었던 것인데 그녀는 본시 말을 하지 않으면서 상대방에게 많은 이야기를 들은 것 같은 느낌을 주는 여인이었다. 대체로 전아의 성격은 무슨 액체(液體)나 처럼 윤곽이 없었다. 기이한 환경 속에서 엄청나게 상이된 사람들 틈에 끼어 자라는 동안에 아무하고나 어울릴 수 있는 양순하고 고분고분한 성격이 되어 버린 것인지 모른다. 이것도 이모가 한 말이지만 애기 때 전아는 종일껏 버려두어도 칭얼거려 본 일조차 없는 순한 애기였으나 어린 대로 고집이 세었다 한다. 머리통을 바로 굳히려고 뉘일 때 무던 애를 썼건만 잠시만 보아주지 않으면 어느새 고개를 왼쪽으로 돌리고 있었더란 것이다.

『그래 애 왼쪽 뒷통수가 좀 비뚤어지지 않았든?』

하고 이모는 옥의 티라는 표정을 하는 것이었으나, 그런 결점을 의식해서 감추기 위해선지 우연히 그렇게 된 것인지는 몰라도 전아는 독특한 형으로 머리를 빗었다. 왼쪽으로 가리마를 타고 옆머리를 위로 약간 걷어 올렸다가 거기서부터 가볍게 물결치게 빗어 내려 귀 뒤에서 새가슴 털마냥 호르를 부풀렸다. 그것이 그녀의 몽상적인 얼굴에 어울렸는데 그날따라 나는 그녀의 옆얼굴을 훔쳐보며, 그쪽으로만 고개를 돌려 눕더라는 이모의 말이 웬지 자꾸만 상기되는 것이었다. 그녀의 옆얼굴을 훔쳐보는 눈초리가 실망으로 흐려졌다. 나는 그녀가 못마땅했던 것이다.

그녀의 꼭 다물은 아담한 입술이 시기스러웠다. 한마디만 ― 꼭 한마디만 해 준다면 나는 마음이 후련해질 것 같았다. 빈말이라도 좋았다. 그녀는 그저 무슨 일이 있더라도 자기 혼자는 떠나기 싫다고만 해 주었으면 좋았던 것이다. 그러면 나는 그런 희생과 순정을 끝내 사양하는 관용을 가질 수도 있었던 것이다.

스스로의 행동에 비통하게 취할 수도 있었던 것이다. 그러나 전아는 빈말을 하는 사람은 아니었다. 꼭 다물은 입술이, 발끝에만 집중시키고 있는 시선이, 기회를 놓지기 싫다고 끊어 말하고 있는 것이다. 나는 그 순간, 오릿골에서 갓 올라온 팔다리가 멀숙한 시골 소년을 그대로 자기에게 느꼈다. 나에게 일별도 던지지 않던 어린 나비처럼 애처롭고 아름다운 소녀가 거기 있었다. 거리가 느껴지는 것이다. 그것이 현실이었다. 스물일곱 살의 이성(理性)이 좀 더 일찍 알고 있어야 하는 현실이었다. 내게는 최대한(最大限)이 그녀에게는 평상인 것이다. 내가 획득하려고 애쓰는 것을 그녀는 이미 가지고 있는 것이다. 언제나 그러했다. 이번 경우만 하더라도 나는 필생의 비원(悲願)이나처럼 애쓰고 서둘고 있는 미국 유학이 그녀에게는 무슨 당연한 과정(課程)같이 이루어져 가고 있는 것이 아닌가. 입국을 거부당할 정도로 험한 흉이 남도록 가슴이 나빴다면서 자신이나 남이나 모르고 지나왔다는 엄청난 사실이 새삼스러운 굴욕과 분노가 되어 서글픈 낙오감에 심각하게 와 감겼다.

전아가 떠날 생각으로 있는 것은 당연한 일이었다. 그러나 뒤에 남게 되는 마음에는 그것이 어떤 배신같이만 느껴지는 것이다. 아니 배신이 아니고 농락이라는 쪽이 옳을지 모른다. 제 본심이 드디어 나타난 것에 불과한 것이다. 도대체 오릿골 큰 개와집 아가씨

한테 일찍 어버이를 잃고 그 집 마름을 맡아 보는 당숙 손에서 겨우 자라난 거지나 진배없는 놈팽이가 당할 일인가. 어금니가 옥물려진 다. 눈에 힘을 주어 쏘아 보았다. 약간 창백한 고상한 옆얼굴 — 무엇인가가 가슴 한구석에서 피를 토했다. 농락한 것이라도 좋다. 그대로만 속여 다오 — 눈 속이 조금씩 어두어져 갔다. 그 어두어져 가는 눈앞에 지난날이 얼룩거렸다.

휴전이 되던 해에야 나는 비로소 부산이란 곳을 가 보았다. 거기 피난하고 있던 이모의 병이 심상치 않다는 소식을 받았기 때문이다. 이모는 전아의 집 사람들과 같이 기거를 하고 있었는데 피난 살고 보니 자연 사람을 여럿 둘 수도 없었던 것인지, 전아의 작은 고모와 둘이서 살림을 보아 주고 있었던 것이다. 많지 않은 식구였으나 늙은 뼈에 힘이 겨웠던 모양이다. 그러나 이모는 무던히 명랑한 얼굴을 보여 주었다. 통조림이니 미국 과자 같은 것을 적지 않게 가지고 간 조카가 자랑스러웠던 까닭이리라. 나는 당시 UN군 통역으로 있었던 것이다. 사변 직후 당시 중학 육 학년이었던 나는 수복과 더불어 군에 들어 비교적 고생을 덜한 셈이었다. 대장이 앞에 말한 「라이너 — 」라는 대위였었는데 이 사람은 직업 군인이 아니고 소집을 받아 나온 젊은 고고학자였다. 우연히 그의 종졸로 있게 되었던 나는 이 진지한 젊은 학자의 지도를 받게 되어 악착같이 영어를 배웠다. 이 년 후 부대가 대구 지방으로 이동이 되었을 때는 나는 제법 우수한 통역이라는 말을 듣게 되어 있었다.

라이너 — 대위는 틈만 있으면 나를 동반하여 가까운 데 있는 경주를 찾는 것을 낙으로 삼고 있었다. 자연 안내역을 맡게 된 나는 그의 눈에 들기 위하여 고적이나 고대 예술품에 대한 판프렛 같은 것을 들치게 되었고 어느 정도 전문적인 지식을 받아넘길 수도 있게 되어, 그것이 라이너 — 대위를 무척 놀라게 한 모양이었다. 생각하면 내가 지금 고고학을 하게 된 것은 어디까지나 그런 우연들이 쌓여서 하나의 방향을 이룬 것이지 털어 말하여 아예부터 무슨 포부라든가 신념 같은 것에서 출발한 것은 아니다. 그러나 그런대도 하나의 길이 트인 것만은 사실이어서 제대하여 귀국한 라이너 — 박사의 호의가 나로 하여금 미국 유학에의 꿈을 실현시킬 수 있게끔 하였던 것이다.

피난 내려가던 이듬해에 등신이나마 어머니 되는 이를 잃은 전아는 몇 해 못 보는 동안에 놀랄 만큼 성장해 있었다. K 고녀 삼 학년인데 그림을 잘 그린다고 이모가 자랑하듯 일러 주었다.

생각 이상으로 환대를 받고 돌아간 나는 그 후부터 부산길이 제법 잦아졌다. 어려서부터 거운 어머니 대신이 되어 온, 늙은 이모를 보살핀다는 이유에서였고, 또 사실 이모가 그대로 눌러 있기를 원함으로 달리 거처 주선을 하던 것을 중지는 하였으나, 그 집에서 어느 정도 대접을 받을 수 있을 만큼 물질적으로도 도움이 되어 주고 있었다. 그러는 동안에 나는 어느덧 서울서 그 집으로 갈 적마다 가졌던 열등감을 잊어버리게 되었다. 그것은 전아의 큰고모까지가 때로는 라이너 — 대위를 대동하는 일도 있었던 나를, 전과는 달리 맞아 주었던 탓도 있었지만 그런 외부적인 이유보다 고만쯤의 어학력으로 한껏 오만해 있었던 나의 하루강아지 같은 철없는 마음이 더 큰 이유가 되었다고 하는 쪽이 옳을 것이다. 그런 어줍잖은 나를 전아는 왜 사랑하게 되었는지 모르겠다.

환도한 지 이듬해 봄이었다. 우리는 안국동에 있는 어느 고물상엘 들렸다가 원남동으로 가는 길을 걷고 있었다, 전아는 예술대학 이 학년이 되고 있었다. 환도 후에 이어 미국 기관에 있었던 나는 전아의 큰고모가 교주가 되어 있는 R 학원 복구 사업에 힘을 합하는 격이 되어 환도와 전후하여 죽은 이모의 생존 시보다 전아의 집 출입이 번거로왔다. 그러므로 전아의 대학 입시 준비를 보아 주게 된 것도 지극히 자연히 시작된 것이었고, 그렇게 어깨를 나란히 하며 다니는 기회도 곧 많이 있었던 것이다. 미술 전공을 하고 있던 전아는 그때부터 라이너 — 박사의 초빙을 받아 제 딴으로는 준비를 할 양으로 박물관이니 고물상 같은 데를 훑다시피 하고 있던 나를 적지 않게 도와주었다. 물론 사진기를 준비하고 있었기는 하였지만 나를 위한 전아의 사생(寫生)은 이상하게 깊은 인상을 주었다. 그날도 그런 일로 어느 고물상에를 들렀던 것이다.

돈화문에 이르렀을 때였다. 싹 트기 시작한 가로수의 자주빛이 도는 연두색 상수리를 쳐다보며, 전아가 낮은 소리로 이런 말을 했다.

『아까 그 백제 관음(百濟觀音) 말야요. 난 그리면서 느꼈어요. 우릴 지금 그것을 한 가지 유품으로만 취급허구 있지만, 그걸 만든 사람은 하나의 의미(意味)를 그렇게 구상시킨 게 아니겠어요.』

무슨 말을 하려는 전제인지 몰라서 나는 그저 고개만 끄덕였다.

『그런데, 다아 지나가 버리구 마는 거지요. 사람두 의미까지두 —』

그녀는 말을 끊고 한참 잠잠하다가 이번에는 딴사람 같은 잠긴 듯한 음성으로 다시 나직히 말을 이었다.

『나두 어떤 의미가 되구 싶었는데 — 선생님헌테 —』

『나헌테 — ? 그야말루 무슨 의미지?』

나는 어떤 기개 같은 것으로 음성이 걷떴다.

『글세, 사랑일 것이라구 생각해 봤어요.』

오히려 무감동할 정도로 조용한 어조였다. 단정하게 앞으로 향

213

한 무표정한 옆얼굴이 창백하게 고상했다. 지금 내 옆을 거닐고 있는 바로 이 옆얼굴이다.

추억이 너무 아프게 생생하여 거기에서 벗어나려기나 하려는 것처럼, 나는 잎이 진 가로수의 엉성한 그림자가 깔린 보도를 마구 빠른 걸음으로 걸었다. 허니깐 전아도 마치 나의 그림자기나 하는 것처럼 말없이 내 옆을 따라 걷는 것이다. 서울 시내가 어느 보지 못하던 고장인 것 같았다. 생각하면 이맘때쯤은 둘이서 정말 보지 못하던 이국땅을 걷고 있어야 되었던 것이 아니었던가. 사실 계획 같아서는 이미 칠팔 개월 전부터 떠날 수속을 밟고 있었던 나는 앞서 미국에 가 있어야 했고, 지금쯤은 어지간히 그곳 풍토나 습관 같은 데도 익어 있어 뒷이어 올 전아를 맞이하는 준비도 갖추어 있어야만 했던 것이다. 그러나 모든 것은 나의 신체검사의 결과로 말미암아 허물어지고 말았고, 그보다도 더욱 안된 일로는 달포 전에 수속을 시작한 전아에게 먼저 뷔사가 나온 사실이 있었다.

이제 나는 그저 슬프다. 전아를 잃을 것이라는 기우가, 이 순간이 인생의 최후의 순간이라고 따지고 있는 것이다.

나는 자꾸만 걸었다. 전아도 역시 자꾸만 따라 걸었다. 목적 없이 그렇게 자꾸 걷고만 있는데 어떻게 어떻게 꾸부러졌다 다시 곧장 갔다가 하는 동안에 나는 그것이 내 하숙으로 이르는 길이라는 것을 알았다. 그러면서 무엇에 씨이기나 한 것처럼 자꾸 그 길을 걸었다. 전아도 역시 한 번도 와 본 일이 없는 그 길을 무엇에 씨이기나 한 것처럼 자꾸만 나를 따라 걸었다. 그 길이 닿는 곳에서 우리는 천당과 지옥을 동시에 보았던 것이다.

몇 시간이나 지난 뒨지 거리는 저녁 시간이었다. 많은 사람들이 모두들 어드메에로 가고 있었다. 우리도 길을 가고 있었다. 보도에는 넘칠 정도로 많은 사람들이 웅성거리고 있고 전차 승용차 트럭 자전거 등이 꼬리를 물었다. 그러면서 웬지 무성영화마냥 음향이 없는 풍경인 것이다. 사위(四圍)가 이렇게 자욱한 것은 날이 흐리기 시작한 까닭인가, 저물어 온 까닭인가. 저기 켜져 있는 저 붉은 불은 또 왜 저렇게 앓고 있단 말인가. 모든 것이 눈 설다. 세계가 변해 버린 것인가, 내 자신이 변한 것인가. 마치 외부에서부터 조여 들어오는 것 같은 공포같이 강렬한 관능의 환희 ── 이윽고 있는 대로의 모공(毛孔)으로부터 자신이 새어 빠져 버릴 것 같은 허탈감 ── 그것일 것이다. 물론 나로선 처음이 아니다. 어째서 오늘따라 이렇게 갈피를 잡을 수 없단 말인가. 무서운 것이나 보는 것처럼 망서린 후에야 옆에 나란히 앉아 있는 전아 쪽으로 시선을 돌렸다. 흐리므레한 광선 속에 단정한 얼굴이 창백하게 떠 있다. 미동도 하지 않는다. 커다만 눈이 텅 비었다. 그러면서 불타고 있는 것이다. 나는 여태까지의 불안이 그녀의 것이었다는 것을 안 것 같았다. 그러나 말을 걸 수는 없었다. 건드리기만 하면 순간에 와르를 해체(解體)되어 버릴 것 같은 그런 절박한 자세였기 때문이다.

정신을 돌리고 보니 타고 있는 차가 서 있는 것이다. 십자로다. 가운데 교통순경이 서 있는 장난감 같은 집 ── 그 근처에 사람들이 모여 있다. 교통사고가 난 모양이다. 둘레에는 차단당한 차들이 모여서 홍수를 이루었다. 우두머니 기다리고 앉았는데, 바른쪽 소매가 끌려지더니만 보드라운 허벅지가 다리에 와 닿았다. 전아가 바싹 옆으로 닥아온 것이다. 이윽고 떨리는 손이 내 허리를 감싸 안았다. 아무래도 심상치 않아 전아의 얼굴이 향한 창밖을 내다보았다. 홍수를 이룬 차들 가운데 한층 높다란 G, M, C가 머물러 있다. 역시 신호를 기다리고 있는 모양이었다. 허리를 꾸부리고 좀 더 자세

215

히 보고야 그것이 여수(女囚)들을 호송하고 있는 차라는 것을 알았다. 푸른 수의를 입은 스무 명가량의 여수들이 옹성거리며 앉아 있는 둘레에 장총을 겨눈 자세로 들은 간수가 두 명 지키고 있다. 간간이 거리에서 보는 광경이라 흥미가 없어 눈을 돌리려는데 운전대가 열리더니 운전수가 뛰어내려 차바퀴 밑을 들여다보기 시작하였다. 기달리는 동안에 이상한 곳을 보아 두려는 심산인 모양이다. 허니깐 두 명의 간수가 한 가지로 고개를 빼어 차 아래를 휘둘러 살폈다. 마치 무엇인가를 찾으려고나 하는 것처럼. 바로 그 순간이었다. 옆에 앉았던 전아가 괴이한 외마디 소리를 지르며 내 무릎 위에 쓸어져 왔다. 이윽고 사시나무처럼 파르르거리며 딱딱 마치는 잇새에서 같은 말을 밀어내듯이 되풀이하는 것이었다.

『숨겨 주세요. 놓쳐 주세요. 빨리빨리 ─ 』

그러나 전아는 영영 거기서부터 놓여져 나오지를 못했다. 실신 상태에서 깨어난 그녀가 처음으로 입에 올린 것이「못 찾구 가 버렸구면요. 허지만 죄가 무서워.」

하는 속삭임이었다. 그는 푸른 수의를 입은 여수들의 모습에 죄의 실체(實體)를 본 모양이었다.

『저 좀 보시유. 선상님 ─ 』

충청도 사투리의 여인의 음성에 나는 언뜻 정신이 들었다.

어지간히 때가 묻은 흰 환자복에 수건을 내려 쓴 오십가량의 부인이다. 그쪽으로 돌아앉는 나를 보자 입을 오무리고 제법 수집은 듯이 호호 웃었다.

『아까서야 경무대에서 기별이 왔잖겠어유 ─ 호호 기다린 보람이 있을 게라구유 ─ 그야 뭐.』

하고 손을 입에 대이며 고개를 꼬운다. 그 손을 그대로 가슴에 가지고 가서 매무새를 고치기나 하는 것처럼 다독거렸다. 가슴은 환자복의 앞단추가 하나씩 엇끼어져 보기에 거북살스럽다. 젊었을 때는 아름다웠으리라. 오똑한 콧날에 눈자위가 꺼지기는 했으나 고운 눈매다.

『네에 ── 그러십니까. 감축합니다.』

나두 이렇게 대꾸하며 시치미를 떼었다. 대통령 부인을 자칭하는 이 과대망상증 환자와도 어느덧 나는 낯이 익어 있었다. 그녀는 또한 간드러지게 수집어하더니만 갑자기 미간에 주름을 잡고 걱정스러운 표정으로 변했다.

『근데 말씀이여유 ──. 글세 나라일은 그렇게 모든 것이 까다로운 게비유. 대접해 드릴 준비를 하여야겠는데유. 그것이 또 어지간히 귀찮은 절차를 밟아야 된다는 게비유 ── 일은 내일루 닥아왔는데유 ──.』

나는 알아채리고 안주머니에 손을 넣어 집히는 대로 십 환 몇 장을 꺼내었다.

『걱정되시겠군요. 우선 이걸로 ──.』

그녀의 얼굴이 사뭇 엄숙해졌다.

『급허니깐 사양 않겠어유. 허나 치부해 두시유. 내 훗날 몇백 갑절 허리다이. 응, 영감을 만나거덩야이 ──.』

나는 감사의 뜻으로 고개를 숙였고 그녀는 그것으로 만족하여 밖으로 나갔다. 아까보다도 더 맑아진 햇살이 회전의자에서 물러가고 있었다. 나는 손을 도로 안주머니 속에 넣었다. 그리고 좀 전에 지전을 꺼낼 때 묻어 나온 엷은 크림빛 종이쪽지 ── 뷔사를 도로 거기다가 간수하였다.

내가 그것을 받은 것은 어저께 일인데 얼뜬은 실감이 들지 않았다. 무슨 장난같이만 여겨지는 것이다. 몇 달을 이것 때문에 미쳐 다녔었다. 그야말로 소 갈 데 말 갈 데 다 쫓아다녔다. 끝으로는 이곳까지 — 인생의 외부에까지 와 버린 것이 아닌가. 지금 와서, 아주 모든 것을 단념한 지금 와서 잘못이나처럼 떨어져 온 것은 무슨 까닭인가. 우두망철한 심경에는 내 자신이 재심을 받고 다시 결재를 신청한 사실조차가 생각키지 않아, 이 오히려 당연한 필연이 우연 같게만 여겨지는 것이다. 이윽고 우연은 나에게 어떤 기적을 바라게 하는 것이다. 우연이란 미신성(迷信性)을 띠는 법이다. 이것이 아귀를 쫓는다는 부적(符籍)이 되어, 전아를 — 나를 찾게 하여 줄 수도 있을 것이 아니겠는가. 기대와 희망이 고문처럼 몸을 저몄다.

복도를 울리는 구두 소리가 이쪽으로 가까워 왔다. 이윽고 오늘은 까운을 입지 않은 딱터·김이 들어왔다.

밖에서 갓 들어오는 모양으로 얼굴이 상기되어 있다.

『따뜻해졌군요.』

이렇게 나는 간단한 인사 끝에 기후에 관한 말을 덧부쳤다. 딱터·김은 좀 기분이 내키지 않은 얼굴이다. 즉시론 대꾸가 없다가, 책상 앞 회전의자에 가 털석 주저앉으며 불숙,

『봄이라서요.』

무슨 탓이나 하는 것 같은 어조로 던지듯이 말한다. 어딘지 거북해하는 눈치다. 말이 끊어져 침묵이 왔다. 내가 먼저 침묵을 깨뜨려, 전아와의 면회를 청하려는데 딱터·김이 드르륵 소리가 나게 책상 설합을 열더니 그림 한 장을 꺼내었다. 이윽고 한 손으로 그것을 치켜들어 이쪽으로 보이며

『어떻습니까?』

한다. 허심한 태도지만 바닥에 무엇이 있는 표정이다.

『글세요.』

『좋지요.』

『좋다기보다 ─ 글세 아름답군요. 허지만 좀 ─ 불안해. 불안의 미랄까요.』

나는 몸을 뒤로 제껴 되도록 그림을 멀리해 보았다. 타잎 용지두 배가량 되는 와트만지에 템페라로 그린 그림이다. 나는 이런 그림을 본 일이 없었다. 억지로 말하면 그것은 의식(意識)의 심연(深淵)에서 일어난 비사(秘事)를 보는 것 같은 느낌을 주었다. 바탕에는 남김없이 푸른빛이 들도록 농후하게 검은빛이 깔렸는데 가루민·레드와 은빛이 서로 얽히어 또아리를 틀며 몸부림을 쳤다. 공포와 쾌감과 죄스러움의 불안한 교착(交錯) ─ 그 위를 칼끝 같은 섬광이 무슨 구원이나처럼 새하얗게 번득이고 있는 것이다.

『미스·윤의 그림입니다.』

딱터·김은 무슨 선언이나 하는 것처럼 말하고 의자에 등을 기댔다. 한결 평정해진 전아에게 무료를 끄도록 화구를 갔다준 것은 전번의 일이었다. 하여튼 전아가 다시 그림에 손을 대었다는 사실이 지금의 나에겐 눈물겨웁도록 고마웠다. 그러나 그림에서 오는 감동이 좀 불안스러운 것이다.

『그래 그림을 그립디까.』

딱터는 무슨 중대한 질문이나 받은 것처럼 입을 열지 않고 있다가 한참 만에야 약간 몸을 이르키고

『구라파에선 곧잘 환자들에게 그림을 그리게 한답니다.』

하고 뜻하지 않았던 말을 꺼내었다. 그는 일단 말을 끊었다가 어조를 바꾸고

『에 — 통계적으로 보아 남자 환자는 궤짝이라든가, 주머니 같은 것을 많이 그린답니다. — 여자는, 여자 환자는 그렇지요 — 버섯, 칼 — .』

안경이 번쩍했다. 약간 외면을 한 것이다. 나는 가슴이 확 닳았다. 그런 것들이 정신분석상으로 보면 성기(性器)를 상징하는 것이고, 여자 환자는 특히 다소 음(淫)해진다는 것은 몇 번 드나드는 동안에 얻은 지식이었다. 그런 말을 듣고 보니 그림에서 받은 불안의 정체가 어렴풋이 짐작되어지며 웬지 전아가 한없이 애처러워지는 것이었다. 그것은 젊은 전아의 그림이 그렇게 해석되는 것이 참기 어려웠다기보다 그런 그림을 그린 그녀가 오히려 진지하게 자신을 정시하려고 애쓰는 것 같아 마음이 흔들렸던 것일지 모르겠다.

『꼭 만나고 가시렵니까?』

딱터, 김이 무엇을 암시나 하려는 것처럼 내 눈을 정면으로 드려다본다. 그 정시를 받아 나는 마음이 비틀거렸다. 여기까지 와서 그녀를 만나지 않고 간 일이 있었던가.

『며칠 전 큰고모님이 다녀가셨는데 — 그래 이 그림을 그리던 날이군요 — .』

딱터 — 의 소리가 까아맣게 들렸다. 등뼈가 한꺼번에 무너져 쏟아졌다. 딱터 — 의 소리가 거퍼 건너와서 마지막 칼부림을 하였다.

『 — 봄이라서요.』

「봄」이 정신병에게 어떤 영향을 주는가를 나는 알고 있었고 또 이 정신병 의사가 「봄이라서요」 하는 의미를 나는 잔인하도록 또렷하게 이해할 수 있었던 것이다.

나는 힘없이 일어서서 모자를 썼다. 이윽고 그 돌맹이투성이의 마당을 걸어 나왔다. 문간에서 웬지 담배 생각이 나서 걸음을 멈추고 포켙 속에 손을 넣어 보았다. 그러나 진찰실에 잃어버려 두고 나왔는지 담배 봉지는 만져지지 않고 빳빳한 종이만이 손에 집히었다. 뷔사…… 순간 나의 머리속에서 화폐개혁 후의 구화(舊貨)가 한 장 뱅그를 돌았다. 뒷이어 누구한데선가 들은 어떤 일본의 악덕 상인(惡德商人)이야기가 상기되었다. 북만주 시베리아를 훑다시피 하며 가진 악독한 짓으로 거만의 돈을 번 그가 트랑크 몇 개에다 가득 루불화를 채워, 고국으로 떠나려던 아침, 혁명이 일어났더라는 것이다. 그는 그 몇 개의 트랑크를 들고 미친 듯이 네거리로 달려가서 그때껏 모아 온 돈을 모조리 바람에 날려 버렸다 한다.

　못을 꽂아 심은 병원 문을 나오면서 나도 그 악덕 상인과 같은 흉포한 충동이 자꾸만 고개를 드는 것을 어찌할 수 없었던 것이다.

一九五七1957, 一1, 一

―《문학예술》22호, 1957년 1~2월;
한무숙, 『감정이 있는 심연』(현대문학사, 1957)

강신재(康信哉·1924~2001)

강신재는 1924년 서울의 개화한 가정의 장녀로 태어나 금욕주의적인 교육을 받았다. 의사였던 아버지가 개원하면서 7세에 함경북도 청진으로 이주해 아버지가 사망하는 14세까지 이북에서 자랐다. 어린 시절부터 독서광의 면모를 보였지만 작가를 꿈꾼 것은 결혼한 후였다. 이화여전 가사과 재학 중 훗날 서울대 법대 교수이자 이승만 정권하에서 국회의원을 지낸 서임수와 결혼하면서 학칙에 의거해 학업을 중단했다. 그러나 결혼 후 자신이 소모되는 것만 같아 글을 쓰기 시작했다. 1949년에 문예지《문예》에 김동리의 추천으로「얼굴」,「정순이」를 발표하며 문단에 데뷔했다. '스캔들의 여왕'이라는 오명을 뒤집어썼던 1세대 신여성 작가들과 달리 강신재는 가정을 꾸리는 한편으로 여성 문단의 대표적인 작가로 인정받았다. 한국여류문학인회 회장, 대한민국예술원 정회원을 지냈고 한국문협상, 여류문학상, 대한민국 보관문화훈장 등을 수상했다.

강신재는 구성미와 절제미가 뛰어난 단편소설을 쓰는 여성 작가로 주목받았다. 특히 이복남매의 불온한 사랑을 세련되고 감각적으로 그린「젊은 느티나무」(1960)는 '여류문학'에 대한 평단의 기대에 부응하는 대표작으로 여겨져 왔다. 그러나 강신재의 소설에는 '규범적 여성성'을 초과하는 악녀들이 가득하다. 장편소설『파도』(1963)에는 좀처럼 길들여지지 않는 자연인 양 가부장제의 법을 초과하는 여성들의 관능과 열정이 뜨겁게 요동친다. 소설집『희화』(1958),『여정』(1959)은 해방 후 출현한 감각적이고 소비주의적인 도시를 배경으로 전통적 질서와 젠더 규범을 초과하는 '양공주', 전쟁미망인, 직업여성 들의 욕망을 그렸다. 시대의 베스트셀러『숲에는 그대 향기』(1967)는 로맨스의 낭만성을 스릴러 형식으로 비튼 독특한 대중소설이다.『사랑의 묘약』(1986) 등 후기 장편들은 혼외정사, 근친상간 등이 소재화된 색정적 편집증이 강한 통속 서사다. 장편소설『임진강의 민들레』(1962),『오늘과 내일』(1966) 등은 전쟁과 분단에 이어 4·19혁명을 소재로 한 작품으로 강신재 문학의 다채로움을 보여 준다.

강신재의 문학 세계는 풍기 문란과 풍속 정화라는 미명하에 전후 가부장제가 재편되는 데 대한 여성의 메타적 재현이라는 점에서 의의가 크다. 전후는 전통의 퇴조와 남성성의 위기가 가중되면서 서구화에 노출된 여성에 대한 규제 담론이 맹위를 떨치던 젠더화한 국가 재건의 시대였다. 강신재는 언뜻 착한 여자/나쁜 여자의 이분법을 승인하는 듯 보인다. 그러나 서사의 표층적 메시지와 달리 자신의 글쓰기 공간을 아름답고 관능적이며 자유로운 '악녀'들이 뛰어노는 무대로 내어 주고 있다. 서양식 대저택의 어두운 비밀을 폭로하는 악녀들의 서사는 한국 근대화의 동력인 가부장적 가족제도의 여성 억압성을 비판하고 조롱한다. 강신재의 불꽃같은 여성들은 근대화에도 불구하고 숙녀와 규수로 규제되어 자유로운 개인이 될 수 없었던 여성들의 욕망을 응축하고 반란을 일으키는 히스테리컬한 존재들이다.

김은하

안개

성혜는 자기의 소설이 실린 푸른 표지의 신간 잡지와 빨각빨각 하는 백 원짜리 아흔 장을 고스란히 포개어서 책상 위에 놓고는 언제까지나 우두커니 그 앞에 마주 앉아 있다.

그것은 잡지사의 사환 아이가 가지고 온 것이었다. 공동 수도 앞에서 빨래를 하다가 성혜는 젖은 손으로 그것을 받았다.

푸른 표지에 얼룩이 안 가도록 조심스레 옆구리에 끼고서 방까지 오는 사이 성혜의 마음은 기쁨과 자랑스러움으로 세우차게 고동쳤다. 소녀처럼 가슴이 한껏 부푸러 오르는 것을 잘근잘근 입술을 깨무는 계면적은 듯한 혼자 웃음으로 겨우 흐터트리면서 그는 걸음을 걸었다.

그러나 일각대문에 다시 잠을쇠를 채우고 수통가로 돌아 나오고부터 그의 가슴에는 흐리터분한 구름이 끼어서 감돌기 시작했다. 그리고 시간이 갈수록 차츰 우울해저 가는 것을 어쩌는 수가 없었다.

푸른 표지 속에 실린 성혜의 소설은 그의 남모르는 많은 고뇌와 정렬을 짜 넣은 그로서는 왼갖 힘을 다한 것이었다. 그리고 또 그것은 아무러나 그의 오랜 비참한 혼자 씨름에서의 첫 번 승리이기도 하였다. 그것이 극히 작게나마 어떤 반향을 기대케 하면서 이러한 큰 잡지에 실리었다는 것은 그것만으로 성혜에게는 형언키 어려운 감격이 아닐 수 없었다. 모든 것을 잊어버리고 싶건 그 속에 잠기어 보고 싶은 봄바람같이 훈훈한 즐거움이 아닐 수 없었다.

또.

빨각빨각하는 이 아흔 장의 지폐는 요즈음의 성혜에게 있어 무엇보다도 귀하게 여겨지는 물건이었다. 요 이삼 년래 성혜들 부처는 자기네 몸에 걸쳤던 외투나 저고리나 또는 책이나 ― 무엇이고 들고 나가 바꾸어 오는 이외에는 쉽사리 이것을 획득하는 길이 없었던 것이니까. 그러므로 하늘이 개였거나 흰 구름이 떴거나 매일같이 어두운 한 간 방에 앉아서 엉킨 실뭉치를 끌러야 하는 (이 구물푸리의 내직은 남편 형식이 얻어다 준 것이었다) 질식할 듯한 생활을 면할 수 있을 구실을 만들어 준 동시에 당장 오늘내일의 생활을 윤택히 하여 줄 이 선물은 성혜의 얼굴에 화색을 돌게 해 마땅한 것이었다.

그러나 빨래를 끝마치고 방에 들어와 책상 앞에 앉은 성혜의 이마는 점점 더 짙은 그늘에 쌓여져 가는 것만 같았다. 그의 가슴에는 클로 ― 즈업된 형식의 얼굴이 쉴 새 없이 오락가락하고 있다.

형식이 돌아오면 응당 벌어져야 할 어떤 불쾌한 장면을 상상하는 것이 그는 미리부터 몹시 역겨웠던 것이다. 소설을 썼다는 사실에 대하여 굳이 설명을 하고 변명을 느러놓고 결국 용서를 빌어야 한다는 생각이 그를 어쩔 수 없이 우울하게 만든다.

쓸데없는 짓만 한다고 핀잔을 받을 것이 싫어서 형식이 없을 적만 골라 글을 쓰군 한 것이 지금 와서는 오히려 실책이었다는 생각이 든다. 더구나 그것이 이처럼 활자가 되어 나오도록 그런 티도 보이지를 않았다는 사실은 과실이라면 제일 큰 과실이 아닐 수 없다. 말성이 일어나면 그때 받자 하는 속마음으로 내버티기는 한 것이지만 막상 당하자니 고된 일이었다.

이렇게 성혜가 남편이 반가워해 주기를 바라기는커녕 필연코 불쾌한 빛을 보이리라고 — 아니 더 험한 공기까지를 예감치 않을 수 없는 데에는 성혜로서는 그럴 법한 근거가 있어서이다.

원체 여학교 교원의 자격쯤은 가지고 있는 성혜를 그렇게 쪼들리는 살림사리임에도 직업 전선에 내놓지 않으려고 고집을 세우는 남편이었다. 그는 차라리 구물푸리의 내직을 권하였다.

「예펜네가 밤낮 밖앝으루 나돌아 댕기다니 생각만 해두 불쾌하다. 불결해!」

「허지만 이렇게 힘만 들구 돈은 안 되는 일을 골라 할 게 무어얘요. 도무지 위생적으루두……」

「일하는 게 그렇게 싫음 당장이라두 그만둬요. 강요하는 건 아니니」

「싫다는 것버덤……」

「글세 그만둬!」

수없이 거듭된 이런 절망적인 언쟁 끝에 성혜는 형식이 원하는 그러한 아내의 타잎 속에도 어쩌면 무엇과도 바꿀 수 없이 귀중한 아름다움이 숨어 있을런지도 알 수 없다고 그렇게 생각하고 그런 체념에 가까운 반성에 늘 사로잡히면서 남편을 따르고 있는 것이었다.

그러나 그새에도 몰래 소설을 쓰며 우선 그 구물푸리의 내직이라는 답답하고 비능률적인 생활 수단의 멍에를 벗어나려고 부단히 애를 써 온, 결국 남편을 반역한 아내가 되어 버리지 않았는가. 그 밖에 또 한 가지 색다른 미안함이 섞이여 있었다.

형식에게는 (성혜가 속으로 한숨짓고 있듯이) 이중성격적인 점이 있어서 안에서는 이토록 봉건적이면서 밖에 나가면 대단한 자유주의자로 변하였고 문화에 애착을 느끼기는 누구보다 심하였다.

따라서 그는 근실한 그러니까 평범하고 무의미한 직업에 종사할 마음은 처음부터 없었다. 소위 문화 사업이라는 것에는 가끔 한몫 끼이기도 하였으나 반년 이상 같은 자리에 머물르는 일은 드물었다. 다만 그는 끊임없이 시(詩)를 지었고 가끔은 그림도 그리고 다방의 음악도 남 못지않게 사랑하였다.

남 못지않게 사랑하였으나 ── ……결국은 그것뿐이었다. 문학계도 미술 전람회도 언제나 그와는 아무 관련 없이 지나쳐 버린다. 따라서 그는 또 그대로 이 도도한 세계에 대하여 동경과 함께 그 어떤 반감을, 찬양과 동시에 또한 경멸을 느끼며 살지 않을 수 없었다.

성혜는 이러한 남편에 대해서 무슨 주제넘은 동정을 가진다거나 하는 것은 결코 아니었다. 남달리 겸손한 그의 성미로는 다만 남편의 "시"도 그리고 "그림"도 자기에게는 이해할 힘이 없다고 생각하는 따름이었다.

하지만 어쨌든 자기의 소설이 남편의 입에 늘 오르내리는 바루 그 잡지에 발표되었다는 것은 그리고 또 뒤이어 원고 청탁을 받고 있다는 사실은 남편을 불쾌히 할 것만은 정한 일이었다.

성혜는 무거운 마음으로 가난한 단간방을 휘둘러보고 그리고 다시 푸른 표지와 새 지폐 위에 시선을 떠러트렸다. 단순한 근심이라든가 그런 것도 아니고 ── 무엇인지 무겁고 지겨운 감정이었다.

◇

저녁을 지어야 할 시간이 되었다. 성혜는 장바구니에 돈을 집어넣고서 밖앝으로 나갔다.

어쨌든 너무 영양이 좋지 못했던 요사이의 식탁을 눈앞에 띠워 보면서 고기를 사고 생선을 사고 달걀도 한 꾸러미 사 넣었다.

부엌에 들어스자 그는 분주히 손을 놀려서 이것저것 반찬을 마련하였다. 밖의 어름이 녹고 날씨가 누구러지면서부터 더 을시냥스러움게 춤기만 한 구둘에도 넉넉히 불을 넣고 남편을 기다렸다.

형식을 저녁상을 보더니 삐익 하고 휘바람을 불고서 두 손바닥을 벌려 보였다. 어쩐 영문이냐는 뜻이다.

성혜는 자기 먼저 상 앞에 닥아앉어 있다가 수깃하고 저까락 끝으로 상 위에 동그라미를 자꾸자꾸 그리면서 원고료를 받었노라고 말하였다.

「응웅? 뭐?」

형식의 의아해서 찌프린 얼굴이 몹시도 아프게 성혜의 신경에 와닿었다. 그는 관념해 버린 사람의 침착함을 의식하면서 소설을 발표하게 된 경위를 설명하였다. 마음이 내키기에 적어 본 것을 동무가 가지구 가서 어느 저명한 작가를 보였더니 발표가 되었다고……. 그러나 자기가 얼마나 심신을 경주하여 작품을 고쳐 쓰고 고쳐 쓰고 하였는가에 관해서는 한마디도 하지 않었다.

형식은 듣고 난 순간 무엇을 어떻게 말해야 좋을지 모르는 듯한 얼굴을 지었다.

한참 있다가

「으 흥?」

하면서 못마땅한 듯한 또는 대수롭지 않다는 듯이도 보이는 싱거운 표정을 얼굴에 띠워 올리면서 젓가락을 집어 들었다.

성혜는 우선 그만만 하여도 숨이 내쉬어져서 자기도 주발 뚜껑에 손을 대었다.

형식은 식사를 하면서 한참은 다시 또 시무룩해 있더니 갑자기 기분이 좋아지면서 이야기를 시작하였다. 전날 친구 H 군을 통해서 시를 갖다 마낀 평론가 윤 씨와 내일 만나기로 약속이 되었다는 것이다.

「원래 가혹한 평을 하기로 유명한 사람이지. 누구를 칭찬하는 법이라군 없거든. 그 대신 그 매서운 눈이 한 번 새로운 보석을 발견하는 날에는……! 주저주저할 줄도 모른다는 인물야」

형식은 윤 씨를 그렇게 설명하였다.

성혜는 그러냐고 하면서 진심으로 남편의 일이 잘되어 나가기를 축원하였다.

형식은 다시 말이 없어졌다. 이번에는 고기와 달걀부침과 생선구이가 그의 관심을 점령한 것 같다. 그는 정말 맛난 듯이 얼마든지 입으로 날러 드렸다.

문득 성혜는 눈물겨운 듯한 생각이 들었다. 그것은 전연 예기하지 않았던 감정이었다. 남편의 바삐 움지기는 입과 턱과 목덜미와 — 그런 것을 그대로 더 보고 있으면 눈물이 핑 솟아오를 것만 같았다.

그는 또 뜻밖으로 간단하게 지나쳐 버린 소설 건이 무척 다행으로 여겨지기는 하면서도 어쩐지 한편으로는 못 견디게 서글펐다. 그것이 어데서 오는 감정의 미오(迷誤)인지는 자기도 알 수 없었지만……

　　그러나 요행으로 무사히 난관을 돌파하였다고 생각한 것은 성혜의 속단이었다.

　　다음 날 윤 씨를 만난다고 서둘르며 나간 형식은 저녁때 술이 얼근하게 취하여 가지고 돌아와서는 지분지분 어제 그 일로 비우정대기 시작했다. 윤 씨를 보셨느냐고 성혜가 묻는 말에 휘덮어 씨우듯이

　　「나두 인전 들어누어서 얻어먹을 신세가 되었구나. 허 참」

　　「예편네 덕택에 시인 박형식도 일약 유명해지겠군. 어디 덕 좀 톡톡이 봅시다」

　　성혜를 힐끔힐끔 바라다보며 입을 삐뚜리고 말을 한다. 그러다가 그의 눈은 차츰 더 붉게 되어 가면서

　　「집이라구 엣 참 방구석에 발을 부칠 수 없게시리 느러놓구서 응? 문학이다? 것보담두 우선 양복바지에 푸레쓰나 한번 똑똑이 해 놔 봐」

　　「……」

　　「낸들 이게 글세 할 짓이냐 말야, 예펜네라구 제 — 길 이쪽이 되레 시중을 들어야 할 판국이니」

　　「……」

　　「엣다 여류 작가입네 하구 쏘다니기 불편한데 이 기회에 이혼이나 하면 어떼?」

　　이렇게 빈정거림이 끝일 줄을 모르고 계속된다. 성혜는 고개를 푹 수그리고 참고 있다가 끝내 얼굴을 들고서 형식을 똑바루 마주보았다.

　　남편의 이그러진 자존심, 그 저열한 심정은 도저히 그대로는

230

참을 수 없었다. 그는 남편의 이러한 모습을 바라보기를 본능적으로 저어하였다. 그러나 눈을 아주 가리워 버리기라도 하고 싶은 충동이 그것과는 반대로 그의 머리를 번쩍 치켜들게 한 것이었다.

「다시는 절대루 안 쓰겠읍니다」

성혜는 이런 말을 해야 한다고 느꼈다. 얼마만큼 괴로운 일일지라도 그렇게 해야만 되겠다고 생각은 했으나 그러나 쉽사리 그 말이 입 밖으로 나와지지 않는 데는 자기도 어쩌는 수가 없었다. 성혜는 그것이 또 안타깝고 괴로워서 형식이 어서 더 한마디 속이 뒤집히도록 포악한 말을 던저 주었으면 하고 대기하는 듯한 절박한 심사였다.

그러나 형식은 하고푼 말을 다 해 버린 것이었는지 성혜의 정색한 얼굴을 가장 경멸한다는 듯이 흘겨보고 나서는 다시는 더 말을 끄집어내지 않고 그대로 방바닥에 들어누어 버렸다.

성혜는 바위돌같이 한자리에 그대로 앉아만 있었다. 활딱활딱 가슴에서 피가 솟구처 오른다. 그것이 무슨 무거운 것에 부디치듯 배 속으로 떠러저 내려가군 할 때마다 성혜는 앞으로 쓰러질 듯한 현기증을 느꼈다. 그는 이런 악몽 같은 시각은 일시라도 빨리 사라져 주기만 기도하듯 눈을 감고 바라고 있었다.

그들은 저녁상도 받는 듯 마는 듯 한 켠 □석[1]에 밀처 놓았다. 형식은 일어나 앉았다가 다시 누었다가 하더니 그대로 흐지브지 잠이 들었다.

코까지 골며 잠을 자더니 별안간 눈을 뜨고 주정하듯

「나뿐 자식, 에 — ㅋ 나뿐 자식들, 평론가다? 문학이다? 흥, 윤

---

1 '구석'으로 추정.

가 따위가 다 뭐냐!」

고래같이 고함을 지르고는 눈을 부릅뜨고 성혜를 바라다보다가 돌아누어서 다시 코를 골았다.

성혜의 뇌리에는 그 밤이 지옥같이 처참히 사기어졌다.

몇일 지나고였다. 성혜는 아침에 대문을 나서는 형식을 두어 걸음 뒤로 따라가면서

「접대 가저온 건 다 했는데요, 저어 가시다가 양철집 아이 좀 오라구 해 주세요. 요전번보다 두 꾸레미만 더 가지구 오라구요」

되도록 천연스런 말씨로 내직감을 보내 달라고 부탁을 하였다.

형식은 걸음을 멈추고 듣고 나서는 쓰다 달단 말도 없이 그냥 가 버렸다.

양철집 사환 아이는 종일 오지 않았다. 형식에게 재촉을 하기도 무엇하여 그대로 이삼일 지나간 후에 성혜가 자신 갔다 오려고 실을 싸고 있는데 그 아이가 아주머니 하고 부르며 들어왔다.

아이는 웬일인지 꾸레미를 질머지지 않고 왔다. 돈만 보재기에서 끌러 내놓고는 성혜가 주는 실을 거기다 옮겨 싼다. 일ㅅ감이 이제는 없어졌느냐고 성혜가 묻는 말에 아니 이 댁 아저씨가 인젠 그만 가저오라 했다 한다.

성혜는 한참 동안 혼자 생각에 잠겨 있다가 그날은 집 안을 정돈하고 바느질을 하였다.

푸른 표지의 잡지는 눈에 뜨이지 않는 곳에 치워 버렸다.

◇

얼마가 또 지나고.

혼자 쓸쓸한 저녁을 치르고 나서 성혜는 부엌 문설주에 기대어 좁은 뒷뜰을 내다보고 있었다.

꾸불텅꾸불텅한 벚꽃 고목이 한 그루 담장에 붙어 서 있다. 나무는 거이 다 가지가 마르고 장독대 위로 길게 뻗은 가지 하나에만 밥풀 같은 흰 꽃잎이 드문드문 붙어 있다. 연보라색 어둠이 그 위를 자욱히 휘덮기 시작한다.

성혜의 서툰 솜씨로 돌맹이를 둘러 막고 흙을 싸 올리고 한 명색뿐인 장독대는 한 귀퉁이가 또 허무러저 내려 있다. 아니 벌서 작년 여름부터 그렇게 된 것을 날마다 내다보면서도 그대로 내버려둔 것이다.

성혜는 끝이 모즈러진 호미와 꼬챙이를 하나 찾아 들고서 뒤껼으로 나갔다. 흙을 긁어 올리고 발로 밟고 — 몸은 그대로 움지기면서도 성혜의 마음은 어덴가 먼 데로 나르고 있었다. 막연한 생각 속을 더듬으면서. 재미나게 일을 할 줄 모르는 것은 성혜의 쓸쓸한 버릇이었다. 어째서인지 어릴 때부터 그랬다. 그에게는 무엇을 생각하거나 쓰거나 하는 외의 대개의 일은 흥미에서보다도 필요에서 하여졌다.

그렇지만 이렇게 일하여 주위의 모든 것을 깨끗하고 쓸모 있게 간직하고 될 수 있으면 개량하고 윤택히 하고 — 이런 곳에 삶의 즐거움이 숨어 있는지 알 수 없었다. 거기에 비하면 추상적인 감정의 조각구름 따위에는 결국 아무 의의도 없을런지 모른다. 성혜는 이렇게도 생각해 본다.

233

허리를 펴고 일어서서 중공에 동그랗게 떠오른 연주홍빛 달을 그는 쳐다보았다. 그리고 아무 연관도 없이 불쑥 사람의 운명이라는 말이 머리에 떠올랐다.

자기들 부처 간의 요지음 미묘하게 얼키어 가고 있는 감정에도 어느덧 생각이 흘러간다. 형식은 그 후 무엇이 동기가 되었던 것인지 성혜의 소설 공부를 말리지 않을뿐더러 놀랄 만한 열성으로 격려까지 하여 준다. 그는 아내의 쓰는 원고를 일일히 읽어 보고 붉은 잉크로 주(註)를 달아서 고치게 하며 때로는 새로히 긴 구절을 삽입하기도 한다. 그리고 성혜에게 어떤 테에마나 구상을 말하게 하고는 가혹한 악평을 하여 손도 대지 못하게 하는가 하면 자기가 테에마를 주면서 쓰라고도 하였다.

「이렇게 써 보란 말야. 오늘 다방에 앉았다가 문득 머리에 떠오른 건데 ──」

그리고 구구한 이야기를 들려준 끝에

「응? 이렇게 시대성을 반영시켜야 하거든, 써 봐요, 틀림없이 쎈세이슌을 이르킬 테니」

하는 것이다. 옆에 지키고 앉아서 구술하다싶이 씌우는 적도 있다.

형식이 이같이 변해 준 것은 성혜로서는 지극히 감사하여야 할 일이었다. 그런데 웬일인지 성혜는 한 줄의 글도 제 마음에 차게 쓰여지지가 않았다. 남편이 자기가 말해 준 대로 우선 초만 잡으면 고쳐 주마고까지 간곡히 말하여도 그러면 그럴수록 어찌 된 셈인지 붓이 달려 주지를 않는다. 자기도 못 견딜 만치 초조하였지만 어찌할 수 없었다. 아니 차츰 그 초조한 마음까지 사그러저 가는 듯한 감이 드는 것이다.

(소설은 무슨 나따위가⋯⋯)

어데서 연유한 것인지 이런 절망감까지도 의식의 밑바닥에 깔리기 시작하였다.

성혜는 구물풀기 이외의 무슨 적당한 내직이 없을가 하고 속으로 이것저것 물색해 보았다.

지금까지 내놓은 두 개의 작품에 대해서는 성혜는 큰 애착을 느낀다. 모든 평가를 떠나 다만 자기의 영혼을 불어넣었다는 그것만으로 해서 느끼는 그리움일지는 알 수 없다. 자기의 피를 나눈 듯한, 그것만이 자기를 알아주는 듯한, 그리고 이미 먼 곳에 사라진 것에 대하는 듯한 그러한 그윽한 심정이었다.

그 둘째 번의 작품은 형식의 눈도 거처서 잡지사로 넘어갔다. 그때 형식이 빼어 버리기를 맹렬히 주장한 어떤 장면으로 하여 성혜는 지금도 다소 마음에 걸리는 일이 있다.

그 장면은 성혜의 생각으로는 아무래도 뺄 수는 없는 장면이었다. 그 단편 전체가 이를테면 팽이의 중점같이 그곳에 발을 붙이고 형성되어 있었다. 그 점을 건드리면 팽이는 돌지 않고 이즈러저 쓰러질 것이었다.

성혜는 오래 두고 망서린 끝에 편집자인 그 「저명한 작가」에게 편지를 적어서 원고와 함께 보냈다. 즉 그 월광의 벌판에서 벌어지는 작은 장면은 생략하는 것이 좋다고 생각하시면 빼도록 해 달라고⋯⋯.

그런 글을 적으면서 성혜는 창작에의 단념을 속으로 준비하였는지도 알 수 없다. 월광의 장면은 빼어지지 않을 것을 그는 거의 확신하고 있었다.

호미로 헤저기고 도두어 올리고 하는 손끝에서는 흙내가 모락 모락 풍기어 올라온다. 그는 올여름에는 이 앞에다 화단이나 가꾸어 볼가 생각한다. 그리고 그런 소꿉장난같이 빈약한 꽃밭을 앞에 하고 선 자기의 모양을 눈앞에 그려 본다. 그러나 거기에서도 어떤 허전함과 서글픔은 흘러나오는 것 같아 그는 웃기도 울기도 싫은 심정이었다.

　대문을 끼걱끼걱 흔드는 소리가 난다. 성혜는 호미와 꼬챙이를 흙을 털어 들면서 빗□[2]을 베끼러 걸어 나갔다.

◇

「여보 얼른 옷 입어 좋은 데 데리구 갈게 얼른 빨리」

　성혜는 호미를 든 손을 느른하게 내려뜨린 채 멀끄럼히 형식을 쳐다보았다. 단벌밖에는 없는 양복이지만 그레이 소코치[3]의 봄옷을 오늘 아침부터 바꾸어 입은 그는 오늘따라 행결 미끈해 보인다. 품질은 안 좋아도 채양이 넓은 유행형의 모자와 붉은 넥타이도 그를 쾌활히 비치게 한다. 동작도 대단히 경쾌한 것은 오늘 하루의 봄볕이 그에게 십분 행복하게 작용하였음을 말하는 듯하다. 성혜는

「어델 가요?」

　하고 자기의 귀에도 거슬리는 생기 없는 음성으로 물었다.

「좋은 데! 댄스·파아티 ─ . 응? 싫어? 가기 싫어?」

　형식은 싫다고 할 리가 만무라고 생각하는 듯이 빙글빙글 웃으

<hr>

2　'빗장'으로 추정.

3　스코치(Scotch). 영국 스코틀랜드 남쪽 지방에서 나는 면양의 털. 또는 그것을 재료로 한 모직물.

며 말한다.

「얼른 차부를 해. 조금은 출 줄 알지? 서양 예펜네한테 배웠으니까」

그는 성혜가 미쏜스쿨에 다닌 일을 언제나 이렇게 말하였다.

「못 추면 가만히 앉아 구경만 해두 좋아, 아무튼 얼른!」

형식은 모자를 벗어 마루에 팽게치고는 손을 씻으러 우물가로 갔다. 성혜는 우두커니 서 있었다. 그는 이 별안간의 외출이 어째서 연유한 것인지 위선 이해하고 싶었다. 하기는 가끔 마음이 내키면 비리야 — 드에나 선술집 같은 데까지 같이 들어가자고 하여 성혜를 놀라게 하는 남편이었다. 그 대신 그것은 몇 번 안 되는 극히 드문 일이지만.

그리고 또 웬 땐스는……

새 풍습이라면 의례히 관심을 가지는 형식이 땐스에 관해서는 아직 아무 소리 없는 것을 별일이라고 생각하고 있기는 하였지만 이렇게 별안간 파아티 — 라고 서둘러 대니까 역시 어리벙벙하지 않을 수 없다. 그리고 왜 또 오늘은 자기더러 가자고 하는 것일가……

그러나 이런 생각이 떠도는 한편 아무렇거나 그런 것을 꼬치꼬치 캐려 들 것 없이 그대로 따라나서면 그만 아닌가 하는 생각도 들었다. 일각대문을 꼭 잠근 그 안에서의 질식할 듯한 생활, 지굴 속처럼 어두운 방 안, 부엌, 손바닥만큼씩 쳐다보이는 하늘, 꽃밭이나 가꿀가 하는 초라한 꿈……, 애써 마음 한구석에 밀어 두는 그러한 의식이 충동적으로 머리를 처들려고 하는 것이었다.

그의 망서리는 듯한 시선이 우물가로 던저지고 거기에 편펴롭지 못한 자세로 도사리고 앉은 양복바지의 뒷꽁무니에 머믈르자 그는 불현듯 밖에 나가고픈 생각에 사로잡혔다.

「가요! 그럼」

성혜는 자기도 호미와 꼬챙이를 마루 밑에 팽개치고 어린애처럼 우물가로 달려갔다.

「누구네 집이애요 파 — 티 — 는?」

반성이라던가 이론에게보다 충동적인 감각에 몸을 싫었다는 의식이 성혜에게는 무척 신기하고 즐거웠다. 오래간만에 그는 저녁의 봄바람을 전신으로 호흡하며 소녀같이 가벼운 걸음을 걸었다.

그날 파아티 — 는 어느 개인의 집에서 열린 것이 아니었다.

형식이 걷고 있던 명동 거리를 왼편으로 꺾어 들어 이슥한 골목길을 한참 이끌고 간 곳에 나타난 것은 어느 협수룩한 목조 이 층이었다.

「많이들 올라 갔어?」

그는 그 앞에 나란히 앉아 있는 두 양담배 장수 아이에게 이렇게 말을 던지며 그 다 깨어진 유리문을 덜커덩 밀쳤다. 사람 하나 겨우 통할 수 있는 비좁은 문이다. 성혜는 기대와는 딴판인 이 광경에 놀라면서 가만히 발을 디려놓았다.

캄캄하고 급한 계단은 역시 비좁고 한 발짝 떼어 놀 때마다 삐걱삐걱 비명 같은 소리를 내었다. 성혜는 치마자락에 몇 번이고 발 뿌리를 걸리우면서 한 손으로 벽을 집고 걸어 올라갔다. 그의 눈은 어둠 속에서 휘둥글해저 갔다.

위에서부터는 투닥투닥 하는 여러 사람의 발자욱 소리가 무엇인가 귀에 익은 곡조와 함께 울려 나왔다. 어쩐지 오지 못할 곳을 온 것 같은 일종의 공포와도 같은 것이 성혜의 마음을 가로질러 갔다.

이 마음은 계단을 다 오른 곳에 있는 또 하나의 비좁은 문을 밀치고 실내로 들어섰을 때 더욱 커졌다.

그것은 일견 넓은 창고 속을 연상시키는 협수룩한 마루방이었다. 전등은 역시 키어 있지 않고 몇 갠가의 카아바이트 불이 얼키어서 빙빙 도는 남녀의 모양을 비치어 내고 있다. 그들의 그림자가 괴물처럼 흔들리고 있는 얼룩투성이 벽에는 천정으로부터 둥그런 거미줄이 그물같이 가로걸려 나부끼고 있다. 부서진 책상이며 의자 같은 것이 기대어 쌓인 한 켠 구석에서 축음기 소리가 흘러나온다.

마루 바닥에 뿌려진 붕산 가루는 마루를 거무죽죽하게 빛내고 있다. 그 위를 미끌어저 돌아가는 사람들의 시선이 방금 들어서는 성혜들에게로 일제히 쏠리어질 때 성혜는 얼굴이 화끈하였다. 형식이 몸짓으로 가르키기 전에 그는 축음기 소리가 나는 쪽 벽에 기대 놓인 빈 걸상으로 걸어가 얼른 걸터앉았다. 형식은 그새에 모자를 벗어 걸고 두리번두리번 실내를 살피는 모양이다. 곧 그는 여러 사람들과 어깨를 툭툭 치는 인사를 교환하고 여자들에게도 웃어 보인다. 새 음악이 시작되니 그는 그중의 하나와 함께 허리를 굽혀서 인사를 하는 체하더니 스텝을 밟기 시작하였다.

성혜는 걸터앉아 남편의 서투른 춤을 바라보고 있었다. 그것은 사실 몹시도 서툰 춤이었다. 배우기 시작하고 몇일 안 되는, 아니 정통적인 교수를 한 번도 받은 일이 없는 몸놀림이었다. 그러나 형식은 그것으로 충분히 즐거운 모양이다. 만면에 웃음을 띠우고 조금도 어색하지 않다는 듯이 아는 얼굴을 만날 때마다 무어라고 짧은 말을 던지군 하면서 빙글빙글 돌아간다.

곡조는 일본의 옛적 유행가다. 옆에 서□[4] 포 — 타불[5]을 돌리

---

4   '서선'으로 추정.
5   포터블. 나팔관이 없는 휴대용 축음기.

239

고 있는 짙은 화장의 여자가 조금도 사양 없이 자기의 모양을 뜯어보고 있는 데에 성혜는 불쾌감을 느끼면서 편안치 않은 자리를 지키고 있었다. 남편은 언제부터 이런 곳을 출입하는 것일가, 옷차림들이 그리 호사롭지 못한 그들을 바라보며 그는 생각해 보았다. 군인 잠바를 입고 휘청거리고 있는 중년의 남자, 한 켠에서 열심히 혼자 연습을 하는 새파란 소년, 형식은 그중에도 대부분의 여자들과 안면이 두터운 모양이다.

물결이 굼실거리듯 몸을 하느적거리는 걸음거리로 옥색 치마를 길게 끈 여자가 이리로 걸어왔다. 형식의 첫 번 상대를 한 여자다. 눈섭을 시커멓게 그리고 어딘지 천하다.

그는 포 ─ 타불을 돌리는 여자와 대하여 성혜에게는 등을 보이고 걸상 한쪽에 걸터앉더니 위선 담배를 꺼내 물었다.

「저기 저치 말이야」

담배 연기가 피어오르는 바른편 엄지손가락으로 누군지를 가르키며 그는 말하였다.

「시인이라지? 홍 뭐이 저따위야」

몹시 무엇이 웃어운 듯이 그는 까득거리면서 웃어 대었다.

「애! 애!」

상대는 주의시키듯 작은 소리로 속사거렸다. 성혜를 눈으로 가르킨 모양이다. 그러나 그 역시 사양할 필요는 느끼지 않았던지 함께 소리를 내며 깔깔 웃었다.

「바보 같은 게 글세 나더러 말야……」

성혜는 그것이 어느 편의 목소리인지도 분간하지 못했다. 다만 귀가 화끈한 것을 느꼈다. 뒤이어 누구 다른 사람 말이겠지 하는 생각이 떠올랐다. 그러나 옥색 치마의 여자는 일부러 성혜를 돌아다보기까지 하였다.

때마침 형식이 이쪽으로 닥아왔다. 헤엄치듯 사람들을 헤치고 미소를 띠우면서. 성혜는 마주 일어서면서 대뜸 나가자고 하려 하였다.

그러나 형식은 먼저 그 여자들에게 농을 부친다.

「순자 씨는 오늘은 어째 워얼·플러워[6]신가. 나하구 좀 춥시다 그려. 이따가 탱고를 걸어 놓구서……」

「아이유! 탱고를 다 추서?」

날쌔고 코에 걸린 그 목소리에는 모멸의 뜻이 노골로 나타나 있다. 짙은 화장의 여자는 그 말과 함께 빙글 등을 보이고 돌아섰다. 옥색 치마도 형식에게 곁눈도 안 주고 일어나 가면서 한 번 더 둘이 얼굴을 맞대이고 킬킬거렸다. 형식은 무색한 듯이 성혜에게로 몸을 돌렸다.

그가 두어 차례 춤을 더 추어서 기분을 돌린 연후에 두 사람은 같이 그곳을 나왔다. 밤거리는 아까보다 한결 싸늘하였다. 습기를 머금은 실바람이 겨드랑 밑으로 오쓱오쓱 스며들었다. 형식은 지금 추던 곡목을 휘파람으로 불었다. 성혜는 잠잫고 발끝만 나려다보고 걸었다.

「오늘은 잘 추는 애들이 나오질 않았군」

형식은 성혜의 얼굴을 드려다보듯 하며 이렇게 말했다. 성혜는 대답을 안 했다.

형식이 내던진 담배꽁초가 물이 괴인 곳에 떨어졌던지 쉬익 하고 뚜렷한 소리를 길게 끄은다. 성혜는 남편의 말에 귀를 기우리면

6   월플라워(Wallflower). '예쁘지만 춤출 기회를 얻지 못한 사람'.

서도 언제까지나 그 여음만을 마음속으로 더듬고 있었다.

◇

초록빛 란탄을 내건 어느 다방 앞에 다달았다. 형식은 차를 마시고 가자고 한사코 성혜를 이끌었다. 성혜는 엷은 봄 목도리를 귀밑까지 끌어 올리면서 그의 뒤로 따라 안으로 들어갔다. 모든 사람이 자기 얼굴만 드려다보는 것 같다. 성혜는 앞에 놓인 다방 이름이 사겨진 재떠리 속에만 눈을 떠러뜨리고 있었다.

「아, 이거 최 선생님 아니십니까. 오래간만입니다. 이리로 앉으십시요. 자아, 자」

형식이 지금 막 문을 밀치고 들어서는 사람에게 반쯤 허리를 들고 황급히 던지는 인사ㅅ말에 성혜도 당황히 얼굴을 들어 목례를 하였다. 그는 성혜의 소설을 잡지에 실은 최 씨였다.

「어떻게 여길 다 나오셨군요. 좋은 글 많이 쓰셨습니까」

최 씨는 이렇게 문단인의 인사ㅅ말을 뇌이면서 마즌편에 와서 걸터앉았다.

「글이 다 무업니까, 그게 어디 그리 쉬운 노릇인가요」

형식은 마치 드러누우려는 듯이 깊이 의자 등에 기대이면서 시비를 거는 사람처럼 이렇게 말을 가로채었다.

최 씨는 아무 대답도 하지 않았다. 한참 있다가 약간 민망한 듯이

「어려운 일이지만 많이 써 주셔야죠」

하고 미소를 띠웠다.

「그런데 참 잡지가 나왔습니다. 이건 윤 씨에게 전하려고 하던

거지만 위선 드리지요. 궁금하실 테니까」

그는 들고 있던 큰 봉지에서 성혜의 두 번째 소설을 실은 신간 지를 꺼냈다.

「그때 그것 말씀입니다. 원고대로 넣었는데요」

최 씨는 그렇게 말하면서 어째서 그것을 빼느니 하였는지 도저히 이해할 수 없었다는 듯한 시선을 성혜에게 던졌다.

형식은 마침 곁으로 온 양담배 장수 아이가 무어라고 한마디 말댓구를 하였다고 화가 찬뜩 나 가지고 아이를 나무래고 있다. 성혜는 그쪽으로 고개를 돌렸다.

「평이 좋지 못한가요」

담배 장수 아이가 나간 뒤에 성혜는 평 같은 것은 실은 아무래도 좋았으나 그렇게 회화를 이어 놓았다.

「대단히 좋다고들 하는 모양입니다. 첫 번 것보다는 훨씬 났다고 윤 씨도 말하던데요」

최 씨가 대답을 하자

「그야 첫 번거버덤 났지요. 났구말구요. 얼마나 더 공을 디렸기에요, 제가 좀 코오치를 하기도 했지만」

형식은 반가운 듯이 그렇게 이야기를 가로맡았다. 그 말소리가 성혜의 귀에는 유난히 크게 들려왔다.

「네에?」

하고 최 씨는 차종 속으로 시선을 떨구었다.

「글세 말입니다. 무어 심심허니깐 쓴다구 야단이지오만 소설이라구 어디 바루된 겁니까, 여길 뜯어곤치구 저 구석을 메우구 그래 겨우 그만큼 만들어 놓았지요. 그러자니 이 사람이 또 말이나 고분고분 들어주어야지요」

형식은 유쾌한 듯이 성혜를 돌보고 껄껄 웃는다.

「여기서두 한 군데 어찌 빡빡 고집을 세우는지!」

그는 탁자 위의 잡지를 주루룩 앞으로 끌어당겨 놓고서 페이지를 획획 넘기면서 말한다.

「그게 무슨 장면이더라……? 옳지 벌판에서 무어 주인공이 혼자 빙빙 돌아다니면서 독백하는 장면이지?」

성혜에게 다짐을 주고 나서

「그게 도무지 틀렸거든. 단편소설이란 그렇게 맥 빠진 구석이 하나라두 있어서는 안 되는 법이야. 오직 크라이맥스 한 점을 향해 쓸데없는 넝쿨이나 가지는 추려, 추려 얼마든지」

남편의 기세가 높아지면 높아질수록 성혜는 어깨가 오무라드는 듯이 느꼈다. 가지를 추리고 넝쿨을 걷어 버리는 것도 필요하겠지만 발붙일 자리를 빼앗어 버린다면 그럼 이야기는 하늘로라도 둥둥 떠오르란 말인가.

최 씨도 그런 뜻으로 대꾸를 하였다. 그의 잔잔한 구조에는 어딘지 가벼운 야유의 뜻이 엿보였다.

「산만하다는 건 단편에 있어 치명상이지요 물론. 하지만…… 가령 성혜 씨의 작품을 예로 든다면 그런 소설의 생명은 소재의 적당한 배치 즉 구성의 묘(妙)에서 오는 효과, 어떤 현혹(幻惑)이라고도 할 수 있거던요. 말하자면 모자이크의 細工物세공물이 가지는 아름다움 말입니다. 거기서는 한 조각만 빼놓아도 전체가 헌출하여 볼모양이 없어집니다. 그리고 그런 방면에 관해서는 성혜 씨의 재능을 상당 정도 신뢰해 좋으리라고 생각하는데요. 이번 작품에서는 그것을 구성하는 네 가지 장면은 완전히 결정적인 역활을 하였다고 저는 생각합니다.」

형식은 고개를 기우뚱하고서 한참 동안 묵묵히 앉아 있었다. 최 씨는 말을 이어

「독백이라는 형식이 대개의 경우 지루한 감을 주게 되는 것은 할 수 없는 일입니다만 대단히 효과적인 용법도 없는 건 아닙니다. 가령 저번에 윤 씨 ── 평론가 윤 씨 말입니다 ── 그이의 필봉에 오른 모란봉이라는 작품에서라든가……」

최 씨는 이야기를 이렇게 일반론으로 돌렸다. 성혜는 손수건으로 가만히 이마의 땀을 씻어 내렸다.

형식은 이번에도 많이 지꺼리어 작품평에 있어서도 일가언이 있음을 피력하였으나 마지막으로 또 한마디 이렇게 덧부쳤다.

「요컨대 소설이란 것도 쌍시비리테[7]의 문제지요. 이 장면을 집어넣어야 옳으냐 안 넣어야 옳으냐 하는 판단이 직각적으로 머리에 떠올라야 하는 법이지 뭐 이렇게 몇 시간을 마주 앉아 토론해 봤자 쓸데없는 노릇이지요. 그래 윤 씨가 좋다고 하더라구요. 흥 그러구 보면 그 양반두 아주 감각이 없는 건 아니로군」

최 씨는 지금은 약간 기분이 상한 듯이 입을 다물고 앉아 있더니 조금 후에는 인사를 하고 다른 자리로 옮겨 갔다.

성혜는 다방을 나오고부터 더욱더 두 뺨이 달아오르고 무엇인지 알 수 없는 격정이 가슴으로 솟구처 오르는 것을 느꼈다.

참을 수 없는 수치, 분격, 그리고 어떻게 할 바를 모르는 초려, 이런 것이 뒤섞여서 가슴을 쾅쾅 짓눌렀다.

(왜 다방에는 들어가자구 했어요. 최 씨와의 얘기는 그게 뭐얘요. 그 장면을 빼어서는 결단[8]이라고 그렇게 노골적으루 말하는데도 왜 그것을

---

7   サソツビリテ. 프랑스어 상시빌리테(sensibilité)의 일본어 표기. '감수성'.

못 알아들어요)

성혜는 마음껏 큰 소리로 부르짖고 싶었다. 그의 걸음거리는 형식의 그것보다 훨씬 빨렸다.

「그것 보라니까, 나 시키는 대루 해서 손해 본 건 없지? 흥, 윤가가 다 칭찬을 하더라구…… 흥, 그게 짜장 누구의 코 — 취이기에……」

성혜의 눈은 일순 번득 빛났다.

무어라구 말이 쏟아저 나오려는데 형식은 또

「지금 그 최 씨라는 인물두 상당히 사람이 거만하지, 무어 나한 테야 그럴 재비도 못 되지만, 모자이크가 어떠니 독백의 형식이 어떠니 제법 그럴사하게 떠들어 대지 않어? 네 장면이 모두 결정적인 역활을 했느니 무어니…… 그런데……」

그는 벼란간 우뚝 발을 멈추더니

「그게 장면이 셋뿐이었을 텐데. 비가 오는 데허구 거기허구 거기허구…… 하나는 뺐으니 말이지 응?」

손구락을 꼽다가 갑자기 무슨 생각이 떠오른 듯이 그는 옆구리에 끼었던 잡지를 잡아 빼 들고 앞으로 내닫기 시작했다.

이슥한 골목 어구에 전등불이 하나 높다란 전주에 매어달려서 흐미한 광선을 떠러트리고 있다. 그 밑을 향하여 형식은 다름질처 가면서 부산히 책장을 뒤적거리는 것이다. 바른편 엄지손가락에 꾹꾹 침을 무처 가며.

길에는 한 사람의 행인도 보이지 않는다. 어둠과 자옥한 안개에 쌓여서 숨을 죽인 듯 고요하다. 형식은 불 밑에 책을 바싹 드려대고 그저도 정신없이 책장을 넘겨 재킨다.

8 결정적 단점.

246

성혜의 가슴으로 날카로운 고통이 스치고 지나갔다. 그 아픔은 처참한 비명이 되어서 일순 잔잔한 거리를 진동케 하였다. 아니 진동케 하였다고 생각한 것은 성혜의 착각에 지나지 않았으나 실로 그 순간 성혜의 영혼은 아픔을 못 이기어 몸부림을 치면서 비명을 올렸던 것이다.

성혜의 눈에 비친 형식의 모습은 한 개의 기괴한 피에로였다. 언제나 하듯 그대로 생각 밖에 흘려 버리기에는 너무나 우열(愚劣)한 피에로였다.

성혜의 까실한 두 뺨에 가느단 실바람이 어름같이 차게 느끼어졌다.

(싫어! 소설도, 공부도, 남편도, 사는 것도 다 싫어! 싫어!)

그는 이렇게 울음 섞인 목소리로 마음속에 웨쳤다.

땅을 기던 짙은 안개가 전선주를 휘감으며 연기같이 뭉게뭉게 올라가고 있다.

노오란 그 빛이 초연(硝煙)과도 같이 처참해 보이는 짙은 밤안개가……

— 《문예》 11호, 1950년 6월;
강신재, 『희화』(계몽사, 1958)

解放村 해방촌 가는 길

가랑비가 아직도 부슬거리고 있었다. 뒷꿈치가 세 인치나 되는 정신 나간 것처럼 새빨간 빛갈의 구두를 신고, 그 까맣게 높다란 비탈길을 올라야 한다는 것은 정말 우스꽝한 고역이 아닐 수 없었다. 기애는 뒤뚝거리면서 그 길을 올라가고 있었다.

그악스런 폭우가 서울에도 퍼부었던 모양이었다. 좁다란 언덕길은, 굴러 내려 데글거리는 돌멩이들로 하여 어느 험한 골짜기와 비슷하였다. 맑은 물이 돌돌 흘러내리고 있다. 뾰죽한 돌뿌리들은 짓궂은 악의를 가진 것처럼 한사코 기애의 발목을 재치려 들거나 호되게 복숭아뼈를 때려 치거나 하였다. 그런 때마다 눈에서 불이 튀어 나도록 아팠다. 그렇게 눈에서 불이 튀어 나도록 아픈 순간이 단속적으로 이어져 나가니까 아픔은 지긋한 어떤 다른 감각으로 변하여 가는 것처럼도 느껴졌다. 그리고 그 지긋한 한 줄기의 감각은 곧 울상이 되려다 말곤 하는 기애의 마음속과 썩 잘 어울리는 것이었다.

마음속에 쌓인 갑갑하고 침침한 무엇 때문에 더 이상 견딜 수

248

없다는 듯이 기애는 고개 중턱에서부터 끝내 눈물을 굴러뜨리고 말았다. 그리고 우산도 쓰지 않은 뺨 위로 가랑비가 흐르는 차가운 감촉과 뜻뜻한 눈물의 이물(異物)다운 느낌에 조금 마음속이 후련해지는 것같이도 생각했다.

좁다란 골목이 뻗어 올라간 남산께로부터는 짙은 안개가 흘러내리고 있었다. 그것은 마치 구름 뭉치처럼 희뿌옇게 뭉게뭉게 펴지면서 기애의 주위를 둘러싸는 것이었다. 그것은 어려서 잘 따라가곤 하던 깊은 산속의 어느 온천이나 약수터의 새벽과 흡사하였다. 기애는 걸음을 멈추고 두꺼운 베일을 쓴 남산의 검푸른 모습과 머리 위를 지나가는 구름들의 어둡고 산란한 움직임을 바라보았다. 비는 아직도 한참을 더 내려야 할 모양이었다.

대구의 하숙방을 나오면서부터 몇 차례를 젖었다 말랐다 한 레인코오트는 또 흠빡 물이 배어서 거진 검정색처럼 보이면서 기애의 가느단 허리께에서 잘룩 조여 매져 있었다. 이 레인코오트를 다른 옷이랑 구두랑과 함께 불 속에 처넣어 버릴까 말까 하고 한참이나 망서렸던 일을 기애는 지금 마음속에 되살려 보았다. 그때 마음을 돌려먹었다기보다 초조와 자학(自虐)에 지쳐 버린 나머지 그만 방바닥에 내동댕이쳤던 까닭에 그것은 그나마 오늘 기애의 몸에 걸쳐져 있는 것이었다. 이 정신 나간 것 같은 구두를 신고 드레쓰 바람으로 우중을 돌아다녔어야만 하였다면 분명히 기애는 좀 더 비참한 기분을 맛보아야만 했을 것이다.

그러나 그렇게 사리를 따지고 보더라도 기애는 자기의 광태를 뉘우치거나 후회스런 마음이 들지는 않았다. 기애의 마음속 밑바닥에는 아직도 줄기찬 분격이 가시지 않고 흐르고 있었다. 그 흐름의 반의 반만치도 표현을 못 했다는 원통함 같은 것이 어린애가 발을

249

실컷 구르지 못한 듯이 뱃속에 남아 있다면 있는 것이었다.

(죽음만이 ―)

하고, 기애는 그때도 지금도 생각나는 것이었다.

(아마도 그것만이 이 일의 결말로서 그리고 보복으로서도 가장 적당한 것일 테지……)

그러나 기애는 비참한 심경이기는 하였지만 그곳까지 굴어들어 가지는 않고 배겼다. 그것 이상의 더 합당한 귀결을 발견할 수는 없었음에도 불구하고 그것은 어쩐지 구시대적인 따라서 어느 정도 넌센스한 일인 것같이 여겨졌기 때문이었다.

그러나 여하간 기애는 죽음과도 못지않은 괴로움을 맛보았다고 생각하고 있었다.

굴욕감과 절체절명감에 압도되어서 거의 자기를 잃었던 수술과 입원의 기간. 특출난 수술도 아니었건만 기애의 경우는 유달리 불운함을 면치 못하였다. 수상쩍은 의사의 솜씨 탓이었는지 혹은 기애의 몸 그것에 원인이 있었던지, 수술은 위험 상태에 빠진 채 장시간을 끌었다. 그처럼 위급한 환자의 상태를 아마도 처음으로 당하는 눈치인 그 젊은 무면허 의사는 숨이 끊어질 듯한 기애의 고통의 호소에는 거의 일고의 주의도 베풀지를 않았다. 기애는 몇 시간을 내리 야수처럼 비명을 질렀을 뿐만 아니라 실상도 인간적인 모든 것을 그 몇 시간 동안 완전히 상실해 버렸었다.

수술 후의 경과도 좋지는 않아서 기애는 보자기 하나를 들고 급작히 얻어 든 낯모르는 하숙집 방바닥에서 소리도 못 내고 딩굴며 아파했다.

그러나 육체의 고통은 그 시간이 사라지면 잊혀질 수도 있는 것이었다. 그리고 또 임신을 하고 그 중절의 수단을 취하였다는 정신적인 쇼크도 그의 괴로움의 전부는 아니었다. 기애는 〈죠오〉가 그처럼 깨끗하고 완전하게 자기 곁을 떠나 버린 그것처럼은, 〈죠오〉의 일을 청산할 수 없었던 것이다. 〈죠오〉는 군인이며 명령에 따라서는 즉시로 귀국해야 할 사람이었다. 따라서 그에게는 아무 잘못이 없었으며, 그에게 명령을 내린 그의 국가에게도 아무런 잘못이 있을 수 없었다. 그리고 그 일을 〈죠오〉나 기애가 미리 계산에 넣지 않았었다고 할 수 있을까?

그러나 그럼에도 불구하고 기애는 마음 밑바닥으로부터 치밀어 오르는 노여움을 어찌할 수 없었다.

〈죠오〉는 결코 냉담한 사나이가 아니어서 그는 그 바닷빛 두 눈에 눈물을 그득 담고 괴로워하였지만 그러나 결국 그는 떠나갔고, 그리고 기애는 그의 정성의 전부인 딸라로써 수술을 하고, 몰라보게 사나워진 성질을 가지고 혼자 남아난 것이었다. 그는 그 성미를 자기로도 주체할 수가 없어서 부대의 동료나 GI들과 닥치는 대로 싸움을 하고, 결국은 우두머리인 〈커어널〉[1]에게 타이프 종이를 찢어 던지고서 그 자리에서 파면이 된 것이었다.

직장을 그만두고 나서도 기애는 두 달이나 대구에 머물러 있었다. 어두운, 산란한, 창문에 빗줄기가 흐르는 듯한 날과 날이 지나갔다. 기애는 이불을 뒤집어쓰고, 혹은 종일토록 엎드려서 울음과 노여움과 그리고 바람같이 가슴을 휩쓰는 허무감과 싸우고 있었다. 〈죠오〉는 기애의 심장을 너무나 깊이 깨물어 버린 것이 분명하였다. 그리고 여기 대하여 기애가 전신으로 의식하는 감각은 「노여움」이었다.

1   Colonel, 대령.

어느 날 파리한 얼굴에 눈만 이상히 빛나는 기애는 그때까지 하지 않던 생각을 하였다. 어머니와 동생이 있는 서울 집으로 돌아갈까 하는 생각이었다. 그 일은 〈죠오〉와의 동서가 시작되면서부터 무의식중 자기에게 금해 온 일이었다. 어머니 장 씨는 필경 딸을 버렸고 가슴이 무너져 내릴 것이었고, 그러한 어머니의 윤리관에 그대로 동조할 수는 없는 기애로도 또 그리 뻐젓하게 나설 용기도 미처 없는 것이었다. 여하간 모친에게 그것은 너무 잔인한 결과일 것이고, 기애 편에도 일종의 본능적인 수치감이 있었다. 외국 군인과의 동서 생활이 별 꺼리낄 일로 치부되지 않고 때로는 오히려 어떤 긍지조차 부여하고 있는, 거기는 또 그런 윤리가 지배하는 부대 안에서라도, 어떤 사소한 사건이 기애로 하여금 맹렬한 동요를 갖게 하지만 않았던들, 그는 낡고 완고한 종래식의 사고방식에서 그처럼 쉽게 뛰쳐나올 수는 없었을 것이었다. 어느 날 기애는 「제비」라는 한마디의 단어에 주의를 이끌렸다.

「제비」

「미스 제비.」

그렇게 불리우고 있는 것이 바로 자기이고, 그리고 그것은 취직 이래 하루같이 입고 다니는 자기의 곤색 옷에 연유하는 별명이라고 알았을 때 기애는 부끄러움으로 사지가 빳빳해지는 것을 느꼈다. 부지런히 빨아 다리는 흰 부라우스와 함께 내리 석 달은 입어 온 기애의 진곤색 수우츠는 부대 내에서 바야흐로 명물로 화해 가고 있는 것이었다. 기애의 자존심은 분쇄되었다. 「친구」를 만들지 않고, 그래서 초라하게 하고 있다는 것은 조금도 자랑이 될 수 없는 세계가 거기 있었다. 검소는 곧 무교양과 연결되었다. 그것은 견딜 수 없는 일이었다.

기애는 몸가짐을 달리하였다. 〈죠오〉의 접근을 용서하였다. 그리고 당연하게도 그를 이용하였다. 기애는 아름다워지고 군인들은 그의 앞에 공손하였다.

그런데 그러다가 보니 〈죠오〉는 퍼그나도 순진한 청년이었다. 내일이 있을 수없는 것은 명백하였지만 이 금발에 바닷빛 눈을 가진 젊은 외국인은 현재로 보아 기애 자기보다 훨씬 순수한 것이 사실이었다. 현재로 보아? 그랬다. 그리고 내일이라는 것을 진실한 의미로 누가 알 수 있을까?

〈죠오〉보다 자기가 불순하다는 생각은 기애의 마음에 들지 않았다. 먼 날의 자기의 「거래」를 위하여 저울질한 애정을 내민다는 것이 기애는 차츰 싫어져 왔다.

기애는 무모한 짓을 하였다.

그리고 그 댓가의 하나로서, 언제나 어떤 종류의 비감함과 결부되어서만 생각되는, 서울의 가족과의 결별이 있었다.

그러나 그날 기애는 수척한 머리를 들고 그 집으로 돌어갈 생각을 한 것이었다. 늘 피하려고만 하고 있던 두 육친의 환상을 가슴속에 똑똑히 떠올려 보았을 때 기애는 여지껏과는 맛이 다른 뜨거운 눈물을 두 볼 위에 흘렸다. 눈물은 슬펐지만 달콤하였고 푹신한 무엇이 그 속에는 있었다. 한밤중에 기애는 대구를 떠났다.

빗줄기가 차츰차츰 굵어져 오는 것 같았다. 기애는 앞이마에 들어붙은 머리카락을 손끝으로 떼어서 젖히고는 그편 손에 트렁크를 옮겨 쥐었다. 그 어느 날 밤인가의 처사 때문에 그의 재산은 온 세상에 그 트렁크 하나로 줄어든 것이었다. 그 속의 것들도 정밀히 따진다면 과연 〈죠오〉와 판련이 없는 섯뿐이었는지 모호한 일이기도 하였지만 이제는 그런 것을 따지기도 싫었다. 〈죠오〉는 간 것이 분명하였다. 그리고 자기는 이 년 전 이 골목을 뛰어 내려가면서 어떤 일이 있더라도 움켜쥐고 오려고 생각했던 아무것도 손에 쥐지 않은 채 돌아오고 있다고 뉘우쳤다. 공기처럼 바람처럼 무엇인가가 지나간 것이었다. 시간이 그저 흘러갔을 뿐이었다.

기애는 희뿌연 남산을 바라보고 이 년 전, 그 중턱의 판잣집으로 이사를 오던 날 서글픈 감정을 서로 감추느라고 세 식구가 미묘한 고통을 겪은 일을 지금도 생생히 마음속에 되살려 올렸다. 초라한 판잣집은 정말 너무도 형편이 없었다. 그것을 보는 순간 가슴이 쩌릿하게 아파 오도록 그것은 그냥 닭장이나 헛간과 다를 바 없었다. 자기의 안색을 살피는 장 씨의 눈길이 기애는 아팠다. 그리고 그렇게 아파하는 기애의 마음은 또 반사적으로 장 씨의 심장을 다치는 것이었다. 어색한 웃음소리나 공연히 높은 음성이 그럴 적마다 더욱 견디기 어려운 공기를 자아냈다. 국민학교의 육 년생인 욱이만이 비교적 무관심한 듯 드나들며 이삿짐을 나르고 있었다.

그러나 기애가 그 신문지로 초배를 한 방바닥에 앉아서 쉴 수 있은 것도 잠간 동안뿐이었다. 빚을 받으러 왔다는 여자가 웬 볼품 사나운 사내들을 너댓이나 몰고 와서 이삿짐도 덜 푼 마당에서 야료를 부리기 시작한 것이었다.

집을 팔고도 감쪽같이 옮겨 앉는 그 마음보가 고약하다. 다만 얼마라도 수중에 남은 것이 있을 것 아니냐. 사람의 형상을 하였으면 체면이 있어야지.

구경군이 늘어섰다. 사내들은 눈을 부릅떴다. 장 씨는 손발을 가눌 수 없을 만치 극도로 흥분하고 있었다. 그러면서 그녀는 일언반구의 대꾸도 못 하는 것이었다. 성이 나면 날수록 말문이 꽉하니 막히는 것은 본래의 버릇이기는 하였지만, 여지껏은 그래도 학교에

보내느라 별로 이따위 꼴을 보인 적이 없는 기애의 앞이라는 생각
에, 장 씨는 그만 그들의 욕설도 제대로 들리지가 않는 것이었다.

기애는 새파랗게 질려서 떨고 있었다. 이 동리로 발을 들여놓
으면서부터 누르고 달래고 하던 수치감이 일시에 폭발을 하는 느낌
이었다. 기애는 장 씨를 밀어내고 앞으로 나섰다. 그는 그들에게 당
장에 나가라고 명령하였다. 높은 음성도 아니었다. 그러나 아직 앳
된 소녀의 새파란 서슬에 그들은 잠간 멈칫하였다. 기애는 자기가
그것을 갚는다고 단언하고 날카로운 어조로 빨리 나가라고 되풀이
하였다.

그들이 사라진 뒤를 이어서 기애는 이 고갯길을 힘껏 달려 내
려갔다. 부글거리는 격정을 삭이느라 무거운 것도 무거운 줄 모르
고 번쩍번쩍 짐을 들어 옮기고 있던 장 씨의, 그 순간 휘둥그래진 커
단 눈이, 오래도록 기애의 망막에 남아 있었다. 그리고 서글픈 듯이
귀를 잡아당기면서 판자문 앞에 서 있던 욱이의 모습도 ─.

그 집은 아직도 그곳에 그 모양으로 있을 것인가. 어머니와 욱
이는 다 무사할까. 거리가 조금씩 다가옴에 따라 그곳에 사는 사람
들의 현실성은 기애의 맘속에서 반대로 차차 희박해져 오는 것이 이
상하였다. 잠간 사이기는 하나 기애는 그곳에 아무 사람도 있지 않
고 따라서 자기의 이러한 모습도 보이지 않고 말았으면 하는 욕망이
가슴에 고여 오르는 것을 느꼈다. 그러나 물론 그들은 거기 있을 것
이었고 그 주소에 대고 기애는 꼬박이 송금을 하여 온 터이었다.

고갯길은 다하였다. 남산 허리를 돌며 뻗어 온 넓다란 길이 한
참을 그대로 탄탄히 펼쳐져 나가고 있었다. 길 양옆에는 큼직한 집
들이 이유 있게 들어앉고, 비에 젖은 성원의 초록이 눈에 새로웠다.
기애는 트렁크에 걸터앉아 조금 쉬었다. 그리고 일어서는데 곁의

255

철망 안에서 개가 사납게 짖어 대기 시작했다. 무엇이 그렇게 비위에 거슬렸던지 개는 미친 듯이 껑충대며 더할 수 없이 포악하게 으르렁대었다. 보고 선 기애는 별안간 그 개에 못지않게 격렬한 감정이 자기를 휩쓸려고 하는 것을 느꼈다. 개가 힘껏 성미껏 악을 쓰고 있듯이 어딘가에 대고 가슴속을 폭발시키고픈 어리석은 욕망을 그는 억제할 수가 없었다. 기애는 돌멩이를 집어 들었다. 세파아드의 코를 향해 힘껏 내리쳤다. 그리고 폐부를 찌르는 듯한 짐승의 비명과 슬프고 비참한 긴 신음 소리 가운데 신경이 산산조각이 나는 것 같은 현깃증을 느끼면서 비틀비틀 걸어갔다.

편안치 못한 잠으로부터 기애는 깨어났다. 눈을 뜨니까 곧 잡지책을 뜯어 바른 천정과 벽의 괴상스런 얼룩이 시야에 들었다. 얼룩은 잠들기 전에 쳐다볼 때보다도 훨씬 더 그 영역을 넓히고 있었다.

누운 위치가 조금 바뀌어 있었다. 두어 칸 넓이 방의 삿자리가 깔린 한구석으로부터 가운데로 이불이 옮겨져 있었다. 애초에 누웠던 부근에는 세수대야와 뚝배기가 대신 널려 있었다. 세수대야와 뚝배기 속으로는 또닥 딸랑 하고 이상스레 동화적인 소리를 내면서 빗방울이 떨어져 내리고 있다. 윗목으로는 조금조금한 자루가 너댓 개 바리케이드처럼 포개 놓았다. 조금 입을 벌린 그 하나에서는 수수알이 흩어져 나와 있었다. 삼각형으로 깨어져 나간 손바닥만 한 거울. 반이 부러진 빨간 빗. 이 방에 그득 차 있는 것은 가난 그것뿐이라 느껴졌다. 기애는 눈을 감았다. 굴욕적인 정상이었다. 사람이 사람에게보다는 동물에 가깝도록 궁핍에 인종하여 살고 있다는 것은 기애에게는 부끄러운 일 이외의 아무것도 아니었다. 이사 올 때

누르고 달래이던 굴욕감은 여전히 그대로 굴욕감이었다. 그것 자체가 죄악처럼 피해야만 하는 일이었다. 그리고 그것이 죄악과 비슷한 것이라면 그 죄는 바로 기애의 것이었다. 부친의 생존 시에 그들은 이런 생활을 하지 않았고, 장 씨가 지주였을 때만 해도 그들은 체면을 유지하며 살았다. 지금은 기애의 책임인 것이었다.

머리맡을 바람결같이 연달아 지나가는 것이 있어서, 그는 본능적으로 몸을 옴츠렸다. 눈을 뜨고 그것의 행방을 바라보았다. 그것은 커다랗고 시꺼먼 쥐들이었다. 두 마리의 쥐가 자루께에 가서 살살대고 오르내리는 것이었다.

기애는 오싹하고 온몸에 소름이 끼쳐졌다. 황급히 일어나 앉으니까 그 서슬에 쥐들도 놀랐는지 기애의 다리를 스칠 듯이 딩굴어 와 이부자리 가넘을 미끄러지며 달아났다. 생리적인 오감을 누르느라고 기애는 한참 동안 애를 써야만 했다. 이가 달달 마치도록 떨고 있었다.

이윽고 그는 세모난 거울을 집어 눈 언저리가 꺼멓게 꺼진 얼굴을 들여다보고 일어서서 마당으로 나왔다. 멎는다는 것을 잊어버린 듯이 소리도 없는 가는 비가 아직도 한결같이 내리고 있었다. 국방색 몸뻬에 흰 당목 적삼을 입고 비를 맞으며 돌아앉아 무엇을 씻고 있는 장 씨를 기애는 뒤에 서서 바라보았다. 진일을 하는 어머니의 모습을 보는 것이 기애는 제일 싫었다. 예전부터 그랬다. 그렇다고 도울 염을 하는 것도 아니었다. 지금도 다만 싫다고 느꼈다. 그는 상을 찌프린 채 판자문을 밀치고 골목으로 나섰다.

이 년 전보다 말이 못 되게 쪼그라지고 새까매진 노모는 기애의 기색만 살피고 있다가 끝내 이렇게 한마디 문밖에다 던졌다.

「애야 방에 들어가 누워 있으려무나. 곤할 텐데 응?」

응 소리는 사뭇 애원하듯 한다.

기애는 장 씨가 자기의 더부룩한 머리 모양이며 너들너들 늘어진 후레야스카트며 어깨까지 헤벌어진 얼룩덜룩한 부라우스며를 남들에게 보이기 싫어하는 것을 알고 있었다.

그러나 대꾸도 하지 않았다. 기애는 장 씨의 노쇠한 얼굴을 보고, 심약하게 자기의 낯빛만 엿보는 습관이 전보다 더 심해진 것을 보자 반대로 이상하게 뱃장이 생겨난 것이었다.

(이 집에서 기운을 낼 사람은 나 혼자뿐이야)

그런 결론이 주는 용기이기도 했다.

기애는 삼사일만 더 휴양을 취하고는 얼른 일자리를 구해야겠다고 생각하는 터이었다. 장 씨가 자기보다 더 비참한 것 같아 그 곁에 머리를 싸매고 누워 있기 싫었다.

기애가 돌아오던 날 개울에서 방망이질을 하다 마주 일어선 장 씨의 얼굴에는 확실히 당황한 빛깔이 짙었었다. 딸의 돌연한 귀가가 놀라웁기도 하였겠지만 기애를 일별한 그 찰나에 모성의 본능이 무엇인가를 직감한 탓인지도 알 수 없었다. 단정하지 못한 기애의 차림새에 남의 눈을 꺼리고만 싶은 장 씨의 기분은 무의식중 그런 데에까지 걸쳐져 있는 것이었다.

장 씨와 욱이의 생활은 기애와 조금 의외하였으리만치 극단히 군색한 것이었다. 기애는 자기의 송금도 있었고 조금은 나아졌으려니 믿고 있은 위에 장 씨의 편지 같은 것으로 미루어서도 그런 느낌을 가졌었기 때문에 궁한 모양에 한층 더 마음이 어두웠다. 하룻밤을 자고 난 다음 날 아침 욱이가,

「누나, 학교 갔다 오께.」

하고 중학교 교모를 눌러쓰고 나간 다음에 기애는 트렁크를 열

고서 돈이 될 물건들을 끄집어냈다. 정가표가 붙어 있는 라이카니 필림이니 녹음기의 테이프니 하는 것들이었다. 장 씨는 눈이 둥글해지며 놀랐다. 놀라면서도 재빨리 그것들을 보자기에 싸서 옷 궤짝 밑바닥에 집어넣었다. 그리고 나서 비로소 만족한 듯이 미소를 띠우고 말문을 열더니,

「저게 값이 얼마나 나갈까, 시세를 잃지 않구 잘 팔아야 할 건데.」

하고, 수군대며 또 곧 근심스런 얼굴이 되는 것이었다.

장 씨는 그것을 적게 꾸려서 치마폭에 감추듯이 해 가지고 나가서는 돈과 바꾸어 들이곤 하였다. 하루에 몇 차례나 들고 나갔다 들어왔다. 거의 입을 열지도 않고 왼정신을 팔며 그 일을 하였다. 돈도 역시 치마폭에 감추어 가져오고 보자기를 끄를 적에는 문꼬리를 몇 번이고 흘깃거려 보았다.

그러한 장 씨에게 기애는 무엇인지 비굴할 것을 느끼지 않을 수 없었다. 그것은 묘하게 돌아가는 일이었다. 장 씨 자신 돈은 반갑고 귀하면서 돈이 되는 그 물건에는 무언지 떳떳치 못한 것을 뉘우치듯이 딸에 대하여도 기특하고 고마운 반면에는 낙담이 되고 꺼려하는 무엇이 없지 않았다. 장 씨의 이런 기분은 또 그냥 기애에게 반영되고 그러니까 장 씨에게 느끼는 무엇인지 비굴한 그 느낌은 곧 기애가 기애 스스로에게 느끼는 비굴감이기도 하였다.

그리고 장 씨는 기애에게 더 근본적인 문제에 관한 의혹을 품고 있는 까닭에 시시각각 가슴속에 자문자답을 하고는 결국 (우리 아이가 그럴 리가 없지) 하고 일시나마 단정을 내림으로써 기분을 돌리곤 하는 것이니까, 기애로 보면 자기의 실태(實態)가 끊임없이 그리고 진면직으로 모욕당하고 있는 셈이었다.

그러기에 기애는 장 씨의 감정에는 일체 개의치 않을 뱃장을

세운 것이었다. 장 씨와 함께 온갖 주위만 살피다가는 헛간 생활을 면할 길은 영영 없으리라 싶었다.

그래도 순간적으로 장 씨에게 동정적인 기분이 되기도 하여 사흘째 되는 어제저녁에는 머리도 감아 빗어 동여매고 꺼내 주는 치마저고리로 얌전하게 꾸며 보이기도 하였다. 등불 아래서 풋콩을 까면서 장 씨는 졸지에 환해진 것 같은 얼굴에 안심한 빛을 감추려고도 않고 이런 소리를 하는 것이었다.

「네가 애써 벌어 보내는 게거니 하니 어디 쑬쑬히 써 버릴 맘이 나더냐. 돈 들여 고치면 그야 이런 집이라두 좀 나아질 테지만 난 그저 눈 딱 감구 지냈다. 욱이더러두 중학교 들어서 다니는 것만 고마운 줄 알구 매사 참어라 참어라 했지. 누이는 인제 시집보내야 할 나인데 한 푼이라두 아껴 써야 하느니라고. 그렇지 않느냐. 다 점잖은 걸 객지에 놔두구 늘 걱정이었더니라.」

장 씨는 이제서야 그런 소리도 해 들릴 심정이 되었다는 듯이 대견한 표정을 지어 보이는 것이었다. 건강도 안 좋아 그만두었노라는 설명만으로는 부족하였던 안타까움을 장 씨는 어지간만 하면 그만 내어던지고 시원해지고 싶었는지도 몰랐다. 그러나 기애는 탐탁잖은 얼굴로 잠잪고 있는 수밖에 없었다. (결혼? 흥,) 하고, 그러나 그 코웃음을 어디로 가져가야 할지는 알 수 없었다. 장 씨는 또,

「얘, 그 근수가 제대했더구나, 접대 여길 오지 않았겠니. 아 예배당엘 갔다 오는데 웬 장정이 마주 서길래 깜짝 놀랬더니 그게 바루 근수더구나. 가엾더라. 무척 고생을 하는가 봐. 것두 그렇잖겠니. 왼 천하에 제 한 몸이니. 쉬이 또 오마구 하더니만 오늘이라두 안 오려는지.」

한참 수다스럽기까지 하던 그녀는 슬며시 무어가 마음에 걸리

는 듯한 눈초리가 되었다.

「참 어머니, 누나 오기 바루 전날 근수 형님 왔었어요. 삼일예
뱁가 뭔가 보러 가신 뒤에요. 내가 그 소릴 안 했었네.」

소반 위에다 노오트를 펼쳐 놓고 앉았던 욱이가 그렇게 이야기
속에 들어왔다.

「그래? 그래 속기 학교엔 들어갔다더냐?」

「네, 들었대요. 그건 됐는데 낮의 일자리가 좀체 구해지지 않는
가 봐요. 우울한가 부던데.」

끝의 소리는 기애를 쳐다보며 건네었다. 기애는 못 들은 체하
고 있었다.

「하긴, 팔이 부자유하니 아무래두 더 힘이 들 노릇이지, 똑똑한
총각이지만……」

「팔요? 팔이 어쨌어요?」

기애는 저도 모르게 소리를 질렀다.

「아냐. 보매는 뭐 아무렇지두 않은데 힘줄을 다쳤다나 어쨌
다나 팔굽을 잘 놀리지 못하더구나. 왼편인 것이 천행이긴 하더라
만……」

기애는 제대하였다는 근수의 좀 싱거운 듯이 입가로 웃는 샌님
답던 얼굴을 그려 보았다. 그는 기애의 아버지와 친숙하던 부호의
아들로서 기애의 집이 몰락한 이후로도 여전히 무엄하게 드나들고
있었다. 무언지 조심스럽고 어렵게 여기기 시작한 것은 장 씨뿐이
었고, 여학생인 기애는 저락하는 환경에 반비례하듯 점점 더 그에
대해 오만한 자세를 취하였고 그러나 그것은 근수를 싫어서는 아니
었었다. 욱이는 말할 것도 없이 친형이나처럼 그를 졸라서 여전히
온갖 데를 따라다니곤 하였다. 사변 때 근수는 기애네 집 다락에 숨

261

어 있었다. 그리고 남성으로서 성숙해 가던 그는 확실히 연정의 표시라 볼 수 있는 태도를 기애에게 보였었다. 그러나 그 사랑은 꽃을 피우지 못하였다. 근수의 가족은 근수만을 남기고 전멸하였고, 피난, 근수의 입대, 환도, 기애의 대구행, 하고 너무나 어지러운 변천 가운데 서로의 얼굴조차 보지 못하는 세월이 흘렀다. 한번 장 씨가 일선에서 온 편지를 전송(轉送)해 주었으나 기애는 그것을 뜯지도 않은 채 난로 속에 집어넣어 버렸다. 크리쓰마쓰의 무렵이었다. 화려한 의상과 불빛과 흰 눈과 그리고 〈죠오〉와 더불어 소음 속에서 보낸, 기애에게는 어지럽고 암담한 크리쓰마쓰였다. 지금 그 샌님이 다시 눈앞에 나타난들 나와 무슨 상관이 있으랴. 적은 일에는 신경이 안 미치던, 덤덤하기만 하던 그가 지금은 고생을 한다지만 그렇다고 자기가 동정을 할 계제도 못 되는 것은 뻔한 이치였다.

그런 일보다는 비나 이제 개어 주었으면 싶었다. 주위가 온통 안개에 두루 말려서 산등성이에 밀집해 산다는 감이 더한 것 같았다. 기애는 장 씨의 고무신을 끌고, 문마다 빼꼼빼꼼 내다보는 까만 눈들을 곁으로 흘리면서 총총히 들어앉은 판잣집 곁을 지나쳤다. 찔걱찔걱 미끄러지는, 본래는 층계처럼 깎이었던 모양인 황토 샛길을 기어오르니까 뭉클하고 풀 향기가 몰려들었다. 꽃을 떨군 아까시아의 싱싱한 초록, 우거진 잡초. 다리와 치마를 폭삭 적시면서 함부로 쏘다녀 보았다. 벌써 어스름 저녁때였다.

산록을 돌면서 곧장 뻗어 온 넓은 길은 여기서는 실낱처럼 가늘어져 가지고 그대로 산허리를 감싸며 기어오르고 있었다. 해방촌의 주민들이 그 길을 따라 속속 돌아오고 있다. 그것은 멀리서 바라보면 일렬의 길고 가는 행렬이 서서히 앞으로 나가는 것 같았다. 기애는 그 길께로 다가가서 젖은 바위 위에 기대어 섰다. 안개 같은 보슬비를 기애가 비라고도 느끼지 않듯이 그들도 한결같이 우장을 갖고 있지 않았다. 그 대신처럼 반찬거리들을 들었다. 지푸라기에 엮어 든 생선 마리, 파, 배춧단. 여인네들 머리 위에는 또 으례 조그만 자루, 상자, 보자기. 놀라움게 빠른 걸음새로 미끄럽고 좁은 산길을 획획 지나간다. 그러면서 동행끼리는 열을 올려 사업 이야기, 장사 이야기를 하는 것이었다. 파고드는 듯한 눈길, 여자고 남자고 힘찬 걸음걸이. 거칠은 호흡. 똑같은 표정이 어느 몸에나 있었다. 기애는 자기도 그 길로 들어서서 반대쪽으로 거슬러 내려갔다. 길 한편이 깎아지른 듯한 벼랑을 이루어, 까마득한 아랫쪽에서 연기같이 안개가 피어오르고, 또 더욱 멀리 펼쳐져 가라앉으면서 시가지의 지붕들이 내려다보였다. 겨우 한 사람 지나다니리만큼 산복(山腹)[2]으로 다가붙으며 휘어진 그 길이 홱 꼬부라지며 잘숙 끊기운 모서리는 아슬아슬하게 위험하여서 기애는 늘어진 나무가지를 휘어잡고 간신히 옮겨 서는 것이었으나 책보를 낀 이 동네 아이들은 장난을 치며 예사로 뛰어넘는 것이었다.

　문득 기애는 협곡 사이로 주의를 이끌렸다. 시내물이 소리치며 굴어 내리는 까마득한 골짜기를 한 소년이 날쌔게 뛰어내리고 있는 것이었다. 바위에서 바위로 원숭이처럼, 아니 마치 용수철을 튀기 듯 갈짓자로 뛰더니 어느 바위 그늘로 숨어 버렸다. 기애는 서서 보고 있었다. 바위 그늘 쪽에서는 물통을 진 사람들이 걸어 나왔다. 동이를 인 계집애도 나타났다. 그들은 조금 더 평탄한 길을 택하려 함인지 한참을 아래로 내려갔다가 삥 도는 오름길로 들어서는 것이었다. 식수 때문에 야단이라고 언젠가 장 씨의 편지에 적혔던 일이 생

2　산비탈.

각났다.

기애는 그냥 서 있었다. 용수철을 튀긴 듯이 민첩하던 소년이 궁금하여서였다.

이윽고 소년이 바위 그늘에서 나왔다. 양철통에 물을 담아 든 모양이다. 반즈봉[3]하고 안다샤쓰[4]만을 입은 그 소년은 팔에 걸린 중량에도 그다지 제약을 받지 않는 듯 협곡을 똑바로 위로 올라왔다. 돌음길을 위하여 한참을 아래로 내려가지도 않고 곧장 협곡을 올라왔다. 기애는 혼자 미소하였다. 예기했던 대로였기 때문이었다. 좀 더 자세히 소년을 보았다.

그리고 그는 반갑게 소리를 질렀다.

「애 욱아! 너로구나.」

상수리 숲께로 꺾어 들려던 욱이는 응 누나로군, 하는 듯이 흰 이를 보이고 웃더니 기애가 서 있는 길 위에로 성큼 뛰어올랐다.

「저리루 가는 게 훨씬 가깝지만 엣다 누나하구 같이 가 줬다.」

한다.

「그래 애. 난 너처럼 원숭이가 아니니깐.」

기애는 뒤에서 따라가면서 그렇게 지껄여 댔다.

욱이와 이야기를 하고 있으면 어느 때고 마음이 밝아지는 것이었다. 욱이에게는 장 씨 앞에서 처럼 허세(虛勢)를 부릴 필요가 없었다. 지나치게 남의 눈을 의식하고 남의 맘을 이리저리 미루어 보며 행동을 하는 장 씨이기 때문에 반동적으로 이편은 허세를 부리게 되는데 욱이에게는 어느 모로 보나 과잉한 감정이라곤 없는 것

---

3 반바지.
4 언더셔츠.

264

같았다. 그는 모든 일에 적당히 무관심하고, 밝고 건강하였다. 수학에 썩 자신이 있어 하는 그의 두뇌 구조는 수학적으로 치우쳐 있는지도 알 수 없었다. 혹은 드물게 단순 명쾌한, 축복받은 천질을 타고 났을까, 하고 기애는 생각하기도 하는 것이었다.

「무겁겠구나. 좀 붙들어 주었으면 좋겠는데.」

「아니, 아니 무겁잖어.」

「만날 물 긷기 힘들겠다. 정말 미안한걸.」

흥 흥 하고 욱이는 코로 웃고,

「어제 체조 시간에 장애물 경줄 하는데 아 내가 일등을 했겠지. 나아 원.」

하였다.

기애는 깔깔거리고 웃었다.

걸음걸이가 잽싼 사람들이 몇이나 옆을 빠져 앞서갔다. 기애는 진정으로

「내가 얼른 또 취직을 해야겠는데」

하면서 어느새 빗발은 거치었지만 보오얀 수증기로 더욱 축축해진 것 같은 산마루께를 바라다보았다.

「취직도 좋지만 누난 얼른 근수 형님하구 결혼이나 하는 게 좋을걸.」

중학교 이 학년짜리가 건방진 소릴 한다.

「어머니랑 너랑 어떻게 살래?」

그런 소린 하지두 말아 하는 대신 기애는 놀리듯이 말을 하였다.

「으 ― 그야 당장 곤란하지만」

하고 돌아보고 웃더니,

「누나랑 근수 형님이랑 다 취직하면 그게 그거지 뭐. 근수 형님

은 지금 집두 없거든.」

엉뚱한 방향으로 이야기가 빗나갔다. 흥 흥 하고 이번에는 기애가 코로 웃었다.

「나도 어쩜 야간 중학으로 옮기구 낮엔 일할까 생각하구 있어.」

쪽 곧은 소년의 뒷다리가 번갈아 앞으로 내어 딛는 것을 기애는 멍하니 내려다보면서 아무 소리도 하지 않았다. 집께에까지 와서 한꺼번에,

「불가능한 일이야」

혼자소리처럼 여러 가지 대답을 해치웠다.

욱이는 기애의 눈 속을 흘깃 들여다보고 찔걱거리는 황토 막바지를 뻔찔나게 달려 내려갔다.

취직 자리를 알아보려고 시내에 들어갔다 나온 기애는 손끝을 새빨갛게 마니큐아하고 화장도 옷채림도 눈에 띠우게 하고 있었다. 근수의 앞이라서 그것에 신경이 씌인다기보다도 초라한 판자집 안에 그렇게 하고 앉아 있는 걸맞지 않음이 자기를 괴롭힌다고 기애는 생각했다. 근수의 눈을 감기고 옷을 갈아입을 수도 없지는 않았지만 그런 동작의 유희다움이 지금은 역겨웠다. 근수를 만나면 한번은 맛보아야 한다고 미리 각오하고 있던 스스러움이나 상심의 뒷그림자 같은 것이, 오늘 실지로 그를 대하고 보니까 이외에도 격심한 동요를 자기에게 가져왔다는 그 사실에 기애는 초조한 역정까지를 느끼고 있었다. 그는 산에나 올라가 보자고 꽤 퉁명스런 어투로 말하였다.

아까시아 숲 그늘의 가느단 길을 걸었다. 무성한 숲은 외계의

모든 것을 시야에서 가리고 푸른 잎새와 돋잎처럼 땅 위에 떨어진 고요한 햇빛이 있을 뿐이었다. 새소리가 들렸다.

거치장한 페티코오트와 귀걸이는 그래도 얼핏 떼어 놓고 나왔지만, 예나 지금이나 근수에게는 그런 일에 신경이 통히 안 미치는 모양이었다. 여자의 옷차림 같은 것에는 여전히 무관심한 근수이지만, 그의 속에 더 중요하고 근본적인 것에 관하여서는 대단한 변혁이 있었다는 것을 기애는 그의 얼굴과 그의 몸에서 느끼고 있었다.

너그럽고 무던하고 낙천적인 구석이 싹 하니 없어져 버린 것 같았다. 그는 고뇌의 실체(實體)를 보았는지 몰랐다. 그는 사람이 그것에게 이기지는 못하는 것이라고 깨달아 버렸는지 알 수 없었다. 그의 몸과 그의 얼굴의 표정은「절망」인 것 같았다. 기애의 마음을 날카롭게 움켜잡고 놓지 않는 것도 그것이었는지 알 수 없었다.

(이 사람에게는 내가 필요했나 본데 그런데 나는 ─)

근수의 왼팔은 말을 잘 듣지 않고, 그는 그것을 처들 적에나 쭉 뻗쳐야 할 적에는 나머지 손으로 받쳐야 하였지만 그래도 그의 균형 잡힌 몸집의 아름다움은 상하지 않고 있었다. 염색한 작업복 소매를 걷어붙이고 있었으나 길숨길숨한 사나이의 육체는 매력적이었다.

「대구서는 오공군에 근무했었다구?」

「응.」

근무라는 용어가 기애의 귀에 따가웠다.

「난 미군 기관은 싫어!」

앞을 본 채 근수는 꽤 세게 그 말을 잘라 하였다. 그것은 기애의 이야기라기보다는 자기 자신 미군 기관에 취직하기는 싫나는 뜻인 모양이었다. 어느 편이건 기애는 화가 나지도 않아 웃고 있었다.

「그렇지만 일자리를 구하기란 퍽 힘든걸.」

컴컴한 목소리로 그는 그렇게 말하였다. 괴로움이 몸에 배인 듯이 그의 낮은 음성은 몹시 컴컴했다. 기애는 반발하는 것을 느꼈다.

(미군 기관이 좀 쉽거들랑 거기 하면 어때요……)

그렇게 내쏘고 싶어졌다. 그러나 잠자코 있었다.

나무숲이 중단되며 동그란 잔디밭이 한쪽으로 나타났다. 오랜 비에 씻기운 신선한 연두색이 기운찬 햇살 아래 화안하게 펼쳐 있었다.

잔디밭에서 근수는 문득 발을 멈추었다. 기애를 향해 서며, 자기의 마음속을 거기서 헤아리듯 기애의 얼굴을 물끄러미 건너다보는 것이었다. 그러다가 눈이 부신 듯이 깜박거리고 고개를 기웃하며 웃어 버렸다. 좀 싱거운 듯이 입가로 웃는 옛 버릇이었다.

풀밭 가운데로 걸어 들어갔다. 근수는 또 멈추고 기애의 얼굴을 건너다보았다. 입가로 웃지 않고 눈빛도 아까와 같지 않았다. 그는 두 손으로 기애의 손목을 감싸 쥐었다.

「기애, 그동안 나를 잊었었겠지?」

부드럽고 따뜻한 음성이었다. 넓고 든든한, 기애 가운데의 여성이 저도 모르게 기대어 버릴 듯한 근수의 음성이었다.

「기애, 기애가 알듯이 나는 여러 가지 것을 잃어버렸어. 생각도 전과는 달라져서 어떤 신념에 따라 한 노선을 간다는 일도 못 하고 있는 형편이야. 말하자면 비참한 지리멸렬이지. 그렇지만 내게도 단 하나 꼭 가지고 싶다고 생각해 온 것이 있어. 기애, 알아줄 터이지, 내 곁을 떠나지 않겠다고 약속해 줘. 기애, 날 격려해 줘. 내게는 아직도 아마 용기가 있을 거야.」

「……」

「기애! 기애!」

근수의 억센 한 팔이 기애의 등을 끌어당겨 자기의 가슴팍에 묻어 버렸다. 목 언저리에 그의 입김이 뜨거웠다. 기애의 머리는 그의 말을 분석하고 있지 않았다. 그는 자기를 마비시킬 듯한 이상한 감각 속에서 숨 가쁘게 허덕이며 혼자 생각을 더듬고 있는 것이었다.

(이건 무얼까 이건 무얼까)

남자의 육체를 알고 있다고 생각하고 있었지만 여기에는 판이한 무엇이 있었다. 언젠가 오랜 옛날에, 그렇다 아마도 사변 그때에 다락 속에 숨은 근수에게서 받은 어떤 강렬한 느낌과 이것은 상통하는 것이었다. 그리고 그때는 온전히 깨닫지 못한 이 느낌은 인생의 진실과 어떤 절대적인 관련이 있는 것인지 몰랐다…… 기애의 머리는 빙글빙글 도는 것이었다. 무슨 꿈에도 생각지 않은 오산이, 막대한 인생의 가치에 대한 오산이, 자기에게는 있었던 것이 아닌가?

(그렇지만 어차피 일은 죄다……)

기애는 몸을 비꼬아 근수의 가슴을 떠밀쳤다.

「기애, 나를 밀어 던지면 안 돼! 날 사랑해 줘.」

목소리가 되지 않는 목소리로 속삭이며 근수는 자기의 얼굴로 기애의 그것을 덮었다.

꼭 무례한 짓을 당하고 화를 낸 사람처럼 기애는 어디다 분풀이를 해야 할지 모르는 표정이었다. 그리고 사실 기애는 화가 나 있기도 했다.

바보! 바보! 난 자격이 없어요, 하고 내 입으로 설명을 안 하면 못 알아보나. 바보, 바보. 그렇잖으면 날더러 내가 그 모양이었었대

269

도 아마 괜찮을 게라는 기대를 가져 보란 말인가. 바보. 등신!

집에 돌아왔으나 방에 들어가지도 않고 담장 앞 평상 위에 두 다리를 내던진 기애는 내내 외면을 한 채로였다. 실오라기 같은 무궁화나무 곁에 버티고 선 근수는 그런 기애의 옆얼굴을 깜빡도 하지 않고 뚫어지게 바라다보고 있었다.

나를 경멸하고 있는가? 아무것도 가지지 않은, 팔조차 이렇게 되어 버린 나를. 흠, 그럴 테지 그것이 지당한 노릇이다.

근수의 입가에 눈물보다 더 아픈 미소가 어리는 것을 기애는 보았다. 기애는 더 이상 견딜 수 없었다. 그의 초라함 그의 설움이 가슴에 저릿저릿 애달파서 그 새까맣게 타고 수척한 얼굴을 가슴에 안고 실컨 울고 싶었다. 기애는 평상에서 벌떡 일어났다. 그러나 그는 고작 방으로 들어가서 양말이며 스카아트를 난폭하게 벗어 던질 따름이었다. 그리고 다른 옷들을 주어 걸쳤다. 그 모양은 마치 근수의 손에 닿았던 모든 것을 일시라도 빨리 몸에서 벗겨 버리려고 하고 있는 것 같아 보였다.

무궁화나무께에서 근수는 옷자락이며 기애의 팔다리가 힐긋힐긋 나타나는 방문 쪽을 여전히 옴짝도 안 하고 응시하고 있었다. 그의 입가에는 이제 미소도 떠 있지 않았다. 그는 다만 기애의 모든 모습을 뇌리에 깊이 새길 필요라도 있다는 듯이 응시를 계속할 따름이었다.

그들의 서슬에 가슴이 무너지게 놀란 것은 장 씨였다. 그녀는 찾아온 근수가 무한히 반가웠고, 산에랑 함께 나가는 것을 보고는 분주히 음식상을 마련하면서 이것들이 이제 오나 욱이도 그만 돌아왔으면 하고 언제 없이 마음이 화안했던 것이었다. 장 씨는 기애더러 제발 웃는 낯을 보여 달라고 간청하고 싶었으나 그러지도 못하고 근수 편만 몇 번 살피다가 그것도 어려워 그만 부엌 속으로 들어가 버렸다.

「이 애가 왜 여태 안 오누 ──」

장 씨는 부뚜막 앞에 서서 공연히 큰 소리로 그렇게 두덜대듯 하였다.

마침내 근수는 좀 진정이 된 낯빛으로 방문 앞으로 걸어왔다. 그는 기애에게 하여간 화는 내지 말아 달라고 상냥한 인사말이라도 남기고 싶었는지 알 수 없었다. 그러나 방 안을 들여다 본 그는 아무 말도 하지 못했다. 욱이의 책상 위에 버릇 사납게 걸터앉은 기애는 담배 연기를 후욱 내뿜고 있는 것이었다. 담배를 끼고 저리 본 턱을 고인 손가락 끝에 길고 빨간 손톱이 표독스러웠다.

근수는 말없이 돌아섰다.

외면을 한 기애의 두 뺨 위로 굵다란 눈물이 흐르고 있었으나 물론 근수에게 그것을 알 필요는 없었을 것이었다.

장 씨는 기애와 이야기를 하는 일이 거의 없어졌다. 그녀에게는 딸의 일이 결국 알 수 없어진 것이었다. 무언지 서글프고 믿을 곳 없는 허전함만이 예전부터 변함없는 그녀의 차지였다. 운명에 따라 모든 것이 진행되느니라고 그녀는 진작부터 체념하고 있었다. 그리고 그녀 자신의 운명은 남과 같이 밝은 것일 수는 결코 없었고 그 운명에 불만을 품지 말아야 할 것이 하느님의 뜻이었다. 장 씨는 더욱 부지런히 교회에 다녔다.

욱이는 슬픔이 깃들인 눈초리로 기애를 가만히 보고 있을 때가 없지 않았지만 말을 걸면 언제나 적당히 명랑한 목소리로 응수하는 것이었다. 어려움에 두루 말리지 않는 사기그릇 같은 매끄러움이 그의 구원일지도 몰랐다.

단지 이만오천 환의 일자리이기는 하나 기애는 취직을 하였다. 어째서인지도 모르는, 도가 넘친 진지함을 가지고 기애는 그 무역 회사 일을 열심히 보았다. 어느 날 욱이의 도시락을 쌌던 신문지 구석에서 기애는 조그만 기사를 발견하였다.

「청년이 염세 자살. 넉 달 전에 제대한 육군 중위가 ─ 」

이런 제목이었다.

그의 체취도 그의 입김도 느껴 볼 길 없는 무정하고 생경한 전갈이었지만 그것의 주인공은 근수가 틀림없었다.

기애는 기사를 찢어서 빽 속에 넣었다.

조금 후에 그는 눈이 부시게 난한 차림으로 용산에 있는 미군 장교 구락부 앞에 나타났다. 다짜고짜로 책임자를 찾아 자기에게 일거리를 달라고 부탁하였다.

노래도 하고 춤도 곧잘 추지요. 타이프는 물론 비서의 경험도 없지 않아요. 신체검사표를 내일 가져올까요?

술 취한 것처럼 대어드는 기애에게 능글능글한 미국인은 배를 흔들며 웃었다. 그 밤으로 취직이 되지는 물론 않았지만 기애는 그 장교와 〈수웡〉을 추었다. 그리고 〈마티니〉를 반병이나 마셨다. 굽이 세 인치나 되는 금빛 구두를 그는 신고 있었다.

「보아, 보아」

창턱에다 팔꿈치를 짚고 앉아 기애는 개를 불렀다. 까만 쉐퍼드인 〈보아〉는 기애가 여지껏 본 개 중에서 으뜸 사나운 짐승이었다. 담 밖에서 부스럭 소리만 나도 공연히 날뛰면서 으릉대었다. 뜯어 물듯이 날뛰는 그 사나운 소리에는 타협도 자비도 있을 수 없고

272

그저 무정한 맹렬함이 있을 뿐이었다. 기애는 그놈의 흉폭한 모습을 보고 그 소리를 듣기를 좋아한다.

「당신은 언제든지 명령이 내리면 본국으로 후딱 날라가 버릴 테지만 나중 일을 두려워할 건 조금도 없어요.」

하얀 〈데이지〉가 흩어져 핀 정원으로 내려서면서 기애는 뚱뿌 미국인 장교 구락부의 〈하리이〉에게 웃어 보이는 것이었다.

「보아가 날 지켜 줄 테니깐요. 도적으로부터 못난 녀석들로부터 그리고 꼬부랑 할머니들 눈과 입으로부터 ─ 」

뚱뚱보 〈하리이〉는 이런 소리를 들을 때면 짐짓 성실한 낯빛을 지으면서 오오 자기가 그럴 수 있으리라고 생각해서는 안 된다고 하는 것이었다. 기애는 손가락을 하나 세우고서 애당초 곧이듣지 않는다고 말하지만 그러한 그의 눈 속은 조금도 그늘져 있지 않았다. 앞가슴만을 조금 가린 싼·드레쓰[5]의 두 다리를 쭉 펴고 보릿짚 쎈달로 힘차게 땅을 딛고 섰는 그는, 투명한 남빛 유리 같은 여름 하늘 속에 자기의 투지(鬪志)를 바라보고 있는지도 알 수 없었다. 기애는 튼튼하여지고 어여삐져 있었다.

어머니 장 씨가 검버슷이 새까맣게 돋힌 얼굴로 기어 오듯 맥없이 돌아오고 있는 것을 〈하리이〉와 함께 탄 차 속에서 보는 일도 있었다. 무슨 산엔가 기도한다고 올라가면 며칠씩 돌아오지 않는다는 장 씨였다. 적은 책보를 옆구리에 낀, 그날도 기도하러 갔다 오는 걸음인지 몰랐다.

5 선 드레스.

길을 가득 차지하는 자동차 때문에 한옆으로 우두커니 비켜섰으나 눈은 먼 곳을 향하고 있었다.

〈하리이〉가 그렇게 주장한다고 해서 해방촌 가는 길목 집을 사게끔 버려둔 무신경의 탓으로 장 씨가 그 앞의 큰길은 피하여 멀고 가파로운 돌음길을 다니고 있다는 소식은 기애의 마음을 자극하였다.

그러나 기애는 웃었을 뿐이었다.

욱이는 간혹가다 들러 주었다. 지나치게 촉각(觸角)을 움직이지 않고, 그저 반갑게 누이를 보고 간다는 그의 태도는 여전히 단순한 것이었다.

「어머니는 그게 좋아서 만날 가시는 걸 테니까 넌 별걱정은 말려므나.」

「응 그다지 걱정은 안 해. 해도 소용이 없으니까. 그런데 말이야, 난 학교두 멀구 밤낮 어머니가 안 계셔서 점심두 못 싸 가지구 가구, 그래서 기선이 할머니 집에 하숙이나 할까 생각하구 있는데……」

그런 소리를 하는 욱이는 그러고 보니 좀 여위고 혈색이 안 좋았다.

「기선이 할머니? 기선이는 찦차에 치어서 죽었다며?」

「응 버얼써 전에. 일 년두 넘었지. 기선이 할머니가 자꾸 와 있으라는데 어쩔가.」

기애는 어머니만 오오케이하거든 그러려므나 하였다. 기선네는 설마하니 판자집에서는 안 살 터이고 그것만으로도 욱이에게는 이로우리라 생각되었다.

「응, 어머니는 좋을 대루 하라구 그러셔. 지금 예배당 생각밖에는 없으시거든.」

그렇게 말하고 욱이는 조금 웃었다.

「그럼 됐네.」

「그런데……. 아마 한 육천 환 하숙비를 내야 할 거야. 안 받는다구 그럴 테지만.」

「그럼 내야 하구말구. 내지 뭐.」

「그런데……」

욱이는 판단을 지을 수 없다는 듯이 망서리는 눈초리로 기애를 쳐다보았다. 기애는 그의 맘속을 이해하였다. 그것은 옳은 일일까 하고 욱이의 머리가 궁리를 하고 있는 것이었다. 부모에게서 떳떳이 받아 쓰는 학비도 아니요 말하자면 색다른 생활을 하는 누나가 주는 돈이었다. 학교에 드는 것은 어쩔 수 없다 치고 그 이상의 요구가 자기로서 옳은 일일까 그른 일일까. 이런 주저로움이 그러나 욱이의 경우에는 그저 의문으로 떠오르는 것이었다. 억압된 수치감이나 이즈러진 자존심을 동반하지 않는 까닭에 진흙 구렁에 빠진 것 같은 부담을 쌍방에 주지 않는 것이었다.

기애는 조금 생각하고 나서 대답했다.

「〈하리이〉한테 의논해서 네 한 달 학비를 정하기루 하자. 저두 꼭 너만 한 동생이 있다나. 자꾸 널 이리 데려오라구 그러길래 어림두 없다구 기숙사에 넣어야 한다구 그래 두었지.」

기애의 이야기는 정말이었다.

그러나 정말이 아니라도 무방하였다. 욱이가 똑바로 자라나 줄 것만이 여기서는 필요한 일이었다.

똑바로 자라나 다오. 그것은 누나처럼 근수처럼 그리고 어머니처럼 되지 않는 일이다 다른 무슨 방법을 발견하는 일이다. 너는 그것을 해낼 소질이 있을 듯해 보인다 ──.

보아와 잠간 장난을 치다가 돌아가는 욱이의 뒷모습을 보면서 기애는 이번에는 또 뚱단지같은 생각을 하는 것이었다.

(〈하리이〉가 지금 당장 어디루 가 버린 댓자 나는 꿈쩍도 하지 않을걸. 백번 팽개쳐진댓자 꿈쩍도 하지 않을걸……)

—《문학예술》28호, 1957년 8월;

강신재 『여정』(중앙문화사, 1959)

노영란(盧暎蘭·1924~1991)

노영란은 1924년 경남 함양에서 태어났다. 본명은 노현盧賢이다. 일제강점기 말 도쿄에 있는 일본제국여자전문학교 가정과를 졸업하고 해방 후 진주여자고등학교에서 학생들을 가르치면서 진주시인협회 동인으로 활동했다. 1947년 9월 20일 진주시인협회 동인지《등불》3호에 시「황혼」,「조수」 등을 발표했다. 1950년대에 부산으로 내려가 시인 조향이 이끄는 현대문학연구회의 동인으로서 주로 모더니즘 경향의 시를 발표하며 부산 지역에서 활동했다. 1962년 동아대학교 전임강사가 되었다. 1965년경 연탄가스 중독으로 3일간 의식불명 상태에 있다가 깨어났는데 후유증으로 피해망상에 오랫동안 시달려야 했다. 결국 학교를 그만두고 9년 정도 투병생활을 했다. 1974년 12월 부산문인협회에서 발간한『재부작가론 작품집』에 투병 생활을 다룬 수필「소생기」와 시「혁명의 도시」를 발표하면서 다시 시작 활동을 했다. 시집으로『화려한 좌표』(1953),『흑보석』(1959),『현대의 별』(1980)이 있고 창작집으로『마지막 향연』(1958)이 있다. 1991년 작고하였다.

노영란의 시는 모더니즘풍의 시작 경향을 뚜렷이 보인다. 환상적인 언어 감각에 의존해 시를 썼고 초기 시부터 마지막 시기의 시까지 실험적인 모더니즘의 경향을 일관되게 드러냈다. 부산 지역 문인으로 주로 활동하며 1950년대 후반기 동인을 중심으로 펼쳐

간 모더니즘 경향의 시 계보를 이어 갔다고 볼 수 있다. 환상적이고 도시적인 언어 감각, 퇴폐적인 이미지, 전후의 도시를 지배하는 절망적인 분위기 속에서 실존을 탐구하는 시풍을 보였다.

노영란의 시는 1950년대 여성시에서 독보적인 자리를 차지한다. 전쟁 경험이 생명의 추구나 간절한 기도의 자리로 이 시기 여성시를 이끌었다면 노영란의 시에서는 전후 도시의 퇴폐적인 분위기와 정서가 그려진다는 점에서 남다른 의미가 있다. 「밤의 악장」은 "네온이 시드는 가로를 절룸바리 시간에 안기어" 가는 도시의 밤거리 풍경을 붉고 파란 화려한 색채 감각과 음악에 비유해 형상화했다. 노영란의 시는 전후 모더니즘 시의 계보를 잇는 여성시라는 점에서, 1950년대 여성 시문학사에서 독보적인 자리를 차지한다. 1950년대의 시들은 한국전쟁의 상흔에 대한 응전이라고도 볼 수 있는데, 노영란의 시는 전후 폐허가 된 거리를 살아가는 남겨진 이들의 황폐한 마음을 난삽한 관념어와 감각적이고 환상적인 이미지로 보여 주며 이 시기 여성시에 다양성을 불어넣었다.

이경수

밤의 樂章악장

밤이 薔薇장미의 心臟심장에 十字십자를 그린다
咽喉인후끝에 얽히는 너를 삼키고 삼키고
네온이 시드는 街路가로를
절룸바리 時間시간에 안기어 간다

行列행렬을 지어 文明문명처럼 늘어서는
붉은 感傷감상
여위어가는 合奏합주의 噴水분수 속을 헤쳐오는
파아란 매력이여

반짝 번쩍
門燈문등 아래서 五月오월의 都市도시가 疾走질주한다
바람처럼 어느 會話회화가 난다

이제 나도 다시

붉은 앵도 알알이 매달린
心臟_{심장}의 문을 열어 보자
놀랜 얼굴로 일어서는 文字_{문자} 文字_{문자}들
이밤에 더욱 자라나는 사랑하는 이름이 있다

— 노영란, 『화려한 좌표』(자유장, 1953)

홍윤숙(洪允淑·1925~2015)

홍윤숙은 1925년 평안북도 정주에서 태어나 서울에서 성장했다. 동덕여자사범학교와 경성여자사범학교를 거쳐 서울대학교 교육학과에서 수학했으나 한국전쟁으로 중퇴했다. 1947년《문예신보》에「가을」을 발표하면서 작품 활동을 시작했다. 1958년에는《조선일보》신춘문예에 희곡 작품「원정」이 당선되기도 했다. 1949년에는 태양신문사 문화부 기자로 활동했다. 시집으로는 1962년에 첫 시집『여사시집』을 출간했고 이후『풍차』(1964),『장식론』(1968),『일상의 시계소리』(1971),『타관의 햇살』(1974),『하지제』(1978),『사는 법』(1983),『태양의 건넛마을』(1987),『짧은 밤에 긴 시를』(1989),『경의선 보통열차』(1989),『낙법놀이』(1994),『실낙원의 아침』(1996),『조선의 꽃』(1998),『마지막 공부』(2000),『내 안의 광야』(2002),『지상의 그 집』(2004),『홍윤숙 시전집』(2005) 등을 출간했다. 한국여류문학인회 회장, 한국시인협회 회장 등을 역임했고 대한민국문화예술상을 수상했으며 대한민국예술원 회원이다.

홍윤숙은 첫 시집에서 한국전쟁의 상처로 불모의 땅이 되어 버린 조국에 대한 안타까움을 생명력을 통해 극복해 보려는 시도를 한다. 특히 땅에 뿌리를 내리고 하늘로 뻗어 가는 나무의 상상력은 홍윤숙이 희구하는 목숨에 대한 상징으로 기능한다. 홍윤숙 초기 시에 그려진 나무의 든든한 생명력은 전후의 상처를 극복하는 의미 있는 상징으로 평가될 만하다. 홍윤숙의 시에서 기억은 고통스러웠던 역사를 기억하는 행위와 그것을 되풀이하지 않겠다는 윤리 의식을 동반한다. 초기 시에서 존재의 본질에 대해 탐구하며 전쟁의 상흔을 극복하고자 했던 홍윤숙의 시는 점차 모순과 어둠으로 가득한 현실 세계를 탐구하는 데로 확대되어 간다.

여성문학사에서 홍윤숙의 시는 김남조와 함께 1950~1960년대의 여성시사에서 의미 있게 평가된다. 전쟁의 폐허와 상흔을 극복하고자 한 1950년대 시의 자장 속에 놓이면서도 나무의 상징을 통해 강인한 생명력과 의지를 구현하고자 한 홍윤숙의 시는 생명의 발견이라는 점에서 전후 여성문학사에서 의미를 지닌다. 홍윤숙의 시는 당시 여성시의 감상적인 어조를 답습하지 않고 의지적인 어조나 명령형 어조를 통해 강인한 의지를 드러냈다는 점에서도 의미를 갖는다. 「장식론」 연작시에서는 여성의 나이 듦에 대한 성찰을 보여 주기도 했다. 강건하고 의지적인 어조를 통해 여성시의 어조에 대한 편견을 깨는 데 기여했고 역사의식을 반영한 시를 썼다는 점에서 여성시문학사에서 홍윤숙의 위치를 평가할 수 있다.

이경수

生命생명의 饗宴향연

사랑하지 않아도 좋으리
기다리지 않아도 좋으리

우리는 地上지상에 떨어진 수만의 별들
제각기의 길을 가는 각각의 그림자

나와 더불어 이世上세상 어느 한 구석에
살아 있다는
다만 살아 있다는 그것만으로
다행한 우리들

우리는 慾望욕망이라는 이름의 씨를 뿌려
가히 虛無허무의 열매를 거두며 살아 왔거니

서러워 하지 말자 언젠가 다시

邂逅해후의 약속 없음을
굳이 바래옵거니
時空시공을 넘어선 無想무상의 언덕위에
무심히 마주 선 한쌍의 銀杏은행이기를

久遠구원한 마음의 하늘 水晶수정의 바다를
머리에 이고
아득히 바라보는 바래움 없는 位置위치에서
묵묵 自盛자성하는 나무의 歷史역사

살아 있음은 오직 하나의 權能권능
우리옆에 이웃 있음은 또 하나
다사한 榮光영광

내 마음 줄 그 한 사람 있음이랴
크나 큰 生命생명의 饗宴향연이어니

사랑하지 않아도 좋으리
기다리지 않아도 좋으리

나와 더불어 이世上세상 어느 한 구석에
살아 있다는
다만 살아 있다는 그것만으로
다행한 우리들

우리는 慾望_{욕망}의 밭에 핀 흰빛 虛無_{허무}를

거두며 살아 온 無償_{무상}의 園丁_{원정}

서러워 하지 말자 언젠가 다시

邂逅_{해후}의 약속 없음을

— 홍윤숙, 『여사시집』(동국문화사, 1962)

박경리(朴景利·1926~2008)

박경리는 1926년 경남 통영에서 태어나 1945년 진주여고를 졸업하고 김행도와 결혼했다. 1950년 수도여자사범대학을 졸업 후 황해도 연안여자중학교 교사로 재직했다. 같은 해 한국전쟁이 발발하고 남편과 아들을 전쟁통에 잃고, 친정어머니와 딸의 생계를 책임졌다. 단편소설 「계산」(1955)과 「흑흑백백」(1956)이 김동리의 추천으로 《현대문학》에 실리면서 등단했다. 1956년부터 1959년까지는 단편소설 창작에 주력하며, 「전도」, 「영주와 고양이」(이상 1957), 「암흑시대」, 「벽지」, 「도표 없는 길」(이상 1958) 등의 단편소설을 발표했다. 1960년대 들어서 장편소설을 집중 발표한다. 『시장과 전장』(1964), 『파시』(1965), 『성녀와 마녀』, 『김약국의 딸들』(이상 1967)이 이 시기의 대표적 장편소설들이다.

1950년대 중반부터 1960년대 말까지 작품의 주제는 전후 현실 비판, 전쟁미망인 문제, 인간의 소외와 존엄, 낭만적 사랑의 추구와 좌절로 요약된다. 1970년대 이후 작품 활동은 『토지』에 집중되었다. 1969년 《현대문학》에 1부 연재를 시작해 1994년 전편을 완결했다. 『토지』는 최참판 댁의 가족사를 중심축으로 구한 말부터 일제강점기와 해방에 이르기까지 거의 한 세기에 이르는 근현대사의 변천 속에서 다양한 계층과 이념, 욕망을 소유한 인물들이 겪는 갈등과 고난, 현실 극복 의지를 총체적으로 그린 작품이다. 여성 가족사 소설의 전범典範으로 손꼽힌다. 2003년 환경 전문 계간지《숨소리》를 창간했다. 산문집『Q 씨에게』(1981),『원주통신』(1985),『문학을 지망하는 젊은이들에게』(1995), 유고시집『버리고 갈 것만 남아서 참 홀가분하다』(2008) 등을 남겼다.

1957년 단편소설「불신시대」로 현대문학 신인상을, 장편소설『표류도』(1957)로 내성문학상을 수상했다. 한국여류문학상, 월탄문학상, 인촌상, 호암예술상 등을 수상했고, 한국예술평론가협의회가 주최한 '20세기를 빛낸 예술인(문학)'에 선정되었다.『토지』완간에 즈음해 연세대 원주캠퍼스 객원교수로 임용되었고, 2008년 폐암으로 별세했다. 사후에 금관문화훈장이 추서되었다.

박경리는 시종일관 근대 전환기, 한국전쟁 등 근현대사의 격랑 속에서 때로는 생존을 위해, 때로는 가부장제에 대한 도전과 자기 정체성 탐색을 위해 기존 질서에 저항하고 파멸조차 서슴지 않는 강렬한 여성들을 그렸다. 초기 단편소설부터『토지』에 이르는 박경리 문학 세계에 여성-젠더는 작품 전체를 관통하는 핵심 주제였다. 작가 자신은 '여성' 작가로 규정되기를 꺼렸지만, 생계를 위해 글을 쓰면서도 자존감을 잃지 않았던 '작가'이자 '여성'으로서의 삶이 투영되어 있다. 여성 가족사 소설이자 운명에 대한 지속적 탐구와 생명 정신을 구현한 대하소설『토지』는 한국 근현대 문학사의 기념비적 작품이자 박경리 작품 세계가 도달한 최고작으로 평가받는다.

김양선

漂流島 표류도

작품 소개

　이 소설은 '순결하지 않은' 여자의 사랑과 결혼이라는 민감한 주제로 전후 사회의 속내를 들춘다. 인용한 첫 번째 장면은 이 소설의 초반부로 강현회와 이상현의 첫 데이트 장면을 담고 있다. 다방 마담인 강현회는 이상현에게 마치 남의 일을 말하듯이 자신이 사생아를 낳았다고 고백한다. 고학을 하며 대학에 다녔던 강현회는 세상의 통념 따위 아랑곳하지 않고 찬수와 동거를 시작했지만 한국전쟁 중 찬수가 사망하고 딸 훈아를 출산하면서 소문 속의 여자로 전락했다. 새롭게 도래한 가부장제 사회는 독립과 자존의 증거였던 그녀의 사랑을 건전한 사회를 위협하는 추문으로 낙인찍어 혼전 동거, 사생아 출산의 이력을 빌미로 세상으로부터 추방한다. 강현회는 "품행이 단정치 못하다"라는 이유로 교사직에서 해고를 당한 뒤 양말 장수, 비누 장수 등 닥치는 대로 일을 하며 생존해 왔다.
　두 번째 장면은 소설의 후반부로 우발적으로 최 강사를 살해한

가해자 강현회에 대한 법적 판결이 이루어지는 장면이다. 소설 속 법정 장면은 형법이 의도하는 것이 죄와 벌의 무게를 측정해 사회를 공정하게 유지하는 것이라기보다 부권의 회복을 기도하는 것임을 보여준다. 법정은 여성에게는 정조가 생명과 다를 바 없이 귀중한데 "창부가 아님에도 불구하고 임의로 제삼자에게 구두 매매함으로써 개인의 이득을 얻고자 하는 비열에 대한 피고의 폭력 행위"는 자신의 정조=생명을 지키려는 것이기에 정당방위라는 강현회 변호사의 주장을 수용함으로서 강현회를 관용한다. 강현회가 최 강사에게 표출한 폭력은 자기 존엄에 대한 여성적 자의식의 표현이지만, 법정은 그것을 여성에게 정조가 생명 이상으로 중요하다는 증거로 왜곡함으로써 여성의 자기 신체에 대한 자유권, 즉 성적 자기 결정권을 사실상 무효화한 것이다.

김은하

박경리

따뜻한 방이었다. 김이 무럭무럭 서리고 있는 물수건을 가지고 온 중국인 뽀이는 개기름이 번지르르 흐르는 얼굴 위에 야비한 웃음을 띄우며 허리를 굽으렸다. 그 웃음과 마주쳤을 때 지금껏 방황(彷徨)하고 있던 내 정신의 어느 보루(堡壘)가 일시에 무너져 가는 것을 느낀다. 개기름이 흐르는 야비한 웃음 위에 계영의 모멸적인 웃음이 겹쳐진다.

한 인간과의 대좌가 아닌 애정하고의 대좌를 바라는 강한 욕망을 그러한 웃음들이 여지없이 짓밟아 주고 마는 것이다. 나의 욕망과 그들의 모멸적인 거부의 웃음들은 현실 속에서 보이지 않게 딩굴어 가는 싸움의 모습들이다.

『뭘 하시겠읍니까?』

뽀이의 한국 말씨는 유창했다.

『현회 씨는 뭘루 하시겠읍니까?』

『아무거나 더운 것이면……』

『그럼 우선 해삼탕하고 탕수육 그리고 또오 팔보채를 가져올가? 그리고 술하고』

뽀이가 나간 뒤 상현 씨는 뒷벽에 기대어 앉으며 담배를 피어 문다. 위로 쳐들린 턱과 이마의 반반한 선이 소묘(素描)처럼 짙게 그어져 있다. 장신(長身)인 그에게 썩 잘 어울리는 곤색 양복의 모습에서 풍겨 오는 것은 아직도 청년다운 젊음이다. 다만 면도 자욱이 파아란 입언저리에 연륜과 세파의 시달림이 투영(投影)되어 있다. 그는 담배를 떨면서

『현회 씨의 자부심도 대단합니다』

『왜요?』

『자신이 있는 사람이 아니면 자기가 지닌 좋은 면을 감추지 않습니다』

『좋은 면이라니요?』

『현회 씨가 인테리라는 점 말입니다』

『저는 인테리가 아니예요. 학교의 간판을 두고 말씀하세요?』

『그야 일반적인 구별이죠. 그런데 왜 그런 것을 감추시죠?』

『감추는 것이 아니예요. 필요가 없으니까 말을 하지 않았다 뿐이죠. 그런 것을 자부심이라 할 수 있을가요? 도리혀 교활한 처세술일 텐데……』

국산품을 애용하자는 포스터가 나붙어 있는 마즌편 벽을 멍하니 쳐다본다.

『교활한 처세술이라니요?』

『다방의 매담이면 매담답게 행세를 해야죠. 공연히 떠벌리면 경원을 당합니다』

『요는 그런 것을 헤아리게 하는 것이 자부심이라는 것이요』

『자부심이기보다 경험이예요』

291

박경리

그는 잔잔하게 웃고 있었다. 그의 눈을 바라보면서

『하긴 가만히 생각해 보면 우스워요. 공부를 하기 위하여 악착같이 장사고 뭐고 다 해 보았는데 그 경험만이 살아가는 데 효과가 있으니 말예요. 졸업장 같은 것 휴지만도 못해요』

『학문이 반드시 먹고살기 위한 것만은 아니잖아요』

『그렇다고 할 수도 있겠죠. 그렇지만 그런 정열이 소용없더군요. 거절당하기 일수였어요. 뒷받침이 없는 우리들에게는 더욱 그렇더군요. 그러니까 양말 장수건 뭣이건 독립할 수밖에 없죠. 그리고 사실 거절을 당한 그곳에 정열을 바쳐야 할 의의도 없었어요』

『재미나는 말을 하십니다. 그러나 건전치 못하는데요?』

『대외적으로 건전치 못하지만 저 혼자는 지극히 건전해요』

『하여간 오늘 밤은 눈도 나리고 참 좋은 밤입니다. 현회 씨하고는 영 가까워진 것 같습니다』

나는 화제를 돌리는 그의 말이 어딘지 서툴고 소년 같다고 느꼈다. 그래서 웃었다. 웃다가

『저는 도리혀 선생님하고 멀어진 것을 느끼는데요』

계영의 모멸적인 웃음이 눈앞을 지나갔다.

『왜 그렇습니까?』

『글세요…… 결코 선생님 편이 될 수 없을 거예요』

상현 씨는 잠시 머뭇거리는 표정이다. 실은 나도 왜 그런 말을 했는지 알 수 없었다.

『묘한 말을 하십니다』

마침 뽀이가 요리를 날라왔다. 창밖에는 눈이, 한박눈이 막 쏟아지고 있었다. 흰 비니루 식탁보 위에 차례차례 요리들이 놓여진다. 식욕에서보다도 흥분과 추위에 떨고 있던 나는 그런 마음을 녹

히기 위하여 부지런히 음식을 입속에 밀어 넣었다. 상현 씨도 자작
으로 술을 들이키고 있었다. 음식을 먹다 말고 상현 씨를 쳐다보았
다. 벼란간 무엇이 가슴에 치민다. 마주 보고 앉았는 이상현이란 사
나이, 그의 입술, 눈, 그리고 보기 좋게 뻗어 난 팔. 피가 거꾸로 넘
치는 것 같다. 얼굴이 화끈거린다. 이것은 무슨 충동인가. 나는 탕수
육 속에 묻친 잔뼈를 자근자근 씹으며 견딜 수 없는 육체적(肉體的)
인 고독 속에 빠진다. 사랑과 반발이 서로 얽혀진 내면(內面)에서
뜻하지 않았던 육체적인 고독이 채찍처럼 날라와 나를 후려치고 있
는 것이다. 어쩌면 그것은 몹씨 쾌적한 아픔이었는지도 모른다. 어
쩌면 그것은 신비로운 율곡(律曲)[1]이었는지도 모른다.

   젓가락을 접시에 걸쳐 두고 우두커니 손을 내려다본다. 상현
씨도 젓가락을 멈추고 나의 그러한 꼴을 가만히 바라보는 모양이
다. 손을 맞잡으며 고개를 들어 그의 눈을 본다. 격렬한 교감(交感)
에 또다시 얼굴이 타고 팔다리가 나른해진다. 나는 눈에서 뜨거운
것이 쏟아지기 전에 얼른 젓가락을 들고 음식을 입속에 밀어 넣었
다. 상현 씨도 술을 따르더니 훅 들이킨다.

   『왜 저한테 저녁을 사시는 거예요』

   그의 눈을 피하며 물어본다.

   『친해 볼려구요』

   『이야기하고 싶어져서 그런다고 낮에 말씀하시고서……』

   정감적인 목소리가 내 자신에도 부끄러웠다. 나는 표정을 압축
시켰다.

   『그럼 현회 씨는 왜 새삼스레 물어보십니까? 이야기하고 싶어

1　'음율'의 의미로 추정.

지는 마음과 친하고저 하는 마음이 별다른 것인가요?』

능동적인 농담인데 갑자기 위태로워질려는 기색을 보인다.

『저하고 친해질 수는 없어요』

새로 날라 온 요리에 젓갈을 대면서 낮게 말했다. 허트러진 마음을 한곳에 모우면서 나는 긴장한다.

『자꾸 그런 말을 하는데 어째서 친할 수 없읍니까?』

『저는 자존심이 강하니까요』

순간 그의 얼굴이 어둡게 흐려진다. 약간 고통스러워 보인다. 필경 그는 그의 아내 생각을 했을 것이다. 처자가 있는 조건과 내 자존심을 결부시켰을 것이다.

『피차 사는 세계가 다를 적에는 자연히 친해질 수 없을 거예요』

『세계가? 어떻게 달라요』

『설명할려면 길어지고 또 설명도 잘되지 않을 거예요. 기질이 다르다고 해 둘가요?』

웃으며 말을 끊어 버릴려고 하는데 그의 눈은 나를 쫓아왔다.

『도무지 애매한 얘깁니다. 기질이니 세계니 하고…… 아까부터 고의적으로 이야기가 빙빙 꼬아 돌아갑디다』

『표현이 잘못되기는 했지만, 그러나 모르셔서 자꾸 물으시는 거예요?』

그는 대답을 하지 않는다.

『저는 자존심이 강하다고 했는데 그것은 제가 살아온 주변을 경멸할 수 없어서 한 말입니다. 그러니까 선생님들과 같은 상류계급의 생활감정에 따라가지 않는다는 말이 되겠죠』

(40~44쪽)

『동기는 어디까지나 모욕적인 언사에 있었읍니다. 그는 구두로 저를 외국인에게 매매했던 것입니다. 비록 사생아를 낳고 다방의 매담이기는 했지만 분명히 저는 창부가 아니었읍니다』

강한 어조로 또다시 쏘아 버렸다. 검사는 불손한 내 태도에 노한 것 같았다.

『야합을 해서 사생아까지 낳고 많은 손님들을 접대해야 하는 다방 매담의 직업을 가진 여성이라면 남자의 그만한 희롱쯤 받아넘겨 버리는 것이 당연하지 않소. 무슨 결벽을 주장해야 하는 처녀도 아니요 가정부인도 아닌 처지에서……』

환경과 조건만으로 특정된 범주 속에다 나라는 인간을 집어넣는 검사의 고정된 관념 앞에서 새삼 무슨 항변을 하겠는가. 하긴 검사도 한 사회의 산물(産物)이니 사회의 통례(通例)를 좇는 것은 할 수없는 일이라 할 것인가.

(누가 고도의 법리학은 예술의 경지라고 했다. 완전한 정치가 최고의 예술인 것과 같이)

나는 현재의 내 처지를 잊어버리고 엉뚱스런 그런 말을 마음속으로 뇌어 보았다.

『설사 동기는 모욕적인 언사에 있었고 순간적인 살의였다 하더라도 귀중한 인명을 없이한 데 대하여 개전의 마음을 갖지 못한다는 것은 범죄 사실에 못지않는 악의가 아니겠오?』

나는 우두커니 창밖을 바라보며 검사의 말을 흘려듣고 섰다가 신문이 일단 끝났으므로 밖으로 나왔다. 형무관의 감시를 받아 뻐스에 올랐다. 형무소로 돌아가면서 나는 생각했다. 침묵과 불손한 태도로서 검사의 악감을 사게 된 것은 실수였다고. 형기(刑期)가 길고 짧은 것은 나에게 중대한 문제다. 내가 살아가는 한 나의 자유에

295

관한 억제는 최소한으로 하지 않으면 안 된다. 그러나 스스로도 노력해야 된다는 김 선생의 말의 뜻을 알면서도 나는 스스로 노력을 하지 않았다.

뻐스에 흔들리면서 하늘을 바라보았다. 볼을 스쳐 가는 바람은 차거워도 하늘은 한없이 맑았다. 맑아서 더욱 차거워 보였다.

검사는 나의 과거와 직업으로 해서 모든 희롱이나 모욕이 감수되어야 한다고 주장했다. 그리고 살인 동기의 원인을 다른 곳에서 찾아낼려고 했다. 그러한 검사의 언질은 모두 최 강사의 모욕과 동일한 것이다. 그러나 나는 검사에 대하여 아무런 증오심도 느끼지 않았다. 오히려 내 자신이 취한 태도가 나빴다고 반성하는 것이다. 기나긴 날, 내 앞에서는 문을 닫아 버렸던 사회, 그 사회에 대하여 무관심과 묵살을 행하였던 그때의 감정이 어느새 내 마음속에 자리한 것이다. 사실 나는 그때처럼 천연스럽게 내가 빠져나갈 수 있는 구멍을 마련했어야 옳았던 것이 아니었을가? 이 사건에 있어서 살의를 운운한 것부터 애당초의 잘못이었다. 화가 치밀어서 꽃병을 던진 것인데 잘못되어 사람이 죽었노라 했으면 문제는 간단했고 오늘과 같은 검사의 질의도 없었을 것이 아니었던가. 훈아를 위하여 가족을 위하여 내 자신을 위하여 참으로 서툴은 짓을 했다. 나의 솔직한 심회의 진술이 그들한테 무슨 뜻을 주며 작량(酌量)에 미친단 말인가.

수일 후에 공판의 날은 왔다. 공식에 따라 인정신문(人定訊問)이 있고 검사의 사건진술로서 재판은 진행되었다. 나는 재판장 앞에서 최영철 씨에 대한 살의가 없었다고 답변했다.

『분명히 살의가 없었던가? 그러나 피고는 살의가 있었다고 진술하지 않았는가. 조서에는 그렇게 쓰여져 있는데……』

『그때는 정신 상태가 정상이 아니었고 걷잡을 수 없어서 미웠고 분했던 감정을 그렇게 표현했습니다. 그러나 당초에 제게는 살의가 분명히 없었읍니다』

나는 검사나 경찰관 앞에서 한 말을 뒤집어 버렸다. 아무런 양심의 거리낌도 없이 천연스럽게 뒤집어 버린 것이다. 곧이어 스미스가 증인대에 올라왔다. 그는 그날 그들이 주고받은 대화에 대한 증언을 했다. 비교적 정확한 증언이었다. 증언이 끝나자 검사의 논고가 시작되었다. 검사는 형량이 엄중할 것을 전제한 뒤 나에게 신문할 때의 의견과 대동소이한 논고를 전개했다. 그리고 말미(末尾)에 가서 피고는 자신의 행위에 대하여 전혀 무비판이라는 것, 그것은 사회질서에 대한 일종의 반항의 표시이며 개전의 빛이 추호도 없다는 것은 천성적으로 범죄적인 요소가 많다는 말로 끝맺고 오년의 징역을 구형하자 변호사 윤길호 씨는 천천이 일어섰다. 그는 기침을 한번 한 뒤 변론에 들어갔다.

『검찰관께서 사건 이전의 피고의 사생활과 직업을 들어 피고의 인품을 규정짓고 논고를 전개시켰는데 그 부당성을 변론인은 지적합니다. 참을 수 없는 모욕 앞에서 피고는 잠시 정신적인 착란을 일으켜 그 결과 순간적으로 발생된 상해 행위는 어디까지나 당일의 전후 사정에 한하여 논의될 것이며 그 밖의 피고의 직업이나 과거로 범위를 넓혀야 할 아무런 이유도 없는 것인 줄 알고 있습니다. 만일 그러한 범위 밖의 조건을 구지 관련시켜야 한다면 거기에 대한 한마디, 특히 사생아 운운의 구절에 있어서 해명하고저 합니다. 먼저 말하고 싶은 것은 피고가 전쟁의 피해자라는 점입니다. 피고는 죽은 사실상의 남편과 법적인 수속을 밟기 전에 사회는 동란 속에 휩쓸렸고 피고의 남편은 공산군에 의하여 피살되었던 것입니다.

박경리

그들이 예식을 거행치 못한 것도 다만 경제적인 핍박이 그 원인이 었으며 결코 퇴폐적인 야합이 아니었다는 것은 학교 측에서도 말하는 바와 같이 우수한 학력과 착실하고 근면한 고학생이었다는 것으로 증명되는 바입니다. 더우기 피고는 여성의 몸으로 가족을 거느리고 전란 속에서 꿋꿋이 살아왔으며 가족 부양의 의무를 수행했던 것입니다. 비록 접객이 업인 다방의 매담으로서 종사했지만 그간 불미스런 이성 관계가 없었던 것은 피고의 진지한 생활 태도를 말하여 주는 것입니다. 검찰관께서는 만인에게 법은 평등하다는 말을 상기해 주시기 바랍니다. 그것은 피고의 직업이 불법 행위가 아닌 이상, 사회에서 지탄을 받아야 하는 직업이 아닌 이상, 범죄 행위하고는 별개의 것인 줄 알고 있읍니다. 피고와 반대로 피해자인 최영철 씨를 말하자면 교육자답지 못한 가장 추악에 충만된 사생활을 하고 있었다는 점을 들 수 있읍니다. 표면화되지 않는 복잡한 여성 관계, 지능적인 사기술, 이미 주지의 사실입니다. 방금도 스미스 씨께서 증언한 바입니다. 그는 실로 파염치한 교환 조건으로 아무 관계도 없는 한 여성을 임의로 구두 매매하고 외국인에게 어떠한 이권을 얻고저 했으며 우리 국민성을 손상시켰던 것입니다. 이와 같은 파염치한의 폭언을 건실한 생활자이며 교양과 자존심을 지닌 피고로서 용납할 수 없었던 것은 당연한 일이었을 것입니다. 그리하여 극도로 흥분한 나머지 자제심을 잃은 피고가 살의 없이 던진 기물로 말미암아 상대자는 사망한 것입니다. 피고로서도 뜻하지 않았던 춘사였을 것입니다. 무릇 인간에게는 자신의 인격을 보존하는 권리가 있는 것이며 더우기 여성에게는 정조가 생명과 다를 바 없이 귀중한 것이니 비록 행위가 아니었을지라도 피고의 정조를 유린하는 따위의 희롱적 언사와 창부가 아님에도 불구하고 임의로 제삼자에게 구두 매매함으로써 개인의 이득을 얻고저 한 비열에 대한 피고의 폭력 행위는 법적으로 성립되지 않는 일이기는 하지만 일종의 자기 보존의 본능에서 온 정당방위라 간주할 수 있는 일입니다. 더우기 피고는 여성이며 피해자는 남성이었다는 점을 참작하여 주시기 바라며 약한 위치에 서 있는 피고가 아무 잘못 없이 짓밟힌 가엾은 정상을 재판장께서는 작량하셔서 관대한 처분이 있기를 바라는 바입니다』

　　윤 변호사의 변론은 길고도 좀 지루한 것이었다. 윤 변호사의 변론이 끝나자 재판장은 언도를 내리지 않고 폐정을 선언했다.

(264~268쪽)

　　　　　　　　　　—《현대문학》50~59호, 1959년 2~11월;

　　　　　　　　　　박경리, 『표류도』(현대문학사, 1959)

박경리

不信時代 불신시대

九9·二八28 수복 전야에 진영(眞英)의 남편은 폭사했다. 남편은 죽기 전에 경인도로(京仁道路)에서 본 괴뢰군의 임종(臨終) 이야기를 했다. 아직도 나이 어린 소년이었더라는 것이다. 그 소년병은 가로수 밑에 쓰러져 있었는데 폭풍으로 터져 나온 내장에 피비린내를 맡은 파리 떼들이 아귀처럼 덤벼들고 있더라는 것이다. 소년병은 물 한 모금만 달라고 애걸을 하면서도 꿈결처럼 어머니를 부르더라는 것이다. 그것을 본 행인(行人) 한 사람이 노상에 굴러 있는 수박한 덩이를 돌로 짜개서 그 소년에게 주었더니 채 그것을 먹지도 못하고 숨이 지더라는 것이다.

남편은 마치 자신의 죽음의 예고처럼 그런 이야기를 한 수 시간 후에 폭사하고 만 것이다.

남편을 잃은 진영은 一1·四4 후퇴 때 세 살 먹이 아이를 업고 친정어머니와 같이 제일 마지막에 서울에서 떠났다. 그러나 안양(安養)에 이르기도 전에 중공군이 그들을 앞질렀고, 유·엔군의 폭격 밑에 놓였다. 수없는 피난민이 얼음판에 거꾸러졌다. 피난짐을 끌던 소는 굴레를 찬 채 뚝 밑으로 굴렀다. 피가 철철 흐르는 시체 옆에 아이가 울고 있었다. 진영은 눈을 가리고 달아났던 것이다.

악몽과 같은 전쟁이 끝났다.

진영은 아들 문수(文秀)의 손을 잡고 황폐한 서울로 돌아왔다. 집터는 쑥대밭이 되어 축대조차 찾아볼 수 없었다. 진영은 잡초 속에 박힌 기와장 밑에서 습기가 차서 너덜너덜해진 책 한 권을 집어 들었다. 「프랑스 文學문학의 展望전망」이라는 일본 책이었다. 이 책이 책장에 꽂혔을 때 — 순간 진영의 모리속에 그러한 회상이 환각(幻覺)처럼 지났다. 진영은 무심한 아이의 눈동자를 멍하니 언제까지나 바라보고 있었다.

문수가 자라서 아홉 살이 된 초여름, 진영은 내장이 터져서 파리가 엉겨 붙은 소년병을 꿈에 보았다. 마치 죽음의 예고처럼 다음 날 문수는 죽어 버린 것이다. 비가 내리는 밤이었었다.

일찍부터 홀로 되어 외동딸인 진영에게 붙여서 살아온 어머니는 「내가 죽을 거로」 하며 문지방에 머리를 부딪치는 것이었으나 진영은 허공만 바라보고 있었다.

아이는 앓다가 죽은 것이 아니었다. 길에서 넘어지고 병원에서 죽은 것이다. 그러나 그것뿐이라면 진영으로서는 전쟁이 빚어낸 하나의 악몽처럼 차차 잊어버릴 수 있는 일이었는지도 모른다. 그러나 그것이 아니었다. 의사의 무관심이 아이를 거의 생죽음을 시킨 것이다. 의사는 중대한 뇌수술(腦手術)을 「엑쓰레이」도 찍어 보지 않고, 심지어는 약 준비도 없이 시작했던 것이다. 마취도 안 한 아이는 도수장(屠獻場) 속의 망아지처럼 죽어 간 것이다. 그렇게 해서 아이를 갖다 버린 진영이었다.

바깥 거리 위에는 좌아 하며 밤비가 내리고 있었다.

누어서 멀거니 천정을 바라보고 있는 진영의 눈동자가 이따금 불빛에 번득인다. 창백한 볼이 불그스름해진다. 폐결핵(肺結核)에서 오는 발열(發熱)이다.

바깥의 비 소리가 줄기차 온다.

아이가 죽은 지 겨우 한 달 그러나 천년이나 된 듯한 긴 날이었다. 진영은 가만히 눈을 감는다. 진영의 귀에 조수(潮水)처럼 밀려 오는 것은 수술실 속의 아이의 울음소리였다.

진영은 벌떡 자리에서 일어나 술병을 들이킨다. 잠이 오지 않을 때 마셔 보라고 동무가 보내 준 포도주였다.

이불 위에 엎드린 진영은 산울림처럼 멀어지는 수술실 속의 아이의 울음소리를 듣는 것이었다.

어떻게 어떻게 해서 잠이 든다. 진영은 꿈속에서 희미한 길을 마구 쏘다니며 아이를 찾아 헤매다가 붕대를 칭칭 감은 눈도, 코도, 입도, 보이지 않는 아이의 모습에 소스라쳐 깬다. 흠씬 땀에 젖은 몸이 가늘게 떨고 있었다.

별안간 무서움이 죽 끼친다.

비가 멎은 새벽이 창가로부터 서서히 방 안으로 스며들고 있었다.

허공을 보고 있던 진영은 왜 무서움을 느꼈는지 알 수가 없었다. 아이가 이미 유명(幽冥)[2]의 혼령이기 때문인지도 모른다. 그렇다면 이렇게 서글픈 인간관계가 어디 있겠는가. 진영은 구역이 나올 정도로 자기 자신이 싫었다.

성당의 종소리가 멀리서 들려온다. 요다음 주일날에는 꼭 나를

2   저승.

성당에 데려다 달라고 갈월동(葛月洞) 아주머니에게 부탁을 한 일이 생각난다. 바로 오늘이 그 주일날이다.

갈월동의 아주머니는 약속한 대로 여덟 시가 못 되어서 왔다. 아주머니는 옛날에 죽은 진영의 칠촌 아저씨의 마누라였다. 자식도 없는 그는 아주 독실한 천주교(天主敎)의 신자였으나 근래에 와서 계로 인하여 상당히 말성을 받았다. 진영이만 해도 그 짤짤 끓는 돈으로 겨우 다 넣어 온 이십만 환짜리 계를 소롯이 포기하고 말았던 것이다. 그만치 계주를 한 아주머니의 사정이 핍박했던 것이다.

매미 날개같이 손질을 한 모시옷을 입은 아주머니는 울고불고 하는 어머니를 위로하는데 아주머니가 말할 적에는 금으로 씨운 송곳니가 알른알른 보였다.

어머니는 아는 사람만 보기만 하면 손을 잡고 손자를 잃은 하소연을 했다. 진영은 그러는 어머니가 싫었지만 그러나 딸 하나를 믿고 산 어머니가 여러 가지 면으로 서러운 위치에 놓인 것은 사실이다.

『우시지 마세요, 형님. 산 사람 생각도 하셔야지. 진영의 마음이 오죽하겠어요. 이러지 마세요. 그리고 살아갈 길이나 생각합시다.』

진영이 실직을 하고 있는 형편이라 살길도 막연하긴 했다.

아주머니가 갖가지 말로 어머니를 달래다가 풀어진 고름을 여미며(아주머니는 적삼에도 반드시 고름을 달았다)

『우리 어디 사는 데로 살아 봅시다. ……그리고 나도 생각하고 있었어요, 형님 돈만큼은 돌려 드릴랴구, 원금만이라도요……』

어머니의 얼굴이 좀 밝아진다. 진영은 잠자코 양말을 신고 있었다.

세 사람은 거리에 나왔다. 아침이라 가로수가 서늘했다.

본시 불교도인 어머니는 성당으로 가는 것을 꺼려했으나, 그러나 아무래도 좋았다. 의사는 항상 딸에게 있는 것이었으니까……

아주머니는 진영의 양산 밑으로 바싹 닥아오면서 소근거렸다.

『천주님이 계신 이상 우리는 불행하지 않다. 천주님이 너를 사랑하기 때문에 이런 기회를 주어 너를 부르신 거야. 모든 것이 다 허망한 인간 세상에 다만 천주님만이 빛이 된다』

신자이면 누구나 할 수 있는 꼭 같은 말을 아주머니는 말했다.

진영은 땅을 내려다본 체,

『제가 구원을 받자고 가는 건 아니에요. 천당이 있어서 그곳에 문수가 놀고 있거니, 그렇게 생각하고 싶어서』

『그래, 천당 갔다. 그렇게 착한 아이가…… 아암 행복하게 꽃동산에서 놀고 있고말고.』

연장자(年長者)답게 위로하는 것이었으나 말투가 너무 어수룩했다.

『아무리 꽃동산이래도 그 애는 외로울 거에요. 엄마 생각이 날 거에요.』

진영은 혼자 중얼거리며 하늘을 보았다. 너울처럼 엷은 구름이 가고 있었다.

『그런 소리 말고 영세나 받도록 준비해. 상배(相培)도 영세를 벌써 받았어』

아주머니의 목소리는 먼 지평선(地平線)에서 울려 오는 것 같았다. 진영은 기계적으로

『그 무신론자가…… 영세를……?』

『그 애도 요즘 심경이 많이 변했어』

분 냄새가 엷게 풍겨 온다. 진영은 금니가 알른알른 보이는 아

주머니의 입매를 물끄러미 쳐다본다.

상배는 아주머니 댁에 하숙한 대학생이다. 지나간 봄에만 해도 그는,

『아주머니요. 예수가 물 위로 걸었다 켓능기요. 하핫핫! 아마 예수는 왼발이 빠지기 전에 오른발을 올렸고 오른발이 빠지기 전에 왼발을 올렸던가 배요. 하하핫……』

그런 부산 사투리의 조롱이 자기 딴에는 아주 신통했던지 상배는 콧마루를 벌룸거리며 웃었던 것이다. 진영이 그것을 생각하는 동안 아주머니는 손수건으로 땀을 닦으며

『그 애도 우리 집에서 쉬이 옮기게 될 거야. 아버지가 사업 때문에 서울로 오신다니까…… 그래서 나도 그 애가 나가기 전에 영세 받도록 할려구……』

부드러운 목소리였다.

그들이 성당 앞까지 왔을 때 은행나무에 자잔한 햇빛이 부서지고 있었다. 뜨락에는 연분홍빛 「그라지오라스」³⁾가 피어 있었는데 진영은 불교의 상징인 연화(連花)를 왜 그런지 연상했다. 그리고 엉뚱스럽게 그 꽃들이 자아내는 서양과 동양의 거리를 생각해 보는 것이었다. 막연한 생각이다. 그러나 다음 순간 진영은 얼떨떨하게 자기의 마음을 더듬었다. 문수를 위하여 신을 뵈러 온 마당에서 아무런 경건함도 없이 이렇게 냉정히 사물을 헤아리고 있었다는 것을, 그것을 다만 시각(視覺)에서 온 하나의 자연 발상(自然發想)이라고만 할 수 있을 것인가, 그렇지 않다면 내 슬픔 속에 그만치 여유가 있었더라는 말인가, 진영은 문수에게 부끄러웠다. 미안했다.

3   글라디올러스.

진영은 땀에 젖은 분 냄새가 풍겨 오는 아주머니의 젖가슴을 무심히 바라보았다.

나무 그늘 아래 아이들이 모여 있었다. 그 옆에는 중년 남자 한 사람이 십자가, 성경책 같은 것을 노점처럼 벌려 놓고 팔고 있었다. 진영은 어느 유역의 이방인(異邦人)인 양 그런 광경을 넘겨다보았다. 분위기에 싸이지 않는 마음속에는 쌀쌀한 바람이 일고 있었다.

진영은 성당 안으로 들어갔다. 아주머니는 신발을 책보에 싸면서

『주로 아이들을 위한 미사 시간이 되어서 시끄러워. 다음엔 일찍 와요』

진영은 아주머니의 말보다 거치장스럽게 신발을 싸 들고 가는 신자들의 모습에 눈이 따라가는 것이었다. 진영은 문득 예수 사랑할라고 예배당에 갔더니 눈 감으라 하고서 신 도둑질 하더라. 그런 야유에 찬 노래를 생각했다. 그러나 진영은 곧 형용할 수 없는 두려움을 느꼈다. 신전(神殿)에서 신을 모독하다니 ─ 그런 죄악 의식에 쫓기며 진영은 아주머니의 뒤를 따랐다.

얼마 후에 미사는 시작되었다.

『가엾은 나의 아들 문수를 위하여 기도를 올리나이다. 진심으로…… 진실로 비나이다. 그 고통으로부터 놓이게 하시고, 어린 영혼에게 평화가 있기를…….』

진영은 눈을 감고 그런 말을 중얼거렸다. 그러나 마음 한구석에 있는 헤살꾼[4]의 속삭임이 더 집요했다. 헤살꾼은 속삭인다. 문수는 죽어 버린 것이다. 아주 영영 없어진 것이다. 진영은 눈앞이 캄캄

---

4 남의 일에 짓궂게 훼방을 놓는 사람.

해 오는 것을 느낀다. 헤살꾼은 속삭인다. 칼끝으로 골을 짜개서 죽여 버린 것이다. 무참하게 죽여 버린 것이다.

진영은 눈앞에 싯뻘건 불덩어리가 굴러가는 것을 본다. 헤살꾼은 자꾸만 속삭인다. 어둡고 침침한 명부(冥府)에서 압축한 듯한 목쉰 아이의 울음소리, 진영은 땀을 흘리며 눈을 떴다. 코앞에 닿은 어머니의 머리에서 땀내가 뭉클 풍겨 온다. 현기증을 느낀다. 신자들의 머리에 쓴 하얀 면사포가 시계와 의식을 하나로 표백(漂白)시켜 버리는 것이었다.

얼마 동안이 지났는지 진영은 고개를 돌렸다. 구제품이 늘어선 듯한 성가대(聖歌隊)의 아이들이 눈앞에 나타났다. 아이들의 각색의 음계가 합한 성가는 바람을 못 마신 「올갠」의 잡음처럼 진영의 귓가에 울렸다. 이 속에서 무릎을 꿇고 앉았는 을씨년스런 자기 자신의 모습, 진영은 그것이 얼마나 어설픈 위치인가를 깨닫는다.

진영은 다시 눈을 감았다. 그러나 자기 자신이 미웠다. 결코 자기라는 의식을 버리지 못하는 것이 미웠던 것이다. 진영은 어떻게 해서라도 객관적인 자기 의식으로부터 벗어나고 싶었다. 진영은 잃어진 낭만(浪漫)을 찾아보듯이 신과 문수의 죽음이 동렬(同列)의 신비(神秘)라는 것, 그리고 아무도 신과 죽음을 비판할 수 없다는 것, 그것은 사실이라 생각했다.

진영이 처음 성당에 나갈려고 결심했을 때 그것이(宗教종교) 가공에 설정된 하나의 가상일지라도 다만 문수를 위한다는 명목으로 자신이야 「피에로」도 오뚜기도 될 수 있으리라 생각했던 것이다. 그러나 의식적인 맹목(盲目)은 끝내 맹목일 수 없었다.

미사가 거의 끝날 무렵이었다. 진영은 긴 작대기에다 연금(捐金) 주머니를 여민 잠자리채 같은 것이 가슴 앞으로 오는 것을 보았

박경리

다. 아주머니가 성급하게 돈을 몇 잎 던졌을 때 잠자리채 같은 연금 주머니는 슬그머니 뒷줄로 옮겨 가는 것이었다. 진영은 구경꾼 앞으로 돌아가는 풍각쟁이의 낡은 모자를 생각했다. 그런 생각을 계기로 하여 진영은 밖으로 나와 버렸다.

진영은 나무 밑에 주저앉아서 성당에서 나오는 어머니의 빨간 눈을 보았다. 문수 또래의 아이들이 신발을 신으며 나오는 것도 보았다.

여름 햇빛 아래 서 있는 성당이 가늘게 요동(搖動)하고 있는 것 같이 진영에게는 느껴졌다.

아침부터 진영은 마루 끝에 멍하니 앉아 있었다. 가깝하게 그러지 말고 밖에라도 좀 나갔다 오라는 어머니의 말이 도리어 비위에 거슬려 진영은 이맛살을 찌푸리며 머리를 부여안는다.

가깝한 때문만이 아니다. 진영은 일자리를 찾아 밖에 나가야 하는 것이다.

진영은 머리를 부여안은 채 도대체 어디를 가야 하며 누구에게 매달려 밥자리를 하나 달라고 하겠는가, 더군다나 폐까지 앓고 있는 내가 —

진영은 문수를 생각했다. 살겠다고 버둥대는 어머니와 자기의 모습이 한없이 비루하게 느껴지는 것이었다.

마당에는 대낮 햇빛이 쨍쨍 쏟아지고 있었다. 그늘이 짧아진 쌍나무의 둘레로 닝닝거리고 다니던 파리 떼들이 진영의 얼굴 위에 몰린다. 어머니는 장독대 옆에서 빨래에 풀을 먹이고 있었다. 넓적한 해바라기 잎사귀 사이의 그 찌드른 옆얼굴을 바라보는 진영은 바다에 떠밀려 다니는 해파리(腔腸動物강장동물)를 생각했다. 그렇게

둔하면서도 산다는 본능만은 가진 것, 그저 산다는 것, 진영은 어머니에 대한 잔인한 그런 주시를 더 이상 계속할 수가 없었다. 진영은 성가시게 구는 파리를 쫓으며 마루바닥에 드러눕는다.

하늘이 파아랬다. 구름이 둥둥 떠내려 가는 것이었다. 그러나 하늘이 갑자기 바다같이 느껴졌다. 구름은 바다 위로 둥둥 떠내려 가는 해파리만 같았다. 진영이 자신이 누워서 하늘을 보는 것이 아니라 어쩌면 업드려서 바다를 내려다보는지도 모른다는 그러한 착각이 든다.

해가 서쪽으로 좀 기울었다. 쌍나무의 그늘이 두서너 치나 늘어난 것 같다. 진영은 몸을 왼쪽으로 돌려서 마루 밑의 땅을 내려다보고 있었다.

문이 비거걱하더니 열린다. 땅을 보고 있던 진영의 눈에 우선 사람의 그림자가 먼저 들어왔다. 그림자를 따라 천천히 눈을 치떴을 때 그곳에 바랑을 질머진 여승이 서 있었다. 초현실파의 그림같이 그림자를 밟고 선 신중의 소리 없는 길다란 모습.

드디어 합장을 하고 있던 여승이 입을 열었다.

『아씨!』

완전히 조화를 깨뜨린 소녀와도 같이 카랑카랑하게 울려오는 맑은 목소리다. 바랑에 휘인 어깨는 아무래도 사십 고개일 터인데 ── 여승은 부시시 일어나서 가만히 쳐다보고만 있는 진영의 형용할 수 없이 어두운 눈빛에 지친다.

마침 앞치마에 손을 닦으며 나오는 어머니를 본 여승은 잠시 숨을 돌이킨 듯이

『마나님?』

의연히 맑은 목소리다.

어머니는 마루 끝에 주저앉으며 긴 한숨을 쉰다.

『나도 잘살 적에는 부처님을 섬기고 절마다 불을 켰건만 무슨 소용이 있읍디까. 공든 탑이 무너지지 않는다는 말도 헛말이더군……』

바야흐로 아이가 없어진 하소연이 시작되는 것이다. 판에 판박은 듯한 푸념이 언제 그칠지 모르겠다. 눈을 꿈벅거리며 말할 기회만 노리던 중이 드디어 어머니의 말허리를 꺾어 버린다.

『……아이 딱하기도 해라. 그러게 말이유…… 그렇지만 시주하십사고 온 게 아니라…… 행여 쌀을 살려나 해서…… 아아주 무거워서요……』

그런 구슬픈 이야기보다 빨리 거래부터 하고 싶다는 표정이다. 진영은 값싼 동정까지도 인색해진 세상이 되었다는 생각을 했다. 동정을 바라는 어머니가 밉기보다 딱한 생각이 들었다.

아직도 말이 미진한 어머니는 좀 어리둥절한 얼굴이다.

『무거워서 어디 가져갈 수가 있어야지요. 좀 짐을 덜고 갈려구요』

여승은 마루 끝에 바랑을 내리며 말 의사를 거듭 표시한다. 그 제사 중의 수작을 알아채린 어머니는 여태까지의 감정을 일단 수습하고 치마팔[5]을 추키며 재빨리 응수한다.

『우리도 뒷쌀을 팔아먹으니 기왕이면 사지요. 되나 후히 주세요.』

중은 바랑을 끌러 놓고 쌀을 되기 시작했다. 어머니는 몹시 쌀되가 야위다고 보채고 중은 됫박 위에다 쌀을 집어 얹는 어머니의

5   치맛말기. 치마의 맨 위 허리에 둘러서 댄 부분.

팔을 떠밀며 그러지 말라고 한다. 그러면서도 그럭저럭 거래는 끝난 모양이다.

셈을 마친 어머니는 인사로

『스님이 계신 절을 어디지요?』

『네? 아아 네. 바로 학교 뒤에 있는 절이지요.』

학교 뒤라면 쌀을 팔고 갈 정도로 먼 곳은 아니다.

중이 가고 난 뒤 어머니는 무슨 생각에 잠긴 듯이 우두커니 서 있었다.

『이애 진영아.』

나직이 부른다. 진영은 대답 대신 어머니의 눈을 본다.

『문수를 그냥 둘라니 이리 가슴이 메인다. 이렇게 흔적 없이 두다니…… 절에 올려 주자!』

어머니를 쳐다보고 있는 진영의 시선은 그대로 고정되어 있었다.

『절도 가깝고 신당이니 만만하고…… 세상에 너무 가엾어. 아무래도 혼백이 울면서 떠돌아다니는 것 같아 잠이 와야지.』

진영은 고개를 돌려 장독대의 해바라기를 바라본다. 한참 만에,

『그렇게 합시다.』

해바라기를 쳐다본 채 한 대답이다.

『그런데 왜 그리 중을 장사꾼 대접을 했어요? 아이를 부탁할 생각을 했으면서……』

진영의 시선은 여전히 해바라기에 있었다. 자기가 하는 말에도 별반 흥미를 느끼고 있는 것 같지가 않았다.

『앗다. 별소릴 다 하네. 공은 공이고 사는 사지. 하기야 뭐 시수 받은 쌀 팔고 가는 그게 진짜 중인가?』

311

진영은 그러는 어머니가 미웠다.

『그럼 왜 그런 중이 있는 절엔 갈려구 해요?』

『누가 중 보고 절에 가나? 부처님 보고 가지.』

진영은 잠자코 옳은 말이라 생각했다. 그와 동시에 아주머니가 우선 쓰라고 돈 이만 환을 주면서 성당에 나가지 않는 진영을 나무라던 일이 생각났다. 이렇게 절에 갈 것을 동의하고 보니 왜 그런지 아주머니에 대하여 변절(變節)을 한 듯 미안하다. 그리고 돈만 하더래도 당연히 받을 돈을 받았건만 다른 사람들에게 베풀지 않았던 호의가 빚이 되는 듯싶었다. 그러나 진영의 종교가 오직 문수를 위한다는 명목뿐이라면 성당보다 절이 훨씬 표현적(表現的)이다. 적어도 돈만 낸다면 절에서는 문수를 위한 단독적인 행사(行事)도 해 주기 마련이다.

진영은 자리에서 후딱 일어섰다.

해가 서산에 아주 기울었다. 거리로 나왔다. 진영은 약국에서 「스트렙트·마이신」[6] 한 개를 사 들었다. 내내 다니던 Y 병원에는 아무래도 가고 싶지 않았기 때문에 약을 산 것이다. 갈월동의 아주머니는 Y 병원의 의사가 같은 신자이니 믿고 다니라고 했다. 그러나 여태까지 주사 분량인 한 병에서 겨우 삼분지 일만 놓아 주고 있었던 것을 알게 되었다. 그것을 안 이상 그 병원에 다시 갈 수는 없었다.

약병을 만지며 길 위에 한동안 서 있던 진영은 집 근처에 있는 S 병원에 들어갔다. 이웃이기 때문에 의사와 안면쯤은 있었다. 그러나 S 병원은 엉터리 병원이었다.

진영은 모든 것이 서툴러 보이는 갓 데려다 놓은 듯한 간호원

---

6   스트렙토마이신. 주로 결핵 치료에 쓰이는 항생제.

을 불안스럽게 쳐다보며 약병을 내밀었다. 진찰도 하지 않고 주사만 맞으러 오는 손님을 의사는 언제나 냉대한다. 그래서 진영은 애시당초 의사를 보지도 않았다. 그러나 환자를 진찰하고 있던 의사가 뒤로 고개를 돌렸을 때 진영은 놀라지 않을 수가 없었다. 의사가 아니었다. 그나마도 근처에 사는 건달꾼이었던 것이다. 진짜 의사는 그때사 서류 같은 것을 들고 안에서 분주히 나오더니 바쁘게 밖으로 나가 버리는 것이었다. 청진기를 든 건달꾼은 진영의 눈쌀에 켕겼는지 우물쭈물 해치우더니 간호원에게

『페니시링 이 그람!』

하고 밖으로 슬그머니 사라진다.

「페니시링」이라면 병명을 몰라도 만병통치약으로 건달꾼을 알고 있었던 모양이다.

진영이 멍청히 섰는데 간호원은 소독도 안 한 손으로 아주 서툴게 「마이신」을 주사기에다 뽑고 있었다. 진영이 정신을 차렸을 때 주사기에 들어가고 있는 액체가 뿌옇게 보였다. 약이 채 녹기도 전에 주사기에다 뽑은 것이다. 진영은 더 참지 못했다.

『안 되요. 녹기도 전에, 큰일 날려구!』

앙칼지게 소리치며 진영은 약병을 뺏어서 흔들었다.

「페니시링」을 맞을려고 기다리고 앉았는 낯빛이 노란 할머니가 주사기를 들고 엉거주춤하니 서 있는 간호원을 불안스럽게 보고 있다.

병원 문을 나섰다. 이미 밤이었다.

아까, 「큰일 날려구」 하면서 약병을 빼앗던 자기의 모습이 어둠 속에 둥그렇게 그려진다. 참 목숨이란 끔찍이도 주체스럽고 귀중한 것이고 ── 몇 번이나 죽기를 원했던 자기 자신이 아니었던가.

진영은 배꼽이 터지도록 밤하늘을 보고 웃고 싶었다. 그러나 그 웃음이 터지고 마는 순간부터 진영은 미치고 말리라는 공포 때문에 머리를 꼭 감쌌다. 사실상 내가 미쳤는지도 모른다. 모든 일은 미친 내 눈앞의 환각(幻覺)인지도 모른다. 지금은 밤이 아니고 대낮인지도 모른다.

진영은 머리를 꼭 감싼 채 집을 향하여 달음박질을 쳤다.

밀짚모자를 쓴 냉차(冷茶) 장수가 뛰어가는 진영의 뒷모습을 넋 없이 바라본다.

달무리에 둘러싸인 달이 불그스름했다. 비라도 쏟아질 듯이 뭉뭉한 더운 바람이 불어왔다.

진영의 어머니는 쌀을 팔러 온 중이 가고 난 뒤 백중날을 기다렸다. 백중날은 죽은 사람의 시식(施食)[7]을 하기 때문이다.

백중 전날에 어머니는 문수의 사전과 돈 이천 환을 가지고 절에 가서 미리 연락을 해 두었다. 그래서 다음 날 아침에는 날이 휘번해지자 진영이도 과실 바구니를 들고 어머니를 따라 집을 나섰던 것이다.

B 국민학교를 돌아 약간 비탈진 길을 올라서니 이내 절 안마당이 보였다. 백중맞이를 하노라고 한창 바쁜 절에는 동리 아낙네들이 와서 일을 거들고 있었다.

큼직한 몸집을 한 주지승이 어머니를 보고 반색한다.

『아이구 정성도 지극해라. 이렇게 일찍부터……』

어머니는 눈에 손수건부터 가져간다.

---

7 죽은 영혼을 천도薦度하기 위한 불교 의식.

『시님. 우리 아이 천도 좀 잘 시켜 주세요. 부탁입니다. 너무 가없어서……』

콧물을 짠다. 어제저녁에 실컷 어머니의 서름을 들었을 주지승은 새삼스럽게 그 말이 탐탁해질 리가 없다. 주지승은 극히 사무적으로

『그런데…… 첫째로 하갔다던 서장 부인이 아직두 안 오시니 어떻거나?』

잠시 생각에 잠긴다.

무슨 서장인지 알 수는 없으나 이 절에 있어서 대단히 소중한 손님인 모양이다. 어머니는 비굴한 웃음을 띠우면서 주지승을 쳐다본다.

『시님. 그만 우리 아일 먼저 해 주세요』

주지는 한동안 어머니를 보고 있더니

『……그럼 댁부터 해 드릴까……』

주지는 그렇게 작정하고 마침 지나가는 중을 부른다.

『아우님!』

아우님이라고 불리운 여승은 돌아본다. 얼굴이 쪼골쪼골 쪼그라진 그 여승은 아직도 팽팽한 주지에 비하여 훨씬 더 늙어 보인다. 게다가 표정마저 앙상하다.

『어제저녁에 이천 환 낸 분인데 아직 서장댁이 안 오시니 우선 하나라도 먼저 끝내지요.』

주지의 말투는 상대방의 의견을 존중한 것이었다.

늙은 중은 대답 대신 진영의 모녀를 훑어보더니 돈의 액수가심에 차지 않은 듯 무뚝뚝하게 그냥 가 버린다.

진영과 어머니는 법당 옆에 서로 등을 보이고 우두커니 서 있

었다.

바라다보이는 산마루에 막 해가 솟고 있었다. 그 영롱한 아침을 진영은 벽화(壁畵)처럼 감동 없이 대한다.

진영은 최저의 돈을 내고 첫째로 하겠다고 새벽부터 온 것이 얼마나 얌치머리 없는 짓이었던가를 생각한다.

젊은 중이 공양을 들고 온다.

『여보세요. 그 키 큰 시님은 안 계시나요?』

어머니는 쌀을 팔러 온 중을 두고 묻는 말이다.

『그이는 절에 잘 붙어 있지 않아요.』

젊은 중은 간단히 대답하고 법당으로 들어선다.

곧 시식 불공이 시작되었다. 진영은 늙은 중이 목탁을 두드리며 조으는 듯한 염불을 시작하자 적잖게 실망했다. 몸집도 크고, 목소리도 우렁찬 주지승이 아니었던 것이 섭섭했던 것이다. 기왕이면 굿 잘하는 무당에게 부탁하고 싶은 그런 기분이었다.

중은 염불을 하면서 열심히 절을 하고 있는 어머니 옆에 멍청히 섰는 진영을 흘겨본다.

보랏빛갈의 「원피이쓰」를 입은 진영의 허리는 말할 수 없이 가느다랗다. 핏기 없는 얼굴에는 눈만 검었다.

중은 여전히 마땅치가 않아 진영을 흘겨본다. 진영은 중의 눈길을 느낄 적마다 재촉을 당한 듯이 어색하게 엎드려 절을 했다. 진영은 중의 마음이 염불에 있지 않고 잿밥에 있다는 속담같이 지금 저 중의 마음도 염불에 있지 않고 절에 와서 예배를 하지 않는 내 태도에 있다는 것을 생각한다. 진영은 중과 무슨 대결이라도 한 듯이 점점 몸이 피로해지는 것이었다.

얼마 동안이 지난 것 같았다. 주지승이 씨근덕거리며 법당으로 쫓아왔다.

『아우님 빨리하시요. 지금 막 서장댁이 오셨구려, 대강대강 하시요.』

주지는 법당 구석에 걸어 둔 먹물 들인 모시 장삼(長衫)을 입으며 서두르는 것이었다. 늙은 중은 불전(佛前)에서 영전(靈前)으로 자리를 옮긴다. 제대로 불경 읽기나 끝마쳤는지 의심스러웠다. 아까 공양을 나르던 젊은 중이 이번에는 넓다란 그릇을 들고 들어온다. 그는 진영의 모녀를 돌아다보며 영가(靈架) 앞으로 오라고 손짓한다.

진영은 문수의 사진이 놓인 앞에 가서 엎드렸다. 차거운 마루 바닥에 처음으로 뜨거운 눈물이 주체할 수 없을 정으로 쏟아지는 것이었다. 문수의 손길이 생생하게 마음속에 느껴진 것이다.

『문수야. 많이 많이 먹어라. 불쌍한 내 자식아!』

진영은 어머니의 목소리를 이처럼 슬프게 들은 적은 없었다. 어머니는 향을 꽂고 은행에서 갓 나온 듯한 빨빨한 십 환짜리 스무 장을 영전에 놓았다. 진영도 일어서서 향을 꽂았다. 그리고 돌아섰을 때 중이 목을 길게 뽑아 가지고 영전에 놓인 돈을 기웃거리고 있는 모습을 보았다. 그 빨빨한 새 돈은 흡사 백 환권으로 보이는 것이었다. 진영은 송구스런 생각에서 고개를 폭 수그리고 말았다.

그릇을 들고 온 젊은 중이 돈을 옆으로 밀어 놓으면서 시무룩하게

『영가 노자가 너무 적군요. 이 세상이나 저세상이나 그저 돈이 있어야지, 동무하고 쓰고 놀다가 돌아가지 않겠어요?』

진영은 머리속에 피가 꽉 차 오는 것을 느낀다. 돈을 그렇게밖에 준비하지 못한 어머니의 인색함을 심히 저주하는 마음이었던 것

317

이다.

젊은 중은 들고 온 그릇에다 영가 앞에 차린 음식을 조금씩 덜어 놓는다. 나물, 떡, 자반, 과실, 그렇게 차례차례 손이 간다. 마침 먹음직스런 약과에 손이 닿자 별안간 목탁을 치던 중이

『그건 그만두구려!』

바락 소리를 지른다. 젊은 중은 진영을 힐끗 보면서 총총히 바깥 시식돌(施食石)로 음식을 버리러 나가는 것이었다.

진영은 기가 막혔다. 처음부터 거래임에는 이의가 없었다. 그러나 이쯤 되면 어지간한 감정도 폭발 아니할 수 없었다. 진영은 양손으로 얼굴을 폭 쌌다. 울음이 터진 것이다. 누구에게도 향할 수 없는 역정을 그는 울음 속에다 내리 퍼부었다. 울음 속에 자기 목에 매달리던 문수의 손길이 느껴진다. 미칠 듯한 고독과 그리움이 치솟는 것이었다.

음식을 버리고 돌아온 젊은 중은 과실을 모으며

『이걸 가져가셔야지. 보자기를……』

하며 어머니를 돌아본다. 진영은 샛빨갛게 충혈된 눈으로 젊은 중을 노려보며

『일없소. 그만두시요.』

진영의 목소리는 악을 쓰는 것 같았다. 일을 다 마치고 법당 밖에 나온 늙은 중이

『왜 가져온 걸 안 가져가슈.』

쳐다보지도 않는 진영이 대신 어머니가

『뭐 그걸……』

진영이 얼굴을 어머니는 숨어 본다. 늙은 중은 침을 꿀꺽 삼키며,

『댁 같으면 중이 먹고살갔수.』

진영의 눈이 번득였다.

『조반을 자셔야 할 텐데 너무 일러서 찬이 제대로 안 됐어요. 좀 기다리실까요.』

젊은 중은 그런 말을 남기고 가 버린다.

진영은 법당 축돌 위에 주저앉았다. 「이 세상이나 저세상이나 그저 돈이 있어야지요」하던 말이 되살아온다. 물론 처음부터 거래였다. 그렇다면 화폐(貨幣)의 액수에 따라 문수에 대한 추모의 정이 계산(計算)된단 말인가. 진영이 그러한 울분에 젖어 있을 때 말쑥하게 차려입은 그 서장의 부인인 듯싶은 젊은 여인이 주지 중에게 인도되어 법당으로 들어가고 있었다. 잠시 후 불경 읽는 소리가 찌렁찌렁하게 밖으로 흘러나왔다. 잠들었던 부처님이 처음으로 일어나서 귀를 기우릴 만한 뱃 속에서 밀어낸 목소리였다. 진영은 빨딱 일어선다.

『어머니 그냥 갑시다.』

밥을 얻어먹으려 절에 온 것은 분명히 아니다. 그냥 걸어가는 진영을 붙들지 못할 것을 아는 어머니는 뜰에서 서성거리고 있는 늙은 중에게

『그만 갈랍니다, 시님.』

『이크, 아침이나 잡수시지…… 갈려오?』

굳이 잡지는 않았다. 그는 절문까지 전송을 하며

『당신네들 같으면 중이 먹고살갔수.』

진영은 울화보다 어처구니가 없었다.

내리막길에서 잡초를 뽑으며 진영은 말없이 울었다. 여비도 떨어진 낯선 여관방에다 문수를 혼자 두고 가는 것만 같은 생각이 자꾸 드는 것이었다.

진영은 불덩어리 같은 이마를 짚는다.

한여름 내내 진영은 앓았다. 애당초 극히 경미하게 발생한 폐결핵이 전연 방치되었기 때문에 점점 악화되어 갔던 것이다. 뿐만 아니라 다른 병까지 연속적으로 병발하는 것이었다. 찬물만 마셔도 배탈이 났다. 눈병이 나고 입이 부르트고 하기가 일수였다. 앓다 못해 귀까지 앓았다. 그리고 여러 해째 건드리지 않고 둔 충치가 일시에 쑤시어 밤낮을 가리지 않고 욱씬거렸다.

진영은 진실로 하나의 육신이 해체(解體)되어 가는 과정 속에서 몸서리치는 무서움을 느꼈다. 그것은 마치 쨍쨍하게 내려쪼이는 햇빛 아래 늘어진 한 마리의 지렁이 같은 생명이었다.

이러한 육신과 더불어 정신도 해채되어 가는 과정 속에 진영은 있었다.

밤마다 귓가에 울려오는 아이의 울음소리, 산이, 언덕이, 집이, 무너지는 소리, 산산이 바스라진 유리 조각이 수없이 날라와서 얼굴 위에 박히는 환각, 눈을 감으면 내장이 더진 소년병의 얼굴이, 남편의 얼굴이, 아이의 얼굴이, 분홍빛, 노랑빛, 파랑빛, 마지막에는 시꺼먼 빛, 그런 빛갈로 차례차례 뒤덮여 가며는 드디어 무한정한 공간이 안개처럼 진영의 주변을 꽉 싸는 것이었다.

소리와 감각과 색채, 이러한 순서로 진영의 신경은 궤도에서 무너져 나갔다.

진영은 그 이상 견딜 수가 없어서 내버려 두었던 몸을 끌고 H병원으로 갔다. 그러나 그곳에도 일주일이 멀다고 그만 가는 것을 중지하고 말았던 것이다.

얼마 남지 않은 돈은 생활비에다 써야 한다는 이유도 있었다. 그러나 직접의 동기는 외국제 주사약의 빈병들을 팔아 버리는 장면을 본 때문이다.

Y 병원에서는 주사약의 분량을 속였고 S 병원은 엉터리였다. 그리고 H 병원에서는 빈 약병을 팔았다.

진영은 간호원이 빈 병을 헤아리고 있을 때 짐작으로 가짜 주사약 생각을 했던 것이다. 그러나 H 병원만이 빈 약병을 파는 것은 아니다. 또 그 빈 병만 하더래도 반드시 가짜 약병으로 사용된다고 말할 수도 없다. 잉크병으로 물감병으로 혹은 후추가루병으로 흔히 이용되고 있다. 그렇지만 사실 거리에는 가짜 주사약이 범람하고 있는 것이다. 상인들은 태연히 그런 가짜를 진짜 속의 진짜라고 나팔 불었다. 진영은 그것을 생각하니 인술이라는 권위를 지닐 의사가 그런 상인 따위들 같아서 신뢰감이 사라지는 것이었다. 물론 아무리 대수롭잖는 빈 병일지라도 그것은 전연 그 의사의 소유이며 처분의 자유는 그의 기본 권리에 속한다. 그래도 진영은 그의 기본적 권리보다 무수히, 마치 「페스트」처럼 눈에 보이지 않게 만연(蔓延)되어 가는 가짜 주사약 생각만 하는 것이었다.

해바라기의 꽃이 씨앗을 안았다.

며칠 전에 아주머니가 원금만은 돌려주겠다던 약속대로 마지막 남은 만 환을 가지고 왔다. 이것으로 원금 십만 환은 다 받은 셈인데 조금씩 조금씩 보내 준 돈은 지금 집에 한 푼도 남아 있지 않았다.

아주머니는 돈을 주고 난 다음 갈려고 일어서면서 문수의 위패(位牌)를 절에다 모신 데 대한 불만을 말했다. 그리고 왜 그런 우상을 숭배하느냐고 나무래는 것이었다. 진영은 어느 것이면 우상이 아니냐고 말하고 싶었으나, 곧 말하고 싶은 충동을 억눌러 버리고 그저 멍멍히 아주머니를 쳐다보았던 것이다. 자기 자신이 지닌 모순을 설명할 도리가 없어서 그랬던 것이다.

추석날이었다.

진영은 어머니가 절에 가는 것을 말리지 않았다. 도리어 정성 들여서 사다 놓은 실과를 바구니에 차곡차곡 넣어 주었다. 배, 사과, 포도, 밤, 대추, 먹음직한 과자도 서너 가지 있었다.

어머니가 바구니를 들고 걸어가는 뒷모습을 문 앞에서 바라보고 섰던 진영은 〈당신네 같으면 중이 먹고살갔수〉 하던 말이 문득 생각났다. 문수가 먹을 것을 중이 먹다니, 아깝다. 밉쌀스럽다. 그러나 진영은 다음 순간 부끄럼 때문에 얼굴이 붉어졌다. 이러한 파렴치한 생각을 내가 왜 했던고 ─

진영은 문을 걸고 뒷산으로 올라갔다. 울고 싶었고, 외치고 싶은 마음에서였다.

산에는 게딱지만 한 천막집이 군데군데 서 있었다. 들꽃 한 송이, 나무 한 뿌리 볼 수 없는 이곳에는 벌써 하나의 빈민굴이 형성되어 말이 산이지 이미 산은 아니었다.

짜짜하게 괴인 샘터에서 물을 긷는 거미같이 가늘은 소녀(少女)의 팔, 천막집 속에서 내미는 누렇게 뜬 얼굴들 ─ 진영은 울고 싶고 외치고 싶은 마음에서 집을 나와 산으로 올라온 자기 자신이 여기서는 차라리 하나의 사치스런 존재였다는 것을 깨달았다.

진영은 한참 올라와서 어느 커다란 바위에 가서 앉았다.

산등성이에서 바라다보이는 시가(市街)는 너절했다. 구릉을 이룬 곳마다 집들이 마치 진딧물 모양으로 다닥다닥 붙어 있었다. 그 속에는 절이 있고, 예배당이 있고, 그리고 서양적인 것, 동양적인 것이 과도기(過渡期)처럼 있었고, 조화를 깨뜨린 잡다한 생활이 그 속에 있었다.

이러한 도시(都市) 속에 꿈이 있다면 그것은 가로수(街路樹)라고나 할까! 보라빛이 서린 먼 산을 스쳐 가는 구름이라고나 할까.

진영은 얄팍한 턱을 괴인다.

꿀벌 떼처럼 도시의 소음이 귓가에 울려오는데 고급 승용차가 산장(山莊)이 있는 고개로 미끄러져 가고 있었다. 산등성이에서 그 것을 보니 별것이 아닌 한 마리의 딱정벌레라는 생각이 든다. 꼬물 꼬물 기어가는 딱정벌레라는…….

진영은 새삼스레 사방을 두리번거렸다. 무의미하기 짝이 없는 충동들이다. 그래서 어쨌단 말인가, 진영은 이유 없이 자기를 다잡 아 보았다. 사실 그러했다. 그래서 어쨌단 말인가, 딱정벌레 같아서 어쨌단 말인가, 진딧물 같고 가로수, 구름 그래서 ─

진영은 머리를 쓸어 올린다.

모든 괴로움은 내 속에 있었다. 모든, 모순도 내 속에 있었다. 신도 문수의 손길도 내 속에 있었다.

그러나 그것은 아무 곳에도 실제 있지는 않았다. 나는 창녀(娼 女)처럼 절조 없이 두 신전에 참배했다. 그리고 제물과 돈을 바쳤 다. 그러나 그것 역시 문수와 나의 중계를 부탁한 신에게 주는 수수 료(手數料)였는지도 모른다. 그 수수료는 실제에 있어서 중의 몇 끼 의 끼니가 되었다. 결국 나는 나를 속이려고 했다. 문수는 아무 곳에 도 있지 않았을 것이다.

진영은 이마 위에 흘러내리는 숫한 머리를 다시 쓸어 올린다. 파르스름한 손이 투명할 지경이다.

신비라고, 예고라고, 꿈 아니야 그것은 우연의 일치였지. 문수 의 죽음, 그것은 두말할 것도 없이 인위적인 실수 아니었던가. 인간 은 누구나 나이 들면 죽는다고? 물론 죽는 게지, 노쇠해서 죽는 거 지…… 설령 아이가 그때 이미 죽을 목숨이었다고 치자. 그래노 그 렇게 죽이고 싶지는 않았다. 도수장의 망아지처럼…… 사람을, 사

람을 좀 미워해야겠다. 있는지도 없는지도 모르는 신을 왜 생각은
해. 아니 아까는 없다고 하고선…… 아니야 모르겠어. 사람을, 사람
을 좀 미워해야겠다. 반항을 해야겠다. 모든 약탈적인 살인자(殺人
者)를 저주해야겠다.

진영은 술이라도 마신 사나이처럼 두서도 없는 혼자말을 언제
까지나 중얼거리고 있었다.

진영의 해사한 얼굴에 그늘이 진다. 한없이 높은 가을 하늘에
구름이 지나가는 것이었다. 시가에는 마치 색종이(色紙)를 찢어 놓
은 것같이 추석치레가 오가고 있었다.

진영의 열에 들뜬 눈이 그것을 쳐다보며 일어선다. 그에게는
반항 정신도 아무것도 없었다. 허황한 마음의 미로(迷路)가 끝없이
눈앞에 뻗어 있을 뿐이다.

진영은 버릇처럼 머리를 쓸어 올리며 산을 내려온다.

천막집에서 내미는 누렇게 뜬 얼굴들, 진영은 또다시 이곳에
있어서는 내 자신이 차라리 하나의 사치스런 존재라는 아까의 뉘우
침을 되풀이하는 것이었다.

음력설이 임박해진 추운 날, 갈월동 아주머니가 목도리를 푹 뒤
집어쓰고 찾아왔다. 웬일인지 몸가짐이 평소보다 좀 산란해 보였다.

『나 의논할 게 좀 있어서 왔는데…… 참 기가 막혀……』

『……?』

아주머니는 말을 꺼내기가 거북한 듯이 가만이 앉았다가

『저, 저 말이야 돈을 좀 빌려준 사람이 죽었구나 어떻게 하지?』

진영은 의심스럽게 아주머니를 쳐다본다.

『지난 오월달에 가져간 돈을 이자 한 푼 못 받고 그만……』

진영의 변해 가는 표정을 보고 아주머니는 입을 다물어 버린다. 오월이면 진영이 곗돈을 찾을 달이다. 그리고 계가 끝나는 달이기도 했다. 그것뿐이 아니다. 벌써 몇 달 전부터 곗돈을 받으려고 몸이 달아서 다니던 사람이 몇 명 있었던 것이다.

『빌려준 돈이 얼마나 되요.』

진영은 처음으로 입을 열었다.

『오십만 환이야.』

진영은 속으로 놀랐다. 계를 해서 빚만 뒤집어쓴 줄 알았는데 그런 대금의 비밀 거래를 하고 있었다는 것은 무엇을 의미하는 것일까.

진영은 차겁게 아주머니를 쳐다본다.

아주머니는 눈물을 글성거리며

『자식도 남편도 없는 내겐 그것만이 남겨진 것이었어. 낸들 얼마나 돈을 떼였니. 설마 내가 잘되면 빚이야 갚고 살겠지만 그때 그 돈마저 내주게 되면 난 아주 영영 파멸이지.』

진영은 어디 밑천 든 장사였더냐고 오금을 박아 주고 싶었다.

아주머니는 한참 만에 눈물을 닦고 일의 경위를 설명하기 시작한다. 그 내용인즉 죽은 사람은 돈을 쓴 회사의 전무였으며 오월달에 빌려 간 오십만 환의 이자라고는 한 푼도 받아 본 일이 없었다는 것이다. 불안해진 아주머니는 전무에게 원금을 뽑아 달라고 졸랐으나 영 내놓지 않아서 생각다 못해 같은 신자에게 의논을 했더니 그의 남편인 김 씨가 일을 봐주겠노라 하기에 일을 맡겼다는 것이다. 그 김 씨란 사람이 수단이 비상하여 마침내 사장 명의(社長名儀)로 된 약속어음을 받게 되고 그 며칠 후에 전무는 교통사고로 죽은 것이라 한다. 사장 명의로 된 약속어음을 받은 것은 무엇보다도 다행한 일이었으나 웬 까닭인지 김 씨란 사람이 약속어음을 도무지 주지 않고 무슨 협잡을 하는지 알 수 없다는 것이다. 그렇다고 해서 그를 의심한다거나 비위를 거슬려 놓는다면 돈 준 사람도 없는 지금, 여자인 내가 어떻게 사장이란 사람에게 받아 낼 수도 없고, 이렇게 속이 탄다고 하면서 아주머니는 가슴을 치는 것이었다.

이야기를 다 들은 진영은

『대관절 그 전무란 사람을 어떻게 알고서 그런 대금을 주었어요』

『저…… 저 왜 그 상배 있잖아. 그 상배 아버지야.』

『뭐예요? 영세 받았다던 상배 학생 말이에요?』

아주머니는 얼굴이 빨개진다. 진영은 기가 딱 막혔다. 그러고 보니 사업 때문에 상배 아버지가 서울로 오게 될 거라고 하던 말이 생각났다.

『감쪽같이 종교를 이용했군요』

아주머니는 진영의 눈길이 부신 듯이 눈을 내려간다.

『글쎄 지금 생각하니 모두가 계획적이었어. 영세 받은 것만 해도……』

『신용 보증으론 종교보다 더 실한 게 있어요?』

아주머니는 비꼬는 진영의 말에 풀이 죽는다. 진영은 풀이 죽는 아주머니로부터 눈을 돌렸다.

영세를 받았기 때문에 믿고 돈을 준 아주머니, 신자이기 때문에 믿고 일을 맡긴 아주머니, 단순했다고 할 수밖에 없다. 그런 생각을 하면서 진영은 다시 아주머니를 쳐다보았다. 그녀의 약점을 추궁할 마음은 이미 사라지고 없었다.

『그래서 어떡허실 작정이에요』

『글쎄 말이다. 그래서 의논이지』

『제 생각 같아서는 김 씨가 일을 봐주되 어음은 아주머니가 가지시는 것이 좋을 것 같아요』

『그렇지만 어음을 찾아간다고 일을 안 봐주면?』

『그땐 벌써 그이에게 딴 야심이 있다고 봐야지요.』

『그럼 김 씨가 일 안 봐줄 적에 네가 좀 협조해 줄 수 없을까? 여자 혼자니 아무래도 호락호락해 보일 것 같아…….』

아주머니의 말투는 애원이었다.

『글쎄……』

그런 일은 아주 딱 질색이었다. 그러나 진영은 약점을 안 뒤에 거절을 해 버리는 것이 무슨 악마(惡魔) 취미 같아서 아무렇지도 않은 얼굴로

『같이 저도 가지요』

그러자 아무것도 모르는 어머니가 점심을 차려 왔다. 점심을 먹으면서 아주머니는 한결 마음이 후련해졌는지 여러 가지 잡담을 꺼냈다.

『글쎄 돈이 있어도 문제야. 이젠 영 겁이 나서 남 줄 생각이 없어.』

진영은 무표정하게 밥을 삼키고

『아무 말씀 마시고 돈 찾거던 장사하세요. 체면이고 뭐고…… 저도 자본이나 장만해서 장사나 할래요.』

『너야 뭐 취직하면 되지.』

『취직이 그리 쉬운가요? 하다 안 되면 거리에서 빵이라두 구어 팔아야지요』

『너야 공부 많이 했으니까 할려면 취직 못 할 것 없잖아. 난 성작 장사라도 해야겠어. 그러나 돈 벌기론 계가 제일이야. 힘 안 들고……』

아주머니는 숟갈을 놓고 성냥 가지로 이빨을 쑤시면서 말하는 것이었다.

진영은 아무렴 그렇겠지 그런 뱃장이면…… 하다 말고 아주머니의 눈을 들여다본다. 아무런 악(惡)의 그늘도 없는 맑은 눈이었다.

『아무튼 돈을 벌어야 해. 돈이 제일이야. 세상이 그런 걸……』

이번의 말투에는 어느 사인지 모르게 저지른 자신의 일에 대한 짜증과 반발 같은 것이 있었다.

『그럼. 옛날 속담 말마따나 자식을 앞세우고 가면 배가 고파도 돈을 지니고 가면 든든하다고 안 하던가!』

어머니의 맞장구다.

진영은 가벼운 현기증을 느낀다. 시야 속에서 그들의 얼굴을 지워 버리듯이 얼른 고개를 돌린다.

『형님, 이래서 천당 가겠읍니까? 돈, 돈 하다가 호호……』

아주머니는 까르르 웃으며 일어서서 장갑을 낀다.

진영은 그 웃음 속에서 또 불안과 그녀에 대한 반발을 느낀다. 진영은 고개를 들어 아주머니를 쳐다보았다. 역시 괴롭고 고독한 사람이고나 — .

아주머니가 가 버린 뒤 진영은 자리에 쓸어졌다. 솜처럼 몸이 풀어진다.

진영은 방 속에 피운 구멍탄「스토브」에서「까스」가 분명히 지금 방에 새고 있는 것이라고 생각한다. 방 안에 가득히「까스」가 차면 나는 죽어 버리는 것이라고 생각한다.

어느 새 진영은 괴로운 잠이 드는 것이었다.

내장이 터진 소년병이 꿈에 나타났다. 진영은 꿈을 깰려고 무척 애를 썼다.

『모레가 명절인데 절에도 돈 천 환이나 보내야겠는데……』

어렴풋이 들려오는 어머니의 말소리다. 진영은 몸을 들치며 눈을 떴다.

『귀신이나 사람이나 매한가진데…… 남들은 다 제 몫을 먹는데 우리 문수는 손가락을 물고 에미를 기다릴 거다.』

잠이 완전히 깬 진영은 벌떡 자리에서 일어났다. 진영은 외투와 목도리를 안고 마루에 나와 그것을 몸에 감았다.

진영은 부엌에서 성냥 한 갑을 외투 주머니에 넣고 집을 나갔다.

오랫동안 마음속에서만 벼르던 일을 오늘이야말로 해치울 작정인 것이다.

진영은 눈이 사박사박 밟히는 비탈길을 걸어 올라간다. 진영은 고슴도치처럼 바싹 털이 솟은 자신을 느낀다.

목도리와 외투 자락이 바람에 나부낀다. 그러며는 잡나무 가지 위에 앉은 눈이 외투 깃에 나라내리는 것이었다.

진영은 절로 가는 것이다.

진영이 절 마당에 들어갔을 때 〈당신네들 같으면 중이 먹구살 갔수?〉 하던 늙은 중이 막 승방에서 나오는 도중이었다. 절은 괴괴하니 다른 인기척은 통 없었다.

진영은 얼굴의 근육이 경련하는 것을 의식하며 중 옆으로 닥아선다.

『저 말이지요 저희들이 이번에 시골로 가는데 아이 사진과 위패를 가지고 가고 싶어요.』

고개를 푹 숙인 채 진영은 나지막하게 말한다. 허옇게 풀어진 눈으로 진영을 쳐다보던 중이 겨우 생각이 난 모양으로

『이사를 하신다고요? 그럼 어떠우. 그냥 두구려, 명절에 우편

박경리

으로라도 잊어버리지 않으면 되지.』

진영은 숙인 고개를 발딱 세우더니 옆으로 홱 돌리며

『참견할 것 없어요. 사진이나 빨리 주세요!』

쏘아붙친다. 중은 좀 어리둥절해하더니 무엇인지 모르게 중얼중얼 씨부렁거리며 법당으로 간다.

이윽고 중이 문수의 사진과 위패를 가지고 나오자 진영은 그것을 빼앗듯이 받아 들고 인사말 한마디 없이 절문 밖으로 걸어 나간다.

화가 난 중은 진영의 뒷모습을 겨누어 보다가 중얼중얼 씨부렁거리며 뒷간으로 간다.

진영은 중에게 화를 낸 것은 아니었다. 다만 진영으로서는 빨리 사진을 받아 가지고 절문 밖으로 나가고 싶었던 것이다. 그래서 초조했던 것이다.

진영은 비탈길을 돌아 산으로 올라간다. 올라가면서 진영은 이리저리 기웃거린다. 어느 커다란 바위 뒤에 눈이 없는 마른 잔디 옆에 이르자 진영은 그 자리에 주저앉는다. 그리하여 문수의 사진과 위패를 놓고 물끄러미 한동안 내려다본다.

한참 만에 그는 호주머니 속에서 성냥을 꺼내어 사진에다 불을 그어 댄다. 위패는 이내 사루어졌다. 그러나 사진은 타다 말고 불꽃이 잦아진다. 진영은 호주머니 속에서 휴지를 꺼내어 타다 마는 사진 위에 찢어서 놓는다. 다시 불이 붙기 시작한다.

사진이 말끔히 타 버렸다. 노르스름한 연기가 차차 가늘어진다.

진영은 연기가 바람에 날려 없어지는 것을 언제까지나 쳐다보고 있었다.

『내게는 다만 쓰라린 추억이 남아 있을 뿐이다. 무참히 죽어 버린 추억이 남아 있을 뿐이다!』

　　진영의 깎은 듯 고요한 얼굴 위에 두 줄기 눈물이 흘러내리고
있었다.

　　겨울 하늘은 매몰스럽게도 맑다. 잡나무 가지에 얹힌 눈이 바
람을 타고 진영의 외투 깃에 날아내리고 있었다.

　　『그렇지, 내게는 아직 생명이 남아 있었다. 항거할 수 있는 생
명이!』

　　진영은 중얼거리며 잡나무를 휘여잡고 눈 쌓인 언덕을 내려오
는 것이었다.

―《현대문학》32호, 1957년 8월;

박경리『불신시대』(동민문화사, 1963)

김남조(金南祚·1927~2023)

김남조는 1927년 대구에서 태어나 일본 규슈에서 여학교를 마친 후 1951년 서울대학교 사범대학 국어교육과를 졸업했다. 1950년 《연합신문》에 시 「성수」, 「잔상」 등을 발표하며 시단에 나왔다. 1953년에 첫 시집 『목숨』으로 주목받은 이후 『나아드의 향유』(1955), 『나무와 바람』(1958), 『정념의 기』(1960), 『풍림의 음악』(1963), 『겨울 바다』(1967), 『설일』(1971), 『사랑초서』(1974), 『동행』(1976), 『빛과 고요』(1982) 등에 이어 2020년에 열아홉 번째 시집 『사람아, 사람아』를 출간했다. 기독교적 신념과 정조, 윤리 의식을 드러내는 시를 줄곧 써 온 김남조는 다작의 시인이다. 마산고교와 이화여고에서 교편을 잡은 후 성균관대학교와 서울대학교 강사를 거쳐 숙명여자대학교 교수를 역임했다. 한국시인협회 회장, 한국 여성문학인회 회장 등을 역임했으며 대한민국 예술원 회원이다. 2023년 노환으로 별세했다.

첫 시집 『목숨』은 한국전쟁의 체험을 여성적 관점으로 형상화하며 '목숨'이라는 긍정적 가치를 발견함으로써 전후의 상처를 치유하고 극복하고자 한 시집으로 1950년대 문학사에서 평가받는다. 누구보다도 삶을 원했지만 '한여름의 매미'처럼 끝내 헛되이 숨겨간 사람들이 너무 많은 이 땅을 시인은 '선천의 벌족'이라 부른다. 시인이 그리는 죄의식의 근원은 한국전쟁의 체험에 닿아 있다. 김남조의 시는 구원의 표상인 '마리아 막달레나'를 통해 기독교적 의미의 사랑을 실천하고자 한다. 김남조의 시에서 기독교적 신앙은 점차 심화하며 고백과 기구의 어조, 절제와 인고의 태도로 자아 성찰에 이른다. 전쟁의 상처를 극복하며 생명과 사랑의 의미를 발견한 김남조의 시는 내면을 들여다보고 고독한 자아를 성찰함으로써 삶에 대한 존재론적 탐구에 도달한다.

여성문학사에서 김남조는 모윤숙, 노천명을 잇는 서정시의 계보에 놓인다. 모성으로서의 여성성을 강조하는 서정적 목소리는 김남조의 시에서도 나타나지만, 초기 시에서부터 일관되게 이어지는 기독교적 사랑과 윤리 의식은 전쟁의 상처와 허무를 극복하고 자기 성찰적인 자아를 정립해 나감으로써 여성 시에 좀 더 진전된 자리를 열어 줬다. 특히 생명의 발견과 우주적 상상력, 그리고 구원과 성스러움을 지향하는 김남조의 시는 전쟁의 아픔을 극복해 나가는 전후 여성문학사에서 독보적인 자리를 점유한다.

이경수

목숨

아직 목숨을 목숨이라고 할 수 있는가 꼭 눈을 뽑힌 것처럼 불
상한
山산과 家畜가축과 新作路신작로와 정든 장독까지

누구 가랑잎 아닌 사람이 없고
누구 살고 싶지않은 사람이 없고
불 붙은 서울에서
금방 오무려 蓮연꽃처럼 죽어 갈 地球지구를 붓잡고 살면서 배
운 가장 욕심 없는 祈禱기도를 올렸읍니다

半萬年반만년 悠久유구한 세월에
가슴 틀어박고 매아미처럼 목 태우다 태우다 끝내
헛되이 숨저간 이건 그 모두 하늘이 내인 先天선천의 罰族벌족이
드래도

돌맹이처럼 어느 山野산야에고 굴러 그래도 죽지만 않는
그러한 목숨이 갖고 싶었습니다

— 김남조, 『목숨』(수문관, 1953)

한말숙(韓末淑·1931~)

한말숙은 1931년 서울의 개화한 양반 가문에서 태어났다. 아버지 한석명은 군수를 지냈으며 그의 둘째 언니 한무숙은 소설가이다. 숙명여자고등학교와 서울대학교 언어학과를 졸업했다. 서울대 입학과 함께 한국전쟁이 발발해 부산과 서울에서 수업을 들었고 대학 재학 시절 국립국악원에서 가야금을 수학했다. 이 시기 동학으로 만난 가야금 연주자 황병기와 이후 부부의 연으로 이어졌다.《현대문학》에서「별빛 속의 계절」(1956)과「신화의 단애」(1957)가 김동리의 추천을 받아 문단에 나왔고 독특한 감수성으로 문단의 주목을 받았다. 현대문학 신인문학상,《한국일보》창작문학상을 받았다. 1964년 뉴욕 밴텀북스에서 나온 '세계명작선(World Anthology)' 시리즈에 단편「장마」(1959)의 영역이 수록되었다. 1981년 출간한『아름다운 영가』는 1983년 영역된 이후 9개 국어로 번역되었고 1993년 국제펜클럽 한국본부에서 노벨문학상 후보로 추천되었다. 1980년대 중반 이후 창작 활동을 중단했다가 2000년대에「덜레스 공항을 떠나며」(2003)와「이준 씨의 경우」(2005)를 발표하기도 했다. 국제펜클럽 한국본부 부회장, 한국 여성문학인회 회장 등을 역임했다.

등단작「신화의 단애」가 냉연한 삶의 태도를 돌파하는 전후 여성의 새로운 감수성을 묘사해 실존주의 논쟁을 불러일으켰던 만큼 한말숙은 1950년대를 대표하는 여성 작가로 주목을 받았다. 초기작 「별빛 속의 계절」, 「신화의 단애」, 「장마」 등은 극적인 상황과 미묘한 심리를 돌발적이고 압축적으로 묘사하면서 기성의 소설 문법과 차별화된 미학을 보여 주었다. 장편소설 『하얀 도정』(1964)에서는 기성 질서나 관습적인 감정의 속박으로부터 자유로워지고자 하는 신세대 여성의 내면을 조명했다. 1960년대 작품들에서는 「흔적」, 「광대 김 선생」(이상 1963)처럼 사회 구조에 대한 인식이 보다 강화되고 「어느 여인의 하루」(1966)나 「신과의 약속」(1968)에서 볼 수 있는 바와 같이 기혼 여성의 정체성에 대한 질문을 심화해 갔다. 노벨문학상 후보로 선정되었지만 한국에서는 큰 반향이 없었던 장편소설 『아름다운 영가』(이후 『아름다운 영혼의 노래』로 재출간)는 인간의 욕망과 인생의 유전을 종교적이고 신비주의적으로 풀어낸 작품이다.

한말숙은 1950년대에 혜성처럼 등장해 냉정한 현실주의와 감각적인 묘사로 전후 실존주의를 대표하는 여성 작가로 조명되었다. 이후에도 꾸준히 창작을 이어 가지만 작품 활동이 줄어든 1970년대 이후 한말숙은 문단의 평가로부터도 소외된 반면 일찍부터 번역된 그의 작품들은 외국의 주목을 받았다. 한국적 리얼리즘의 핍진성이나 문체의 안정성이 떨어지는 반면 인상적인 장면, 대범한 전개, 보편적인 주제 의식이 번역을 통해 다양한 문화권에서 설득력을 획득한 요인이었다고 평가될 수 있다. 한말숙 소설의 다양함과 개성은 그의 문학을 충분히 조명하지 못한 여성문학 유산의 한 사례로서 읽어 볼 수 있다.

강지윤

神話 신화의 斷崖 단애

새까만 거리에는 헤드라일의 행렬이 한결 뜸해졌다.

뺀드는 다시금 왈쓰로 바뀌었다. 시간은 마구 흘러간다. 진영 (眞英)은 별로 초조해지지도 않는다. 애당초에 땐서로 취직할 것 을 잘못했다는 생각도 해 본다. 그러나, 한 달 동안 일을 한 연후에 야 겨우 월급을 탄다는 것은 안 될 말이다. 오늘 저녁을 먹고, 이 한 밤을 여관에서 자기 위한 돈이 ── 그것도 단 돈 이천 환이면 되지 만 ── 필요한데 한 달 후가 다 무엇이냐.

이대로 서 있자. 지난봄에도, 늦어서 오는 손님이 있지 않았던 가. 그때처럼, 한 열흘을 벌어서 또다시 반년을 살고 보자.

춥다. 추워서 옴추러진 조그만 젖꼭지가 세에타 위에 뾰조록이 솟아 버렸다. 그뿐만은 아니다. 배도 고프다. 생각해 보니, 오늘은 거의 절식 상태이다. 추위와 굶주림…… 진영은 그 속에서 여전히 생존하고 있는 스스로를 또렷이 깨닫는다.

「지금 나는 살고 있다」
하고 그녀는 생각한다. 「살고 있다」 하고 되씹어 본다.

오 층 삘딩의 높은 창턱에서 내려다보는 서울의 밤은 아늑하고 다정스럽다.

「들어가실까요?」

누군가 어깨를 툭 친다. 돌아다보니 해말쑥한 청년이 웃고 서 있다.

홀에는 자욱한 담배 연기에 샨데리아가 희미하다. 그 속에서 빼드는 흐르고, 춤군들은 마시고, 웃고, 떠들고 있다. 초만원이라 채 몇 발자국 떼기 전에, 다른 쌍과 맞부딪쳐 버린다.

리이드는 서툴고 맘보는 재미없었다. 그래도 진영은 빼드에 맞추어서 열심히 춤을 추었다. 그렇게 해서, 추위나 덜어 볼까 하는 속셈이었다. 홀드는 차츰 가까워졌다. 술 냄새가 진영의 얼굴에 확 끼친다. 뺨에 남자의 수염이 까칠까칠 닿는다. 귀찮다. 팁은 얼마나 주려나.

「기피자를 적발해야 할 텐데요」

청년은 술 때문에 조금 혀꼬부랑 소리다.

「왜요?」

「직업상……」

「직업?」

「난, 형사야」

「그러세요?」

진영의 말끝은 힘없이 흐려진다. 그처럼 어린 형사에게 돈이 있을 것 같지 않기 때문이다.

(기껏, 하나 잡았나 했더니 —)

짜장 구슬픈 부루우스보다도, 진영의 스텝은 맥이 없다.

카네숀 꽃잎 지던 밤 —

스테이지에서는 가수가 앞가슴을 허옇게 드러낸 채 노래를 부르고 있다.

「나도 기피자인데, 남을 잡으려니 양심이 찔리지만, 그렇다고, 이대로 있으면 내 목이 달아나고」

추억에 울던 ―

「내일까지는, 꼭 하나 적발해야 할 텐데…… 자, 그러고 보니, 모조리 기피자 같기도 하고, 또 아닌 것 같기도 하고, 후유 ― 」

남자가 풍기는 술 냄새는 견딜 수가 없다. 진영은 스텝을 밟으며 무턱대고

「저기 있지 않아요? 기피자」

하고 소리쳤다. 형사는 진영의 뺨에 부벼 대고 있던 얼굴을 번쩍 들며

「어디?」

한다. 진영은 턱으로 아무 데로나 가리켜 보였다.

「저 ― 기」

마침 저편에서 키 큰 청년이 깨끗한 뒤통수를 이쪽으로 보인 채, 멋있게 터언을 하고 있었다.

「정말?」

「으응」

진영은 긍정도 부정도 아닌 대답을 했다. 진영은 그 청년이 누구인지도 물론 모르는 것이다. 따라서 그가 기피자인지 아닌지는 전혀 알 바가 못 되었다. 다만 술 냄새와 까칠까칠한 수염을 면했으니 다행이라고 생각하였다.

부루우스는 멋었다. 진영은 위스키를 마셨다. 목에서는 차나, 이내 몸은 후끈해진다.

마지막 곡이 시작되었다. 형사는 화장실에서 아직 돌아오지 않았다. 진영은 담배 연기 속에서, 멍하니 앉아 있었다.

「알바이트?」

하며, 눈이 어글어글한 어떤 청년이 진영의 앞에 우뚝 섰다. 진영은 고개를 끄덕였다.

「너무 늦었는걸」

테이블 사이를 누비며, 쎈터로 나가는 청년의 뒤통수를 보자, 진영은 어쩐지 가슴이 쿵 내려앉는 것 같았다. 아까, 턱으로 아무렇게나 기피자라고 가리킨, 바로 그 깨끗한 뒤통수였기 때문이다.

리이드는 멋있었다. 진영의 등에 얹혔던 팔이 차차로 허리에 와서 감긴다.

「멋진데?」

그의 눈은 정열적이면서, 어딘지 냉냉하다.

「아까부터, 허리가 좋다고 생각했었지.」

「……?」

「추면서, 남이 안고 있는 여자를 감정하는 것은 재미있는 일이야.」

「……」

「학생? ― 미쓰?」

진영은 연달은 질문에 대답 대신 웃고 있었다. 청년은 진영이가 둘 다 긍정한 줄로 알은 모양이다.

「일주일만 살까?」

하고 웃는다.

「십만 환이면 되지. 내일부터.」

사뭇 빼기는 어조다.

「흥!」

진영은 어이없다는 듯이 코웃음을 쳤다.

십만 환이 다 무엇이냐. 내게는 지금 당장에 단 돈 이천 환만 있으면 충분한데. 그러나 웃음의 뜻을 잘못 알아차린 청년은

「비싼데, 그럼, 이십만 환!」

「흥?」

진영은 더욱 답답하고 기막혔다.

「그러면, 삼십만 환」

빼드는 멎고, 홀드는 풀렸다. 진영은 아무 말도 하지 않았다. 내일부터 일주일간의 일을 살 것인가 말 것인가 하고 지금 생각할 여유가 없다. 오늘 밤을 어찌하나, 그것조차 해결하지 못하고 있는 진영이 아닌가.

어느 사이엔가, 진영의 손에 지폐가 쥐어져 있다. 육백이십 환이다.

「남은 게 그것밖에는 없어」

두 사람은 다른 춤군들 사이에 끼어, 묵묵히 층계를 내려갔다.

거리는 추웠다. 이내 온몸이 오싹해지며 떨린다.

「내일, 호심으로 오시오. 아홉 시 반」

청년은 말을 뚝 자르고 돌아섰다.

아홉 시 반이라면 자고 일어나서 나오기에 꼭 알맞은 시간이라고 진영은 생각했다. 그렇지 않고, 오후나 저녁 몇 시라고 한다면 진영은 그것을 지킬는지가 의문이다. 그동안의 시간에 혹시 하루를 살 수 있는 돈이 생긴다면, 구태여 그를 기다려야 할 까닭은 없는 것이다.

진영도 돌아섰다. 몹시 배가 고팠다.

통금 예비 싸이렌이 불고 난 거리에 음식이 있을 리 없다. 그뿐 아니다. 명동에는 거의 불빛이 없다.

검은 하늘에 조각달이 걸려 있다. 진영은 지금이 밤이라는 것을 인식했다.

성당을 향하는 언덕 길가에, 군고구마 장사가 부스럭대며, 갈 준비를 하고 있다. 석유 등잔이 가물가물 켜져 있다. 진영은 남은 고구마를 다 털었다. 대여섯 개밖에는 안 된다. 진영은 군고구마를 먹으며 걸었다. 여간 맛있지 않다. 주린 배에는 이토록 맛난 것이 또 있으랴 싶다.

어디로 갈까? 오백 환으로 재워 줄 여관은 없다. 설혹, 재워 준다더라도 불을 지펴 줄 리는 없다. 이토록 추운 밤에 내 몸을 꽁꽁 얼려 재우다니. 죽으면 썩는 몸이다. 살아 있는 이 순간 다시는 없을 이 지극히 소중한 순간을 나는 내 몸을 하필이면 얼려 재워야만 한다는 말인가? 그것은 안 될 말이다. 진영은 경일(慶一)한테 가서 자리라고 생각하였다. 그 방도 냉돌임에는 틀림없겠지만 그래도 같이 자면 한결 따뜻할 것이 아닌가.

손바닥만 한 방에 책과 화구(畫具)가 하나 가득 흩어져 있다. 진영은 어디에 발을 딛여야 할지 잠시 망설였다. 경일은 언제나 그렇지만 오늘도 모른 체하고 캔바스만 보고 있다. 진영은 먹다 남은 군고구마를 책상 위에 놓으며 요 밑으로 발을 넣었다. 뜻밖에도 바닥이 더웠다. 그림이 팔렸나?

「웬일이세요? 방이 더워.」

경일은 갑자기 몸을 돌이키고 다짜고짜로 진영의 등을 마구 때린다.

「왜 이래, 왜 이래」

「이년아 준섭(俊燮)이가 장작을 사 온 거야.」

「좋겠군요. 친구 잘 두어서.」

「엊저녁 얘기 다 들었다. 이년아, 준섭이가 여기서 잔 거야.」

「내가 그래 어쨌다는 거에요, 어쨌다는……」

진영은 경일의 눈을 뚫어져라 흘겨본다. 경일은 눈 한 번 깜작이지 않고 시무룩한 얼굴로 진영의 등을 주먹으로 때리기만 한다.

어저께 저녁 일이다. 한 달 밀린 밥값 대신 화구 일체와 책 전부를 빼앗긴 채, 하숙을 쫓겨 나온 진영은 통금 싸이렌을 듣자 어쩔 수 없이 준섭의 하숙을 찾아갔던 것이다. 그것은 경일의 하숙보다 가깝고 파출소보다는 갈 만한 곳이었기 때문이다.

진영은 시민증을 잃은 지 벌써 반년이 넘는다. 그것이나마 있었다면 또 모르겠는데, ×미술대학 학생증만으로는 파출소로 가기는 꺼림칙했다. 꺼림칙 이상으로 싫었다고 하는 편이 옳을 것이다.

「오늘 밤 재워 주세요.」

진영은 파자마 채로 당황하는 준섭을 빤히 들여다보며 말했던 것이다.

「저 — 」

준섭은 눈 둘 곳을 모르고 있었다.

「 — ?」

「저, 김 군이, 저 — 」

「미스터 김이 어쨌단 말씀이세요?」

「저 — 」

주뭇거리며 망설이고는 있으나 준섭의 눈에는 무엇인지 기쁜 빛이 가득 차 있었다. 진영은 그것이 메시껍고 화가 났다.

「누가, 누가, 당신하고, 무슨, 연애 유희라도 하고 싶어 온 줄 아세요? 천만에. 잘 데가 없어서 하루밤만 자겠다는 거에요.」

진영은 꼿꼿이 선 채 말했다.

「그런 게 아니라, 저 김 군이 알면 또 오해나 ──」

「오해를 하면 어떻단 말이에요. 지금 잘 데가 없다는데 오해 따위가 다 무엇이란 말이에요!」

준섭은 한참 동안 잠자코 서 있다가 못에 걸렸던 외투를 어깨에 걸치고 밖으로 나가 버린다.

── 잡을까? 내버려 두자 ──

외투가 없어진 못에는 마후라가 걸려 있다. 여자의 것이다. 때로 자러 오는 기생이 있다더니 그 기생의 것일지도 모른다. 그녀는 그 분홍빛같이 무척 자극적이라고 느껴졌다.

준섭은 바로 그저께도 진영에게 또 알쏭달쏭한 편지를 보내왔던 것이다.

── 경일 군과의 관계는 다 이해하겠습니다. 조금도 나무라지는 않겠습니다. 중략(中略). 덧없는 일인 줄 아오나 어쩔 수 없이 적은 글입니다 ──

내용은 대개 이렇게 적혀 있다. 어쩌자는 소리인지 도무지 답답한 얘기이다. 아마도 같이 살자는 말인 상싶다. 그렇지만 왜 좀 더 알아듣기 쉽게 쓰지 못한단 말인가. 또 어째서 지금 이대로 잠자코 나가 버리고 마는 것인가. 오늘 밤만은 나를 마음대로 할 수도 있는 것이 아닌가. 밖으로 나간 준섭은 돌아오지 않았다. 진영은 따뜻한 이부자리에서 한 밤을 고이 자고 났던 것이다. 그러나 준섭이가 경일에게 가서 잤으리라고는 미처 생각을 못 했던 것이다.

「그만 때려, 그만 그만」

그러면서도 진영은 경일의 주먹을 피하려고는 하지 않는다. 도무지가 못 견딜 만치 아프지도 않거니와 무엇보다도 추위에 옴추려 뜨려서 어깨가 아팠는데 매를 맞고 보니 시원한 것을 어떻게 하랴. 주먹이 멈추었다. 방바닥은 뜨겁고 몸은 후끈거렸다.

「매 맞고 나니 더워졌어요」

　진영은 솔직히 말했다. 아프라고 때렸는데 더워서 좋다니. 경일은 성난 얼굴이다. 그는 마치 보기 싫은 물건을 다루듯이 발바닥으로 진영을 아랫목 쪽으로 밀어붙였다. 진영은 종이쪽 모양 주르르 밀려간다.

　경일은 다시 붓을 들었다. 진영은 세에타와 스카아트를 벗어서, 차근히 개켜 놓았다. 구겨진 옷으로는 땐서가 될 수 없기 때문이다. 내일은 일찍부터 나가서 꼭 돈을 벌어야 하지 않느냐고 그녀는 속으로 다짐한다.

　몸이 풀리고 나니, 맞은 데가 뻑적지근한 것 같다. 지난봄에도 땐서로 나갔다고 해서 이렇게 맞았던 것이다.(이번에는 준섭의 하숙에 자러 갔다고 해서 맞았지만) 편지마다 사랑하노라고 적어 보내는 준섭보다는 말없이 때리기만 하는 경일이 편이 오히려 더욱 벅차게 가슴에 오는 것은 무슨 까닭일까.

　군고구마로 굶주림은 면했고, 따뜻한 방에 누워 있으니까, 진영은 무한히 행복한 것 같다.

「지금 나는 행복하다.」

　이제 잠만 자면 그만이다. 이렇게 머리속이 텅 비게 될 때면 진영은 언제나 사랑이라는 것이 그리워지는 것이다. 나는 누구를 사랑하고 있지 않을까? 경일을 사랑하는 것이 아닐까? 진영은 ── 경일이 ── 하고 입속으로 속삭여 본다. 나의 애인, 그리운, 그리운 사람 하고 생각해 본다. 그러니까, 정말 그리워지는 것 같다. 그리워 못 견딜 것 같다. 그립다, 그립다, 그 그리움이 그립다. 아아 ―

「키쓰할까?」

진영은 요 밑에 엎드린 채 중얼거렸다.

「시끄러!」

경일은 소리를 꽥 지른다. 진영은 벽을 향해 몸을 돌이키며, 좀 전에 헤어진 청년을 생각해 보기로 했다. 삼십만 환! 삼만 환의 열 배다. 내일을 생각지 않는 진영에게는 오히려 벽찰 만치 많은 돈이다. 하숙비를 내고, 아니 자취를 하자. 등록비도 걱정 없구…… 그러나 진영은 그 이상 더 생각을 이을 수가 없었다. 경일이 그를 와락 껴안았기 때문이다. 경일의 포옹은 언제나 기분이 좋다. 그러나 그 깨끗한 뒤통수의 청년의 홀드 또한 부드럽고, 기분 좋은 것이었다고 진영은 생각한다.

멀리서 아홉 시를 치는 소리가 났다. 경일은 벌써 나가고 없었다. ×극장 뒤의 창고가 그의 출근처인 것이다. 영화의 간판을 그리는 것이다. 그나마 어제께 가까스로 얻은 알바이트인 것이다.

책상 위에는 군고구마가 뎅그랗게 하나 놓여 있다. 진영은 그것을 먹으며 경일의 하숙을 나섰다.

걸음이 성당 앞에 이르렀을 때 진영은 교인은 아니나 무엇이라도 한번 기도를 해도 괜찮을 것 같은 기분이 났다.

「성모마리아, 나에게 애인을 하나 마련해 주세요, 영원한 애인을요.」

진영은 경건한 마음으로 속삭였다. 그러나 이내 그 마리아상(像)의 졸렬한 조각이 눈에 띄어 기분이 나빠졌다. 그래서 진영은

「마리아, 좀 더 기다리세요. 내가 당신을 조각해 드리겠어요」
했다.

찬 하늘 아래 홀로 하얗게 서 있는 마리아가, 도저히 씻을 수
없는 고뇌로 해서 스스로를 매질하고 있는 것만 같다. 애틋하기 한
이 없다. 처녀가 애기를 낳다니! 사랑의 기쁨도 모르면서 진통만 겪
다니! 가엾어라 가엾어라.

시간이 이른데도 다방에는 손이 많았다. 오일 스토오브가 벌써
벌겋게 달아 있다. 누가

「여보」
한다. 어제저녁의 그 청년이었다. 하얀 턱에 쉐이빙을 한 자국이 파
아랗다.

「자!」
하며 그는 테이블 위에 자그마한 보따리를 올려놓는다.

「현금이야, 삼십만 환. 수표면 부도나 아닌가 할까 봐 바꿔 왔
어. 큰 돈으로 바꾸느라고 애썼지. 어때 그 정성이? 하하하」

그는 거리낌 없이 큰 소리로 웃는다. 진영은 아무 말도 하지 않
았다. 물만 마시고 싶다. 군고구마를 먹어서 목이 바싹 말라 버렸다.
그래서 우선 커 — 피나 마시고 보자고 했다. 진영은 커 — 피를 두
잔이나 마셨다.

「가자」
하며 그는 일어섰다. 그는 댄스홀에서보다도 더 미남같이 보였으며
더욱 점잖다고 진영은 느껴졌다. 진영도 뒤따라 일어섰다. 앞뒤 테
이블의 손님들이 진영과 그를 번갈아 보고 있다.

택시 안에서 그는 진영의 허리에 팔을 감았다.

호텔의 현관은 어마어마한 것이었다. 주홍빛 비로오드의 양탄

자가 눈부시었다. 기둥이랑 천장에 현대적인 감각이 확 끼친다. 수부에서 청년은 일주일 방값을 전불했다.

「309호실!」

하고 사무원이 말하니까, 보타이를 맨 뽀이가 성큼 나선다.

진영은 손에 든 지폐의 무게와, 그녀와 나란히 층계를 올라가는 청년의 로 — 숑 냄새와, 주홍빛의 양탄자를 인식했다. 층계의 카아브를 돌 때다.

「여보!」

하고 아래에서 누가 소리를 쳤다. 형사라는 것이었다. 형사는 청년의 신분증을 조사하더니 가자고 한다. 기피자라는 것이었다. 지금 곧 가야 한다는 것이다. 청년은 형사를 비웃는 듯 싱긋 웃으며

「갑시다!」

하고 늠름한 걸음으로 층계를 도루 내려간다. 깨끗한 뒤통수가 몹시 사랑스럽다. 진영은 당황하며 뛰어갔다.

「여보세요」

「 — ?」

「이것 — 」

진영은 돈 보따리를 내밀었다. 청년은 싱긋 웃는다.

「가지시우. 약속을 어기는 것은 이쪽이니까.」

「너무 많아요」

「애당초에 삼십만 환은 너의 허리 때문이 아니야. 이걸 봐, 이렇게 죽음이 쫓아다니지 않아? 나는 일 년을 살 돈이 있으면, 그것으로 우선 하루라도 살고 보아야 해. 살 시간이 없어. 바뻐」

하고 빙긋 웃으며 돌아선다. 진영은 청년에게 바싹 다가섰다. 신영의 표정은 자못 심각해졌다.

「가지 마세요!」

청년은 웃으며 말했다.

「나는 너를 사랑해」

진영의 입에서도 앵무새처럼 말이 흘러나왔다.

「저도 사랑해요」

말을 하고 보니, 진영은 정말 그를 사랑하는 것 같다.

「가지 마세요. 가지 말아요!」

「돈으로 안 되는 일 없지. 곧 온다」

그는 진영의 뺨을 슬쩍 쓰다듬고 호텔을 나가 버렸다. 형사가 뒤따라 나갔다. 그때 수부에서 해말쑥한 청년이 담배를 피우며 진영에게로 다가왔다. 진영은 낯익은 얼굴이라 생각했다. 누구일까? 아차! 엊저녁의 그 형사로군! 그렇게 생각하니, 그녀는 모든 일이 우연히 된 것이 아님을 깨달았다. 진영은 자기도 모르는 사이에 매섭게 쏘아 붙이고 있었다.

「당신이군요! 비겁한!」

「왜 그러슈, 남편?」

진영은 입을 한일자로 다문 채 머리를 세게 흔들었다.

「그럼, 애인?」

「아니!」

「그러면?」

「남자!」

하고 진영은 돌아섰다. 형사는 뒤따라 오며

「내가 논산으로 갈 때엔 나도 푸로포오스할 생각이야.」

「어림없어!」

「나는 일 년은 넉넉히 살 수 있어!」 진영은 앞을 똑바로 본 채 층계를 올라갔다.

　진영은 호텔의 레스트랑에서 치큰스틱을 먹었다. 맛있는 것을 먹는 즐거움이 없다면 인생은 한결 쓸쓸하리라고 생각하며.

　오바와 구두를 샀다. 립스틱도 샀다. 이것을 바르고, 알바이트를 하러 홀로 갈 날이 멀지 않아 또 있으리라 생각했다. 빽도 샀다. 그래도 돈은 남았다.

　진영은 하숙으로 갔다. 주인아주머니는 삯뜨게질을 하고 있었다. 아이를 셋이나 데린 전쟁미망인이다. 방바닥은 얼음 같고, 떡 벌어진 문틈이 사뭇 한데[1]이다. 밀린 밥값을 치루었는데도 진영의 마음 한구석 어딘지 개운치 못한 데가 있다. 오만 환을 더 내어놓았다. 주인은 고맙다고 하며 이내 흑흑 흐느껴 운다. 삼십만 환을 얻은데도 고마운지를 몰랐던 진영은 하숙 주인이 오히려 우스꽝스럽다. 그녀를 도와주려는 것이 아니었다. 진영은 그 여자의 가난이 끼친 울적한 기분을 가시고 싶을 따름이었던 것이다.

　진영은 화구를 샀다. 모두 사만 환이다. 갑자기 붓이 들고 싶어진다. 어서 그려야지. 국전에서 모 장관상을 탄 경일의 그림이 생각킨다. 그녀는 그 구성이 참으로 잘되었다고 다시금 생각한다. 학교의 성적은 진영이 수석이나, 국전에서는 낙선했던 것이다. 시기와 비슷한 불길이 몸 어느 모에서부턴지 소리 없이 이는 것 같다.

　「그려야 한다.」

　진영은 거리의 책점에 들렸다. 「꼬호」의 소묘집(素描集)이 있다. 진영은 책장을 들춰 보았다. 까마귀가 날으고 있다. 사육(死肉)을 파먹고 산다는 날짐승……. 금시에라도 썩은 물이 악취를 풍기

1　집채의 바깥.

며 뚝뚝 떨어질 것 같다. 진영은 자기 자신이 까마귀 같다는 느낌이 온다. 팁으로 해서 살아 있는 그녀의 살이 까마귀의 살만 같다. 진영은 진저리를 치며, 몸을 흔들어 본다. 볼통한 젖가슴이 육중하게 흔들린다. 진영은 다만 그녀의 실존을 재확인할 따름이다.

진영은 위스키를 한 병 사 들고 호텔로 갔다. 다블벳드는 지나치게 호화로웠다. 그녀는 일주일 여기서 홀로 사는 것이다. 고요 속에서 붓을 들 수 있는 것이다. 그러나, 그 청년이 온다면? 돈으로서 안 되는 일이 있겠는가고 하였는데……. 오면 오는 것이고, 그때 일을 지금 생각지 말자.

진영은 위스키를 다블로 해서 마셨다. 이내 몸이 상쾌해진다. 푹신한 벳드에 엎드려 본다. 기분이 여간 좋지 않다. 그녀는 귀신이라도 농락해 보고 싶을 만치 삶에 대한 자신이 강력히 솟구친다. 무서울 것도 꺼릴 것도 없다. 오로지 그려야 한다는 의욕만이 파아랗게 불탈 뿐이다.

진영은 준섭에게 편지를 썼다. 벳드가 부드러우니, 그 색시와 하룻밤 자러 오라는 얘기를 썼다. 그저께 한 밤 따뜻이 재워 준 은혜를 갚기 위해서이다. 다음은 경일에게 글을 썼다. 사랑해요 ─ 하고 쓰기 시작하였으나, 도시 펜이 움직여지지 않는다.

사랑 사랑……진영은 그 말의 감각을 느껴 보려 하였으나, 그 추상명사가 마치 숫자(數字)처럼 그녀의 머리속에서 나열될 따름이다.

사랑이라는 말은 필요치 않았다. 다만, 진영은 지금 경일을 포옹하고 싶을 뿐이었다. 그래서 진영은 경일 씨 어서 오세요, 보고 싶어요라고 편지의 끝을 맺었다.

진영은 벳드에서 일어나서 높은 창가에 스켓취북을 들고 앉왔다.

창밖은 밤이었다.

무수한 불빛이 어둠 속에서 별빛처럼 명멸하고 있다.

—《현대문학》30호, 1957년 6월;

한말숙, 『신화의 단애』(사상계사, 1960)

엮은이 소개

여성문학사연구모임

남성 중심의 문학사 서술에 의문을 품고 한국 근현대 여성문학의 유산을 여성의 시각으로 정리하기 위해 2012년 결성된 모임이다. 국문학 연구자 김양선, 김은하, 이선옥, 영문학 연구자 이명호, 이희원으로 구성되었고, 시 연구자 이경수가 객원 에디터로 참여했다.

김양선

서강대학교 영어영문학과를 졸업하고 동 대학원 국어국문학과에서 박사 학위를 받았다. 현재 한림대학교 일송자유교양대학 교수이며, 한국여성문학학회 회장과 《여성문학연구》 편집장을 역임했다. 저서로 『한국 근·현대 여성문학 장의 형성』, 『1930년대 소설과 근대성의 지형학』, 『근대문학의 탈식민성과 젠더정치학』, 『경계에 선 여성문학』 등이 있다.

김은하

중앙대학교 문예창작학과를 졸업하고 동 대학원에서 문학박사 학위를 받았다. 현재 경희대학교 후마니타스칼리지 교수, 한국여성문학학회 회장이며, 《여성문학연구》 편집장을 역임했다. 저서로 『개발의 문화사와 남성 주체의 행로』 등이 있다.

이선옥

숙명여자대학교 국어국문학과를 졸업하고 동 대학원에서 박사 학위를 받았다. 현재 숙명여자대학교 기초교양대학 교수이며, 《실천문학》 편집위원, 한국여성문학학회 회장을 역임했다. 저서로 『태권V와 명랑소녀 국민 만들기』, 『한국 소설과 페미니즘』 등이 있다.

이명호

경희대학교 영어영문학과를 졸업하고 뉴욕주립대학교에서 박사 학위를 받았다. 현재 경희대학교 글로벌커뮤니케이션학부 영미문화 전공 교수이며, 경희대 글로벌인문학술원 원장, 한국비평이론학회 회장을 역임했다. 저서로 『누가 안티고네를 두려워하는가』, 『트라우마와 문학』 등이 있다.

이희원

이화여자대학교 영어영문학과를 졸업하고 미국 아이오와대학교에서 석사, 텍사스 A&M대학교에서 박사 학위를 받았다. 현재 서울과학기술대학교 영어영문학과 명예교수이며, 한국영미문학페미니즘학회 회장을 역임했다. 저서로 『영미 드라마 속 보통 여자들』 등이 있다.

이경수

고려대학교 국어국문학과를 졸업하고 동 대학원에서 문학박사 학위를 받았다. 현재 중앙대학교 국어국문학과 교수이며, 한국시학회, 한국여성문학학회 편집위원장을 역임했다. 대표 저서로 『한국 현대시와 반복의 미학』, 『불온한 상상의 축제』, 『춤추는 그림자』, 『이후의 시』, 『백석 시를 읽는 시간』 등이 있다.

집필에 참여한 연구자들

강지윤

연세대학교 국학연구원 비교사회문화
연구소 연구원

공현진

중앙대학교 교양대학 강사

남은혜

서울대학교 기초교육원 강의 교수

박지영

성균관대학교 동아시아학술원 연구원.
저서로『'불온'을 넘어, '반시론'의 반어』,
『번역의 시대, 번역의 문화정치』 등이
있다.

배하은

대구경북과학기술원 기초학부 교수. 저
서로『문학의 혁명, 혁명의 문학』이 있다.

백선율

가천대학교 리버럴아츠칼리지 강사

성현아

중앙대학교 교양대학 강사. 문학평론가.

손유경

서울대학교 국어국문학과 교수. 저서로
『고통과 동정』,『프로이트의 감성 구조』,
『슬픈 사회주의자』,『삼투하는 문장들』
등이 있다.

안미영

건국대학교 글로컬캠퍼스 교양대학 교
수. 저서로『서구문학 수용사』,『문화콘
텐츠 비평』,『소설로 읽는 한국근현대문
화사』 등이 있다.

오자은

덕성여자대학교 차미리사교양대학 교수

이미정

중부대학교 학생성장교양학부 교수

이소영

카이스트 디지털인문사회과학부 강사

이승희

성균관대학교 동아시아학술원 연구교수. 저서로『한국 사실주의 희곡, 그 욕망이 식민성』,『숨겨진 극장』등이 있다.

이혜령

성균관대학교 동아시아 학술원 교수. 저서로『한국 근대소설과 섹슈얼리티의 서사학』등이 있다.

정고은

성균관대학교 문과대학 강사

한경희

한국학중앙연구원 신집현전 태학사 과정생

황선희

중앙대학교 인문콘텐츠연구소 HK+사업단 연구교수

집필에 참여한 연구자들

한국 여성문학 선집 3

1945년—1950년대

전쟁과 생존

1판 1쇄 찍음 2024년 6월 21일
1판 1쇄 펴냄 2024년 7월 5일

지은이   여성문학사연구모임
발행인   박근섭·박상준
펴낸곳   (주)민음사

출판등록 1966. 5. 19. 제16-490호
주소   서울특별시 강남구 도산대로1길 62(신사동)
          강남출판문화센터 5층(우편번호 06027)

대표전화 02-515-2000
팩시밀리 02-515-2007
홈페이지 www.minumsa.com

© 여성문학사연구모임, 2024. Printed in Seoul, Korea
ISBN 978-89-374-5683-1 (04810)
ISBN 978-89-374-5680-0 (세트)